Schlaflos in den Highlands

W0213501

Die Autorin

Melissa Mayhue wuchs in Texas auf und entwickelte schon als Kind eine Leidenschaft für Bücher. Ihren Geschichten merkt man an, dass sie sich mit Männern auskennt: Sie ist nicht nur verheiratet, sondern auch Mutter von drei Jungs. Mit ihnen gemeinsam lebt sie in Colorado, im Schatten der wundervollen Rocky Mountains. Mehr Informationen im Internet unter:
www.melissamayhue.com.

Melissa Mayhue

Schlaflos in den Highlands

Roman

Aus dem Amerikanischen
von Marion Balkenhol

Weltbild

Die amerikanische Originalausgabe erschien 2007 unter dem Titel
Highland Guardian bei Pocket Books, New York.

Besuchen Sie uns im Internet:
www.weltbild.de

Copyright der Originalausgabe © 2007 by Melissa Mayhue
Copyright der deutschsprachigen Ausgabe
© 2015 by Weltbild Retail GmbH & Co. KG, Steinerne Furt, 86167 Augsburg
This edition published by arrangement with the original publisher, Pocket Books,
a division of Simon & Schuster, Inc., New York.
Übersetzung: Marion Balkenhol
Projektleitung und Redaktion: usb bücherbüro, Friedberg/Bay
Umschlaggestaltung: *zeichenpool, München
Umschlagmotiv: www.shutterstock.com (© Tom Grundy; © Creative Travel Projects;
© Bahadir Yeniceri; © inigocia; © Gilmanshin); © Franco Accornero
Satz: Catherine Avak, Iphofen
Druck und Bindung: CPI Moravia Books s.r.o., Pohorelice
Printed in the EU
ISBN 978-3-95569-752-5

2018 2017 2016 2015
Die letzte Jahreszahl gibt die aktuelle Ausgabe an.

Prolog

»Die Bedrohung ist vorbei.« Dallyn verneigte sich vor den versammelten Würdenträgern der Feen, wobei ihm seine langen blonden Haare über die Schultern fielen.

»Nicht vorbei«, stellte Darnee richtig und blitzte ihn mit ihren grünen Augen an. »Nur vorübergehend ausgesetzt. Die Bedrohung wird nie vorbei sein, solange auch nur ein Nuadianer lebt.«

Dallyn nahm ihren Standpunkt mit leichtem Nicken zur Kenntnis. »Zugegeben, aber wir haben die meisten Pforten gesperrt. Am Urquell der Seelen ist eine Wache aufgestellt worden.«

»Wir müssen mehr tun. Die Seelen auf der Sterblichen Ebene sind noch immer in Gefahr. Die Nuadianer können begrenzte Mengen der von ihnen gesuchten Energie gewinnen, wenn sie Seelen direkt aus den Körpern der Sterblichen freilassen. Wenn sie keinen Zugang zum Urquell haben, wird das ihr nächstes logisches Ziel sein.«

»Die Feen können nicht mehr auf der Sterblichen Ebene kämpfen. Das weißt du.« Dallyn blickte sie finster an.

»Stimmt. Aber sie können jene schwachen Sterblichen unter ihre Kontrolle bringen, die bereitwillig die von ihnen gewünschte Vernichtung ausführen werden. Vor dieser Eventualität müssen wir uns hüten.«

»Was schlägst du vor, mein Kind?« Die Frau, die an dem großen Tisch in der Mitte saß, ergriff das Wort.

»Hüter, Erdmutter, aufgestellt an jeder verbliebenen Pforte.« Darnee wandte sich an die Frau, die gefragt hatte. »Hüter, die von der Sterblichen Ebene selbst herangezogen werden.«

»Wie sollen Sterbliche sich denn gegen Feen zur Wehr setzen? Unsereins kann von Sterblichen nur gesehen werden, wenn wir es wollen.« Dallyn richtete sich jetzt direkt an sie.

»Keine gewöhnlichen Sterblichen. Sterbliche, die auch Feenblut haben.« Sie zog eine Augenbraue hoch und warf einen prüfenden Blick über die Versammlung. »Viele unseresgleichen sind zur Hälfte sterblichen Ursprungs.«

Ein Raunen lief durch den Raum.

»Das stimmt, Tochter.« Die Erdmutter zog die Stirn kraus. »Unser Volk hat nicht immer die richtige Zurückhaltung an den Tag gelegt im Umgang mit den Sterblichen. Viele dieser Nachkommen existieren, und die Zahl wird im Laufe der Generationen weiter ansteigen. Selbst ein kleiner Anteil Feenblut wird ihnen ermöglichen, uns zu sehen. Doch die meisten sind unerkannt. Wie willst du sie finden?«

»Ich werde sie ausfindig machen.«

»Ich stimme dir zu, dass sie gut geeignet wären, Darnee.« Dallyn zuckte mit den Schultern. »Aber Sterbliche haben so eine kurze Lebenserwartung. Sie würden ihre Aufgabe kaum erlernen, bevor ihre Zeit zu Ende ist.«

»Das ist ein weiterer Vorteil von Feenblut. Sie sind bereits langlebiger. Und das können wir leicht verbessern, wenn wir sie mit dem Urquell der Seelen in Berührung bringen. Die Energie wird ihrer Lebenszeit viele Jahrhunderte hinzufügen.«

Dallyn rieb sich nachdenklich das Kinn. »Der Plan leuchtet mir ein. Er könnte funktionieren. Und viele von ihnen verfügen vielleicht über Gaben, die sie ihrer Abstammung zu verdanken haben.«

»Genau.« Darnee nickte zustimmend. »Das Zweite Gesicht, zusätzliche Kraft, eine andere Wahrnehmung, die auf der Sterblichen Ebene ungewöhnlich ist. Daher werden sie leichter zu identifizieren und imstande sein, die Aufgabe zu erfüllen.«

»Wie ich sehe, hast du sorgfältig über diesen Vorschlag nachgedacht.« Die Erdmutter schaute sich in der Versammlung um. »Wir können nicht zulassen, dass die Nuadianer die Zeitschiene der Seelen auf der Sterblichen Ebene durchbrechen. Wir wissen aus erster Hand, welches Chaos das mit sich bringt. Zu viele von ihnen aus ihren auserwählten Körpern zu zwingen, bevor sie dazu bestimmt sind, zu scheiden, könnte am Ende den Lauf der Zeit selbst beschädigen.« Sie erhob sich von ihrem Sitz, hob die Hände, um das unzufriedene Murren, das sich in der Halle breitmachte, zum Schweigen zu bringen. »Meine Entscheidung ist gefallen. Ihr beide, Darnee und Dallyn, werdet gemeinsam die Verantwortung dafür übernehmen, diese Hüter auszuwählen und zu unterweisen. Ihr werdet euch die Aufsicht über ihre Leistung teilen. Noch Fragen? Nein? Dann fangt sogleich an. Wir dürfen keine Zeit verlieren.«

»Danke, Erdmutter.« Die beiden verneigten sich und verließen rasch den großen Raum, wobei sie sich leise abstimmten, wie sie ihren Auftrag ausführen wollten.

1

»Verdammte Scheiße.«

Ian McCullough starrte wütend auf den Telefonhörer, den er gerade aufgelegt hatte. Diese Woche lief nichts nach Plan. Er sollte in London sein und die letzte Bedrohung weiterverfolgen. Stattdessen war er hier im Thistle Down Manor und wartete darauf, den Wirt für eine gestresste Amerikanerin zu spielen, während Henry in einem Krankenhausbett lag und sich von einer Kniescheiben-Operation erholte.

Wie oft hatte er versucht, Henry die Vermietung des Landhauses auszureden? Er hatte vor Jahrzehnten aufgehört zu zählen.

»Die, um die es hier geht, muss hier sein, Ian«, hatte Henry ihm auf dem Weg ins Krankenhaus gesagt. »Ich weiß, es missfällt dir, wenn ich das Haus vermiete, aber es beeinträchtigt dich oder deine Verantwortlichkeiten doch kaum.«

»Diesmal schon. Mal ehrlich, du brauchst die Einnahmen doch gar nicht. Dafür habe ich oft gesorgt. Deine Gäste müssen immer beobachtet werden. Du weißt, dass die vorrangige Verpflichtung darin besteht, die Pforte zu beschützen.«

Henry hatte ihm ein dümmliches Grinsen geschenkt. »Ich weiß, ich weiß. Aber ich habe meine eigenen Gaben, und die kann ich nicht ignorieren. Ich konnte es spüren, als ich mit dieser Frau sprach. Ich glaube, ihre Seele ist verwundet worden. Der Friede von Heather Cottage und die Nähe zur Pforte werden viel dazu beitragen, ihr zu helfen.« Mit schmerzverzerrtem Gesicht hatte er seine Sitzlage verändert. »Wäre dieses verdammte Knie nicht, hätte ich dich nicht mit der Sache behelligt.« Dann hatte er gelächelt, woraufhin sein zerfurchtes Gesicht seine innere Ruhe widergespiegelt hatte. »Mach dir keine Sorgen. In ein paar Tagen bin ich gesund und munter wieder da. Peter und Martha sind da, und helfen dir, sie im Auge zu behalten, und du kannst dich wieder um deinen Kram kümmern.«

Ian funkelte noch immer das Telefon an, kniff die dunklen Augen zusammen, als trüge dieser leblose Gegenstand die volle Verantwortung für sein akutes Problem. Peter und Martha. Sie waren die einzigen bezahlten Hilfskräfte in Thistle Down Manor, obwohl sie eher Familienangehörige als Hausangestellte waren. Peter hatte die Stelle des Verwalters übernommen, nachdem sein Vater in den Ruhestand getreten war. Als er Martha heiratete, fing sie auch dort an zu arbeiten, als Haushälterin und Köchin. Sie nahmen eigentlich den Großteil der täglichen Arbeit auf dem Anwesen und im Haus auf sich. Und jetzt würden sie erst morgen früh zurückkommen.

Bei ihrer Tochter hatten in den frühen Morgenstunden die Wehen eingesetzt. Der Anruf ihres Mannes war wie aus heiterem Himmel gekommen, daher hatten sie keine Zeit gehabt, das Ferienhaus für die Ankunft ihres Gasts vorzubereiten, bevor sie aufbrachen. Jetzt verbrachten sie die Nacht dank des Wetters im Krankenhaus.

Als wäre sein Leben nicht schon kompliziert genug.

Die Heftigkeit des Sturms machte Ian nur noch wütender. Der Regenguss, der schon vor Stunden eingesetzt hatte, würde wahrscheinlich das Tal unten überfluten. Das wiederum würde sehr wahrscheinlich wieder Stromausfall bedeuten. Das Wenige, was er an Nachrichten mitbekommen hatte, reichte ihm, um zu wissen, dass die Sturmfront gewaltig war und sich bis weit hinter Glasgow nach Norden erstreckte.

Bestimmt würde die Amerikanerin nicht versuchen, bei solchem Wetter über die schmalen Nebenstraßen zu fahren.

»Vielleicht hat dieser Sturm am Ende doch etwas Gutes«, murmelte er vor sich hin, als er den Schrank in der Diele nach dem Notvorrat an Kerzen durchsuchte. Er warf einen Blick auf die Uhr. Die Frau war eine Stunde überfällig. Vermutlich war sie in einer der größeren Städte geblieben, sobald sie in den Sturm gekommen war.

»Dem Schicksal sei wenigstens dafür Dank.« Mit der Urlaub machenden Amerikanerin allein zu tun zu haben, war das Letzte, was er wollte. Jetzt sah es ganz so aus, als müsste er es nicht.

Ian schmunzelte, und mit einer gewissen Erleichterung trug er die Kerzen in die Bibliothek. Nachdem er im Kamin ein großes Feuer angezündet hatte, lehnte er sich in seinem Lieblingssessel zurück, um zu lesen. Zum ersten Mal an diesem Tag entspannte er sich.

»Gute Güte!«

Sarah Douglas trat voll in die Bremse, um den Kühen vor ihrem Wagen auszuweichen. In den letzten drei Stunden war sie wiederholt um ein Haar mit Rindviechern zusammengestoßen. Sie hatte gewusst, dass Autofahren hier eine Herausforderung sein würde. Die erste Stunde war einigermaßen glatt gelaufen, selbst auf der falschen Straßenseite. Doch nachdem sie die A76 verlassen hatte, musste sie sich auch mit umherziehenden Tieren abfinden, sowie Straßen, die schmaler waren als ihre Einfahrt zu Hause. Wenn sie dann noch den Regen hinzuzählte, der seit ein paar Stunden wie aus Eimern kübelte, lagen ihre Nerven fast blank.

Die Straßenverhältnisse allein waren schon schlecht genug, aber sie hatte immerhin schon zwölf Stunden entweder in Flugzeugen sitzend oder auf Flughäfen wartend verbracht, ganz zu schweigen vom grauenhaftesten Flug überhaupt von Toronto nach Glasgow. Die Frau, die neben ihr saß, war mit zwei Kleinkindern unterwegs, und vom Start bis zur Landung schrie eins von beiden immer. Sarah hatte buchstäblich seit über zwanzig Stunden nicht geschlafen.

Sie hätte in einem der Hotels einchecken sollen, an denen sie in der Nähe des Flughafens vorbeigekommen war. Oder sogar in dem, das ihr aufgefallen war, als sie in Dumfries von der Hauptstrecke abbog, wenn man sie so nennen wollte. Aber sie hatte es nicht gemacht.

»Reiß dich zusammen«, knurrte sie und musste dann trotz ihrer Lage kichern.

Oh, sie hatte alles im Griff. Das Lenkrad. So fest sogar, dass ihre Finger sich allmählich verkrampften.

Sie holte tief Luft, entspannte ihre Hände bewusst und gab langsam wieder Gas, als die letzte Kuh den Weg vor ihr frei machte.

Jetzt dürfte es nicht mehr allzu weit sein. Kurz überkam sie Panik, als sie sich erneut überlegte, ob sie sich womöglich verfahren hatte, doch nachdem sie noch einmal durchgeatmet hatte, fasste sie sich wieder.

Die Wegbeschreibungen, die der nette Henry McCullough ihr gemailt hatte, waren sehr gründlich, und sie hatte gut aufgepasst. Na ja, bis auf die Tatsache, dass sie in die falsche Richtung gefahren war, als sie am Flughafen aufbrach. Sobald ihr das klar geworden war und sie den richtigen Weg eingeschlagen hatte, war sie sehr umsichtig gewesen. Der kleine malerische Umweg hatte ihre Fahrzeit nur um ein oder zwei Stunden verlängert.

Jetzt war es schlichtweg Erschöpfung, die ihren Emotionen zusetzte. Erschöpfung und der Sturm. Und die Dunkelheit. Es war stockfinster. Zwischen der fortgeschrittenen Uhrzeit und dem Wetter konnte sie nur die Bereiche sehen, die von ihren Scheinwerfern oder kurzen Blitzen erhellt wurden.

Wie auf ein Stichwort zuckte ein Blitz über den Himmel und schlug direkt vor Sarahs Wagen ein. In dem hellen Schein tauchte die Gestalt eines Mannes auf, der sie mit überraschter Miene anschaute. Wieder trat sie in die Bremse, doch diesmal stieß sie dabei einen Schrei aus, da ihr Wagen langsam auf den Mann zu rutschte. Einen kurzen Moment lang stand er wie erstarrt, bevor er – tatsächlich – über ihr Fahrzeug sprang.

Der Wagen blieb stehen, sacht an eine hohe Felswand geschmiegt. Schwer atmend löste Sarah ihre Finger vom Lenkrad und schaute sich um. Kein Mann war zu sehen.

Sie schloss die Augen, lehnte den Kopf an die Nackenstütze, und ihr Herzschlag dröhnte in ihren Ohren. Sie musste sich den Mann eingebildet haben. Echte Männer aus Fleisch und Blut sprangen nicht über Fahrzeuge, die sich bewegten, und wurden dann nicht mehr gesehen.

Vorsichtig schlug sie die Augen auf. Durch die Rinnsale, die der Regen auf ihrer Windschutzscheibe bildete, las sie das Schild an der Mauer neben ihr. Thistle Down Manor. Wenigstens hatte sie sich nicht verfahren.

Der Wagen, der im Schlamm festsaß, ließ sich weder vor noch zurück setzen. Sarah schaltete die Zündung aus. Das fehlende Brummen des Motors verstärkte nur das Geräusch des Regens, der über ihrem Kopf auf das Metall platschte. Und jetzt?

Alternativen und Entscheidungen. Sie könnte die ganze Nacht sitzen bleiben und auf Rettung warten, oder sie könnte aussteigen und zu Fuß gehen.

Wie paradox. War es nicht genau das, worum es bei dieser ganzen Reise ging, Alternativen und Entscheidungen? Nach all den Jahren, in denen sie keine Wahl hatte, sondern nur den Anweisungen anderer gefolgt war, wie man es von ihr verlangte, hatte sie sich endlich entschlossen, ihr Leben zu ändern, es selbst in die Hand zu nehmen. Zum ersten Mal im Leben hatte sie entschieden, die intuitiven Gefühle, die sie seit ihrer Kindheit heimsuchten, anzunehmen und nicht zu übergehen. Eins dieser Gefühle, nämlich das dringende Bedürfnis, etwas zu tun, bevor es zu spät war, hatte sie hierhin geführt.

Jetzt war es an der Zeit, aktiv zu werden. Gewiss nicht die günstigste Zeit, um zu erkennen, dass Handeln jemandem, der von Natur aus feige ist, nicht leichtfällt.

Sarah lugte durch die Tore und konnte über einer Brücke und am Ende einer langen Auffahrt schwach die Umrisse eines hoch aufragenden Herrenhauses sehen. Das kleine Landhaus, das sie gemietet hatte, dürfte irgendwo in der Nähe auf dem Anwesen sein, obwohl sie von ihrem Standpunkt aus nichts dergleichen erkennen konnte.

An jedem normalen Tag wäre die Entfernung mit einem angenehmen Spaziergang zu bewältigen gewesen. Doch gerade jetzt schien es nicht gerade angenehm. Natürlich war es kein normaler Tag. Es war spätabends mitten in einem Gewitter. Ganz zu schweigen von dem Mann, den sie vermeintlich gesehen hatte.

Sarah schaute noch einmal auf den strömenden Regen draußen, seufzte und griff nach hinten, um ihre Umhängetasche und ihren Geldbeutel zu holen. Nachdem sie ihre Entscheidung getroffen hatte, machte sie die Tür auf.

Sobald sie ins Freie kam, traf sie der kalte Regen. Sie ließ die Scheinwerfer an, um den Weg zu beleuchten. Am Morgen würde die Batterie leer sein, aber das war in diesem Augenblick ihre geringste Sorge. Sollte ihr Hirngespinst wieder auftauchen, wollte sie es sehen, denn sie bezweifelte, dass sie es beim Lärm des Gewitters hören würde.

Prüfend betrachtete sie die Bäume und schauderte. Ihr Nacken prickelte, als würden Blicke aus dem Wald sie verfolgen. Das Gefühl wurde immer stärker, und sie fing an zu laufen.

Die Brücke war länger, als sie ausgesehen hatte, und erst als Sarah auf der anderen Seite war, hörte die panische Angst auf, verfolgt zu werden. Sie blieb stehen und beugte sich vor, um durchzuatmen. Sie schaute zurück und sah durch den Regen nichts außer dem schwankenden Schein ihrer Scheinwerfer.

Wäre das Ganze nicht so beängstigend, hätte es Spaß machen können.

Sie rückte die schwere Umhängetasche auf der Schulter zurecht, drehte sich zum Haus um und begann, die lange Auffahrt hinaufzugehen. Sie hoffte, dass Henry McCullough noch war war.

Ian schrak aus dem Schlaf auf. Er hatte geträumt. Träume waren eine Seltenheit für ihn, was nach seinem Dafürhalten auch gut so war. Vor langer Zeit – vor sehr, sehr langer Zeit – hatte er gelernt, dass Träume immer etwas zu bedeuten haben. Oft waren sie eine sehr präzise Warnung vor der Zukunft, und meistens warnten sie vor etwas Schlimmem.

Er versuchte, sich an den Traum zu erinnern. Er war im Wald gewesen, und da war eine Frau, obwohl er sie nicht deutlich hatte erkennen können, und eine gewisse Gefahr. Und das verdammte Pochen.

Ein Pochen, wie er plötzlich feststellte, das auch jetzt noch anhielt, nachdem er aufgewacht war. Er stand auf, ein wenig desorientiert. Das Buch, das er gelesen hatte, fiel unbeachtet zu Boden.

Woher kam der Lärm?

Dem Geräusch folgend ging er in die Diele, alle Sinne angespannt.

»Hallo? Mr McCullough? Ist jemand da?« Gedämpfte Wörter drangen an seine Ohren, gefolgt von weiterem Pochen.

Die Stimme einer Frau.

Verflucht. Die Amerikanerin war doch noch gekommen.

Was stimmte nicht mit der Frau? War ihr nicht klar, wie gefährlich es war, bei so einem Gewitter zu fahren? War sie denn noch ganz bei Trost?

Er schritt zur Tür und riss sie auf in der vollen Absicht, seiner Besucherin genau die Standpauke zu halten, die sie für ihr rücksichtsloses Verhalten verdient hatte.

»Ist Ihnen eigentlich klar, wie spät es ist?« Er hatte angefangen zu brüllen, als ihr Anblick auf seiner Schwelle ihm die Sprache verschlug.

Sie stand da im strömenden Regen, die Haare ans Gesicht geklatscht, völlig durchnässt, und zitterte so stark, dass er die Bewegung sogar im Dunkeln wahrnahm.

Beim Klang seiner Stimme wich sie abrupt zurück, verlor den Halt in der Pfütze, die sich auf der Stufe gebildet hatte. Hätte er sie nicht an beiden Ellbogen gepackt, wäre sie die Treppe hinuntergestürzt.

»Entschuldigung. Tut mir leid.« Ihre Zähne klapperten so heftig, dass er ihre gemurmelte Entschuldigung kaum verstand. »Ich … ich habe nicht an die Zeit gedacht. Die Fahrt hat so viel länger gedauert, als ich geplant hatte.«

Kraftlos versuchte sie, ihre Arme aus seinem Griff zu befreien.

Statt sie loszulassen, griff er noch fester zu, zog sie in die Diele, in der sie stehen blieb, triefend, den Blick gesenkt, als betrachtete sie die komplizierten Muster auf dem Marmorboden. Sie wehrte sich nicht, als er den Tragriemen von ihrer Schulter streifte und die schwere Tasche zu ihren Füßen fallen ließ.

Da schaute sie auf, beinahe verstohlen, und ihre Blicke trafen sich.

Grün, wie der tiefe Wald. Ihre Augen waren von einem eindringlichem Grün, das ihn aufnahm, ihn einfing und davon abhielt, wegzuschauen. Sie weiteten sich kurz, bevor sie die Betrachtung des Bodens wieder aufnahmen.

Nachdem der Augenkontakt abgebrochen war, schüttelte Ian sich innerlich. *Wie ungewöhnlich*.

»Bleiben Sie hier. Ich hole etwas, damit Sie sich abtrocknen können, und dann werden wir Sie rasch aufwärmen.«

Er lief die Treppe hinauf, schnappte sich im Vorbeigehen ein paar Handtücher und blieb nur stehen, um eine Decke vom Fußende seines Bettes zu ziehen, bevor er wieder zu seinem Gast ging.

Sie stand noch unverändert da, hatte beide Arme um sich geschlungen und zitterte, während um ihre Füße eine kleine Pfütze entstand.

Er legte ihr die Decke um die Schultern und führte sie in die Bibliothek. Dort hätte sie es viel besser. Dank des Feuers, das er am frühen Abend dort angezündet hatte, war es der wärmste Raum im Haus.

»Hier sind Handtücher. Ich gehe mal in die Küche und hole Ihnen etwas Warmes zu trinken. Wäre Tee in Ordnung, oder hätten Sie lieber Kaffee?« Sie war schließlich Amerikanerin.

»Tee wäre großartig, danke.« Nur ein Flüstern.

Sie nahm die Handtücher und trocknete sich Gesicht und Haare ab, als er aus dem Zimmer ging.

Während er darauf wartete, dass das Wasser kochte, wanderten seine Gedanken zu der Frau, die sich in seiner Bibliothek abtrocknete. Sie machte ihn neugierig. Sehr sogar. Was an und für sich höchst ungewöhnlich war.

Der alte Spruch, dass Augen das Fenster zur Seele seien, war nicht umsonst zu einer Redensart geworden. Sie entsprach der Wahrheit. Einen flüchtigen Blick auf das zu erhaschen, was hinter diesen Fenstern lebte, war jedoch außergewöhnlich. Seelen wussten sich gut abzuschotten.

Als er in die Augen dieser Frau schaute, hatte er eine ungewöhnlich starke Energie gespürt, die an ihm zog. Ihre Fenster waren weit geöffnet, ihre Seele hatte sich herausgelehnt und seine Aufmerksamkeit verlangt, wie die französischen Dirnen in den Bordellen, die er vor vielen Jahren an der Barbarenküste gesehen hatte.

Er konnte sich nicht erinnern, dass ihm so etwas in all seinen Jahren schon einmal begegnet war. Sie war etwas vollkommen Neues.

Ein erwartungsvoller Schauer lief durch seinen Körper. »Etwas vollkommen Neues« war für Ian eine seltene Erfahrung. Nach sechs Jahrhunderten, die er damit verbracht hatte, zwischen der Sterblichen Ebene und dem Feenreich zu pendeln, hatte er oft gedacht, alles gesehen zu haben.

In dieser Zeit hatte er auch unzählige wertvolle Lektionen gelernt. Eine davon war, dass seltene Erfahrungen für gewöhnlich die besten waren. Auf jeden Fall die wichtigsten.

Ja, er war ziemlich neugierig auf Miss …

»Verdammt.«

Wie hieß sie? Er wusste es nicht mehr. Er konnte sich nicht einmal daran erinnern, ob Henry ihm überhaupt ihren Namen genannt hatte. Er hatte so lange an sie nur als an »die Amerikanerin« gedacht, dass ihr Name belanglos war.

Das war jetzt definitiv anders. Die Aussicht, den Wirt

für seine kleine amerikanische Touristin zu spielen, war auf einmal viel reizvoller.

Sarah beugte sich zum Feuer vor und rieb sich die Haare vehement mit dem Handtuch ab. In ihren zahlreichen Reiseführern hatte sie alles über Schottlands unberechenbares Klima gelesen, doch nichts hatte sie auf die Realität vorbereitet. Trotz des Feuers, der Decke und der Handtücher war sie noch immer durchnässt und fror.

Und sie war äußerst verlegen.

Ein Blick auf ihren Gastgeber, und sie hätte ebenso gut wieder ein Teenager sein können, völlig sprachlos und unsicher. Dieser erste Blick hatte ihr förmlich den Atem geraubt, woraufhin sie gestammelt hatte und nur noch mit ihren Füßen Blickkontakt aufnehmen konnte. Ein solches Verhalten erwartete sie nicht bei einer reifen Frau. Schon gar nicht, wenn sie die reife Frau war, um die es ging.

Gut aussehende Männer hatten immer diese Wirkung auf sie, und dieser hier war auf jeden Fall ein Musterbeispiel. Die klassische Zeile »groß, dunkel und gut aussehend« hätte speziell für ihn geschrieben sein können. Er überragte sie um gut fünfzehn Zentimeter. Seine Augen, so dunkelbraun, dass sie auch schwarz hätten sein können, passten zu seinem Haar. Es war etwas zu lang, kräuselte sich in seinem Nacken bis über den cremefarbenen Rollkragenpulli. Der Pullover brachte deutlich eine Brust zur Geltung, die in einen Pin-up-Kalender gehörte. Er hätte Mr January sein können, ein perfekter Start in ein neues Leben. Ein solcher Mann hätte sogar mehr als einen Monat verdient.

Er war ein herausragendes Exemplar, okay. Außerdem war er mindestens zehn Jahre jünger als sie, weshalb ihre Reaktion auf ihn noch lächerlicher war. Was war eigentlich los mit ihr?

»Schwerer Jetlag«, murmelte sie vor sich hin und rubbelte ihre Haare noch fester.

»Verzeihung?«

Sarah richtete sich mit einem Ruck auf und ließ dabei das Handtuch in den Nacken gleiten. Ihr Gastgeber stand im Türrahmen und hielt zwei dampfende Becher in den Händen. *Ja toll.* Jetzt hatte er sie auch noch bei Selbstgesprächen erwischt, eine schlechte Angewohnheit, die ihr mehr als ein Mal Probleme bereitet hatte. Hitze stieg ihr über den Hals ins Gesicht.

»Ich habe gar nicht gemerkt, dass Sie schon wieder da sind.«

Als er ins Zimmer trat, reagierte er nur mit einem Lächeln. Und was für ein Lächeln. Es spielte lässig um seine Lippen, breitete sich aus, erreichte seine Augen, in denen es wie Pechkohle glänzte.

Die Hitze in ihrem Gesicht nahm zu.

»Ich habe mir die Freiheit genommen, einen Schuss Honig in Ihren Tee zu geben.« Er stellte die Becher auf einen niedrigen Tisch. »Bitte, nehmen Sie doch Platz.«

Sarah setzte sich in Bewegung, blieb aber stehen und schaute an sich herab.

»O nein. Ich würde mich nur ungern mit diesen nassen Sachen auf Ihr Sofa setzen. Vielleicht wäre es am besten, wenn Sie mich direkt zum Landhaus bringen, in dem ich mich aufhalten werde.«

Sein Lächeln veränderte sich, ein Anflug von Ärger glitt über seine Miene.

»Nun ja, das bedarf einer Erklärung, müssen Sie wissen.« Er hob die gefalteten Handtücher vom Boden auf und breitete sie über das Sofa. »Hier. Setzen Sie sich.« Er hielt eine Hand hoch, als sie schon protestieren wollte. »Setzen Sie sich. Trinken Sie Ihren Tee, und dann werden wir Ihnen ein paar trockene Sachen anziehen.«

Nachdem sie es sich vorsichtig auf den Handtüchern bequem gemacht hatte, streckte Sarah die Hand aus, um den Becher entgegenzunehmen, den er ihr reichte, wobei sie sich seines durchdringenden Blicks durchaus bewusst war. Sie versuchte verzweifelt, sich etwas einfallen zu lassen, was sie sagen könnte, um das Schweigen zu durchbrechen, war aber entsetzt, als sie hörte, was ihr spontan über die Lippen kam.

»Sie sind überhaupt nicht so, wie ich Sie mir vorgestellt habe.« Wenn sie noch mehr errötete, dann würden bestimmt Flammen aus ihrem Kopf schlagen.

»Nicht, wie Sie sich vorgestellt haben? Was haben Sie erwartet?« Er lächelte wieder.

»Na ja, Mr McCullough, Sie klangen viel älter, als wir miteinander telefonierten.«

»Aha, daher also. Ich bin nicht Mr McCullough.«

»Wie bitte?« War das Fiepen tatsächlich von ihr gekommen?

Er legte ihr eine Hand auf den Arm, um sie zurückzuhalten, als sie aufstehen wollte.

»Lassen Sie es mich anders ausdrücken. Ich bin Mr McCullough, nur nicht der, mit dem Sie gesprochen haben.

Das war Henry, er ist …« Er hielt einen Augenblick inne und schaute kurz zur Seite, während er seine Hand von ihrem Arm löste und nach seinem Becher griff. »Ich bin Ian McCullough.«

»Oh.« Das erklärte, warum er nicht wie der nette alte Mann aussah, als den sie sich Henry McCullough vorgestellt hatte. »Aber Sie sind auch ein McCullough. Sind Sie verwandt?«

»Ja. Wir sind so verwandt, wie Onkel und Neffe es nur sein können.« Kurz blitzte das strahlende Lächeln wieder auf.

»Wo ist Ihr Onkel?«

»Henry? Oh, im Krankenhaus. Kleinere Knieoperation. In ein paar Tagen ist er wieder zu Hause. Unterdessen soll ich mich hier um alles kümmern, aber ich fürchte, ich habe es vermasselt.« Wieder dieses Lächeln. »Angefangen damit, dass ich nichts über meinen reizenden Gast weiß, nicht einmal den Namen.«

»Oh.« Ihre Kommunikationsfähigkeit ließ in seiner Gegenwart rapide nach. Sie wurde wieder rot. »Ich bin Sarah. Sarah Douglas.«

»Sarah.« Er wiederholte den Namen langsam. »Der passt zu Ihnen. Jetzt, da wir uns kennen, haben wir anscheinend nur noch das Problem mit dem Landhaus.«

O-oh. »Meinem Landhaus?«

Er nickte. »Bedauerlicherweise wurden unsere Hausmeister heute Morgen zu einem Notfall gerufen, daher ist das Haus nicht für Sie vorbereitet. Bei dem Gewitter dachte ich, das wäre kein großes Problem. Ich war mir sicher, dass Sie bei dem Wetter in der Stadt bleiben würden. Apropos.«

Er zog die Augenbrauen hoch, was an einen Schulrektor erinnerte, der eine sündige Schülerin maßregelt.

»An einem solchen Abend begibt man sich nicht auf die Straße, meine Gute. Haben Sie sich denn keine Gedanken darüber gemacht, welches Risiko Sie eingehen, wenn Sie bei diesem Unwetter hierher fahren?«

Sein Tonfall war belehrend, keine Frage im Plauderstil. Wäre sein wunderbarer Akzent nicht gewesen, hätte sie sogar beleidiget sein können. Sein leichter Singsang ließ alles, was er sagte, gut klingen. Der Akzent und der tiefe Bariton.

»Vermutlich nicht. Aber jetzt ist es mir bestimmt klar.« Sie stellte ihren Tee ab. »Mr McCullough …«

»Ian«, korrigierte er.

»Ian.« Sie nahm kurz Augenkontakt mit ihm auf und lächelte. »Wenn das Landhaus nicht vorbereitet ist, dann …«

»Keine Sorge. Wir werden Sie für heute Nacht hier im Haupthaus unterbringen.«

Er lehnte sich zurück, wirkte äußerst zufrieden, und trank einen Schluck Tee.

»Ich hatte den Eindruck, dass Sie hier keine Zimmer vermieten.« Henry war in dieser Hinsicht ziemlich deutlich gewesen und hatte ihr nachdrücklich versichert, es seien keine anderen Mieter da.

»Tun wir auch nicht. Sie werden diese Nacht mein Gast sein. Morgen bringen wir Sie dann im Cottage unter. Jetzt …« Ian erhob sich und streckte einladend die Hand aus. »Kommen Sie, machen Sie es sich bequem. Wann haben Sie zuletzt gegessen?«

»Im Flugzeug.«

Sie stand auf und hielt das inzwischen feuchte Handtuch fest um sich. Falls ihm aufgefallen war, dass sie seine Hand mied, ließ er es sich nicht anmerken.

»Das werden wir regeln, sobald wir Sie in trockene Kleider gesteckt haben.« Er blieb stehen und legte den Kopf schief. »Wobei mir einfällt, dass ich Ihr Auto nicht in der Auffahrt gesehen habe.«

»Da ist es auch nicht. Es steht unten am Eingangstor.« Sie zuckte mit den Schultern. »Ich bin irgendwie von der Straße gerutscht und im Schlamm stecken geblieben. Ich kann wieder hinuntergehen und meinen Koffer holen.«

Als sie sich der Tür näherten, grollte der Donner so nah, dass die Fenster klirrten.

»Ich glaube, das ist wahrscheinlich keine gute Idee. Ich bin mir sogar sicher, dass wir hier etwas Trockenes zum Überziehen für Sie finden. Wir holen Ihre Sachen und Ihren Wagen morgen, wenn der Regen vorbei ist.«

Da er nichts mehr sagte, riskierte sie einen raschen Blick zu ihm hoch. Anscheinend hatte er darauf gewartet, fing ihren Blick ein und streckte erneut die Hand aus. Vielleicht hatte er ihr Ausweichen zuvor doch bemerkt.

»Hier. Kommen Sie mit.«

Diesmal hatte sie keine Chance, ihm auszuweichen, ohne ungewöhnlich grob zu erscheinen, und das brachte sie nicht über sich. Er war viel zu nett gewesen.

Einfach eine Hand an der anderen. Sie konnte nicht verhindern, dass ihre ungeschützte Haut mit seiner in Kontakt kam. Diesmal weder Decke noch Kleidungsstück, um ihn abzufangen. Sie müsste sich einfach gegen den Ansturm wappnen, den die Berührung mit sich bringen würde, wie immer.

Sie hatte gelernt, damit zu leben. Von Kindheit an hatte sie unter dem Trauma gelitten, die Gedanken und Empfindungen anderer Menschen aufzunehmen, sobald sie mit ihrer Haut in Berührung kam, sowie unter den eigenartigen, wahllosen »Gefühlen«, die sie überschütteten, wenn sie versuchte, ihre Handlungen zu steuern. Fast noch schlimmer war die schmerzhafte Erkenntnis, dass sie »anders« war als alle anderen. Auch damit hatte sie sich vor langer Zeit abgefunden.

Obwohl sie es eigentlich vorzog, das unweigerliche Resultat zu umgehen, war es manchmal, so wie jetzt, nicht zu vermeiden.

Sie ergriff seine Hand.

Eier.

Er prüfte den Inhalt des Kühlschranks. Er wusste, wie man Eier brät. Zwar nicht gut, aber er konnte sie braten. Und Brot war auch da. Er würde Toast zubereiten. In der Vorratskammer war doch bestimmt eingemachtes Obst. Martha servierte es fast zu jeder Mahlzeit.

Unter optimalen Bedingungen käme niemand auf die Idee, ihn fälschlicherweise für einen Chefkoch zu halten, aber bei der augenblicklichen Ablenkung, die in seiner Küche stand, na ja …

Am besten war, es schlicht zu halten.

Wie konnte es angehen, dass eine Frau, irgendeine Frau, so reizend aussah, wenn man sie in Männerkleidung steckte? *Und wenn es zufällig auch noch eine attraktive Frau ist, die meine Sachen trägt?* Ohne Zweifel würde alles andere als etwas Schlichtes im Moment seine Fähigkeiten übersteigen.

»Kann ich Ihnen irgendwie helfen?«

»Sie können sich setzen. Sie sind mein Gast.« Er grinste. »Ich werde Ihnen in null Komma nichts eine leckere Mahlzeit zubereiten.«

Ha. »Lecker« war vielleicht ein bisschen übertrieben, doch wie Henry ihm gern unterstellte, war er nie ein übertrieben bescheidener Mann gewesen.

»Ist Ihnen jetzt wärmer?«

Er hatte wahllos in seinen Kleiderschrank gegriffen; Sachen, in denen er herumgammelte: Jogginghose, Thermounterhemd, Wollpulli und dicke Baumwollsocken.

Für ihn stand fest, dass ihm diese Sachen noch nie dermaßen reizvoll vorgekommen waren.

»Viel besser, danke.« Sie belohnte ihn mit einem scheuen Lächeln, tappte zum Tisch hinüber und setzte sich.

Kurz darauf stellte er Teller mit Rührei, Toast und eingemachten Pampelmusenstücken auf den Tisch. Ihr war hoch anzurechnen, dass sie ihnen nur einen kurzen zweifelnden Blick schenkte, bevor sie einen Happen probierte.

»Sie kochen nicht oft, oder?«

Aha, eine Diplomatin.

»Schmeckt es so schlecht?«

»Nein, überhaupt nicht. Sie haben bloß offensichtlich in der Küche nach Sachen gesucht, als Sie das hier zubereitet haben.«

Noch dazu eine, die genau hinschaut.

»Und ich hatte schon befürchtet, die labberigen Eier würden mich verraten.«

»Eigentlich war der angebrannte Toast eher ein Wink, als die Eier.«

Sogar mit Sinn für Humor.

Er grinste sie an und wurde mit einem leisen Lachen und einer leichten Rötung ihrer Wangen belohnt.

Einfach bezaubernd.

»Wie kam es denn nun dazu, dass Sie sich für unser kleines Landhaus entschieden haben, um darin Ihren Urlaub zu verbringen?«

»Arbeitsurlaub«, stellte sie richtig. »Ich fürchte nur, dass meine drei Monate wie im Flug vergehen werden. Und was den Ort betrifft, den habe ich auf gut Glück gewählt. Sobald ich wusste, dass ich nach Schottland kommen musste …«

Sie verstummte, ihr flackernder Blick begegnete seinem, leichte Besorgnis verratend, als hätte sie etwas gesagt, was sie nicht beabsichtigt hatte, bevor sie rasch weitersprach.

»Ich … ach, ich habe mich an den Computer gesetzt und gesucht. Heather Cottage war der erste Eintrag, der auftauchte. Ich weiß, das klingt albern, aber als ich die Webseite anklickte und etwas darüber las, kam es mir genau richtig vor.« Sie zuckte mit den Schultern, ohne aufzuschauen. »Daher habe ich Mr McCullough eine Mail geschrieben – Henry –, er hat mich angerufen, und hier bin ich.«

»Welche Arbeit wollen Sie hier machen?«

»Ich schreibe.« Verstohlen blickte sie auf.

»Aha, eine Märchenerzählerin. Und was schreiben Sie?«

»Oh, Frauenliteratur. Ziemlich viel.« Wieder ein rascher, verstohlener Blick.

»Hmmm. Ich glaube nicht, dass mir das bekannt ist.«

»Wirklich?« Während ihr Gesicht allmählich dunkelrot anlief, erhob sie sich und trug ihren Teller ans Spülbecken. »Wenigstens kann ich beim Abwasch helfen.«

Über ihre Arbeit wollte sie also nicht sprechen. *In der Tat eine höchst interessante Frau.* Schade nur, dass er in seinem Leben weder die Zeit noch den Raum für eine Frau hatte.

Sie spülten das Geschirr, ohne viele Worte zu wechseln. Er spürte ihre Abgespanntheit. Sein Ziel war, sie so schnell wie möglich ins Gästezimmer zu bringen.

Auf dem Weg zur Treppe wurden sie von einem enormen Donnerschlag unterbrochen, begleitet von einem Blitz, der so nah war, dass sich die Haare auf seinem Arm aufstellten. Dann erloschen sogleich alle Lichter im Haus. Er hatte gewusst, dass es nur eine Frage der Zeit war.

Sarah schnappte hörbar nach Luft.

Da er so nah neben ihr stand, rechnete er fest damit, dass sie ihre Arme um ihn schlingen oder sich zumindest an ihn lehnen würde.

Seiner Erfahrung nach, die weitreichend war, wandten sich verängstigte Frauen auf der Suche nach Trost und Schutz stets an den nächstbesten Mann. Besonders, wenn *er* der nächstbeste Mann war.

Das war keine Arroganz, nur eine einfache Feststellung. Er war sich seiner Wirkung auf Frauen durchaus bewusst. Auf jeden Fall hatte er lange genug Zeit gehabt, sich daran zu gewöhnen. Schließlich hatte er in den vergangenen sechshundert Jahren reichlich Frauen kennengelernt.

Aber sie tat nichts dergleichen.

Während seine Augen sich rasch anpassten, sah er, dass

sie sogar genauso in der Diele stand, wie beim Betreten seines Hauses, die Arme um sich geschlungen.

»Sie müssen keine Angst haben. Das ist nur der Strom.« Er berührte ihre Schulter, und sie zuckte zusammen.

»Ich … ich habe keine Angst. Bin nur erschrocken.«

Aber nicht ganz ehrlich? Er spürte, wie die Furcht in Wogen von ihr abrollte.

»Na ja, vielleicht ein bisschen ängstlich«, gestand sie flüsternd ein.

Schon besser.

Er führte sie in die Bibliothek, in der das Feuer ihnen ein bescheidenes Licht gewährte.

»Setzen Sie sich, und ich mache mich auf die Suche nach einer Stablampe für Sie, die Sie mit nach oben nehmen können.«

»Eine Stablampe?«

»Ja. Man steckt Batterien hinein.«

Erkenntnis machte sich auf ihrem Gesicht breit. »Oh, eine Taschenlampe.«

»Nein, eine Stablampe.« Er grinste. »Eines Tages werdet ihr Amis lernen müssen, richtig Englisch zu sprechen.«

Als er mit der Stablampe zurückkehrte, nachdem er gut zehn Minuten im Dunkeln nach frischen Batterien dafür gesucht hatte, war sie fest eingeschlafen und seitlich in die Sofaecke gekippt, die Füße noch auf dem Boden.

Was tun?

Er könnte sie wecken, eine Alternative, die absolut nicht nett wäre. Oder er könnte sie hochheben und ins Gästezimmer tragen. Obwohl es ihn in den Fingern juckte, sie auf den Armen zu halten, konnte es gut sein, dass sie wach wurde. Am besten, er ließ sie schlafen, wo sie lag. Kein Risiko eingehen, sie zu wecken, was ihm zusätzlich den Vorteil verschaffte, sie beobachten zu können, solange er wollte.

Und ihm war klar, dass er es wollte.

Ganz sacht hob er ihre Beine auf das Sofa. Er griff nach der Wolldecke, die gefaltet über seiner Stuhllehne hing, und drapierte sie über ihre schlafende Gestalt, zog sie um ihre Schultern. Damit wurden ihre weichen Rundungen eher hervorgehoben als verborgen.

Stöhnend kuschelte sie sich in die Decke.

Ian durchquerte den Raum und griff in einen Wandschrank, um eine Flasche seines Lieblingswhiskeys herauszuholen.

Mit dem vollen Glas in der Hand sank er in seinen Sessel, stützte die Füße ab und genoss einen Schluck, bevor er seine Aufmerksamkeit der Frau auf seinem Sofa zuwandte.

Selbst im Schlaf spiegelte ihre Miene Unbehagen wider, die Stirn war in winzige Falten gelegt. Fließende goldblonde Locken, die ihr knapp bis an die Schultern reichten, umrahmten ein zartes Gesicht. Lachfältchen um die Augen deuteten auf eine Frau hin, die nach den guten Seiten im Leben suchte, aber auch auf Reife. Er schätzte sie auf Anfang, Mitte dreißig, vielleicht keine klassische Schönheit, aber dennoch eine sehr attraktive Frau in ihren besten Jahren.

Er fand sie auf jeden Fall reizvoll. Angefangen vom ersten unverhofften flüchtigen Blick in ihre Seele bis hin zu ihrem überraschenden Verhalten und der Art, wie sie aussah, während sie dort unter der karierten Decke auf seinem Sofa lag, fühlte er sich zu ihr hingezogen.

Sein Instinkt jedoch schrie geradezu, dass hinter dieser Frau viel mehr steckte.

Ihm war weder entgangen, dass sie jedes Mal, wenn er sie berührte, zusammenfuhr, wie sie vermied, seine Hand zu nehmen. Noch der resignierte Blick, als sie es schließlich doch tat. Wichtiger vielleicht noch, er hatte die Überraschung gesehen, die in ihren Augen in dem Augenblick aufblitzte, als hätte sie etwas Unvermeidliches erwartet, das sich nicht eingestellt hatte.

Er trank noch einen Schluck Whiskey und genoss die Wärme, die durch seine Kehle rann.

»Nun, was hast du erwartet, kleine Sarah?«, flüsterte er, bevor er das Glas leerte.

Der Antwort auf diese Frage nachzugehen wäre zumindest eine Ablenkung, während er auf Henrys Rückkehr wartete.

Darauf wartete, sich wieder dem widmen zu können, was eigentlich wichtig war, Sterbliche vor seinesgleichen zu beschützen, die sie alle vernichten wollten.

2

Heather Cottage war ideal.

Morgens auf dem Weg vom Haupthaus hinunter zum kleinen Ferienhaus hatte sie nur wenig Gelegenheit gehabt, die Umgebung wirklich in sich aufzunehmen, doch was sie gesehen hatte, sprach ihre Sinne an. Das Herrenhaus selbst war ein riesiges, weitläufiges Gebäude, dessen Mauern von Efeu überwuchert waren. Ihr Cottage war ein schmuckes Häuschen wie aus dem Bilderbuch, Blumenkästen vor den Fenstern und eine große Holztür inklusive. Der Pfad zwischen den beiden Wohnsitzen war eine einzige Farbenpracht, gesäumt von unzähligen Blumen.

Aus Henrys Erzählungen wusste sie, dass Thistle Down Manor ein uraltes, abgeschiedenes Anwesen war. Ihr Ferienhaus, Heather Cottage, war später hinzugefügt worden und wurde nicht oft vermietet. Sie hatte wohl Glück gehabt, dass sie irgendwie die Prüfung bestanden hatte, die Henry wohl anzuwenden pflegte, um zu bestimmen, wer Heather Cottage mieten durfte.

Als sie auf der friedlichen kleinen Glasveranda vor der Küche saß, hatte Sarah zum ersten Mal im Leben das Gefühl, da zu sein, wo sie hingehörte. Nun müsste sie nur noch herausfinden, *warum* sie hier sein sollte. Diesen Gefühlen zu folgen wäre viel leichter, wenn sie nur ein bisschen genauer wären.

Als Sarah sich spätabends durch die Mietlisten im Internet gekämpft hatte auf der Suche nach einer Bleibe, hatte sich Heather Cottage, wie sie Ian gesagt hatte, *richtig angefühlt*. Er hatte höflich genickt, als hätte er verstanden. Ihm zu erklären, dass das für sie eine völlig andere Bedeutung hatte, als für jeden anderen, hätte keinen Sinn. Der ganze Abend war ungewöhnlich genug gewesen, da musste sie einen völlig Fremden nicht auch noch auf ihre Schrullen hinweisen. Im Übrigen würde er sie schon bald selbst bemerken. Das ging allen so, die sie näher kennenlernten.

»Was denke ich da eigentlich?«

Sie stand auf und schüttelte den Kopf. Sie würde weder ihm noch einem anderen so nahe kommen, dass irgendjemand etwas feststellen könnte. Sie war hier, um Frieden und Ruhe zu finden – um mit ihrem »Gespür« in Berührung zu kommen und das Buch zu Ende zu schreiben, das sie schon vor Monaten hätte fertigstellen sollen. Sie war nicht hier, um einen Mann kennenzulernen. Schon gar nicht *den* Mann.

Kichernd begann sie ihre Schultertasche auszupacken. Mal im Ernst. Wo war ihr Kopf? Selbst wenn sie nicht zu alt für ihn wäre, was definitiv der Fall war, wäre er eine Nummer zu groß für sie. Gut aussehende Männer wie er, gut aussehende junge Männer, verknallten sich in hübsche junge Frauen. Sie war weder hübsch noch jung. An ihrem letzten Geburtstag war sie achtunddreißig geworden. Selbst als sie noch in den Zwanzigern war, hatte sie nie jemand beschuldigt, hübsch zu sein. Weder ihre Mutter, noch ihre Großmutter. Und mit Sicherheit nicht Brad. Ihr Exmann hatte sie vieles genannt, aber *hübsch* gehörte nicht dazu.

Dennoch war Ian McCullough ein höchst ungewöhnlicher Mann, und das nicht nur aufgrund seines umwerfenden Aussehens.

Alle, jede einzelne Person, mit denen sie seit ihrem siebten Geburtstag in Berührung gekommen war, hatten etwas ausgeströmt. Ihre Empfindsamkeit dafür hatte diesen körperlichen Kontakt häufig unerträglich gemacht. Kummer, Habgier, Wut, Freude, Schmerz – das alles und noch mehr war durch die Berührung zu spüren. Selbst die guten Emotionen konnten schmerzhaft sein, wenn sie zu intensiv waren.

Doch als sie Ian am Abend zuvor berührte, hatte es keinen Ruck gegeben, keinen Gefühlsrausch, nur fließende Wärme. Das war noch nie geschehen.

Natürlich war sie zu dem Zeitpunkt erschöpft gewesen.

Vielleicht war das der Grund. Vielleicht würde sie ihn, wenn sich wieder eine Gelegenheit bot, noch einmal berühren. Nur um zu prüfen, was passieren würde. Wie ein wissenschaftliches Experiment. Um zu sehen, ob es Müdigkeit war, die ihre Empfindungen gedämpft hatte.

Im Moment musste sie sich darauf konzentrieren, sich einzurichten und an die Arbeit zu setzen. Keine Tagträume mehr. Bei dem Gedanken musste sie laut lachen. Tagträume *waren* ihre Arbeit.

Sie ging in den Hauptraum und hob ihre schwere Schultertasche vom Boden auf den kleinen Schreibtisch, öffnete sie und holte ihren Laptop heraus. Als sie sich umschaute, wusste sie, dass es ihr hier gefallen würde. Von dieser Stelle aus konnte sie den gesamten Innenbereich des Hauses überblicken. Zwei Türen gingen von der winzigen Diele zu ihrer Rechten ab. Die eine führte in das Bad, die andere in ein Schlafzimmer. Ihr Wohnzimmer war zur Küche hin offen und nur durch eine Anrichte und Schränke abgeteilt. Ein Holztisch und zwei Stühle füllten die kleine Küche aus. Ein Zweiersofa und ein Couchtisch beherrschten den Wohnbereich mit dem Kamin und dem Schreibtisch an der einen Wand, dem großen Fenster an der anderen.

Der Blick von diesem Fenster auf den frühsommerlichen Garten war genau das, was sie brauchte. Ausgesprochen inspirierend.

Sie sollte sich an die Arbeit machen. Die stand ganz oben auf ihrer Liste. Na ja, vielleicht ein Spaziergang durch die herrlichen Gartenanlagen, bevor sie richtig anfing zu arbeiten, aber die Arbeit hatte wirklich äußerste Priorität.

Ein Klopfen an der Haustür rettete sie vor dem Kampf, bei dem das Aufschieben die Oberhand gewann.

Als sie die Tür öffnete, stand Ian vor ihr, mühelos einen großen Koffer in jeder Hand.

»Guten Morgen, meine Liebe. Ich habe Ihre Sachen aus dem Auto hergeholt. Allem Anschein nach ist die Batterie leer, daher kümmert sich Peter jetzt darum. Wussten Sie, dass Sie das Licht angelassen hatten?« Er grinste.

Wow … Wer hätte gedacht, dass er bei Tag noch besser aussehen würde? Er trug ein schwarzes T-Shirt, so eng, dass jeder Muskel in der breiten Brust vor ihren Augen hervortrat.

»Ja, hab ich wohl.« Sie zuckte mit den Schultern, unfähig, den dümmlichen Ausdruck abzustellen, der sich auf ihrem Gesicht breitmachte. »Nach dem, was passiert war, konnte ich mich nicht überwinden, die Dunkelheit in Kauf zu nehmen.«

»Aha.« Er kniff die Augen zusammen. »Was ist denn passiert?«

»Das ist eine lange, blöde Geschichte.« Sie schüttelte den Kopf. Hier in der einladenden Atmosphäre des Ferienhauses hatte sie den Mann, den sie am Abend zuvor gesehen hatte, schon fast vergessen, die Angst, die sie verspürt hatte, als sie von ihrem Wagen fortlief. Sie war nicht besonders erpicht darauf, sie wieder aufleben zu lassen, wenn sie die Geschichte erzählte. »Vielen Dank, dass Sie mir mein Gepäck gebracht haben. Das war doch nicht nötig.«

»Kein Problem. Im Übrigen dachte ich, Sie würden vielleicht gern die schlecht sitzenden Sachen ablegen.«

Sie trug noch immer seine Kleidung. Das kleine Haus hatte sie derart bezaubert, seitdem Martha sie nach dem Frühstück hierher gebracht hatte, dass sie sich keine Gedanken darüber gemacht hatte, was sie trug. Erneut begann ihr Gesicht zu glühen.

Er versuchte gar nicht erst, sein Grinsen zu verbergen, und schob sich mit dem Gepäck an ihr vorbei, das er direkt ins Schlafzimmer trug. Als er wieder herauskam, wischte er die Hände aneinander ab, als müsste er Staub entfernen.

»So. Alles erledigt. Ich schlage Ihnen vor, dass Sie sich anziehen, und dann werde ich Ihnen den Garten zeigen. Das Anwesen ist groß, daher ist es am besten, wenn Sie wissen, worauf Sie achten müssen, damit Sie sich nicht verlaufen.« Er zog eine Augenbraue hoch. »Und Sie können mir die lange, blöde Geschichte erzählen, die Sie veranlasst hat, gestern Abend die Scheinwerfer anzulassen.«

»Na ja, ich sollte wirklich …« Sie zögerte und schaute aus dem Fenster. Die Schönheit da draußen war verlockend. Und sinnvoll war es auch. Sie sollte die Umgebung kennenlernen, wenn sie drei Monate hier verbringen wollte. »Okay, ich bin gleich wieder da.«

Wo lag im Übrigen das Problem bei einem einfachen Spaziergang? Innerhalb von zwei Stunden konnte schließlich niemand all ihre tiefen, dunklen Geheimnisse in Erfahrung bringen.

Sie ist naiv.

Wer hätte das gedacht? Besonders bei einer Frau in ihrem Alter.

Ian ging allein durch den tiefen Wald des Anwesens. Er hatte den Tag hauptsächlich mit Sarah verbracht, ihr die Gartenanlagen gezeigt und sie auf verschiedene Wege hingewiesen, die ihr vielleicht gefallen könnten, falls sie sich entschloss, nach draußen zu gehen. Wichtiger noch, er hatte auf die Wege gedeutet, die sie wohl eher meiden sollte – von denen er wollte, dass Sarah sie mied –, um sich nicht zu verlaufen oder auf Privatgelände zu kommen, das anderen gehörte, die Eindringlingen gegenüber nicht gerade freundlich auftraten.

Er schmunzelte. Dass sie annahm, es handelte sich um Nachbarn, war nur zu seinem Vorteil. In gewisser Weise bedeutete es ja auch Nachbarn. Nur nicht die Sterblichen.

Im Laufe des Tages war ihm aufgegangen, dass sie offensichtlich keine Erfahrung mit Männern hatte und ziemlich unsicher war. Das hätte er bei einer so attraktiven Frau nicht erwartet. Er war skeptisch gewesen, als ihre Wangen rosa angelaufen waren, nachdem er darauf hingewiesen hatte, dass sie noch immer seine Kleidung trug, und überrascht, als die Farbe wieder auftauchte, nachdem er ihr zu Beginn ihres Spaziergangs ein Kompliment über ihr Aussehen gemacht hatte. Doch die tiefe Röte, die in ihr Gesicht stieg, als er sie zum Abendessen einlud, hatte ihn schließlich überzeugt.

Er war sich noch immer nicht ganz sicher, was ihn zu dieser besonderen Einladung veranlasst hatte.

Er ging Frauen nicht aus dem Weg. Weit gefehlt. Er mied nur Frauen, die Wert auf eine feste Bindung legten. Er war bereits gebunden – an seine Arbeit. Was er machte, war zu wichtig, verlangte ihm zu viel ab, und für mehr als eine kurze Affäre war kein Raum. Er musste zu viele Geheimnisse hüten, um eine Beziehung gleich welcher Art einzugehen. Daher mied er authentische, unschuldige Frauen.

Frauen wie Sarah.

Dabei verbarg Sarah durchaus auch ihre eigenen Geheimnisse. Vielleicht war es neben ihrer reizvollen Unschuld das, was ihn verleitete, mehr Zeit mit ihr zu verbringen. Obwohl das eigentlich keine Rolle spielte.

Morgen würde Henry nach Hause kommen, und dann wäre er weg. Auf der Jagd nach denen, die zu jagen waren. Um diejenigen zu beschützen, die sich nicht selbst schützen konnten.

Ian spürte die Gegenwart, bevor er die Worte vernahm.

»Wie ich sehe, hat Henry das kleine Haus wieder vermietet.«

»Ja, stimmt. Ich habe nach dir gesucht, um sicherzugehen, ob du es weißt.«

Dabei entging diesem speziellen Fae nichts. Dallyn war

sein direkter Kontakt zum Feenreich – der Einzige, den er als eine Art Vorgesetzten hätte bezeichnen können. Obwohl Dallyn mitunter ausgesprochen arrogant sein konnte, vertraute er ihm auf Leben und Tod. Er konnte die Wesen, die in diese Kategorie fielen, an einer Hand abzählen und hätte noch Finger übrig.

»Nach mir gesucht? Wäre das vor oder nach dem Dinner mit der Frau gewesen?«

Ausgesprochen arrogant.

»Deshalb bin ich jetzt hier draußen.« Ian schüttelte den Kopf und ging über Dallyns herrischen Ausdruck einfach hinweg. »Und warum bist du hier? Spionierst du Henrys Gast aus?«

Dallyn versuchte vergeblich, ein winziges Lächeln zu unterdrücken. »Zum Teil. Sie hat etwas an sich …« Er ließ den Gedanken in der Luft hängen.

»Ja, so ist es.« Zum Teil, hatte er gesagt. »Und der andere Grund, warum du hier bist?«

»Hast du mit Daniel gesprochen? Wissen wir, ob er vorangekommen ist?«

Lord Daniel Stroud, Ians Partner, war sein bester Freund und seine Verbindung zu den britischen Behörden. Daniel war, ebenso wie Ian, ein Halbblut-Fae. Auch er gehörte zufällig zu der kleinen Zahl von Wesen, die Ian an einer Hand abzählen konnte.

»Nein. Ich habe Danny eine Nachricht hinterlassen, aber es hieß, er sei in London. Ich könnte mir vorstellen, dass er zu einer Beratung gerufen wurde. Ich rechne damit, dass er sich morgen meldet. Jedenfalls wird Henry dann wieder zu Hause sein, und ich werde selbst hingehen.«

»Und deinen reizenden Gast im Stich lassen?«

»Henrys Gast. Sobald er zurück ist, kann er auf sie aufpassen.«

»Du hast also kein weitergehendes Interesse an dieser Frau? Nichts, als ›auf sie aufzupassen‹, wie du sagst?«

Sie starrten sich lange an.

»Hast du in all der Zeit je erlebt, dass eine Frau mir bei meinen Pflichten in die Quere kommt?«

Dallyn senkte den Kopf, eine kaum wahrnehmbare Bewegung. »Entschuldige, ich wollte dir nicht zu nahe treten. Das war nicht meine Absicht. Ich wollte nur die Zeitspanne hinterfragen, die du mit ihr verbracht hast.«

»Übermorgen hat sich diese Unterhaltung erledigt. Dann bin ich fort, und Henry wird sich um die Frau kümmern.«

»Na schön. Was hat denn diesmal den Ausschlag gegeben, dass Henry sich für einen weiteren Gast entschieden hat? Wie hat diese Frau ihn überredet, ihr Unterkunft zu gewähren?«

Gäste waren hier so selten, dass es nur logisch war, wenn Dallyn sich danach erkundigte.

»Darüber sprichst du am besten mit Henry.«

»Wieder einmal Seelenheilung?« Dallyn schloss die Augen und schnalzte dabei mit der Zunge. »Na gut, mit mehr sollte ich auch nicht rechnen … Gib Sterblichen eine Gabe, und sie glauben, sie müssten sie einsetzen.«

Ian ging nicht darauf ein. Er musste Henry nicht verteidigen. Obwohl Dallyn sich nach außen hin verärgert gab, wusste Ian, dass es ihm gefiel, wie Henry seine heilende Gabe verwendete.

»Was glaubt er, was es ist? Noch eine verwundete Seele?«

»Ja. Aber …« Ian verstummte, unsicher, ob er seinen unbegründeten Verdacht äußern sollte oder nicht.

»Aber …?« Der prüfende Blick des Obersten Feengenerals hätte einen Geringeren dahinwelken lassen.

»Eigentlich nichts. Ich habe nur so meine Zweifel, dass es eine verwundete Seele ist. Ich frage mich, ob der Junge es diesmal nicht falsch verstanden hat.«

Für alles gab es ein erstes Mal.

»Wirklich?« Dallyn spitzte die Lippen und tippte leicht mit dem Finger daran. »Vielleicht sollte ich mir diese Frau näher ansehen.«

»Das halte ich nicht für nötig.« Den Gedanken, dass Dallyn Sarah ausspionieren würde, fand Ian sogar überaus verstörend. »Auch nicht für besonders klug.«

»Ich sehe darin kein Problem, Ian. Dabei wird sie niemals wissen, dass ich überhaupt da bin. Und jetzt ist mein Interesse geweckt.« Dallyn drehte sich um und ging. Bevor er unter den Bäumen verschwand, gab er über die Schulter noch einen letzten Kommentar ab.

»Im Übrigen wäre es bestimmt keine mühsame Pflicht, reizend wie sie ist.«

Leises Lachen drang aus der Richtung, in der Dallyn verschwunden war.

Ausgesprochen arrogant.

Sarah hatte sich schon drei Mal umgezogen, und Ian würde jede Minute kommen. Was um alles in der Welt hatte sie sich dabei gedacht, sich auf ein Dinner mit diesem Mann einzulassen?

»Nicht nachgedacht. Überhaupt nicht gedacht«, murmelte sie und griff nach einem vierten Outfit. Wenigstens diese Feststellung entsprach der Wahrheit.

Sie waren stundenlang durch die prächtigsten Gartenanlagen gegangen, die sie je gesehen hatte. Gerade als sie sich allmählich zu entspannen begann, hatte er ihr erzählt, er werde Henry am nächsten Tag aus dem Krankenhaus holen und nach Hause bringen. Kurz danach werde er aufbrechen, da er nur geplant habe, so lange zu bleiben, um in Henrys Abwesenheit auszuhelfen. Einerseits war sie erleichtert, ihm nicht mehr begegnen zu *müssen*, andererseits aber auch traurig, ihn *tatsächlich* nie wieder zu sehen. Und während sie geschwächt war, hin und her gerissen zwischen diesen ambivalenten Gefühlen, hatte er es getan.

Er hatte sie erwischt, als sie nicht aufgepasst hatte.

Er lud sie zum Dinner ein. Bot ihr an, ihr das Nachtleben des Dorfes zu zeigen, obwohl er sie warnte, dass es nicht viel sei. Sagte ihr, wie ungern er an seinem letzten Abend hier allein essen würde. Was sollte sie tun? Er war so nett gewesen und hatte sich Zeit genommen, um sie herumzuführen, damit sie sich wohlfühlte – obwohl er damit letzten Endes dafür gesorgt hatte, dass ihr höchst unwohl zumute war. Aber dafür konnte sie ihn nicht verantwortlich machen. Das lag allein an ihr.

Sie stand vor dem Spiegel, runzelte die Stirn. Und legte den Pullover wieder ab, den sie gerade übergestreift hatte. Sie schaute sich in dem Durcheinander im Schlafzimmer um und hob seufzend das Kleid auf, mit dem sie angefangen hatte. Ein schlichtes, hauchzartes Sommerkleid. Nichts Elegantes, nichts Schickes. Das müsste reichen. Sie zog es über den Kopf und zupfte es zurecht. Dann schlüpfte sie in

Sandalen und schaute angewidert darauf hinab. Für eine Verabredung mit einem so großen Mann hätte sie viel lieber Pumps getragen, aber sie hatte keine mitgenommen. An diesem Abend müsste sie eben einfach klein sein.

Warten.

Im Grunde genommen ging sie ja nicht aus. Das war keine Verabredung. Bloß ein Abendessen. Dinner mit einem Mann, der nicht alleine essen wollte.

Ein Gedanke brachte sie zum Lächeln. Als würde ein Mann wie er nicht jede Menge eifriger Begleiterinnen finden, und wenn der Ort noch so klein war.

Eher war es wohl ein Dinner mit einem Mann, der seinem Onkel versprochen hatte, nett zur derzeitigen Mieterin zu sein, ohne Ansehen ihrer Person. Nichts weiter als ein Mann, der seinem Onkel einen Gefallen tat.

Sie seufzte. Na ja, wenn sie sich wirklich verabreden würde, wüsste sie vielleicht mehr darüber, was eine Verabredung war oder nicht, und hätte jetzt keinen Stress.

Nein – sie bedauerte eigentlich nicht, dass sie nicht mit Männern ausging. Frauen verabredeten sich, um einen Ehemann zu finden. Davon hatte sie einen gehabt. Kurz. Sollten sich doch die anderen Frauen, die noch immer einen Ehemann haben wollten, ruhig verabreden. Sie würde den Schmerz weiterreichen, vielen Dank.

Sie fuhr gerade mit dem Kamm durch ihre Haare und wünschte, sie könnte mehr mit ihren wirren Locken anfangen, da klopfte er an die Tür.

Es mochte zwar keine Verabredung sein, aber in ihrem Bauch tanzten trotzdem Schmetterlinge, als sie zur Tür ging.

Sie öffnete und riss die Augen auf. Gab es irgendwo ein Männermagazin, dem ein Schönling fürs Titelbild fehlte? Schwarzes, seidiges T-Shirt, schwarze Anzughose, schwarzes Sportsakko. *Wow!* Warum hatte sie sich überhaupt mit der Sorge gequält, was sie anziehen sollte? Man würde sie ohnehin nicht bemerken.

»Guten Abend, Sarah. Sind Sie fertig?« Er lächelte. Es war umwerfend.

»Ich muss nur noch meine Handtasche holen.«

Als sie zurückkam, reichte er ihr seinen Arm und geleitete sie zur Vorderseite des Herrenhauses, wo sein Wagen abgestellt war.

Ein flotter kleiner Sportwagen. Warum überraschte sie das nicht?

Sie ging vor, stellte sich neben die Tür und wartete, bis sie aufschaute und sein Grinsen bemerkte.

»Was ist?«

»Sie wollen also fahren?«, fragte er.

»Nein, ich …« Falsche Seite. Die blöden altmodischen britischen Autos. Dumme amerikanische Touristin. »Tut mir leid, habe nicht dran gedacht.« Dumme Schamesröte, die ihr das Leben schwer machte.

»Keine Sorge, meine Liebe. Eines Tages werdet ihr Amis aufwachen und eure Autos korrigieren, richtig fahren lernen.«

»Ich an Ihrer Stelle würde auch nicht den Schnabel halten«, knurrte sie, als er ihr auf den Beifahrersitz half.

Sein Lächeln verwandelte sich in lautes Gelächter, während er auf der anderen Seite einstieg.

»Ich dachte, wir gehen heute Abend indisch essen. Ich

hoffe, das geht für Sie in Ordnung.« Er schaute sie mit fragendem Blick an.

»Ja, prima.« Sie hatte noch nie indisch gegessen. Man stelle sich vor, da kommt man den weiten Weg nach Schottland, um indisches Essen zu probieren.

Wie sich herausstellte, war das Essen köstlich. Ebenso der Wein, den sie dazu tranken. Der Abend war herrlich gewesen, angefüllt mit belangloser, ungefährlicher Konversation und hin und wieder ein paar Minuten des Schweigens.

Jetzt waren sie auf der Rückfahrt, über ihnen der Vollmond. Sie näherten sich den Toren zum Anwesen.

»Das fühlt sich heute Abend so anders an.« Es war ihr herausgeschlüpft. Sie hatte es nicht laut aussprechen wollen. Natürlich hatte sie auch nicht vorgehabt, zwei Gläser Wein zu trinken.

»Wie anders?« Er ließ die dunkle Straße vor ihnen nicht aus den Augen.

»Anders, weil es jetzt nicht bedrohlich ist.«

»Die Gewitter hier in dieser Gegend können ziemlich heftig und zuweilen beängstigend sein.«

Das war es nicht. Nicht das Gewitter war ihr im Lauf des Tages so oft unaufgefordert wieder eingefallen. Es war dieser Mann und das Gefühl, das sie bei seinem Anblick überkam.

Die Straße machte eine Biegung hin zur Auffahrt des Anwesens, und Ian fuhr auf die Tore zu. »Haben Sie hier den Mann gesehen?«

Sie nickte. »Mein Hirngespinst. Ich vermute, Erschöpfung kann dem Verstand übel mitspielen, oder?«

»Stimmt. Hätten Sie es gestern Abend erwähnt, hätte ich nach Fußspuren suchen können, als wir heute Morgen Ihr Auto geholt haben. Trotzdem denke ich, dass der Regenguss jeden Beweis entfernt haben wird.« Er verstummte.

»Ich bin mir sicher, dass ich es mir eingebildet habe. Er konnte nicht echt gewesen sein. Echte Menschen springen nicht über Autos, bevor sie im Wald verschwinden.«

Er kniff die Augen zusammen und warf ihr einen kurzen, abwägenden Blick zu. »Da haben Sie sicher recht. Tja, da sind wir.«

Er hielt den Wagen an und stieg aus, kam herum, um ihr die Tür aufzuhalten und ihr beim Aussteigen zu helfen. »Sie sind gerade schrecklich still.« Er lächelte.

»Vermutlich denke ich an gestern Abend.« Sie schauderte. Obwohl der frühsommerliche Abend eine gewisse Kälte mit sich brachte, wusste sie, dass ihre Körperreaktion nicht an der Temperatur lag.

»Der Abend war viel zu schön, um ihn mit einer bitteren Note enden zu lassen, weil ich Sie veranlasst habe, an Ihre Angst zu denken. Ich weiß was.« Seine Miene hellte sich auf. »Haben Sie je einen Nachtgarten in voller Blüte gesehen?«

»Einen Nachtgarten? Ich glaube nicht.«

»Das ist jedes Mal herrlich, aber in einer Vollmondnacht ist es ein wahres Wunder. Warten Sie hier. Ich bin gleich wieder da.« Er trabte zum Haupthaus.

Ian war nur einen Moment fort, als es in ihrem Nacken zu prickeln begann. Das Gefühl, beobachtet zu werden. Nicht bedrohlich, nicht so wie am Abend zuvor. Nur beobachtet.

Sie schlang ihre Arme um sich und zog die Schultern ein. Hier draußen auf dem Pfad, auf halbem Weg zwischen dem Haupthaus und ihrem kleinen Ferienhaus, die für sie jetzt beide Sicherheit darstellten, fühlte sie sich verletzlich. Dann war Ian wieder da. Er trug einen abgedeckten Korb und war mit langen Schritten rasch an ihrer Seite.

Er streckte den Arm aus und nahm ihre Hand, was sie zuließ, ohne nachzudenken. Seine Berührung verlieh ihr das Gefühl, als hätte er ihr die Sicherheit des Hauses gebracht. Vor Überraschung blieb sie wie angewurzelt stehen.

»Kommen Sie, ich habe Ihnen etwas Wunderschönes zu zeigen. Hier geht es lang.« Er zog sie an der Hand hinter sich her.

Der Duft erreichte sie schon, bevor sie den Gartenweg hinuntergingen. Sie waren tagsüber schon hier entlang gekommen, hatten diesen schlichten Bereich aber umgangen. Hier standen hauptsächlich weiß blühende Pflanzen, und obwohl ihnen am Tag echte Farbe fehlte, waren sie jetzt pure Schönheit. Mondlicht reflektierte auf den weißen Blüten und schuf eine Landschaft, wie Sarah sie noch nie gesehen hatte. Und dann der Duft. Unglaublich.

»Als wir heute hier vorbeikamen, habe ich nicht bemerkt, wie sie riechen. Das ist wunderschön.« Sie blickte zu ihm hoch.

»Henrys Mutter hat diesen Bereich angelegt. Sie war eine ziemlich gute Gärtnerin. Sie sagte, die Wärme tagsüber lasse nicht zu, dass sich der Duft verbreitet. Nur bei Nacht, wenn es ein wenig abgekühlt ist, duftet es so wie jetzt.«

Er führte sie in die Mitte des Nachtgartens, ließ ihre Hand los und zog eine Decke aus dem Korb. Er breitete sie schwungvoll auf dem Boden aus und bedeutete Sarah, sich zu setzen.

»Das ist schön.« Friedlich. Sie schloss die Augen und drehte ihr Gesicht zum Mond, wobei sie das Gefühl hatte, als könnte sie das auf sie herabscheinende Licht aufsaugen.

»Ja, ziemlich schön.«

Seine Stimme klang eigenartig. Sie öffnete die Augen und stellte fest, dass er sie unentwegt anschaute. Er wandte sich zu seinem Korb und holte eine Flasche Champagner sowie zwei Gläser heraus.

»Hier. Halten Sie mal.« Er reichte ihr die Gläser.

»Ich sollte wirklich nichts mehr zu mir nehmen, Ian. Normalerweise trinke ich nicht mehr als ein Glas.«

»Na ja, meine Liebe, Sie müssen ja jetzt nicht mehr fahren, oder? Im Übrigen wird es Sie entspannen.« Fachmännisch ließ er den Korken knallen und goss die sprudelnde Flüssigkeit in die Kristallgläser.

Sie betrachtete das Mondlicht, das sich in ihrem Glas spiegelte. Das war wie die Szene aus einem Film. Einem ziemlich guten. Der Abend, der kein richtiges Rendezvous war, hatte ihr gut gefallen. Sie hob den Champagner an die Lippen, trank einen kleinen Schluck, dann noch einen, bevor sie es wieder spürte.

Augen. Beobachtend.

Sie erstarrte.

»Was ist los?« Sein Körper spannte sich an. »Stimmt was nicht?«

Ein Schauer durchlief sie. »Ich hatte das Gefühl … es ist eigentlich nichts. Nur ein bisschen kühl.« Sie wollte den Moment nicht ruinieren.

Er schien sich zu entspannen. Kurz darauf schüttelte er sein Jackett ab, beugte sich vor und legte es ihr um die Schultern. Sein Gesicht war so nah, dass sie die Spiegelung des Mondes in seinen Augen sah, ein großer, schimmernder Kreis, der in einem Meer aus Onyx trieb.

Dort wurde sie festgehalten, während sie spürte, dass ihre Augen sich weiteten, sich mit seinen verbanden. Sie konnte sich nicht abwenden, konnte nicht einmal blinzeln.

Dann war es ebenso schnell vorüber, wie es begonnen hatte, was immer es war. Nur einen Augenblick hatte es gedauert, aber sie war ausgelaugt, ihre Muskeln bebten, als hätte sie hart trainiert.

Er lehnte sich zurück, einen unergründlichen Ausdruck im Gesicht. »Trinken Sie aus, Sarah.«

Als sie ihr Glas geleert hatte, stand er auf und reichte ihr lächelnd die Hand.

»Wie gedankenlos von mir. Sehen Sie sich nur an, wie Sie zittern. Ich hätte wissen sollen, dass es bei der Kleidung hier draußen zu kalt für Sie ist. Kommen Sie. Ich bringe Sie jetzt zu Ihrem Cottage.«

Er half ihr auf die Beine und geleitete sie an ihre Haustür. Dort verneigte er sich förmlich, woraufhin sie sich vorkam wie eine Königin aus längst vergangener Zeit. Dann nahm er ihre Hand, küsste flüchtig den Handrücken, drehte sich dann um und ging.

Sie schaute ihm kurz nach, bevor sie hineinging und die Tür hinter sich schloss. Sie drückte die Hand, die er geküsst hatte, fest an ihre Brust, schloss die Augen und lehnte sich mit dem Rücken an den Holzrahmen. Sie neigte den Kopf zur Seite, damit ihre Nase näher an dem Jackett über ihrer

Schulter war. Ians Jackett. Ein tiefer Atemzug, und sein Duft erfüllte ihre Sinne.

Sie hatte auf den durch seine Berührung ausgelösten Gefühlsansturm gewartet, aber wieder einmal hatte sie nur Wärme empfunden. Sie hätte annehmen können, dass die unerklärlichen Gefühle sie letztendlich verlassen hatten, wäre da nicht die andere Wahrnehmung gewesen. Die sie jetzt näher untersuchen könnte, wenn sie nur den Mut dazu hätte.

Wenn sie jetzt nicht anfing, wann dann. Das hatte sie sich versprochen, als sie an diesen Ort kam – alles anzunehmen, was sie so lange zu verdrängen versucht hatte. Sie holte noch einmal tief Luft, öffnete ihr ganzes Wesen allen Empfindungen ringsum, den Vibrationen in der Luft, und ließ sie über sich hinwegspülen.

Was immer es war, es war noch da draußen. Sie war nicht die Einzige gewesen, die Ian nachgeschaut hatte.

Ian war verärgert. Mehr noch. Wütend.

Dass Dallyn vorhatte, die Frau auszuspionieren, hatte ihn schon genug gereizt. Aber das hier war zu viel. Sie auszuspionieren, während *er* bei ihr war, kam einer Beleidigung gleich.

Im Garten hatte er einen Moment lang geglaubt, sie sei sich der Gegenwart bewusst. Aber das war konnte nicht sein.

Er reckte seinen Hals von einer Seite zur anderen, um die Verspannung dort loszuwerden, und trank noch einen Schluck aus dem Glas, das er aufgefüllt hatte. Er nahm Glas und Flasche mit zu seinem Sessel, setzte sich und starrte in das Feuer.

Als ihm klar geworden war, dass Dallyn sie beobachtete, hatte er zunächst geplant, ihm eine Lektion zu erteilen. Er würde sie küssen und dem hinterhältigen Fae die Show liefern, die er verdiente. Doch dann gingen die Vorhänge auf, und er erhaschte wieder einen Blick auf ihre Seele. Sie rief nicht mehr nach seiner Aufmerksamkeit. Betrachtete ihn ruhig, gelassen. Wartete geduldig ab.

Er nahm einen weiteren tiefen Schluck und spürte die warme Flüssigkeit durch seine Kehle rinnen.

Wartete worauf?

Noch eine interessante Frage nach der interessanten Frau, für die er keine Zeit hatte.

Verdammt gut, dass er morgen aufbrach. Bevor es zu spät war.

3

»Mir gefällt es auch nicht besser als Ihnen, Herr Minister, aber mir fällt keine andere Möglichkeit ein, um das Notwendige zu erreichen.« Lord Daniel Stroud stand vor dem Schreibtisch und funkelte seinen Vorgesetzten wütend an. »Und ich bin für alle Vorschläge offen, die Sie haben.«

Lord Humphrey McCutcheon ließ sich mit seiner beträchtlichen Körpermasse auf seinem verschlissenen Stuhl nieder. »Sie wissen, dass ich keine habe, Daniel, sonst hätte ich nicht in Erwägung gezogen, dass Sie ein solches Risiko auf sich nehmen.« Er nahm eine abgenutzte Pfeife vom Schreibtisch und klopfte damit gegen seine Hand.

Daniel wusste, dass der Minister schon längst aufgehört hatte zu rauchen, die Pfeife aber behielt, weil sie ihm eine gewisse Ruhe vermittelte.

Im Moment brauchten sie beide etwas Ruhe.

»Sind Sie sicher, dass die Information von Ihrer Quelle richtig ist?« Daniel blieb stehen und schaute auf den älteren Mann herab, der bestätigend nickte.

»Haben Sie ihn befragt, nachdem er zurückgekehrt ist?«

Der Minister blinzelte rasch, für alle, die ihn gut kannten, ein sicheres Zeichen seiner Enttäuschung. »Ich hätte wohl, wenn er zurückgekommen wäre.« Er legte die Pfeife sorgfältig auf ihren Ständer. »Wir haben gerade vollkommen den Kontakt zu ihm verloren. Nach der ersten Botschaft kam nichts mehr.«

»Verdammt. Das macht die Sache komplizierter.«

»Die Organisation hat tadellose Referenzen, enorme politische und finanzielle Unterstützung weltweit. Ich habe sogar gerüchteweise gehört, dass der Vorsitzende ihres Gremiums für den Nobelpreis vorgeschlagen wurde.« Der Minister schüttelte den Kopf. »Wir können hier kein Risiko eingehen, Daniel. Wir müssen einen Beweis finden – einen absoluten, unwiderlegbaren Beweis –, bevor wir irgendetwas unternehmen können. Und vergessen Sie nicht die Feinheiten, die wir besprochen haben. Unser Ziel ist es, die Seriosität der Wohlfahrtseinrichtung zu wahren, wenn möglich. EHN zu Fall zu bringen, wäre ein enormer Schlag für Länder in aller Welt, die von der Organisation abhängen.«

»Ich verstehe, dass wir diskret vorgehen müssen, Herr Minister. Und wir haben keine Ahnung, wer aus dem inneren Kreis Gelder abzweigt. Keinen blassen Schimmer, wer der Kontaktmann der Terroristen ist?«

»Nein. Vorausgesetzt, der Geheimdienst liegt richtig.«

Daniel zog fragend eine Augenbraue hoch.

»Ja, ja. Ich habe keinen Zweifel, dass er korrekt arbeitet. Kensington hat seine Sache immer gut gemacht.«

Der Hinweis des Ministers auf den vermissten Agenten in der Vergangenheitsform entging Daniel nicht.

»Wenn er sagt, er sei einer ihrer Beamten, und er habe eine Verbindung gefunden, dann bin ich zuversichtlich, dass sie existiert. Jetzt müssen wir sie finden.«

»Und unterbrechen.«

»Über dieses Büro hier können wir keine große Hilfe leisten – zumindest nicht offiziell.« Die Hand des Ministers schlängelte vor und streichelte über die Pfeife. »Wir müssen rasch handeln. Der Geldfluss muss natürlich gestoppt werden, aber das Neueste … diese Waffe. Wir können nicht zulassen, dass sie in die Hände der Terroristen gelangt. Wir müssen die Personen hinter diesem Netzwerk herausfinden und sie ausschalten.«

»Ich werde meine Dienststelle sofort daransetzen. Für eine ordentliche Spende wird sich der gesamte Vorstand von EHN International sicherlich kooperativ zeigen. Dann geht es nur noch darum, denjenigen herauszufischen, nach dem wir suchen.«

Daniel verließ den Minister, nahm von den abgesicherten Verwaltungsbüros der kaum bekannten Regierungsagentur, für die er arbeitete, den Aufzug nach oben. Im Parterre rief er über sein Handy seinen Fahrer an. Er musste auf der Stelle in sein Londoner Büro, Dinge in Gang setzen und dann wieder nach Glaston House zurückkehren. Er musste enorm viele Vorbereitungen treffen, bevor diese Menschen in sein Haus eindrangen.

Es war beinahe unbegreiflich. Ein Beamter in einer der angesehensten humanitären Organisationen auf Erden ließ Gelder an eine der tödlichsten Terroristenbanden fließen?

Ganz so sah es aus. Nicht zu fassen, dass er seine eigene Familie diesen Menschen aussetzte. Aber er war dafür in der besten Position. Bei seinem Ruf und seiner gesellschaftlichen Stellung würde es niemand in Frage stellen, wie es bei einem normalen Geheimagenten der Fall wäre.

Zu seinem Glück hatte er Mittel und Kontakte, die den normalen Agenten fehlten. Er würde sie brauchen, denn er hatte außerdem den deutlichen Vorteil zu wissen, mit welchem Feind sie es tatsächlich zu tun hatten.

Während der Minister seine Agenten veranlasste, alle Informationsstränge nach Hinweisen auf die Identität der Beteiligten zu überprüfen, wusste Daniel, dass sie eigentlich nach jemandem suchten, dessen Macht von außerhalb der Sterblichen Welt kam. Das hieß, diese Person konnte nur identifiziert – und kontaktiert – werden von jemandem, dessen Macht auch von jenseits der Sterblichen Welt kam.

Als er in den am Randstein wartenden Wagen stieg, klappte Daniel noch einmal sein Handy auf und tippte auf die Schnellwahl.

Wenn Ian sich sofort auf den Weg machte, könnte er in Glaston House sein, noch ehe Daniel Zeit hatte, seine Entscheidung zu bereuen, als Köder zu dienen.

4

Sarah hielt die Rücktaste gedrückt und sah zu, wie der kleine schwarze Strich die Wörter fraß, die sie geschrieben hatte. Langweilige, uninspirierte Wörter. In solchen Augenblicken wünschte sie sich, mit Stift auf einen Notizblock zu schreiben. Das Papier zu zerknüllen und durch den Raum zu schleudern, wäre befriedigender, als diese blasse Imitation von Pac-Man, die sie den ganzen Nachmittag betrieben hatte. Die Figuren sprachen nicht mit ihr. Sie bekam die Geschichte einfach nicht in den Griff, wie schon seit Monaten. Der einzige Unterschied jetzt war, dass sie sich nicht einmal darauf konzentrieren konnte, die Wörter aus dem Äther zu ziehen.

Sie konnte nur an ihn denken.

Vielleicht sollte sie damit etwas anfangen. Ihn in ihrem Buch verwenden.

Nein. Keine gute Idee. Niemals würde sie über einen echten Mann phantasieren. Schon gar nicht über diesen. Das wäre zu ungemütlich, falls sie ihm je wieder begegnen sollte.

Was eher nicht der Fall sein dürfte. Schließlich hatte er ihr gesagt, dass er heute abfahren würde.

Dennoch war sie am Ende immer ein wenig verliebt in ihre Helden, von ihnen fasziniert, wie noch nie von einem Mann, den sie kennengelernt hatte. Vermutlich war das der Grund, warum sie so gut über sie schreiben konnte.

Deshalb würde sie auch nicht über Ian schreiben. Sie

wollte sich nicht von ihm angezogen fühlen. Sie weigerte sich, von einem Mann hingerissen zu sein, den wahrscheinlich manchmal der Gedanke quälte, ob er daran gedacht hatte, seine Mutter anzurufen, wenn er Sarah anschaute. Na ja, korrigierte sie sich, zumindest seine ältere Schwester. Er war viel zu jung für sie.

Im Übrigen gehörte Ian zu den Männern, die viel zu verführerisch waren. Sie wollte ihr Herz nicht aufs Spiel setzen, wollte nicht mehr das Risiko eingehen, sich von einem Mann zurückweisen zu lassen. Ein Mal hatte gereicht.

Brad. Sie hatte geglaubt, verliebt zu sein, wenigstens am Anfang. Aber es hatte nicht sein sollen.

Brad war ihrer schnell überdrüssig geworden. War ihre eigenartigen Empfindungen und ihr komisches Verhalten leid. Wollte nicht warten, bis ihr Treuhandfond zuteilungsreif war. Dennoch sollte sie ihm dankbar sein. Sie war nicht lange genug mit ihm zusammen gewesen, um sich in eine bittere Kopie ihrer Großmutter zu verwandeln.

Stattdessen war er nur so lange geblieben, damit sie ein paar grundlegende Wahrheiten über sich selbst und das Leben erfahren konnte. Ihr war bestimmt, allein zu sein.

Sie stand auf und ging in die Küche, wobei sie sich unbewusst eine Träne von der Wange wischte.

Was hatte sie heute geleistet? Tja, bisher war ihr nur gelungen, sich in heftiges Selbstmitleid hineinzusteigern.

Sie betrat die kleine Küche, die Martha in Vorbereitung auf ihre Ankunft mit Vorräten gefüllt hatte, und öffnete die Kühlschranktür. Keine einzige Dose Schokoladeneis war zu finden. Dabei war das gar nicht mal schlecht. Selbstmitleid machte sie immer gefräßig. Offenbar gab es ein paar »Notwendigkeiten«, die sie bei ihrem nächsten Besuch im Ort mitnehmen musste.

Da sie ohnehin mit ihrer Schreiberei nicht weiterkam, beschloss sie, etwas zu kochen. Mit einer Trostmahlzeit würde es ihr besser gehen. Das war immer so. Ein großer, dicker Hamburger mit dünn geschnittenen, kurz angebratenen Zwiebeln. Vielleicht würde sie das Brot weglassen, damit sie kein allzu schlechtes Gewissen hatte. Vielleicht aber auch nicht. Wenigstens war es kein Eis. Sie konnte später immer noch spazieren gehen, um ein paar Kalorien abzuarbeiten.

Sie holte die größte Zwiebel heraus, die sie finden konnte, und machte sich an die Arbeit, schälte und schnitt. Mittendrin rannen ihr Tränen über das Gesicht. Das waren Zwiebeltränen, keine Mitleidstränen. Viel besser als vorher.

Nachdem sie den Rest der ungewöhnlich starken Zwiebel in eine Pfanne gegeben hatte und sich bereits ein wunderbares hausgemachtes Aroma verbreitete, beschloss sie, kurz an die frische Luft zu gehen. Sie huschte durch den kleinen Wintergarten zur hinteren Tür hinaus.

Ihre Augen brannten noch immer von den Dünsten, und die Tränen raubten ihr die Sicht. Sie stand auf der oberen Treppenstufe und wartete darauf, dass der leichte Wind seinen Zauber ausübte und den Schmerz vertrieb.

Zunächst bemerkte sie ihn nicht.

Er stand still mit der Sonne im Rücken direkt am Rand des Waldes, der hinter dem gepflegten kleinen Rasenstück begann. Beobachtete sie.

»Hi«, rief sie hinüber und beschattete die Augen mit der Hand, um ihn deutlicher zu sehen.

Großer Fehler. Zwiebelsaft. Die stechenden Tränen stiegen wieder auf. Sie schloss die Augen bei dem neuerlichen Ansturm, trat einen Schritt vor, traf nur auf Luft und verpasste die obere Stufe.

Sie streckte die Arme vor, um sich zu fangen, und rechnete schon damit, auf das Gesicht zu fallen. Sie schnappte nach Luft, als sie nicht auf Erde traf, sondern auf zwei kräftige Arme. Wie er es so schnell über den Rasen geschafft hatte, war ihr ein Rätsel, und im Moment war es ihr auch gleichgültig.

Sie versuchte, sich zurückzulehnen, um ihren Retter besser betrachten zu können. Wuchsen in diesem Teil Schottlands eigentlich überhaupt keine unattraktiven Männer auf? Offensichtlich nicht.

Er war groß – so groß wie Ian. Während Ian dunkle Haare hatte, war dieser Mann blond und hatte die langen Haare zu einem kleinen Pferdeschwanz zurückgebunden. Während Ians Augen pechschwarz waren, hatte er dunkelgrüne.

Moment mal.

Wann war Ian zu der Messlatte geworden, an der sie andere Männer maß?

Dennoch hatte dieser Mann sie gerettet. »Danke.«

»Keine Ursache.« Er beugte den Kopf vor und schien ihr Gesicht zu überprüfen. »Sind Sie verletzt?«

»Nein.« Sie schenkte ihm ein Lächeln. »Dank Ihnen.«

»Welcher Schmerz ist dann die Ursache für Ihre Tränen?«

Bevor ihr seine Absicht klar wurde, lockerte er seinen Griff und glitt mit den Händen an ihren Armen herunter, bis ihre Hände sich trafen. Fest umschloss er ihre Finger.

Keine Zeit, sich vorzubereiten, keine Zeit, sich gegen den Ansturm überwältigender Empfindungen zu wappnen.

Empfindungen, die sich nicht einstellten.

»Zwiebeln«, murmelte sie, unfähig zu begreifen, dass wieder ein Kontakt nicht den Schmerz ungebremster Emotionen mit sich brachte.

»Verzeihung?«

»Ich habe Zwiebeln geschält. Die Dünste …«

Wie kann das sein?

»Zwiebeln?« Er hielt die Nase hoch, wie ein Spürhund, der eine Spur aufgenommen hat. »Geht von denen dieses herrliche Aroma aus?«

»Herrlich vielleicht, nachdem sie jetzt kochen, aber vorher … o Gott. Meine Zwiebeln.« Mit einem Ruck entzog sie ihm ihre Hände und lief in die Küche.

Sie würde also knusprige, statt angedünstete Zwiebeln zu ihrem Hamburger haben. Wenigstens waren sie nicht angebrannt.

»Die sehen jedenfalls nicht so gut aus, wie sie riechen.«

Sarah zuckte beim Klang seiner Stimme zusammen, denn sie hatte nicht gehört, dass er ihr in die Küche gefolgt war. Er spähte über ihre Schulter auf den Herd, die Nase angewidert gerümpft.

»Mir war gar nicht bewusst, dass andere Gäste hier sind.« Sie drehte sich um und streckte ihre Hand aus, nicht länger besorgt, was passieren würde, wenn sie diesen Mann berührte. »Ich bin Sarah Douglas.«

Er schwieg einen Augenblick, ergriff dann ihre Hand, doch statt des erwarteten Händedrucks hob er sie in einer altmodischen Geste an die Lippen und streifte leicht wie ein Schmetterlingsflügel darüber.

»Ich bin kein Gast. Ich bin ein Nachbar, ein Freund von Ian. Ich heiße Dallyn.« Er ließ ihre Hand los, beugte sich über den Herd, schnüffelte und leckte sich die Lippen. »Hmmm. Das duftet aber gut.«

»Tja, Dallyn, möchten Sie mit mir essen?«

Seine Augen blitzten, sein Gesicht verzog sich zu einem schönen Lächeln. »Ja, sehr gern.«

Normalerweise wäre sie nie auf die Idee gekommen, einen Wildfremden zum Essen einzuladen. Aber seitdem sie ihren Fuß auf schottischen Boden gesetzt hatte, war nichts »normal« gewesen.

Im Übrigen war dieser spezielle Fremde keine Bedrohung für sie. Er war ein erstaunlich guter Mensch.

Das hatte sie in seiner Berührung gespürt.

Henry war zu Hause, hatte sich in seinen Lieblingsstuhl im Arbeitszimmer zurückgezogen.

Ian sah dem Mann zu, wie er mit der Fernbedienung herumfummelte und nach der Sendung suchte, die er sich im Fernsehen anschauen wollte. Offensichtlich fühlte er sich nicht wohl, sein Gesicht verzog sich jedes Mal vor Schmerz, wenn er sich zu schnell bewegte.

»Bist du sicher, dass du das hier allein schaffst?«

Henry funkelte ihn an. »Ich bin ja nicht alleine. Peter und Martha sind hier. Hau ab.«

Ian wandte sich um, blieb aber stehen. »Du hättest weniger Schmerzen, wenn du die Medikamente einnehmen würdest, die sie dir mitgegeben haben.«

»Dann schaff ich es bestimmt prima allein, wenn die Drogen mir die Sinne rauben.« Er warf die Fernbedienung auf den Tisch. »Wie soll ich deiner Meinung eigentlich herausfinden, was mit unserem Gast los ist, wenn ich nichts fühlen kann?«

Wie Ian erwartet hatte, war Henry ganz und gar nicht erfreut über das Ansinnen, er könnte sich in Sarah getäuscht haben.

»Ich sage ja nicht, du sollst während ihres gesamten Aufenthalts Medikamente einnehmen, Henry. Nur ein paar Tage. Bis der Schmerz ein wenig nachlässt.«

»Oh, du denkst wohl, dass ich mit dem bisschen Schmerz jetzt nicht klarkomme.«

»Willst du jetzt den ganzen Abend das bockige Kind geben?«

»Nur so lange du die unverheiratete Tante spielst, die sich in alles einmischt.«

Ian schüttelte seufzend den Kopf. »Schon als Kind hast du Schmerz nicht gut ausgehalten, Neffe.« Er stolzierte aus dem Zimmer, ohne auf Henrys nächste Salve zu warten.

Er musste packen. Dann würde er wieder versuchen, Daniel zu erreichen. Wenn er innerhalb der nächsten Stunde aufbrach, könnte er morgen gegen Mittag am Glaston House sein.

Ian warf seinen Koffer auf einen behelfsmäßigen Rücksitz und schlug die Wagentür zu. Das Fahrzeug war klein und irgendwie eng, aber es fuhr sehr, sehr schnell, wenn er es wollte, und allein dafür liebte er es und fand, dass es jedes Pfund wert war, das er dafür ausgegeben hatte. Sein Auto war eines der Dinge, die ihm an dieser Zeit am besten gefielen. Er drehte sich um und ging an die Seite des Hauses, wobei er kurz überlegte, ob er sich auf die Suche nach Sarah machen sollte oder nicht. Sich von ihr verabschieden.

Er entschied sich dagegen und blieb mit der Hand am Tor stehen. So war es besser. Besser, man ließ die Dinge ruhen. Durch eine Verlängerung war nichts zu gewinnen.

Er drehte sich rechtzeitig um und sah, dass Dallyn den Koffer aus dem Wagen holte.

»Was fällt dir ein?«

»Wir haben hier ein Ereignis von erheblicher Bedeutung. Es erfordert eine Korrektur unsererseits.« Dallyn lächelte und ging auf das Haus zu. »Eine Planänderung.«

Ian erreichte den Fae, als sie zur Tür hineingingen, und hielt ihn am Arm fest.

»Wir haben auch in Glaston House ein ziemlich bedeutendes Ereignis. Ich muss jetzt aufbrechen.«

»Hast du mit Daniel gesprochen? Kommt er mit dem Plan voran?«

»Ja. Ich habe gerade mit ihm telefoniert.«

Dallyn legte den Kopf in den Nacken, die Augen geschlossen, als wartete er auf eine göttliche Eingebung, die jedoch anscheinend nicht erfolgte, denn er seufzte und richtete seinen durchdringenden Blick auf Ian.

»Hätte ich doch bloß zwei von deiner Sorte, Ian. Aber dem ist nicht so, also wirst du vorerst hierbleiben.« Er machte sich auf den Weg zur Bibliothek. »Meinst du, wir könnten uns ein Schlückchen von dem feinen Whiskey genehmigen, den du hier drinnen hast? Heute Abend habe ich einen Jieper darauf.«

»Was soll das heißen, ich bleibe hier? Ich habe dir doch gerade gesagt, dass ich mit Daniel gesprochen habe. Ich muss nach Glaston House. Er rechnet fest mit meiner Hilfe.«

Ian sah verärgert zu, wie Dallyn den Koffer auf den Boden warf und direkt zu der eingebauten Bar ging, drei Gläser herausnahm und füllte.

»Ich nehme an, Henry hat sich vor seiner höllischen Glotze verschanzt?«

»Wir werden mit Henry sprechen, wenn wir hier fertig sind. Was ist los?« Ian griff nach dem Glas, das Dallyn ihm anbot. Irgendwie hatte er den Eindruck, als könnte er es gebrauchen.

Dallyn leerte sein Glas und füllte es wieder, bevor er das Wort ergriff. »Ich habe deinen kleinen amerikanischen Gast heute beobachtet.«

Ian spürte, wie sich erneut Wut in ihm aufstaute. Hatte der gestrige Abend nicht gereicht?

»Und?«

»Sie ist ziemlich reizvoll.«

Dallyn sah ihn so prüfend an, dass es kein beiläufiger Kommentar sein konnte. Ian wollte nicht anbeißen und sagte daher nichts.

»Außerdem kann sie ganz gut kochen.«

»Worauf willst du hinaus?« Ian stellte sein Glas auf den Tisch.

»Ich habe heute Mittag mit ihr zusammen gegessen … Lunch, wie sie es nannte.« Sein durchdringender Blick blieb.

»Du hast was?«

Dallyn zeigte sich Sterblichen nur selten. Ian konnte sich kaum erinnern, wann es zuletzt geschehen war.

Der Fae schwenkte das leere Glas in der Hand und starrte darauf, als fände er die Machart auf einmal ungeheuer faszinierend.

»Noch dazu eine völlig neue Erfahrung, da das Essen der Sterblichen in der Regel nicht nach meinem Geschmack ist.«

Jetzt fiel ihm das letzte Mal ein, als Dallyn sich gezeigt hatte. Er sah es deutlich vor sich. Unmut rauschte durch Ians Blut. »Nein. Aber des Öfteren waren sterbliche Frauen nach deinem Geschmack, oder?«

Dallyn goss sich nach, bevor er sich zu Ian umwandte. »Bist du dabei, hier deine Objektivität zu verlieren, Ian?«

»*Meine* Objektivität?« Er schüttelte den Kopf. Das ging über Arroganz weit hinaus. »*Ich* bin nicht der Fae, der sich einer Sterblichen zeigte. Das dürftest du sein.« Er nahm sein Glas in die Hand und schaute Dallyn finster an.

Dallyns Lachen hallte von den Wänden wider.

»Ich wüsste nicht, was daran so lustig ist.« Ian durchquerte den Raum, füllte bewusst sein Glas auf, um Zeit zu gewinnen, ruhiger zu werden. Es sah ihm nicht ähnlich, derart aus der Haut zu fahren.

»Genau. Dir entgeht es.« Dallyn kniff die Augen zusammen. »Ich habe mich der Frau nicht gezeigt.«

»Wie bitte?« Der Whiskey schwappte über seine Hand, als er sich ruckartig zu Dallyn umdrehte.

»Sie hat mich dort stehen sehen, als ich sie beobachtete. In meiner eigenen Gestalt.«

»Aber … wie ist das möglich?«

»Tja, und genau deshalb sollst du hierbleiben und es herausfinden.«

Sarah und ihre Seele schienen wenigstens in einem Punkt gut zusammenzupassen – sie ließen beide ihre Vorhänge weit offen.

Im tiefen Schatten des Gartens verborgen, beobachtete Ian sie, seitdem Dallyn gegangen war. Der Sonnenaufgang stand kurz bevor, und doch ging sie auf und ab, blieb zwischendurch kurz stehen, um auf ihren kleinen Computerbildschirm zu starren, bevor sie wieder aufstand und ihre Wanderung wieder aufnahm.

Henry war begeistert gewesen, als sie mit ihm gesprochen hatte. Dallyns Entdeckung hatte ihm die Frau in völlig neuem Licht erscheinen lassen. Er konnte es kaum erwarten, dass der nächste Tag anbrach, damit er sie kennenlernen konnte. Ian hatte ihn schließlich überredet, dass sie Sarah zum Abendessen einladen sollten, damit Henry sie diskret unter die Lupe nehmen konnte, statt im ersten Morgengrauen zum Ferienhaus hinunterzutraben, um die Frau anzustarren.

Ian wiederum betrachtete sie nun schon seit einiger Zeit. Das war natürlich etwas anderes. Er musste sich einen Plan ausdenken, um ihr Vertrauen zu gewinnen. Eine Möglichkeit, herauszufinden, wie viel sie darüber wusste, was sie war, was sie konnte.

Feenblut.

Das war die einzige Erklärung. Sie war wie er.

Nein. Nicht wie er. Keine Hüterin. Sie war eine Unschuldige, die zufällig zur falschen Zeit am falschen Ort war.

Oder nicht?

Sollte es so sein, brauchte er einen Plan, um sie vor den Nuadianern zu schützen. Wenn die von ihr erfuhren, könnten sie Sarah benutzen, um in die Pforten einzudringen. Sie konnten das Wasser rings um die Pforte nicht überqueren, aber Sarah könnte sie einladen, sie hinübergeleiten. Ihr Feenblut würde sie in die Lage versetzen, die Pforten zu sehen, so wie sie die Feen selbst sehen konnte.

Er beobachtete jetzt, wie sie auf der hinteren Veranda auftauchte und langsam auf den Rasen hinter dem kleinen Landhaus hinunterging. Sie streckte die Arme und hob ihr Gesicht der beginnenden Morgendämmerung entgegen wie eine heidnische Göttin. Eine Feengöttin.

Er brauchte einen Plan, um die Pforte vor ihr zu schützen. Selbst wenn sie eine nichts ahnende Unschuldige war, bedeutete sie dennoch eine Gefahr für den überaus wichtigen Zugang zum Feenreich.

Sie senkte die Arme, blieb aber dort stehen, barfuß im feuchten Gras, als wartete sie auf den ersten Sonnenstrahl, der auf ihr Gesicht fiel. Eine leichte Brise schmiegte ihr dünnes Gewand an die sanften Rundungen ihres Körpers. Er konnte den Blick nicht von ihr abwenden.

Er brauchte einen Plan, um sich selbst zu schützen.

5

»Was soll das heißen, du warst nicht noch einmal da, um das nachzuprüfen?«

Flynn schrak vor der Gehässigkeit in der Stimme der Frau zurück, deren konkurrenzlose Schönheit vorübergehend von der Boshaftigkeit auf ihrem Gesicht verdorben wurde.

»Tut mir leid, Adira. Sie hat das Grundstück nicht alleine verlassen. Ich hatte meine Männer da, um nach einer Gelegenheit zu sehen.«

»Reynard wird ebenso unzufrieden sein wie ich, dass du in dieser Hinsicht nicht weiterkommst.«

Wie immer übertrieb sie und gab sich den Anschein, als besäße sie mehr Macht und Einfluss, als sie tatsächlich hatte. Reynard teilte die Macht nicht. Flynn musste nur um Adira herumlavieren, um direkt zu Reynard zu gelangen. Aber er würde den richtigen Augenblick abwarten, bis er sicher war. Es hatte keinen Sinn, den Großen mit Vermutungen zu behelligen. Dafür war Adira gut.

»Du solltest jetzt dort sein. Du musst bereit sein, jede Chance nutzen, um deinen Verdacht zu bestätigen, Flynn. Das könnte genau der Umstand sein, auf den wir gewartet haben.« Sie wandte ihm den Rücken zu und ging zu ihrem verzierten Stuhl am anderen Ende des Raums. Ihr rotes Gewand blähte sich hinter ihr auf und fiel über die Stuhllehne, während sie sich setzte, als hätte es ein Eigenleben.

Die törichte Frau hielt sich für eine Königin, mindestens, obwohl ihre wahre Stellung nicht mehr als die der Kurtisane ihres Herrschers Reynard war.

»Dass ich hier bin, liegt nur daran, dass ich auf diese Audienz bei dir warte, Adira. Ich bin nur deswegen spät dran, um dich über den neuesten Stand zu unterrichten, wie du es verlangt hast.«

»Dann betrachte die Befragung als beendet. Überprüfe die Information so bald wie möglich und kehre umgehend zu mir zurück.«

Flynn drehte sich um und verließ die Halle, ein kleines, boshaftes Lächeln auf den Lippen. Oh, sobald er sich Klarheit verschafft hatte, würde er zurückkehren, ohne Zweifel. Aber nicht, um Adira zu treffen.

Diese machtgierige Schlampe zu ertragen, war ärgerlich, aber wenn er sich täuschte, war es viel weniger schmerzhaft, als sich mit schlechten Nachrichten an Reynard direkt zu wenden.

Und wenn er richtig lag? Sein Führer wäre hoch erfreut und würde ihn großzügig belohnen. Das Lächeln auf seinem Gesicht wurde breiter.

Die Frau überhaupt zu bemerken, war reiner Zufall. Dass sie bei dem Gewitter herumfuhr, war eigenartig genug, doch er hatte das eindeutige Gefühl, dass sie ihn gesehen hatte.

Anscheinend hatte sie sogar nach ihm gesucht, auch nachdem sie aus ihrem Wagen gestiegen war, als hätte sie seine Gegenwart gespürt, während er sie von seinem Versteck unter den Bäumen aus beobachtete.

Schon bald würde er es in Erfahrung bringen. Irgendwo,

irgendwann gäbe es eine Möglichkeit, und dann wäre er da. Bereit, sie zu seinem Vorteil zu nutzen.

Er konnte es sich leisten, geduldig zu sein.

Die Bruderschaft der Nuada hatte lange Zeit auf einen solchen Anfang gewartet.

6

War Loslassen nicht das Schwierige? Tja, sie hatte losgelassen. Doch nun stellte sie fest, das Schwierige war eigentlich, es beizubehalten. Musste wohl an den vielen Jahren der Konditionierung liegen.

Nach dem merkwürdigen Besuch ihres unerwarteten Lunch-Gasts am Tag zuvor verbrachte Sarah den Nachmittag, ohne zu schreiben. Darauf folgte eine Nacht, ohne zu schreiben. Oh, sie hatte es durchaus versucht. Sie hatte sogar Seiten niedergeschrieben. Die sie danach ausnahmslos löschte.

Ihre Phantasie spielte nicht mit. Sie hatte angefangen, über ihren neuen Helden zu schreiben, einen überlebensgroßen Rothaarigen mit umwerfend blauen Augen, doch die einzigen Augen, die sie vor sich sah, wenn sie ihre schloss, waren aus Obsidian. Das rote Haar veränderte sich immer wieder in glänzendes Schwarz, kräuselte sich im Nacken über Schultern, bei denen man schwach werden konnte.

Kurz vor dem Morgengrauen hatte sie schließlich das Handtuch geworfen, war nach draußen gegangen, um die Sonne zu begrüßen und sich den Mächten zu ergeben, die um die Herrschaft über ihr Leben wetteiferten. Sie hatte geopfert, was immer die Schicksalsgöttinnen wollten. Einen Blankoscheck ausgestellt. Daran war sie jetzt gebunden. Sie versprach, die Gefühle nicht zu ignorieren. Versprach, auf alle zu reagieren. Versprach, ihnen zu vertrauen.

Bitte, bitte, lass mich das einfach nicht spüren.

Sie hatte Kaffee getrunken, geduscht und war zu einem langen Spaziergang aufgebrochen, der sie hierher geführt hatte. An diesen Scheideweg. Geradeaus würde sie wieder zum Ferienhaus zurückgelangen. Nach links käme sie in den mittleren Garten. Rechts bog … einer der Pfade ab, vor denen Ian sie gewarnt hatte.

Das war ja so klar. Rechts fühlte sich so an, als müsste sie diesen Weg gehen. Wie Finger, die an ihr zerrten. Als könnte sie den Pfad auch mit geschlossenen Augen noch sehen.

Und wer würde davon erfahren? Ian war nicht mehr da. Sein Onkel, frisch aus dem Krankenhaus entlassen, wäre wahrscheinlich eher nicht draußen. Selbst wenn sie das Anwesen der McCulloughs verließ und einem der zurückgezogen lebenden Nachbarn über den Weg liefe, die Ian beiläufig erwähnt hatte, könnte sie sich schlichtweg dafür entschuldigen, auf sein Land geraten zu sein. Bestimmt wären sie nicht so aufgebracht, wie Ian es angedeutet hatte.

Sie hatte versprochen, ihren Gefühlen zu folgen. Die Schicksalsgöttinnen wollten Vertrauen?

Das konnten sie haben.

Sie legte die Hände über die Augen und wirbelte im Kreis herum, streckte in letzter Minute die Arme aus, um nicht vor Schwindel umzufallen. Sie hielt die Augen geschlossen und ging mit ausgebreiteten Armen geradeaus.

»Sarah, passen Sie auf!«

Der Ruf ließ sie innehalten. Ian? Er sollte doch fort sein.

Sie machte die Augen auf und stellte fest, dass ihr Gesicht nur wenige Zentimeter von einem tief hängenden Ast entfernt war.

Das war's also mit blindem Vertrauen zu Schicksalsgöttinnen. Vielleicht brauchte diese Sache mit dem Vertrauen Übung. Vielleicht sollte sie beim nächsten Mal lieber die Augen offen halten.

Was zum Teufel stimmte nicht mit der Frau?

Er hatte amüsiert zugeschaut, wie sie mit geschlossenen Augen herumgewirbelt war, wobei ihr hauchdünnes Kleid um ihren Körper flatterte. Auch als sie sich auf den Pfad begab, vor dem er sie gewarnt hatte, behielt er sein Lächeln bei, da sie offensichtlich keine Ahnung hatte, in welche Richtung sie ging, schwindelig wie sie war, die Arme seitlich von sich gestreckt, die Augen geschlossen. Das heißt, bis sie fast mit dem Baum kollidiert wäre.

»Was denken Sie sich bloß? Ziehen Sie so umher, damit Sie Erfahrungen für Ihr neuestes Buch sammeln?« Verdammte Geschichtenerzähler. Wahrscheinlich ging es um eine blinde Frau oder so.

»Wohl kaum«, murmelte sie, und die vertraute Röte stieg über den Hals in ihr Gesicht. »Was machen Sie hier? Ich dachte, Sie wären gestern abgefahren.«

»Mir ist etwas dazwischengekommen. Eine Planänderung.« Er zog eine Augenbraue hoch. »Zum Glück bin ich noch hier. Und gerade rechtzeitig, um Ihren hübschen …« *Arsch*. Er fing sich und fuhr lächelnd fort, »… Nasenrücken zu retten.« Er berührte ihre Nase leicht mit dem Finger.

Ein scheues Grinsen legte sich über ihr Gesicht.

»Mein … Nasenrücken ist Ihnen dankbar. Und der Körperteil, auf dem ich gelandet wäre, nachdem ich mir die Nase an dem Ast gestoßen hätte, dankt Ihnen auch.«

»Gern geschehen. Eigentlich bin ich hier draußen auf der Suche nach Ihnen.«

»Tatsächlich? Hatten Sie eine Vorahnung, dass Sie mir den … Nasenrücken retten müssten?«

»Ich befürchte, dafür wird Henry die Lorbeeren einstecken. Er hat mich geschickt. Er ist erpicht darauf, seinen Gast kennenzulernen, doch da er für die nächsten Tage noch immer ans Haus gefesselt ist, hoffte er, dass Sie uns heute Abend zum Dinner im Herrenhaus Gesellschaft leisten. Um sechs Uhr?«

Sie sah aus, als würde sie womöglich ablehnen.

»Das würde ihm viel bedeuten.«

Sie kaute auf ihrer Lippe, und er wusste, sie erwog es.

»Und ich verspreche, diesmal kocht Martha, nichts von mir.«

Das trug ihm ein lautes Auflachen ein, in ihren grünen Augen funkelte die Mittagssonne. »Okay. Sie haben mich überredet. Ich bin um sechs da.«

Sie drehten sich um und gingen gemeinsam den Weg entlang. Als sie ans Cottage kamen, öffnete er ihr die Tür, versperrte ihr jedoch mit dem Arm den Eintritt.

»Ihnen ist doch klar, dass ich sie vor dem Pfad, auf dem Sie waren, gewarnt habe, oder?« Anscheinend war seine Warnung nicht nachdrücklich genug gewesen.

»Ich … hatte eigentlich nicht vorgehabt, diese Richtung einzuschlagen.« Sie hielt inne und schob trotzig das Kinn vor. »Was genau sollte ich denn auf dem Pfad meiden?«

»Wenn Sie tiefer in den Wald hineingehen, ist er nicht mehr markiert. Sie könnten sich leicht verirren und unser Anwesen verlassen. Es gibt außerdem keine klare Grenze, daher kann es gefährlich sein. Tief hängende Äste zum Beispiel.« Er grinste.

Sie wurde wieder rot, und er konnte der Versuchung nicht widerstehen, sie zu hänseln.

»Sie sollten einen großen Hut für Ihre Spaziergänge in Betracht ziehen, Miss Douglas.«

Sie wirkte zunächst verwirrt. »Und wofür, bitte schön?«

Er streckte die Hand aus und tippte wieder an ihre Nase. »Weil Sie auf Ihrem Spaziergang heute ganz rosa geworden sind.«

Das Rosa verwandelte sich in einen interessanten rötlichen Ton, als es von ihren Wangen hinabrann bis ... Er lächelte erneut, denn diesmal fragte er sich, wo die Rötung wohl aufhörte.

»Sechs Uhr«, sagte sie, schob sich an seinem Arm vorbei und schloss die Tür.

Sie hatte nur zwei Koffer mitgenommen. Wie schwer konnte es sein, zu entscheiden, was sie zum Dinner anziehen sollte? Sie hatte sich geschworen, diesmal keine große Aktion daraus zu machen, aber es half nichts. Sie hatte sogar darauf zurückgegriffen, sich mitten in den Raum zu stellen, die Augen geschlossen, und auf eine *Eingebung* zu warten, die sie zur richtigen Dinner-Bekleidung führen würde. Nichts passierte.

Offensichtlich waren die Schicksalsgöttinnen wankelmütig in ihrer Führung. Nach ihrer »Schicksals«-Erfahrung zuvor hätte sie damit rechnen sollen.

Drei Outfits später klopfte sie an die Tür des Herrenhauses.

Peter machte auf und geleitete sie in die Bibliothek, in der ihre Gastgeber auf dem Sofa saßen, die Köpfe zusammengesteckt, in eine Diskussion vertieft. Als Peter sie ankündigte, sprang Ian auf die Beine, ein breites Lächeln auf dem Gesicht.

»Ah, da ist ja unser reizender Gast.« Er kam mit langen Schritten zur Tür, legte ihr eine große Hand in den Rücken und führte sie zu Henry. »Darf ich vorstellen, Sarah Douglas.«

»Sie müssen Henry sein.« Sarah zögerte nur kurz, bevor sie ihm die Hand reichte. Das wurde schließlich von ihr erwartet.

»Bitte, verzeihen Sie mir, wenn ich nicht aufstehe. Das ist im Moment mit einigem Aufwand verbunden.« Der ältere Mann ergriff ihre Hand, aufrichtig erfreut.

Henry sah genau so aus, wie sie erwartet hatte, bis hin zu dem weißen Haar, den rosigen Wangen und zwinkernden Augen.

Wie er sich *anfühlte*, stand jedoch auf einem ganz anderen Blatt. Er strahlte eine positive Energie aus, überschäumend vor Fürsorge und Neugier – das Gefühl, das sie sich vielleicht bei einem großen Heiler oder Wissenschaftler vorgestellt hätte.

Sie neigte den Kopf, um das Lächeln zu verbergen, das sie kaum zurückhalten konnte, als sie sich neben Henry auf das Sofa setzte. Gott sei Dank hatte sie nicht die Fähigkeit verloren, über sich selbst zu lachen. Dieses ganze Getue um Berührung und Gespür machte sie ausgesprochen phantasiereich. Wenn sie nicht aufpasste, würde sie sich in die Spinnerin verwandeln, als die Brad sie beschuldigt hatte.

Henry behielt ihre Hand in Besitz, streichelte über den Handrücken, als wäre es eine kleine Puppe. »Also, Sarah – darf ich Sie Sarah nennen?« Als sie nickte, fuhr er fort. »Wie gefällt Ihnen Heather Cottage?«

»Es ist wunderschön, genau so, wie Sie es mir am Telefon beschrieben haben.«

»Tut mir leid, dass ich nicht zugegen war, um Sie in Empfang zu nehmen. Ich gehe davon aus, dass Ian ein aufmerksamer Gastgeber war?«

Sarah konnte ihren Blick nicht von Henry abwenden. Seine Augen durchbohrten sie, und sie hatte das Gefühl, als versuchte er, in ihre tiefsten Tiefen vorzudringen, wie ein Mann, der nach etwas forschte.

Ein Grunzlaut vom Stuhl direkt ihr gegenüber durchbrach den Zauber.

»Ich sitze hier, Henry. Du wirst Sarah wohl kaum dazu bringen, dir meine Schwächen anzuvertrauen, solange ich anwesend bin.« Er beugte sich vor und zog eine Augenbraue hoch. »Vielleicht solltest du es vorerst dabei belassen.«

»Vielleicht. Vorerst«, murmelte Henry. Er ließ ihre Hand los, lehnte sich zurück und zwinkerte ihr erneut zu.

Sarah runzelte leicht die Stirn. Emotionale Unterströmungen schwirrten durch den Raum, stark genug, dass sie von ihrer Existenz wusste, jedoch außerhalb ihrer Reichweite.

»Sie müssen sich keine Gedanken machen. Ian war ein sehr rücksichtsvoller Gastgeber. Er hat keine Mühen gescheut, um mir meinen Aufenthalt angenehm zu gestalten.« Sie wandte sich an Ian und nagelte ihn mit einem

Blick fest. »Und auch wenn dem nicht so gewesen wäre, falls ich Beschwerden hätte, die es wert wären, Ihren Onkel damit zu behelligen, wäre Ihre Anwesenheit kein Hinderungsgrund. Ich würde mich beschweren, wenn ich es für nötig hielte.« Kein Grund, darauf hinzuweisen, dass sie sich bei keinem von ihnen beklagt hätte. Beschwerden zogen die Aufmerksamkeit auf den Beschwerdeführer, und Aufmerksamkeit hatte Sarah ihr Leben lang vermeiden wollen.

»Das Dinner ist angerichtet, Eure Lordschaft.« Peters Ankündigung lenkte sie ab.

Ian stand auf und reichte ihr eine Hand. »Darf ich Sie ins Esszimmer führen?«

Sarah warf einen kurzen Blick auf Henry, der lächelte.

»Geht ruhig vor. Peter wird mir helfen, ich komme dann.«

Sarah blieb in der Tür zum Esszimmer stehen, überrascht von der altmodischen Eleganz. Der Raum funkelte, Kerzenlicht wurde von Spiegeln und Kristall reflektiert. Ian erlaubte ihr, die Szene in sich aufzunehmen, bevor er sie an den Tisch zog.

»Henry gefällt das Ambiente«, flüsterte er ihr ins Ohr, als er ihr den Stuhl zurechtschob.

Sein warmer Atem strich über ihr Ohr und ihren Hals und hinterließ eine kleine Spur elektrischer Energie. Energie, die sich über ihren ganzen Körper ausbreitete. Vorerst würde sie es auf das *Ambiente* schieben.

Er richtete sich auf und setzte sich ihr gegenüber. »Martha hat den ganzen Tag gearbeitet, um Sie mit einem echten schottischen Gericht zu bewirten.« Ein rätselhaftes Lächeln umspielte seine Lippen. »Ich freue mich schon auf Ihr Urteil.«

Zum Glück hatte sie ihre Reiseführer studiert und wurde nicht völlig überrumpelt. Mit Haggis, Kartoffeln und Steckrüben hatte sie gerechnet, und sie waren erstaunlicherweise gut. Als Martha »spotted dick« ankündigte, hatte sie einen Moment lang überlegt, doch das Gericht erwies sich als relativ schmackhafter Biskuitkuchen.

Nach dem Essen begaben sie sich auf einen Brandy wieder in die Bibliothek. Die McCulloughs waren erstaunlich altmodisch, wenn man die beiden Männer so zusammen sah. Sarah konnte sich gut vorstellen, dass sie vor einem Jahrhundert genauso nebeneinander vor dem Kamin gestanden hätten wie an diesem Abend. Natürlich wäre sie vor einem Jahrhundert als Frau ausgeschlossen gewesen, statt auf einen Drink mit ihnen eingeladen zu werden. Das wäre eine Schande gewesen. Ihr erster Schluck Brandy schmeckte ihr sogar ziemlich gut.

Sarah nickte, setzte sich einen Moment lang still hin und dachte über die Einzelheiten des Abends nach, als ihr besonders eine einfiel.

»Peter und Martha haben Sie heute Abend ›Eure Lordschaft‹ genannt. Ist das in einem schottischen Clan so üblich?«

Ian lachte in sich hinein. »Ich glaube, Sie denken da an einen Gutsherrn aus den Highlands. Obwohl ich dort geboren wurde und immer ein Highlander sein werde, habe ich jetzt nur noch wenig mit der Gegend zu tun. Und ich bin nicht der Gutsherr des McCullough-Clans.«

»Warum nennen die beiden Sie dann so? Ich dachte, diese Form der Anrede werde nur bei Menschen mit Titeln verwendet.«

Jetzt lächelten beide Männer sie an.

»Genauso ist es«, erläuterte Henry. »Ians offizieller Titel lautet Earl of Dunscore.«

»Earl? Ich hatte ja keine Ahnung.« Sie wandte sich an Ian. »Warum haben Sie das noch nicht erwähnt?«

Er zuckte mit den Schultern. »Was hätte ich Ihnen denn sagen sollen? Für mich ist es nicht so wichtig. Den Titel hat die Familie schon so lange, fast so, als hätte er nichts mit mir zu tun.«

»Dann ist es also ein erblicher Titel?«

Er lächelte sie an, als müsste er sich die Antwort überlegen. »Ja. Er wurde als Erbtitel verliehen.«

Ein weiterer Schluck Brandy wärmte ihr Kehle und Brust und schenkte ihren Wangen bleibende Hitze.

»Aber warum haben Sie den Titel? Ich meine, wenn er vererbbar ist, würde er dann nicht eher Henry als dem älteren McCullough zufallen?« Sie schaute von einem Mann zum anderen.

Ian verlagerte sein Gewicht von einem Fuß auf den anderen, aber Henry antwortete.

»Andere Seite der Familie, könnte man sagen.«

Beide Männer nickten.

Eine Zeit lang breitete sich Schweigen im Raum aus, während Henry zum Sofa ging, wobei er Ians Versuch abwinkte, ihm zu helfen.

»Im Übrigen haben Sie, wie ich hörte, unseren guten Freund und Nachbarn gestern getroffen.« Henry hatte es endlich geschafft, sich wieder zu setzen, sein Bein auf einen Stuhl gelegt.

»Dallyn? Ja. Er kam am Cottage vorbei und hat sich vorgestellt.«

»Er ist also einfach so über sie hergefallen?« Ian sprach, ohne den Blick von den Flammen im Kamin abzuwenden.

Er klang verärgert.

»Nein. Eigentlich war es an mir, zu fallen, und er war da, um mir den …« – sie grinste Ian an, der sich schließlich zu ihr herumgedreht hatte – »Nasenrücken zu retten. Buchstäblich. Ich habe die obere Stufe an der hinteren Veranda verpasst, und nur Ihr Freund Dallyn stand zwischen mir und einem Sturz auf das Gesicht.« Sie verdrehte die Augen. »Das wäre nicht schön gewesen.«

»Tja, er ist eben immer der Held, was?«, sagte Ian leise.

»Ich nehme an, er hat mit Ihnen gegessen?« Henry nahm sie genau unter die Lupe und fuhr fort, nachdem sie genickt hatte. »Ich glaube, in all den Jahren hat er noch nie mit einem meiner Gäste gespeist.«

»Tatsächlich? Ich kann nur sagen, dass der Mann ein paar ernsthafte Hungersignale von sich gegeben hat …« Sie verstummte, als Ian schnaubte und den Raum durchquerte, um sein Glas wieder zu füllen.

»Möchten Sie auch noch einen?« Er brachte die Karaffe mit, um Henry nachzuschenken. Auf ihr Nicken hin gab er auch noch etwas Brandy in ihr Glas.

Henry beugte sich vor und flüsterte ihr hörbar zu: »Ian glaubt, dass Dallyn sich für ziemlich schneidig hält, was Frauen betrifft, obwohl er das niemals über seinen Freund sagen würde.«

»Ach ja? Das war nicht zu übersehen.« Sarah drehte sich auf ihrem Platz zu Ian herum und war überrascht von seiner finsteren Miene.

»Sie sollten vorsichtiger sein. Nur weil ein Fremder an Ihre Tür kommt, heißt das noch lange nicht, dass Sie ihn zum Essen einladen müssen.«

»Kann sein, aber wenn einer an meine Tür kommt und mich rettet, dann sollte es doch ein Essen wert sein.«

Ians finstere Miene verdüsterte sich noch mehr.

Henry hatte erneut ihre Hand ergriffen und tätschelte sie. »Ich glaube, Ian will damit sagen, dass Sie sich vor Fremden in Acht nehmen müssen. Sie konnten unmöglich wissen, dass Dallyn ein Guter war.«

»Doch. Er fühlte sich gut an.«

Oha … wie war ihr das bloß herausgerutscht? Der Brandy musste ebenso stark wie schmackhaft sein.

»Aha!«, krächzte Henry, der noch immer ihre Hand hielt.

Ian starrte sie nur an, sein Gesicht ohne jegliche emotionale Regung.

Hatte es nicht so kommen müssen? Reagierten nicht alle so, wenn sie Zeugen ihrer Sonderlichkeiten wurden?

Henry ließ ihre Hand los und stöhnte, als er sich auf seinem Stuhl bewegte. »Ich glaube, ich muss auf einen Großteil unseres äußerst angenehmen Abends verzichten.« Der Mann hatte offenbar Schmerzen.

»Hast du noch immer keine Medikamente eingenommen?« Ian neigte den Kopf zu dem älteren Mann und runzelte erneut die Stirn.

»Nein. Und in Anbetracht der Menge Brandy, die ich mir einverleibt habe, nach dem Wein zum Dinner, glaube ich auch nicht, dass ich heute Abend welche nehmen werde.« Henry grinste ihn an wie ein störrisches Kind.

»Dann solltest du dich zumindest zur Ruhe begeben.«

»Das mache ich auch.«

Ian half Henry beim Aufstehen, reichte ihm den Stock, mit dem er sich vorwärtsbewegte, und rief Peter, der den Mann nach oben begleiten sollte.

»Oh, bevor ich gehe.« Henry warf Ian noch ein heimtückisches Lächeln zu. »Ich denke, du solltest unsere reizende Miss Douglas zu einem Abendspaziergang ausführen. Das würde euch beiden jungen Leuten nur guttun.« Als Reaktion auf Ians wütendes Funkeln fuhr er fort. »Was willst du? Es ist ziemlich gut für die Verdauung. Wenn das hier nicht wäre, würde ich auch ein paar Schritte gehen.« Er deutete auf sein Knie und stützte sich mit Unschuldsmiene schwer auf Peter, als sie den Raum verließen.

Sarah wartete, bis sie glaubte, dass der Mann außer Hörweite war. »Ist schon gut, Ian, Sie sollten sich nicht verpflichtet fühlen, mich zu begleiten.« Sie versuchte zu lächeln, was ihr nicht recht gelang, als sie aufstand. »Ich sollte jetzt auch gehen. Es wird spät. Vielen Dank für einen herrlichen Abend.«

Ian hielt sie an, bevor sie die Tür erreichte, und legte ihr beide Hände auf die Schultern. Sie hatte nicht einmal gehört, dass er sich bewegt hatte. Sie merkte sich, dass sie in Zukunft Brandys nach dem Essen meiden sollte.

»Nein, Henry hat recht. Ein Spaziergang ist genau das, was wir brauchen. Die frische Luft wird uns beiden guttun.«

Er führte sie durch die Eingangshalle nach draußen, ließ sie los, um die Haustür zu schließen.

Sie schloss kurz die Augen und holte tief Luft. Es fühlte sich an wie der erste Atemzug seit einigen Minuten. Irgendwie hatten Ians Finger auf ihren Schultern sie daran gehindert, richtig zu atmen.

Das war ein neues Gefühl – selbst für sie.

Sie gingen eine Weile schweigend nebeneinander her, wobei Sarah überlegte, wie sie das Thema anschneiden sollte. Sie verlangte nicht nach Ians erzwungener Begleitung, wusste sie nicht einmal zu schätzen. Es war peinlich. Obwohl sie akzeptierte, dass Henry versuchte, ein guter Gastgeber zu sein, wäre sie lieber allein gewesen, als sich von ihm die Begleitung seines Neffen aufzwingen zu lassen. Gerade jetzt, da sie wusste, dass Ian eine derart wichtige Person war. Als könnte ein echter Earl seine Zeit mit ihr vergeuden.

Als sie den Nachtgarten erreichten, noch immer keine diplomatischen Worte parat, beschloss sie, mit den offenen, undiplomatisch vorliebzunehmen, die ihr wie kleine Jogger durch den Kopf liefen.

»Ich bin beeindruckt, dass Sie keine Mühen scheuen, um Ihren Onkel bei Laune halten, aber Sie müssen keine Zeit mit mir verbringen, weil er Sie darum bittet.« Ihre Stimme, mit der sie das Schweigen brach, klang sogar in ihren Ohren übertrieben laut.

»So ist es nicht.« Ian nahm ihre Hand und zog Sarah auf eine Bank in der Ecke des Gartens.

»Na ja, ich glaube schon. Der heutige Abend ist ein perfektes Beispiel. Sie waren offensichtlich nicht froh über Henrys Aufforderung, mich zu begleiten, und dennoch sind Sie jetzt hier.« Sie entzog ihm ihre Hand. Noch ein tiefer Atemzug, um den Mut aufrechtzuerhalten, diese Konfrontation zu Ende zu führen.

»Das beweist nur, dass der äußere Schein trügen kann. Mein Zorn über Henry hatte nichts mit seinem Vorschlag zu tun, wir sollten spazieren gehen.«

Sie schaute auf ihre Füße. Vielleicht sagte er die Wahrheit. Wenn sie bloß den Mumm hätte, ihn zu berühren, dann hätte sie Gewissheit. Nein, sie brauchte keinerlei Beweise. Es spielte keine Rolle.

»Ich habe Zeit mit Ihnen verbracht, weil ich mich dazu entschlossen hatte. Weil ich Sie besser kennenlernen wollte.« Er hielt inne. »Sarah?«

Als sie ihn nicht anschaute, nahm er sanft ihr Kinn zwischen die Finger und drehte ihr Gesicht zu ihm. »Sarah. Mir ist wichtig, dass du mir glaubst. Ich bin heute Abend nicht hier draußen, weil Henry es so will. Ich möchte hier sein. Bei dir.«

Sie vermutete, dass es kommen würde. Glaubte, seine Absicht in seinen Augen zu lesen. Ein Adrenalinstoß warnte sie dringend, die Flucht zu ergreifen, aber anscheinend konnte sie ihre Muskeln nicht dazu bewegen, den Anweisungen ihres Verstandes zu folgen.

Er beugte sich zu ihr und küsste sie. Nur sanft strichen seine Lippen über ihre, doch es reichte. Sie schloss flatternd die Augen, und ihr Herzschlag setzte kurz aus.

»Komm, Sarah, ich bringe dich nach Hause, Liebes.« Er stellte sich vor sie, streckte die Hand aus und wartete, dass sie danach griff.

Wann war er aufgestanden? Wie lange hatte sie mit geschlossenen Augen dort gesessen?

Sie nahm die dargereichte Hand und ließ sich von ihm zum Cottage führen. An der Tür beugte er sich herab und drückte einen leichten Kuss auf ihre Stirn.

»Freunde?«

In der Dunkelheit konnte sie seinen Gesichtsausdruck nicht richtig erkennen.

»Freunde«, stimmte sie ein wenig atemlos zu.

Sie sah seinem Rücken nach, auf dem die Muskeln sich abzeichneten, während er auf dem Pfad zum Herrenhaus von Schatten in Lichtflecke trat.

Der Kuss an der Tür hatte sich vielleicht wie der unter Freunden angefühlt, der im Garten jedoch beileibe nicht.

Alles in allem war es ein beeindruckender Abend gewesen.

Ian saß in der Bibliothek, starrte in den Kamin, das Buch, das er zu Ende hatte lesen wollen, unberührt auf dem Schoß.

Bevor Sarah zum Dinner gekommen war, hatte Henry darauf bestanden, alle Einzelheiten der beiden Begegnungen von Ian mit Sarahs Seele wiederzukäuen. Der Mann war fasziniert gewesen. Anscheinend hatte Henry trotz seiner vielen Kontakte mit Seelen, und obwohl er zahlreiche geheilt hatte, nie eine richtig gesehen.

Auch für Ian war es das erste Mal gewesen, doch das machte es für Henry nicht weniger frustrierend.

Ian wusste, dass der Mann den ganzen Abend versucht hatte, hinter Sarahs Barrieren zu schauen, und beständig gebohrt und Körperkontakt aufgenommen hatte. Er hoffte, Henrys kleiner Ausbruch, bevor er sich verabschiedete, bedeutete, dass er die Kenntnis erlangt hatte, nach der er suchte. Ian wäre dankbar für jeden Einblick in das Geheimnis von Sarah.

Sie war damit einverstanden gewesen, mit ihm befreundet zu sein.

Damit wäre es bestimmt leichter herauszufinden, was er wissen musste – falls Henry es nicht schon geschafft hatte. Dann wäre es auch viel leichter, sie im Auge zu behalten und, wenn nötig, zu beschützen.

Wenn eine Freundschaft also alles so viel leichter machte, warum kam ihm die Aussicht darauf jetzt so kompliziert vor?

Ian atmete heftig aus und ließ den Kopf an die Stuhllehne sinken. Die Frage war zwar verzwickt, aber die Antwort war wirklich sehr einfach.

Denn an diesem Abend im Garten hatte er sie nicht als *Freundin* empfunden. Sie hatte nicht wie eine *Freundin* reagiert.

Er schloss die Augen und hatte sogleich ihr Bild vor sich, wie sie war, als er sich nach dem Kuss zurückgezogen hatte. Ihr Gesicht schaute zu ihm hoch, ihre weichen Lippen leicht geöffnet, ihre Augen gingen flatternd auf, einen Moment lang unkoordiniert.

Warum hatte er die Dummheit begangen, sie zu küssen?

Er konnte es vom Verstand her damit begründen, dass sie in dem Moment einen Kuss gebraucht hatte. Doch in Wirklichkeit hatte *er* das dringende Bedürfnis gehabt, *sie* zu küssen, als er in ihre Augen geschaut hatte.

Denn der Schmerz in ihren Augen hatte ihm einen Stich versetzt. Es quälte ihn, dass sie seine Reaktion auf Henry missverstanden hatte. Er konnte wohl kaum eingestehen, dass sein Zorn mit der Sorge um einen aufsässigen Neffen begründet war, der den Anweisungen seines Arztes nicht Folge leisten wollte.

Er musste seine normale Beherrschung wiederfinden, die ihm in Gegenwart dieser Frau offenbar abhandenkam. Er konnte es sich nicht leisten, nachlässig zu werden. Er hatte Verpflichtungen, denen er nachkommen musste. Und dazu gehörte sie, zumindest vorübergehend.

Morgen würde er Danny anrufen und entscheiden, was als Nächstes zu tun war. Er würde mit Henry sprechen und herausfinden, was er erfahren konnte.

Er rieb sich über das Gesicht, als wollte er alle Zweifel, jegliche Verwirrung auslöschen.

Freunde?

Das würde vorerst funktionieren.

Musste.

7

»Sie hat wirklich gesagt, dass ich mich gut anfühle?« Dallyn grinste die beiden Männer an.

»Darauf musst du dir nichts einbilden«, knurrte Ian, woraufhin Dallyn in lautes Gelächter ausbrach.

»Und du musst dich nicht auf die Knie getreten fühlen.«

»Auf die Füße, Dallyn«, verbesserte Ian automatisch. »Auf die Füße getreten.«

»Ah, ja … Füße, Füße«, wiederholte Dallyn, als wollte er sich etwas Neues einprägen.

»Das alles ist sehr logisch, versteht ihr«, unterbrach Henry sie. »Ich glaube, sie ist ein Sensor.« Der Mann strahlte. Er war den ganzen Morgen schon aufgeregt über seine Entdeckung vom Abend zuvor.

»Du *glaubst,* sie ist ein Sensor?« Ian griff nach einem Stück Toast vom Gestell in der Mitte des Tisches.

»Ich bin mir sicher. Ich wusste nur nicht, wie viel sie durch ihre Berührung aufnimmt.« Henry füllte seine Tasse aus der Teekanne auf. »Ich kann euch jedoch Folgendes sagen. Wie viel sie auch spüren mag, es entspricht wahrscheinlich nicht dem ganzen Umfang ihrer Fähigkeiten.«

»Was soll das heißen?« Dallyn beugte sich vor, die Arme auf dem Tisch.

»Ian hatte recht, dass ihre Seele nicht verwundet ist. Obwohl *ich* sie noch nicht gesehen habe.« Er runzelte die Stirn und schaute Ian an. »Ich konnte sie spüren.«

Dallyn schaute Ian überrascht an. »Verstehe ich Henry richtig, du hast die Seele der Frau *gesehen*?«

Ian nickte.

»Und was hast du gespürt?« Dallyn richtete den Blick wieder auf Henry.

»Ihre Seele war jahrelang blockiert, während Sarah ihre Fähigkeiten offensichtlich verleugnet hat. Diese Enttäuschung und Traurigkeit drang zu mir durch, als ich mit ihr telefonierte. Ich habe einfach falsch diagnostiziert.« Er zuckte mit den Schultern.

»Warum dann jetzt, frage ich mich?« Dallyn lehnte sich zurück, legte die Fingerkuppen vor dem Kinn aneinander und tippte es leicht an. »Warum hat sie jetzt, nach so vielen Jahren, beschlossen, die Strömung zuzulassen?«

»Die wichtigere Frage für unsere Zwecke ist, hat sie es beschlossen, oder hat jemand anders die Entscheidung für sie getroffen?« Ian ließ seinen halb aufgegessenen Toast auf den Teller fallen. Er schmeckte plötzlich wie Sägemehl. »Das ist es doch, was du eigentlich wissen willst, oder?«

»Wir können nichts ausschließen.«

»Wir können jegliche böse Absicht von dieser Frau ausschließen.« Henry stellte seine Tasse ab. »Ich wüsste es, wenn sie die hätte. Die ist nicht vorhanden.«

»Weshalb sie um so gefährlicher ist. Gibt es ein besseres Werkzeug gegen uns, als eine Unschuldige?« Dallyns abwesender Blick wurde hart, als er sich an Ian wandte. »Noch mehr Grund, sie nicht aus den Augen zu lassen.«

Ian rieb sich das Gesicht. »Na schön. Wir fahren heute Morgen wie geplant fort. Aber wenn, wie du vermutest, jemand aus dem Hohen Rat der Nuadianer hinter allem steckt, wäre mir wohler zumute, wenn wir sie hier ließen, wo sie sicher ist.«

Dallyn erhob sich, hielt das Gesicht in die Sonne, bevor er auf die beiden Männer hinunterschaute. »Oh, es ist einer von denen, da habe ich keine Zweifel. Ich bin zwar nicht der Sensor, wie unser kleiner Gast, aber ich spüre eine starke Berührung des Bösen. Nicht von Sarah ausgehend«, fügte er hastig hinzu und hob die Hand. »Aber wenn sie von ihr erfahren, werden sie nicht zögern, sie zu benutzen. Bis wir wissen, mit wem von ihnen wir es zu tun haben, ist sie bei euch sicherer als hier alleine.« Er wandte sich an Henry und nickte ihm kaum merklich zu. »Das soll keine Beleidigung sein, mein junger Freund.«

»Alles klar, General.«

»Ein Sensor.« Dallyn spitzte nachdenklich die Lippen, verschränkte die Hände hinter dem Rücken und betrachtete den Fußboden. »Selbst in alten Zeiten waren echte Sensoren eine Seltenheit. Die Feen haben sie nach eigenem Gutdünken über die Sterbliche Ebene geschoben und eingesetzt, wo man sie brauchte, wann man sie brauchte, und andere zu ihnen hingezogen wie Figuren auf einem Spielbrett.« Er schaute auf und lächelte. »Wenn es auf der Sterblichen Ebene zu einem Zusammentreffen kommt, werdet ihr einen Sensor finden. Ich habe den Verdacht, dass es für unseren kleinen Gast sehr interessant wird. Guten Tag, meine Freunde.«

Ian sah schweigend zu, wie Dallyn hinter der Wegbiegung verschwand. »Der Fae mit seiner verdammten Kryptik«, knurrte er und stand auf.

Er hatte zu viel zu tun, um hier herumzusitzen. Sie hatten zuvor schon mit Daniel gesprochen. Er war sehr deutlich gewesen. Ian musste morgen nach Glaston House aufbrechen. Die anderen würden in den nächsten beiden Tagen kommen, und Ian musste dort sein, um sie zu treffen.

Alles hing jetzt davon ab, ob er Sarah überreden konnte, mit ihm zu kommen. Natürlich könnte er immer Druck auf sie ausüben, aber das schien Sarah gegenüber falsch.

Henrys Gekicher brachte ihn wieder zurück in die Gegenwart. »Ich werde mich nie daran gewöhnen, dass jemand, der kaum so alt aussieht, als könnte er mein Sohn sein, mich als seinen ›jungen Freund‹ bezeichnet.«

»Du bist nur ein Jüngling für ihn, Henry. Dallyn war schon alt, als ich geboren wurde.«

Ian schaute wieder auf den Pfad, den der Fae genommen hatte. Der Pfad, der am Cottage und Sarah vorbeiführte.

Ian beobachtete das kleine Haus ein paar Minuten, bevor er sich der Tür näherte. Alle Fenster standen offen. Es war zwar noch früh, aber sie war offensichtlich bereits wach, womit die Ausrede hinfällig war, seinen Besuch zu verschieben. Er versuchte Zeit zu schinden, das wusste er, denn er war noch immer nicht davon überzeugt, dass es der beste Plan war. Doch da es der einzige war, den sie hatten, blieb ihm nichts anderes übrig.

Er folgte dem Weg zum Eingang und erblickte sie durch das vordere Fenster. Sie stand in der Mitte des Raums, beide Hände um einen Becher gelegt, und starrte an die Decke.

Er zögerte noch einmal kurz an der Tür, die offen stand.

Sarah hatte sich noch nicht in Bewegung gesetzt, da sie seiner Gegenwart nicht bewusst war.

»Sarah?« Er streckte den Kopf durch die Tür.

»Heilige Sch…« Sie fuhr zusammen und verschüttete dunkle Flüssigkeit über ihr Sweatshirt.

»Verzeihung. Ich wollte dich nicht erschrecken.«

»Nicht deine Schuld. Manchmal trete ich völlig weg.« Sie lächelte und stellte den Becher auf den Beistelltisch. »Was führt dich so früh am Morgen hierher?«

»Du.« Als er ihre Verwirrung bemerkte, breitete er die Hände in einer hilflosen Geste aus. »Ich habe ein großes Problem, und ich wusste nicht, wen ich zuerst um Hilfe bitten sollte.«

Sie riss die Augen weit auf. »Ist etwas mit Henry?«

»Dem geht's gut – das ist es nicht.« Er schaute sich erwartungsvoll um. »Darf ich reinkommen und mit dir darüber reden?«

»Oh.«

Sie hielt einen Moment lang inne und steckte sich nervös die Haare hinter die Ohren, eine für Ian unnötige Geste, da ihre Locken sogleich wieder nach vorn fielen.

»Wie unhöflich von mir. Tut mir leid.« Mit einer Handbewegung forderte sie ihn auf, hereinzukommen. »Möchtest du Kaffee?« Sie machte sich auf den Weg in den Küchenbereich.

»Ich wollte dir keine Umstände machen.«

»Kein Problem. Ich muss meinen Becher ohnehin auffüllen.« Sie deutete auf ihr Sweatshirt, blieb dann stehen und zog es über den Kopf.

Für Ian drehte sich die Welt abrupt langsamer, während

er zusah, wie sie das Kleidungsstück ablegte. Das kleine blaue T-Shirt, das sie darunter trug, schob sich dabei nach oben und legte einen kleinen Bereich des blassen, flachen Bauches frei. Als der blaue Baumwollstoff wieder auf ihre kurze Hose herunterflatterte, musste er die Hände zusammenfalten, um sie nicht nach Sarah auszustrecken. Er konnte sich nicht daran erinnern, wann eine Frau ihn zuletzt in so kurzer Zeit derart beeindruckt hatte.

»Kaffee wäre gut.« Er folgte ihr in den Küchenbereich und setzte sich an den Tisch in der Hoffnung, dass seine Stimme nicht so angespannt klang, wie es ihm gerade vorkam.

Sie brachte gefüllte Becher und nahm ihm gegenüber Platz. »Was kann ich denn nun tun, um dir zu helfen?«

»Mein Freund Daniel und seine Frau geben eine Hausparty, und sie haben mich gebeten, zu ihnen zu kommen und sie zu unterstützen. Ihr Anwesen liegt ein Stück südlich von Bristol.« Er trank einen Schluck Kaffee, wobei er rasch einen verstohlenen Blick auf Sarah warf, um ihre Reaktion einzuschätzen. »Die Gäste, die er eingeladen hat, sind ziemlich wichtig für Daniel. Er will wirklich einen guten Eindruck machen.«

Sie stellte ihren Kaffeebecher auf den Tisch, hielt ihn aber nach wie vor zwischen den Händen. »Und was soll ich deiner Meinung nach tun? Während deiner Abwesenheit ein Auge auf Henry haben?«

»Nein, Martha und Peter kümmern sich hervorragend um ihn.« Er suchte den Augenkontakt mit ihr. »Ich hätte gern, dass du mitkommst.«

»Wie bitte?«

Zeit, um Henrys Theorie zu überprüfen, ob Sarah ein

Sensor war. Er legte die Hände auf ihre und ließ sie dort liegen, obwohl er merkte, wie sie zusammenfuhr. Ihr würde viel schwerer fallen abzulehnen, wenn sie wusste, dass er die Wahrheit sagte.

»Alle geladenen Gäste bringen ihre Frauen mit. Ich habe keine.« Er grinste. »Ich dachte, vielleicht könntest du mein Ersatz sein.«

Sie hielt inne und schaute auf seine Hände an ihren. Er fragte sich kurz, ob sie sich zurückziehen würde, doch stattdessen holte sie tief Luft und schaute ihn wieder an.

»Du bist ein attraktiver junger Mann, Ian.«

»Es freut mich, dass du das findest«, unterbrach er sie, noch immer grinsend.

Sie überging seine Bemerkung und fuhr fort. »Allein deswegen bin ich sicher, dass es viele Frauen gibt, alle jünger als ich, die selig wären, als *Ersatz* einzuspringen.«

Ihre Hand zitterte unter seiner.

»Kann sein. Aber zunächst einmal bin ich nicht so jung, wie du vielleicht annimmst.« *Beträchtlich älter.* »Genauer gesagt, Daniel und Nessa sind eng befreundet. Diese Leute und dieses Zusammenkommen sind für Daniel sehr wichtig. Ich will ihn nicht in Verlegenheit bringen und irgendjemanden mitnehmen. Ich brauche jemand Besonderen. Ich brauche dich als meine Begleitung.«

Ihre Augen weiteten sich, und er verkniff sich ein Siegeslächeln, als er ihre Hand losließ. Eins zu null für Henrys Theorie. Allem Anschein nach hatte sie gespürt, dass er es ehrlich meinte.

»Was ist so wichtig an dieser Hausparty?« Sie verschränkte die Hände und legte sie in den Schoß.

Er hoffte, Daniels Tarngeschichte, um ihre Verdächtigen nach Glaston House zu locken, würde auch Sarah überzeugen.

»Daniel hat sich in den Kopf gesetzt, in den Vorstand seiner Wohltätigkeitsorganisation zu kommen. Er spielt an diesem verlängerten Wochenende auf dem Lande den Gastgeber für die Männer, die für die Organisation verantwortlich sind. Vier Tage auf seinem Anwesen, um ihn und Nessa kennenzulernen und zu entscheiden, ob Daniel ihren Ansprüchen genügt. Ein bisschen entspannte Freizeit, zwei Abendessen – alles, was Männer ihres Ranges erwarten.«

»Du klingst nicht sonderlich beeindruckt.«

»Na ja, ich bin bereit, Zeit oder Geld zu spenden, durchaus, aber Daniel gehört nicht zu denen, die sich damit zufriedengeben. Wenn er mit einbezogen werden will, dann stürzt er sich kopfüber hinein. Aufs Ganze gehen, so heißt es bei euch Amis wohl. Er ist jetzt darauf aus, es in diesen Vorstand zu schaffen, und wenn er das will, mache ich alles, was mir möglich ist, um ihm zu helfen.« Er schenkte ihr ein aufmunterndes Lächeln, glaubte er. »Ich brauche deine Hilfe, damit ich ihm helfen kann.«

»Na ja …«

Das leichte Stirnrunzeln und das Zögern in ihrer Stimme zeigten ihm, dass sie schwankte.

»Auch für dich wäre es eine tolle Gelegenheit. Daniels Anwesen ist nicht weit von einigen Orten entfernt, die du gern aufsuchen würdest, bevor du wieder nach Hause fährst, wie du erwähnt hast. Stonehenge, Glastonbury Tor, Avebury. Hast du nicht gesagt, es sei dir wichtig, sie zu sehen?«

Jetzt hatte er sie fast rumgekriegt. Erneut verkniff er sich ein Lächeln. Es wäre kein feiner Zug von ihm, wenn er jetzt hinzufügte, dass er sie bei ihren Fähigkeiten nicht näher als fünf Meilen an diese Orte heranließe, bis die akute Bedrohung vorüber war. Alle beherbergten eine eigene Pforte zum Feenreich. Sie in der Nähe der Pforte auf diesem Anwesen zu haben, wo er auf sie aufpassen konnte, war schlimm genug.

»Wann würden wir denn fahren?«

Ich hab sie, wie einen Fisch an der Angel. »Wir müssen morgen früh aufbrechen. Mit dem Auto werden wir etwa sieben Stunden brauchen – vorbei an den schönsten Landschaften, die England zu bieten hat, wenn ich das hinzufügen darf. Direkt durch das Seengebiet. Montag werden wir zurückkehren. Auf dem Heimweg könnten wir noch einen kurzen Abstecher nach Wales machen, wenn du willst.«

Ihre Hände umfassten wieder den Kaffeebecher, ihre Daumen tippten unbewusst aneinander. »Ich würde mir die Orte wirklich gern anschauen, und ich weiß nicht, ob ich noch eine Gelegenheit haben werde. Wenn du sicher bist, dass ein zusätzlicher Gast keine Last für deine Freunde ist.«

Er streckte die Hand aus und legte sie noch einmal auf ihre. »Ich habe mit ihnen über dich gesprochen. Ich habe ihnen gesagt, ich hoffte, dich überreden zu können, mitzukommen. Sie würden dich sehr gern kennenlernen, und sie freuen sich, dass du mich begleitest.«

Die Pause, bevor sie antwortete, war beinahe unerträglich. Er konnte sehen, wie die Gedanken durch ihren Kopf wirbelten, und der Tumult, den sie erzeugten, spiegelte sich auf ihrem Gesicht wider.

»Okay, ich mach es«, antwortete sie schließlich. Ihre Hand zitterte noch immer unter seiner.

»Danke, Sarah. Du kannst dir nicht vorstellen, wie viel mir das bedeutet.« Er erhob sich. »Ich muss jetzt noch ein paar Sachen erledigen, aber ich komme morgen früh gegen acht vorbei, um dich abzuholen. Einverstanden?«

Sie sah aus wie ein verschrecktes Reh, bereit, fortzulaufen, aber sie nickte und stand auf, wobei sie die Hände in die Hosentaschen steckte.

Er ging über den Pfad zum Herrenhaus, drehte sich kurz um und winkte, da sie noch immer im Türrahmen stand. Vorerst würde er sich drauf konzentrieren, was als Nächstes zu tun war, wie für die Sicherheit aller zu sorgen war, wie er mit der Bedrohung umzugehen hatte.

Er würde seine Gedanken *nicht* darauf lenken, wie lang ihre Beine in den kurzen blauen Shorts aussahen, wie weich sie sich wohl anfühlen würden. Es gab viele Dinge, die ihm am derzeitigen Jahrhundert gefielen, aber in diesem Augenblick stand die Damenmode ziemlich weit oben auf seiner Liste.

O ja, das versprach ein langes Wochenende zu werden.

8

Wie hatte sie sich in diese Lage gebracht? Sarah warf einen kurzen Blick nach rechts auf den Mann, der den Wagen fuhr, in dem sie saß. Warum sagte sie immer wieder Ja zu Ian?

Weil er sie um Hilfe gebeten hatte, als brauchte er sie wirklich, und als hätte das noch nie jemand gemacht. Weil er ehrlich zu ihr war.

Brad hatte sie bestimmt nie um Hilfe gebeten. Noch war er ehrlich zu ihr gewesen. Und sobald er mit den ungemütlichen Fähigkeiten in Berührung gekommen war, mit denen sie seit ihrer Kindheit lebte, reichte sogar die Aussicht auf ihren zuteilungsreifen Treuhandfond nicht aus, ihn zu halten.

Ihre Trennung war chaotisch und schmerzhaft für Sarah gewesen, aber es war nur gut, dass es so bald nach ihrer Heirat passierte. Sie waren damals noch jung. So hatten sie beide ihr Leben weitergelebt. Getrennt. Das Letzte, was sie vor ein paar Jahren gehört hatte, war, dass Brad wieder geheiratet und endlich die wohlhabende Frau gefunden hatte, die er immer gewollt hatte. Was sie betraf, sie wäre am glücklichsten, wenn sie den Mann nie wiedersehen würde.

Sie hätte nie Ja zu ihm sagen dürfen.

Und hier saß sie nun und sagte wieder Ja zu einem Mann.

Warum? Zum Teil, weil sie das Gefühl hatte, sie sollte es tun, als würden die beharrlichen intuitiven Gefühle, die sie quälten, es von ihr verlangen.

Und wenn sie ganz ehrlich mit sich sein wollte, musste sie zugeben, dass es zum Teil auch deswegen war, weil ihr die Andeutung eines Grübchens gefiel, das sich zeigte, wenn Ian lächelte. Weil sie mehr Zeit mit ihm verbringen wollte, auch wenn das keine richtig gute Idee war.

Mehr Zeit mit ihm bedeutete mehr Gelegenheit für ihn, zu erkennen, wie anders sie war als andere. Noch schlimmer, je länger sie bei ihm war, desto mehr mochte sie ihn. Und das würde ihre Zurückweisung durch ihn am Ende noch viel schmerzhafter machen.

Was dachte sie sich eigentlich? Ian war zu jung, sah zu gut aus, zu normal, um überhaupt je daran interessiert zu sein, in ihr etwas anderes als eine Freundin zu sehen. Nein, nicht normal, rief sie sich ins Gedächtnis. Der Mann war praktisch Mitglied des Königshauses. So viele Nummern zu groß, dass selbst der Gedanke an ihn reine Phantasie war.

Sarah lehnte sich mit der Stirn an das Fenster und betrachtete die vorbeiziehende Landschaft, um einen klaren Kopf zu bekommen.

Die Fahrt war bisher wunderschön gewesen. Da sie sich nicht auf die Straße konzentrieren musste, konnte sie sich der Landschaft widmen. Ian hatte sogar einen Umweg gemacht, oder einen Abstecher, wie sie es hier nannten, um ihr zwei Schlösser zu zeigen, wobei er rätselhaft gelächelt hatte, als sie sagte, sie würde sich eins gern näher anschauen. Er versicherte ihr, sie würden sich bestimmt ein Schloss aus nächster Nähe ansehen, bevor ihre Reise zu Ende war. Er versprach ihr außerdem, dass sie sich auf dem Rückweg noch etwa eine Stunde Zeit lassen könnten, um Melrose

Abbey zu besichtigen, in der das Herz von Robert the Bruce beigesetzt war.

»Ich glaube, wir halten da vorn an, um zu tanken.« Ian riss sie aus ihren Überlegungen. »Möchtest du etwas? Einen Fruchtcocktail oder ein paar Süßigkeiten?«

»Nein danke.« Sie hatte einen der Obstsäfte beim Lunch probiert und ihn zu säuerlich gefunden.

Ian bog in die Tankstelle ein und nahm seine Brieftasche von der Sonnenblende. Nachdem er eine Kreditkarte herausgeholt hatte, warf er die Brieftasche auf die Konsole zwischen den Sitzen, bevor er in den kleinen Laden ging.

Sarah betrachtete ihn im Seitenspiegel. Sie lächelte und dachte, dass er in den Jeans auf jeden Fall etwas hermachte, da ihr zwei junge Frauen auffielen, die stehen blieben, als er den Laden betrat. Sie stießen einander mit den Ellbogen an und kicherten. Kein Wunder. Er war schon eine Augenweide, und wahrscheinlich in ihrem Alter. Eine der Frauen schaute in ihre Richtung, und Sarah wandte sich rasch ab.

Als sie vor sich schaute, erblickte sie seine Brieftasche, und ein plötzlicher Gedanke schoss ihr durch den Kopf. Sein Führerschein dürfte darin sein. Darin müsste Ians Geburtsdatum stehen. Sie schaute wieder in den Spiegel. Ian war noch immer im Laden und nirgendwo in der Nähe des Fensters oder der vorderen Ladentheke zu sehen.

Sie gehörte nicht ihr. Sie zu durchsuchen, wäre Schnüffelei. Sie schnüffelte nicht. Im Übrigen bezweifelte sie nicht, dass sie ihn nach seinem Alter fragen könnte, und er würde es ihr sagen. Und dann würde er nach ihrem Alter fragen.

Noch ein Blick in den Spiegel, dann auf die Brieftasche.

Sie lag aufgeklappt nicht weiter als zehn Zentimeter vor ihrer Hand entfernt und schrie förmlich nach ihr. Ihre Finger zuckten, schoben sich näher heran, beinahe ohne Sarahs Zutun. Ihr Blick schoss wieder zum Spiegel. Noch immer keine Spur von ihm.

Ihre Finger fuhren über die Brieftasche. Das schwarze Leder war weich und warm von der Sonne. Ein weiterer prüfender Blick in den Spiegel. Er stand an der Kasse und lächelte die junge Frau an, die seine Einkäufe eingab.

Jetzt oder nie.

Sarah drehte die Brieftasche um und starrte auf eine kleine Kopie von Ians hübschem Gesicht, wobei sie das Gefühl hatte, von den Augen auf dem Bild gescholten zu werden. Schuldgefühle überkamen sie, und sie drehte die Brieftasche wieder um, wie sie gelegen hatte. Aber nicht, ohne das Datum zu prüfen. Knapp achtundzwanzig. Zehn Jahre jünger.

Als hättest du es nicht gewusst.

Sie schaute wieder in den Spiegel, als er den Laden verließ. Eine der beiden jungen Frauen, die ihn beobachtet hatten, die große Rothaarige, ging jetzt auf ihn zu, legte ihm eine Hand auf den Arm und sprach ihn an. Er hörte ihr lächelnd zu und schenkte ihr seine volle Aufmerksamkeit.

Sarah riss ihren Blick vom Spiegel los. Natürlich zog ein Mann, der so aussah, die Aufmerksamkeit von anderen Frauen auf sich. Was erwartete sie denn? Im Übrigen waren sie beide nur Freunde. Es spielte nicht die geringste Rolle, wenn er stehen blieb, um mit der Rothaarigen zu plaudern. Es bedeutete ihr nichts.

Sie trommelte mit den Fingernägeln auf den Türgriff. Es reichte. Sie brauchte Schokolade. Auf der Stelle.

Sie stieg aus dem Wagen und machte sich auf den Weg zum Laden, hob rechtzeitig den Kopf, um Ians fragenden Blick aufzufangen, als sie an ihm vorbeiging.

»Hab meine Meinung geändert«, murmelte sie, nicht bereit, stehen zu bleiben und sich dem verärgerten Blick der Rothaarigen auszusetzen, deren Hand noch immer auf Ians Arm ruhte.

Die Abteilung »Süßigkeiten« enthielt eine Menge unbekannter Schokoriegel, aber es gab auch ein paar bekannte Namen. Sarah griff nach einem Schokoriegel und konnte sich kaum beherrschen, ihn auf der Stelle aufzureißen. Eine Flasche Wasser wäre genau das Richtige, um den Riegel runterzuspülen.

Sie wollte schon zu den Kühltheken im hinteren Bereich des Ladens, als ihr etwas ins Auge fiel. Ein Regal mit Taschenbüchern, und in der Mitte eine vertraute Titelseite.

»O mein Gott.« Sie griff nach dem Buch und fuhr mit der Hand darüber. Zu wissen, dass ihr Buch in einem anderen Land erscheinen würde, war eine Sache. Es auf einem Regal stehen zu sehen, stand auf einem ganz anderen Blatt.

»Ich nehme an, du bist S.J. Douglas?«

Beim Klang von Ians Stimme so nah an ihrem Ohr fuhr sie zusammen, Buch und Schokoriegel fielen zu Boden.

»Ich dachte, du wärst schon draußen.« Sie legte eine Hand auf ihr klopfendes Herz. Wie hatte er sich so leise an sie heranschleichen können?

Er richtete sich auf, nachdem er ihre Sachen vom Boden aufgehoben hatte. Er war offensichtlich höchst amüsiert.

Sarah riss ihm die Schokolade aus den Händen und stapfte an die Kasse. Auf dem Weg zum Wagen fiel ihr auf, dass die Rothaarige und ihre Freundin verschwunden waren. Ian kam kurz darauf zu ihr, und sie fuhren wieder auf die Autobahn.

Nach ein paar Minuten Schweigen räusperte er sich, was wie eine Mischung aus Husten und Kichern klang. Sie warf ihm einen Blick zu. Wenn er sich über sie lustig machte, musste sie den Mann vielleicht ernsthaft verletzen. Er schaute geradeaus, ein Lächeln war nicht auszumachen.

Sarah atmete hörbar aus und entspannte sich auf ihrem Ledersitz.

»Deshalb war es mir nicht klar, verstehst du«, sagte er leise. »Ich glaube, hier nennt man das Liebesromane, nicht Frauenliteratur.«

Sie sah ihn von der Seite an. Er blickte noch immer auf die Straße, doch ein unverkennbares Grinsen hatte sich auf seinem Gesicht ausgebreitet.

Sarah legte eine Hand an die Wange und fragte sich, bei welcher Temperatur tatsächlich spontane Verbrennungen auftauchten. Wie auch immer, sie musste nah dran sein.

Die Farbe ihrer Haut wurde schließlich wieder normal.

Er hätte der Versuchung widerstehen sollen, sie zu necken, aber er fand, es war ziemlich unterhaltsam geworden. Warum es ihr peinlich war, was sie schrieb, war ihm zu hoch, aber das würde er ein anderes Mal vertiefen. Bald wären sie in Glaston House.

»Diese Organisation, der dein Freund so gern angehören möchte – welche Art von Wohltätigkeitsarbeit macht sie?«

Er unterdrückte das Bedürfnis, wieder zu grinsen. Sie gab sich die größte Mühe, sich zu erholen.

»Hauptsächlich, Menschen Nahrung zu verschaffen. EHN heißt …«

»End Hunger Now, Hunger jetzt abschaffen«, unterbrach sie ihn. »Das ist der Ausschuss, in den er will? Gute Güte. Die Leute sind ganz schön prominent.«

»Und Daniel will an ihrer Seite in die Prominenz aufsteigen.«

Ihrem Gesichtsausdruck war zu entnehmen, dass ihr wohl erst jetzt klar wurde, worauf sie sich an diesem Wochenende eingelassen hatte.

»Wie viele Gäste werden denn da sein?«

»Drei der Führungskräfte mit ihren Frauen sind über das Wochenende eingeladen. Soweit ich weiß, haben alle zugesagt. Und wir natürlich. Und ein paar aus der Oberschicht vor Ort werden sich zu einem Spendendinner zu uns gesellen.« Er grinste. »Danny kramt gern die Lords und Ladys hervor, um seine Ami-Gäste zu beeindrucken.«

»Wie hat dein Freund solche Menschen überredet, ein paar Tage bei ihm zu verbringen?«

Er zuckte mit den Schultern. »Geld. Viel Geld. Wenn die Spende hoch genug ist, kann man fast jeden ködern. Diese Männer zu treffen, ist für Danny wichtig, um zu erreichen, was er will.«

Das zumindest entsprach der Wahrheit. Es war die einzige Möglichkeit zu bestimmen, wer von ihnen nicht genau das war, was er schien. Jemand bei EHN zweigte Gelder für Terroristen ab. Aufgrund der Informationen, die Daniel vom britischen Geheimdienst erhalten hatte, musste es einer der Männer sein, die er an diesem Wochenende zu sich eingeladen hatte. Aufgrund dessen, was Ian von Dallyn erfahren hatte, war der Gesuchte außerdem Nuadianer.

»Und warum sind wir hier?«

»Tja, ich bin wegen des Lokalkolorits und moralischer Unterstützung hier, einer der Lords, der herumstolzieren soll, um die Ami-Gäste zu beeindrucken.« Und um ihr Problem zu lokalisieren und zu lösen.

»Und ich bin hier …« Sie ließ die Frage in der Luft hängen, während sie ihn anschaute.

Er schenkte ihr sein schönstes Lächeln. »Das Wichtigste überhaupt. Du bist als meine moralische Unterstützung hier.« *Nah bei mir. Wo ich dich im Auge behalten kann.* Er deutete voraus. »Glaston House erwartet Euch, Mylady.«

Sie folgte seiner Handbewegung. Ihre Augen weiteten sich, und ihr Mund wurde kreisrund, als sie tief Luft holte. Er hielt den Wagen am Tor an, lehnte sich aus dem Seitenfenster und drückte auf einen Knopf auf der schwarzen Security Box.

»Ian McCullough und Gast.«

Langsam gingen die Tore auf, er fuhr hindurch und blieb direkt dahinter stehen, damit er sich an ihrer Reaktion auf den Anblick, der sich ihnen bot, erfreuen konnte.

»Hier wohnen deine Freunde?«

»Beeindruckend, nicht wahr?« Obwohl es Glaston House hieß, war es eigentlich ein vollkommen renoviertes Schloss. »Ich sagte ja bereits, dass wir mindestens ein Schloss von Nahem sehen würden. Wir werden die nächsten vier Tage in einem verbringen.«

Ian legte den ersten Gang ein und steuerte den Wagen

über eine verzierte Brücke. Sie spannte sich über einen Fluss, der träge an den Grenzen des Anwesens entlang strömte und sich dann in die Wälder ringsum schlängelte. Sobald man die Bäume hinter sich gelassen hatte, stand das Schloss in der Mitte eines weiten, hügeligen Rasens, flankiert von einigen der äußerst kunstvoll angelegten Gärten in diesem Teil von England. Nessa war ziemlich stolz auf ihren grünen Daumen.

Ian hielt am Rand der Auffahrt an, stieg aus und kam um den Wagen herum, um Sarahs Tür zu öffnen. Nachdem er ihr beim Aussteigen behilflich war, hatte er noch keine drei Schritte gemacht, als schon ein kleiner, schreiender Junge auf ihn einstürmte und sich an ein Bein klammerte.

»Hoch, Onkel Ian, hoch!« Der kleine Junge warf die Arme um Ians Hals, sobald dieser ihn hoch genug gehoben hatte.

»Will, mein Junge, bist du groß geworden!« Er umarmte den Jungen fest und stellte ihn dann wieder auf den Boden. Er zeigte auf Sarah. »Das hier ist meine gute Freundin, Miss Sarah Douglas. Kannst du mir dabei helfen, dass sie sich hier wohlfühlt?« Er zerzauste dem kleinen Jungen die Haare.

Große blaue Augen nahmen Sarah genau unter die Lupe, bevor das Kind zu ihr kam und eine Hand ausstreckte. »Ich bin William Daniel Martin Stroud.« Er grinste sie an. »Sie sind Ians Freundin, daher können Sie Will zu mir sagen.«

»Freut mich, dich kennenzulernen, Will.« Sarah ergriff seine kleine Hand. Sie riss die Augen auf und schnappte nach Luft, so leise, dass es vielleicht niemand bemerkt hatte.

Bis auf Ian.

Will schaute ihn wieder an. »Ooh, Onkel Ian. Ich mag sie.«

Ian grinste den kleinen Jungen an. »Ich auch, mein Kleiner.« Er trat zu Sarah und legte einen Arm um ihre Schultern, als die Eltern des Kindes kamen.

Er hatte Daniel vor Sarahs Unbehagen gewarnt, Menschen zu berühren. Er sah, wie sein Freund die Hand seiner Frau ergriff. Danny hatte sich schon immer gut an wichtige Einzelheiten erinnern können.

»Endlich bist du da.« Daniel schenkte ihnen beiden ein Lächeln.

»Das sind meine Freunde, Daniel und Nessa Stroud.« Ian zog Sarah fester an sich und schaute auf sie hinab. »Und das ist Sarah.«

»Willkommen in Glaston House. Wir freuen uns sehr, Sie hier zu haben. Ian hat uns so viel von Ihnen erzählt.« Nessa lächelte sie an und dann den kleinen Jungen, der noch immer Sarahs Hand hielt. »Wie ich sehe, haben Sie Will bereits kennengelernt.«

»Ja, das habe ich, danke. Ich weiß Ihre Einladung sehr zu schätzen.« Sarah erwiderte das Lächeln, doch ihr Blick wanderte immer wieder zu dem Kind, das bewundernd zu ihr aufschaute.

»Sind wir die Ersten?«

Danny nickte. »Obwohl zwei der Beamten mit ihren Frauen inzwischen gelandet sein dürften. Anderson holt sie ab, daher werden sie in ungefähr einer Stunde hier sein, je nach Verkehrsdichte. Die anderen kommen morgen im Laufe des Tages.«

»Tut mir leid, dass ich eine so miese Gastgeberin bin,

aber ich muss zurück in die Küche.« Nessa lächelte kleinlaut und schüttelte den Kopf. »Unser Koch ist neu, und ich möchte mich vergewissern, dass alles für den Empfang heute Abend nach Plan läuft. Ian, du bist im Haus des Verwalters untergebracht, wie immer. Ich gehe davon aus, dass du Sarah alles Nötige zeigst?«

Ian zwinkerte und hielt einen Daumen hoch. Nessa begab sich wieder zum Haus, drehte sich nur noch einmal um und rief ihren Sohn zu sich.

Will ließ Sarah zögernd los und lief zu seiner Mutter, nahm ihre Hand und lachte über eine leise Bemerkung von ihr, als sie die Einfahrt überquerten.

»Ihr Sohn ist bezaubernd. Wie alt ist er?« Sarah sah, wie die beiden die Treppe zum Schloss hinaufgingen.

»Im letzten Monat ist er sechs geworden«, antwortete Daniel stolz.

»Ich bin überrascht, dass Will hier ist. Ich dachte, er wäre vielleicht bei Nessas Eltern.« Ian gefiel der Gedanke nicht, dass der Junge dem allen ausgesetzt war. Ihm wäre viel wohler zumute gewesen, wenn das Kind an diesem Wochenende nicht anwesend wäre.

»Die sind noch nicht aus dem Urlaub zurück.« Daniel rieb sich den Nacken. »Glaube mir, Ian, das hätte ich auch vorgezogen, aber wir haben eine Kinderfrau hier, eine von der … em … Agentur, die wir schon einmal beauftragt haben.«

»Gut.« Wenn jemand zu Wills Schutz da war, bestand weniger Grund zur Sorge.

Sarah, noch immer seinen Arm um die Schultern, folgte dem Gespräch schweigend.

Ian schenkte ihr ein Lächeln. »Wir müssen dich unterbringen, damit Nessa mich am Ende nicht für komplett nutzlos hält.«

Er führte sie zurück ans Auto. Sie würden zum Nebenhaus fahren, um ihr Gepäck auszuladen.

Er brauchte jetzt eigentlich ein wenig Zeit mit Daniel allein. Sie mussten über eine Menge Details sprechen, bevor diese Leute eintrafen.

Nicht zuletzt über den Wagen, der ihnen die ganze Strecke von Schottland hierher gefolgt war.

9

Dass das Schicksal so kooperativ war, kam wirklich selten vor.

Flynn schüttelte lächelnd den Kopf. Er hatte den Wagen diskret in einiger Entfernung an der Straße abgestellt und beobachtete durch die Gittertore, wie sich die kleine Gruppe am Ende der Auffahrt versammelte.

Noch an diesem Morgen hatte er geflucht, davon überzeugt, dass er riskierte, eine besondere Gelegenheit zu verpassen, seine Talente erkennen … und dementsprechend belohnen zu lassen. Er war dermaßen beunruhigt gewesen, hier sein zu müssen und die Überwachung der Frau nicht weiter fortführen zu können.

Doch eine Aufgabe, die man von Reynard persönlich gestellt bekam, lehnte man nicht ab. Wenigstens verschaffte ihm ein persönlicher Auftrag direkten Zugang. Kein Umweg über Adira mehr.

Dann kam das Schicksal zum Zuge.

Die Frau hatte nicht nur das geschützte Gelände verlassen, sondern war jetzt innerhalb seiner Reichweite. Fast so, als hätte der Hüter sie ihm geliefert.

Hatte der Hüter eine Ahnung, was sie sein könnte?

Aber nein, er war vorschnell.

Wichtig war nur, dass er herausfand, ob er mit seinem Verdacht richtig lag oder nicht. An diesem Tag hatte er fast die Möglichkeit gehabt, es festzustellen, als sie angehalten hatten. Crystal hatte sich die größte Mühe gegeben, den Hüter abzulenken, damit Flynn Zeit hatte, in die Nähe der Frau zu gelangen. Doch bevor er sie erreichte, war die Frau plötzlich aus dem Wagen gestiegen und in den Laden gegangen, und der Hüter war ihr gefolgt.

Vielleicht ahnte er es. Oder wusste es.

Flynns Puls schlug schneller. Das war ein gutes Zeichen. Egal. Er würde sich schon bald Gewissheit verschaffen. Er musste nur prüfen, ob sie ihn erkannte. Oder ob sie ihn in seiner eigenen Gestalt sehen konnte.

Und wenn?

Tja, dann wäre es an der Zeit, Reynard anzurufen und ihn persönlich auf den neuesten Stand zu bringen.

Flynn rieb sich die Hände, bevor er den ersten Gang einlegte und wieder auf die Straße fuhr. Der Erfolg war so nah, dass er das Gefühl hatte, er könnte die Hand ausstrecken und zupacken. Er warf einen letzten Blick über die Schulter und entfernte sich. Der Hüter hatte die Beschützerrolle eingenommen und einen Arm um die Frau gelegt.

Da gab es jetzt etwas, das Flynn nicht in Betracht gezogen hatte.

Ein Ausdruck der Verärgerung huschte über sein Gesicht. Er bildete sich etwas darauf ein, unglaublich gründlich zu sein. Ein Zug, der ihm gute Dienste leistete und ihn für Reynard besonders wertvoll machte. Dennoch hatte er diese Möglichkeit komplett übersehen.

Konnte es sein, dass der Hüter aus persönlichen Gründen dieser Frau nicht von der Seite wich?

Flynn warf den Kopf in den Nacken und lachte. Dieser Tag wurde immer besser. Schon lange hatte er nicht mehr die Gelegenheit gehabt, einen der Hüter in einer wichtigen Sache herauszufordern.

Er holte sein Handy heraus und klappte es auf. Kein Grund, jetzt noch zu warten. Reynard würde es gefallen, so oder so.

10

Sarah hängte den Rest ihrer Kleidungsstücke auf, die sie mitgenommen hatte, und seufzte, bevor sie die Tür des kleinen Schranks schloss, auf den Ian sie hingewiesen hatte, bevor er ging. Sie hatte das Gefühl, ihre Garderobe entsprach nicht im Entferntesten dem, was für ein Wochenende mit Menschen, wie er sie beschrieben hatte, erforderlich war.

Und die Kleidung war ihre geringste Sorge.

EHN. Der Name ließ ihr keine Ruhe. Natürlich war er ihr bekannt; jeder wusste über ihre Wohltätigkeiten in aller Welt Bescheid. Aber diese Buchstaben sagten ihr mehr. Soweit sie sich erinnerte, war die Frau, die Brad geheiratet hatte, irgendwie mit der Organisation verbunden. Jetzt wünschte sie sich, dem Artikel, in dem ihre Verlobung bekannt gegeben wurde, mehr Aufmerksamkeit geschenkt zu haben.

Dennoch hatte Ian gesagt, die Repräsentanten, die erwartet wurden, seien Männer. »Führungskräfte des Unternehmens und ihre Frauen« waren eingeladen worden, wie er sagte.

Sie atmete stockend ein, entschlossen, zur Ruhe zu kommen. Sich unnütz Sorgen zu machen, war dumm.

Obwohl sie sich bereits umgezogen hatte, blieb ihr noch immer eine knappe Stunde Zeit bis zum Dinner. Daniel teilte ihr mit, es sei ein Empfang im Garten, daher hatte sie sich für Anzughose und Pullover entschieden. Als sie sich auf dem Weg zur Tür im Spiegel sah, zuckte sie mit den Schultern. Schon möglich, dass es nicht schick genug war, aber wenigstens hätte sie es warm, wenn die Abende hier so kalt waren wie oben in Schottland.

Sie öffnete die Tür und ging hinunter in den Hauptraum. Ihre Schultertasche, in der sich ihr omnipräsenter Laptop befand, lag noch auf dem Sofa. Sie brachte sie zu einem kleinen Schreibtisch neben der Eingangstür, blieb stehen und schaute sich um.

Gedämpfte Pastelltöne gingen im Nebenhaus ineinander über und verliehen ihm eine gewisse Gemütlichkeit. An den Hauptraum schloss sich eine kleine Kochnische an, die Sarah jetzt zu erforschen gedachte. Ein winziger Kühlschrank enthielt Eiswürfel, Erfrischungsgetränke und eine Flasche Wein. Eine Mikrowelle, ein Spülbecken, sowie ein elektrischer Wasserkocher auf der Anrichte rundeten die kleine Küche ab.

Sarah drehte sich um und untersuchte den restlichen Raum. Die Wand gegenüber der Eingangstür wurde fast gänzlich von einem Kamin verschluckt, der zu beiden Seiten von Glastüren flankiert war. Sie führten hinaus in einen umzäunten Garten mit einem kleinen Verandatisch und Stühlen. Ein riesiges, von Kissen übersätes Ledersofa stand vor dem Kamin.

Die Wand gegenüber der Küche war vom Boden bis zur Decke von einem Bücherregal bedeckt, das von zwei Türen durchbrochen war, die eine führte hinauf in ihr Schlafzimmer. Die andere musste wohl zu Ians Zimmer führen, obwohl sein Gepäck noch an der Haustür stand.

Sie hob seinen Koffer, überrascht, wie leicht er im Vergleich zu ihrem war, in der Absicht, ihn in sein Zimmer zu bringen.

Nur um festzustellen, dass es kein Schlafzimmer war.

»Wow.« Sarah ließ den Koffer stehen und nickte anerkennend. Das musste das beste Bad sein, das sie je gesehen hatte, selbst wenn man Fernseh- und Zeitschriftenwerbung in Betracht zog. Schimmernder schwarzer Marmor auf dem Boden und an den Wänden, hervorgehoben durch eine Spiegelwand und Handtüchern und Kerzen in leuchtendem Rot. Sie trat an die Wanne und fuhr mit der Hand über den Rand. Verglichen mit ihrer Wanne zu Hause sah sie aus wie ein Swimmingpool. Sie konnte sich vorstellen, wie der Raum glänzen würde, wenn alle Kerzen brannten und ihr Licht von den Spiegeln zurückgeworfen wurde.

»Willkommen im *Lebensstil der Reichen und Berühmten*«, sagte sie leise.

Sie verließ den Raum, nahm den Koffer wieder mit an die Haustür. Die Hände in die Hüften gestemmt, schaute sie sich um, ob ihr etwas entgangen war. Vielleicht war das nicht das Haus des Verwalters, in dem Ian untergebracht war, wie Nessa angedeutet hatte. Womöglich hatte Ian nur sein Gepäck hier abgestellt.

Als ihr eine noch nicht untersuchte Tür in ihrem Schlafzimmer einfiel, ging sie noch einmal nach oben. Dort gab es drei Türen. Die erste gehörte zu dem kleinen Wandschrank, in den sie ihre Sachen gelegt hatte.

Die nächste führte in ein Bad, das sie zuvor entdeckt hatte, ziemlich bescheiden gegenüber dem im Parterre. Rückwärts ging sie hinaus. Hinter der letzten Tür befand sich noch ein Schrank, viel größer als der, den sie benutzt hatte, und war bereits mit Kleidung gefüllt.

Männersachen. Kein Wunder, dass Ians Koffer so leicht war. Allem Anschein nach hatte er hier eine komplette Garderobe. Sogar Schuhe waren säuberlich auf einem Regal hinten im Schrank aufgereiht.

Offensichtlich hatte sie Ians Zimmer gefunden.

Blitzartig kam ihr die Begegnung mit ihren Gastgebern in den Sinn, und ihr fiel Nessas Bemerkung ein, dass Ian ihnen so viel von Sarah erzählt habe. Jetzt fragte sie sich, was genau er ihnen wohl erzählt haben mochte. Diese Frage wollte sie sich auf jeden Fall beantworten lassen.

»Sarah?« Ians Stimme hallte von unten herauf.

Das nur zum Timing.

Sie kniff die Augen zusammen und ging an die Treppe. Ebenso gut könnte sie ihn jetzt gleich fragen.

Unten traf sie auf Ian, der einen grinsenden Will auf dem Arm trug.

»Schau mal, wer draußen vor unserer Tür saß.«

Sobald er das Kind auf den Boden stellte, lief Will zu ihr, schlang die Arme um ihre Beine und drückte sich fest an sie. Sarah dachte an ihre erste Begegnung mit dem Jungen, als mächtige Wogen der Freude von ihm zu ihr übergeschwappt waren. Beinahe hätte sie deshalb Ians Bemerkung »*unsere* Tür« überhört.

Beinahe.

»Hallo, Will. Kommst du zu Besuch?«

Der Junge nickte, warf jedoch einen dümmlichen Blick auf Ian.

»Entwischt, um einen Besuch abzustatten, trifft es wohl

eher, was Will?« Ian nahm seinen Koffer und ging die Treppe hinauf, drehte sich in letzter Sekunde aber noch um. »Ich bin mir nicht sicher, wohin seine Kinderfrau gegangen ist, aber wir werden uns darum kümmern, wenn wir wieder ins Haupthaus kommen. Würdest du unseren kleinen Gast bitte unterhalten, während ich mich fertig mache?«

Sie nickte. »Kein Problem.«

Er zog eine Augenbraue hoch und lächelte verhalten. »Du siehst wunderbar aus. Ich bin gleich wieder da.« Damit drehte er sich um und ging die Treppe hinauf, zwei Stufen auf einmal nehmend.

»Komm mit, Sarah.« Will zupfte an ihrem Ärmel. »In diesem Garten leben jede Menge Schmetterlinge. Ich will sie dir zeigen.«

Sie lächelte und ließ sich von dem Kind nach draußen ziehen, während sie hörte, wie oben die Dusche lief.

Offensichtlich musste ihre Frage bis später warten.

»Sind wir so weit?«

Sarah zuckte beim Klang von Ians Stimme zusammen.

Nachdem er die Verandatür hinter sich geschlossen hatte, gesellte er sich zu ihr und Will. Zu dritt brachen sie zum Haupthaus auf, der kleine Junge an Ians Hand.

Sarah betrachtete Ian verstohlen. Wie üblich sah er aus, als wäre er dem Titelbild einer Zeitschrift entsprungen, bis hin zu den feuchten Haarspitzen, die sich im Nacken über dem seidigen Stoff seines beigefarbenen Pullovers kräuselten.

Sie schaute rasch weg, als er sich Will zuwandte.

»Was ist mit deiner neuen Nanny passiert?«

»Ich wollte Sarah besuchen.« Der Junge wich seinem Blick aus.

»Und?«

»Ich habe sie gebeten, Verstecken zu spielen.« Ein verschmitzter Ausdruck huschte über Wills Gesicht. »Als sie die Augen bedeckte, bin ich gegangen.« Er zuckte mit den kleinen Schultern.

»Weißt du, bei all den fremden Erwachsenen, die an diesem Wochenende hier sind, halte ich es für viel ratsamer, wenn du in der Nähe deiner Kinderfrau bleibst.«

Der Kleine nickte. »Aber ich wollte doch Sarah sehen. Die mag ich. Du hast gesagt, ich soll helfen, dass sie sich hier wohlfühlt«, rief er ihm ins Gedächtnis.

Ian suchte über den Kopf des Jungen Blickkontakt mit Sarah. Allem Anschein nach verkniff er sich ein Grinsen. Sie verstand auch, warum. Hier handelte es sich um einen entschlossenen Sechsjährigen.

»Will, wie wäre es, wenn ich dir verspreche, Sarah in dein Zimmer zu bringen, um dir Gute Nacht zu sagen, und ich sorge dafür, dass du sie jeden Tag besuchen kannst, solange wir hier sind. Wirst du dann bei deiner Nanny bleiben?«

Der Junge schaute zu Sarah auf und ergriff ihre Hand. »Machst du das? Kommst du jeden Tag zu mir?«

»Klar. Das möchte ich gern.«

Wills Lächeln auf ihre Antwort wurde begleitet von einem derart starken Emotionsfluss, dass Sarah einen Moment lang dachte, ihre Knie würden unter ihr nachgeben. Noch nie hatte sie derart verstärkte Emotionen von einem anderen Menschen erfahren, wie jedes Mal, wenn sie diesen Jungen berührte.

Das Kind fasste ihre Hand fester und beobachtete sie ruhig mit großen Augen. »Und du kommst und sagst mir Gute Nacht, bevor du gehst?« Ian blieb stehen und schenkte dem Kind seine volle Aufmerksamkeit. »Wir versprechen es.«

»Okay, Onkel Ian. Abgemacht.«

Sie hatten den Garten erreicht und vernahmen bald Stimmen. Daniel und eine junge Frau tauchten an der ersten Biegung auf dem verschlungenen Pfad auf.

»Hören Sie, Nancy, Sie müssen in den nächsten paar Tagen nur eins tun. Ist das zu viel verlangt? Er ist erst sechs. Bei Ihrer Ausbildung sollten sie einen kleinen Sechsjährigen doch beaufsichtigen können.« Daniel fuhr sich mit der Hand durch die Haare, die bereits ziemlich zerzaust waren, als hätte er das in den letzten paar Minuten des Öfteren gemacht.

»Daddy!« Will lief zu seinem Vater, der sich bückte, um ihn hochzuheben und fest an sich zu drücken.

»Will kam auf einen Besuch zum Nebenhaus rüber.« Ian wechselte einen Blick mit Daniel, während sein Freund den Kleinen der Kinderfrau überreichte. »Aber er hat versprochen, es nie wieder ohne seine Nanny zu machen. Richtig?«

»Absolut.« Will grinste sie alle an. »Und du denkst dran, mir Gute Nacht zu sagen?«

»Absolut«, wiederholte Ian. Der Junge und seine Kinderfrau gingen zum Haus zurück.

Ian fiel auf dem schmalen Pfad zurück, bis er neben Daniel war, woraufhin Sarah allein vor ihnen herging. Sie hörte die beiden leise miteinander reden. Auch als es so klang, als wären die Männer stehen geblieben, da ihre geflüsterte Unterhaltung zu undeutlich wurde, um ihr zu folgen, setzte sie ihren Weg fort, angezogen vom Gelächter weiter vorn.

Am Ende des Pfades begab Sarah sich zur Terrasse, blieb stehen und überblickte die Szene im Garten. Er war prächtig hergerichtet, zierliche Stühle in Zweier- und Dreiergruppen um einen Pool in der Mitte. Große Eisenständer waren mit zahlreichen Kerzen bestückt, die zusätzlich zu Lichterketten eine raffinierte Beleuchtung über die Versammlung warfen. Leise Musik aus unsichtbaren Lautsprechern schwebte durch die Abendluft.

Nessa stand an einem überladenen Tisch auf der anderen Seite und sprach mit zwei Frauen. Sarah überkam eine leichte Verlegenheit, als sie die anderen Frauen in Kleidern sah, verdrängte sie aber unter dem praktischen Gesichtspunkt, dass die Temperatur bereits nachließ.

Unterhalb, am anderen Ende des Pools war eine Bar aufgestellt, dahinter ein lächelnder Barkeeper. Davor standen zwei Männer mit dem Rücken zu ihr, die Köpfe gesenkt, in ein Gespräch vertieft. Sie drehten sich um, einen Drink in der Hand, einer von ihnen hob den Kopf und schaute in ihre Richtung.

Sie erstarrte, unfähig, den Blick abzuwenden, das Wiedererkennen traf sie wie ein Schlag.

Seine Augen weiteten sich vor Überraschung und wurden schmal, als er in ihre Richtung schlenderte.

»Oh, Scheiße«, hauchte sie, und das Herz sank ihr in die Hose. Ihre schlimmste Befürchtung war eingetreten. Ihr Exmann war hier.

Vom Rand des Hofes aus überschaute Ian suchend die Gruppe. Er lauschte Daniels erster Einschätzung der Männer, die eingetroffen waren – der Männer, über deren Akten sie an diesem Tag schon gesprochen hatten.

Doch die Worte seines Freundes verklangen zur Geräuschkulisse, als er Sarah beobachtete, die ein paar Meter vor ihm stand.

Der runde Halsausschnitt ihres beigefarbenen Pullovers entblößte gerade genug Haut, um zu betonen, wie weich und feminin sie aussah. Sehr antastbar. Besonders mit ihren offenen Locken, die ihr knapp über die Schultern fielen. Wie gesponnenes Gold. Seine Finger krümmten sich, als er sich vorstellte, wie er damit durch diese Haare fuhr.

Konzentrier dich.

Sie lenkte ihn ab, und das war gefährlich. Für sie alle. Das konnte er sich nicht leisten.

Er fing sich wieder und wurde sich sofort einer Veränderung an ihr bewusst. Die unnatürliche Starrheit ihrer Haltung vermittelte ihre Anspannung selbst über die Distanz hinweg.

Er wunderte sich, dass die ganze Gruppe es nicht sah, aber niemand außer ihm schien es zu bemerken. Er verfolgte die Richtung ihres Blickes. Der Mann, den sie beobachtete, lächelte, als er sich ihr näherte, aber an seinem Ausdruck war nichts Freundliches. Er erinnerte Ian an einen Fuchs, der sich an seine Beute heranschlich – nicht besonders groß, aber ziemlich furchterregend aufgrund seines heimtückischen Verhaltens.

Ian betrachtete ihn eingehend. Der Mann sah einigermaßen fit aus, wahrscheinlich Mitte bis Ende vierzig, mit hellbraunem Haar. Er strahlte die Art von Selbstvertrauen aus, die man erlangt, wenn man jahrelang andere Menschen beherrscht.

Ian hielt einen Finger hoch, um Daniels laufenden Kommentar zu unterbrechen. »Wer ist das? Der da gerade auf Sarah zugeht.«

»Bradley Tanner. Das ist der, von dem ich dir erzählt habe.« Daniel runzelte die Stirn. »Warum? Was ist los?«

»Ich bin mir nicht sicher.«

Ian senkte den Kopf, blendete seine Umgebung aus und konzentrierte sich. Die Entfernung war keine Herausforderung für jemanden mit seinen Fähigkeiten. Erweiterte Hörfähigkeit war nur eine der Gaben seines Feenbluts. Sobald er alle anderen Ablenkungen ausgeschaltet hatte, konnte er ihre Unterhaltung deutlich hören.

»Na so was. Wenn das nicht die Eiskönigin persönlich ist.«

Ian riss rechtzeitig den Kopf hoch, um mitzubekommen, dass Sarah rot wurde und die Arme um sich schloss in der abwehrenden Geste, die er inzwischen mit ihr in Verbindung brachte.

»Brad.« Sie klang angespannt und nervös.

»Ich muss schon sagen, ich bin überrascht, dich hier zu sehen. Bist du mit jemandem hier?« Er trank einen Schluck aus seinem Glas, sein Lächeln wurde boshaft. »Kaum zu glauben, dass hier jemand so etwas wie dich haben wollte, um ihm das Bett zu wärmen.«

»Wie ich sehe, hast du dich überhaupt nicht verändert.« Sarah funkelte den Mann wütend an.

»Warum auch? Schließlich habe ich nicht gesponnen,

sondern du. Du hast dir also einen uralten Briten gesucht, der sich mit deinem verrückten Blödsinn abfindet?«

Eine Woge der Feindseligkeit spülte über Ian hinweg, und er setzte sich in Bewegung. Ein Kellner kam vorbei, und er schnappte sich zwei Gläser Champagner vom Tablett. Wer auch immer dieser verdammte Schweinehund sein mochte, er würde es ihm nicht durchgehen lassen, so mit Sarah zu reden. In diesen Zeiten mochte es vielleicht nicht modern sein, den Dreckskerl zu einem Duell herauszufordern, aber es gab andere Mittel und Wege, mit ihm fertig zu werden.

»Verstehe ich das als ein Nein? Soweit ich mich erinnere, ging es dir mit Menschen nicht gut, wolltest nicht, dass sie dich berühren.« Er trank noch einen Schluck und schnaubte. »Oh, Moment. Jetzt fällt es mir ein. Nur mit *Männern* hattest du deine Probleme.«

»Tatsächlich?«, schaltete Ian sich ein. Er fing Tanners Blick auf, schenkte dem Mann ein humorloses Lächeln und gesellte sich zu ihnen. »Und ich dachte schon, gerade damit hätte sie keine Schwierigkeiten.«

Er stellte sich dicht hinter Sarah, ohne auf ihr Zucken zu achten, und zog sie an seine Brust. Ein Schaudern durchlief sie, als er vorsichtig die Arme um sie schlang und beide Gläser vor sie hielt.

»Tut mir leid, dass ich mich verspätet habe, Liebes.« Er beugte sich vor, um ihren Nacken zu küssen, direkt unterhalb des Ohrs, wobei er einen Moment länger verweilte, als nötig. Er ließ den Mann nicht aus den Augen, holte tief Luft, genoss ihre Nähe und ihren Duft. »Ich bin stehen geblieben, um dir Champagner zu holen. Wer ist dein …

Freund?« Er starrte den Mann weiterhin an, während sie das Glas mit zitternder Hand entgegennahm.

Bevor sie antworten konnte, streckte der Mann die Hand aus. »Brad Tanner, Finanzmanager bei EHN International.«

Ian schlug ein. »Ian McCullough.«

»*Lord* Ian McCullough«, unterbrach Daniel. »Earl of Dunscore.«

Da er sich voll auf den Mann vor ihm konzentrierte, hatte er nicht einmal bemerkt, dass sein Freund zu ihnen getreten war. Er lächelte, als Tanner die Augenbrauen hochzog. Titel waren gelegentlich zweckdienlich. Besonders bei Männern wie diesem.

»Und woher kennen Sie *meine* Sarah?« Er betonte das Wort und bemerkte, wie der Kiefermuskel des anderen Mannes zuckte. Sarah erstarrte in seiner Umarmung, kurz bevor Tanner antwortete.

»Weil sie mal *meine* Sarah war. Wir waren verheiratet. Kurz.« Sein Lächeln reichte nicht bis zu den Augen.

»Nicht kurz genug«, murmelte sie.

Ian schloss sie noch fester in die Arme und ließ seine Finger zärtlich über ihre Schulter gleiten. Besser, als dem Mann mit den Fingern die Kehle abzuschnüren, was er in diesem Moment am liebsten getan hätte. Ladys sollten nicht dermaßen gedankenlos behandelt werden, schon gar nicht in der Öffentlichkeit.

»Tja.« Er zuckte sorglos mit den Schultern, obwohl es ihn Mühe kostete. »Wir alle machen Fehler.«

Er zum Beispiel hatte einen gemacht. Er hatte Sarah für naiv gehalten, unsicher im Hinblick auf Männer aus Mangel an Erfahrung. Anscheinend hatte er sich geirrt. Sie war unsicher Männern gegenüber, weil sie *schlechte* Erfahrungen gemacht hatte. Jetzt, da er den Mann kennengelernt hatte, mit dem sie einmal verheiratet war, ergab das durchaus auch einen Sinn. Sollte sie je Selbstvertrauen besessen haben, dann hatte dieser Idiot sich die größte Mühe gegeben, es zu zerstören.

Der Schmerz und die Verlegenheit, die er das eine Mal in ihren Augen gesehen hatte, als sie zu ihm aufgeschaut hatte, nagte noch immer an ihm. Er fuhr mit der Hand von ihrer Schulter an ihren bloßen Nacken, griff so fest zu, dass sie sich nicht entziehen konnte, bewegte den Daumen in kleinen, zarten Kreisen unter ihrem Ohrläppchen. An der Stelle, an der er sie geküsst hatte.

Er trank seinen Champagner aus und konzentrierte sich auf das Gefühl der Gelassenheit, darauf, wie viel Behagen es ihm bereitete, sie zu berühren. Er ließ seinen Verstand durch sie einnehmen, ignorierte die Unterhaltungen ringsum. Henry hatte sie als einen Sensor eingeschätzt, und Henry irrte sich selten. Wenn das der Fall war, würden die Emotionen durch seine Finger in ihren inneren Kern fließen. Er wusste sofort, dass sie es spürte. Sie hörte auf zu zittern und entspannte sich an ihm, neigte den Kopf zur Seite und ließ seinem Daumen mehr Raum. Er bezweifelte, dass sie ihre Bewegung überhaupt gemerkt hatte. Aber er war sich dessen äußerst bewusst.

So wie Brad Tanner, falls sein versteinerter Ausdruck überhaupt ein Hinweis war.

Der zweite Mann hatte sich zu ihnen gesellt, Daniel stellte ihn als Paul Stephenson vor, leitender Geschäftsführer bei EHN. Ian schüttelte ihm die Hand, lockerte seinen Griff um Sarah jedoch nicht. Der Mann war älter, mit freundlichen Augen. Ian hätte wetten können, dass dieser Mann in keiner Weise darin verwickelt war, wonach sie suchten.

Aber Tanner? Ian würde sich freuen, wenn er damit zu tun hätte.

»Also, McCullough, welcher Tätigkeit gehen Sie nach?« Tanners Blick schoss von Ians Gesicht zu seiner Hand an Sarahs Hals und wieder zurück.

»Mein Anwesen nimmt einen Großteil meiner Zeit in Anspruch. Zumindest der Zeit, die ich der Arbeit zu widmen bereit bin.« Tanner war scheinbar leicht durch Wohlstand und Titel zu beeinflussen. Das wollte Ian sich gern zunutze machen.

»Meine Frau, Marlena, ist da drüben«, sagte Stephenson leise zu Sarah und zeigte auf den Tisch mit den Vorspeisen. »Möchten Sie, dass ich Sie hinüberbegleite und Sie vorstelle?«

»Nein«, antwortete Ian für sie. »Danke, aber das mache ich. Seit heute Morgen haben wir beide nichts gegessen, daher ist das jetzt genau der richtige Platz für uns. Wenn Sie uns bitte entschuldigen, Gentlemen!«

Das dankbare Lächeln, das Sarah ihm schenkte, als er sie durch den Garten führte, verschwand, als sie sahen, dass die Männer ihnen kurz darauf folgten.

Nessa hatte bereits begonnen, die Gäste einander vorzustellen, beginnend mit Marlena Stephenson, einer großen, matronenhaften Frau mit bereitwilligem Lächeln. Sie wandte sich an ihren anderen Gast, eine stattliche junge

Frau mit langen blonden Haaren und einem roten Schmollmund.

»Und das hier …«

»Das«, schaltete Brad sich ein und legte einen Arm um die jüngere Frau, als er an den Tisch kam, »ist meine Frau, Nicole.« Er grinste hämisch, als er von seiner Frau zu Sarah schaute. »Ist sie nicht reizend?«

»Oh, Bradley, hör auf«, kicherte Nicole. »Nennt mich Nicki. Das tun alle.« Sie drehte sich um, klimperte mit ihren großen braunen Augen in Ians Richtung, und legte ihm eine Hand auf die Schulter. »Nessa hat uns erzählt, Sie wären ein waschechter Duke.«

»Eigentlich ein Earl«, stellte Ian richtig, zufrieden mit der Verärgerung, die über Tanners Gesicht huschte. Er ging davon aus, dass auch Sarah es gemerkt haben musste, da sie ihr Kichern diskret mit einem Hüsteln übertünchte.

»Daddy wird seinen Spaß daran haben.« Nicki strahlte die Gruppe an, und ließ den Arm herunterhängen. Sie tauschte ihr leeres Champagnerglas gegen ein volles aus, als der Kellner vorbeikam, und gönnte der ganzen Gruppe noch ein umwerfendes Lächeln.

»Daddy?« Ian wandte sich mit fragendem Blick an den Mann der Frau.

»Alexander Storey«, klärte Brad ihn auf. »Nicoles Vater ist der Gründer und Firmenchef von EHN. Er und Mr O'Dannan treffen morgen ein.«

»Mr O'Dannan?« Ian kam sich allmählich wie ein Papagei vor, doch er hatte seine eigene Rolle zu spielen. Schließlich hätte er als Daniels Gast keinen Grund zu wissen, wer diese Leute waren, obwohl Daniel ihn nach seiner Ankunft über alle vollständig informiert hatte. Nur über diesen O'Dannan nicht.

»Persönlicher Assistent des Vorstandsvorsitzenden. Ich habe erst in der letzten Stunde von ihm gehört«, fügte Daniel hinzu. »Wenn alles gut läuft, wird sogar Mr Servans, der Vorsitzende persönlich, zu unserem Galadinner kommen.« Er schaute fröhlich in die Runde, prostete allen zu und spielte seine Rolle perfekt. »Selbst so kurzfristig haben bereits mehrere bereitwillige Spender ihre Teilnahme zugesagt. Und ich habe angeboten, meine Spende zu erhöhen, falls der Vorsitzende hierher kommt.«

»Geld ist so ziemlich das Einzige, was den Mann vor die Tür bringt«, bemerkte Marlena kaum hörbar, und ihr Mann warf ihr einen finsteren Blick zu. Sie zuckte mit den Schultern, wandte sich von der Gruppe ab und füllte ihren Teller am Büfett.

Ian hielt sich zurück, dankbar für sein außergewöhnliches Gehör.

»Wir sind so aufgeregt auf Ihr kleines Wochenende, nicht wahr, Bradley?«, plapperte Nicole drauflos. »Als ich hörte, dass wir hier vier Tage lang mit echten Mitgliedern des Königshauses feiern würden, habe ich mir das Hirn zermartert, welchen Designer ich tragen sollte.« Sie reichte ihrem Mann das leere Glas. »Bradley, Schatz, bist du so lieb und holst mir noch so einen?« Sie wandte sich wieder an die anderen, während ihr Mann sich an die Bar begab. »Aber dann fiel mir ein, dass es eigentlich egal war, weil ja keine von Ihnen in Dallas einkaufen geht, so wie ich, daher muss ich ja automatisch schon etwas anderes tragen als Sie alle hier.«

Hirnverbrannt. War das nicht der Ausdruck, den er in Henrys Fernseher mitbekommen hatte? Diese spezielle Ausgabe einer Hirnverbrannten konnte nicht älter als fünfundzwanzig sein. Er betrachtete Brad, als der Mann seiner Frau ein neues Glas brachte, vor Selbstgefälligkeit strotzend.

Die Unterhaltung hatte sich dem Thema anspruchsvoller Golfplätze in der Gegend zugewandt, wobei die Frauen über Shoppen in den umliegenden Orten diskutierten. Sarah blieb still, seinen Arm noch immer um ihre Schultern.

»Ian, was hältst du davon, wenn wir diese beiden morgen früh gleich auf eine Golfrunde mit nach Mendip nehmen? Wir können wieder zurück sein, bevor die Frauen aufgestanden sind.« Daniel schmunzelte, denn er wusste genau, wie sehr Ian das Spiel verabscheute.

»Natürlich. Ruf mich morgen im Nebenhaus an.« Das wäre eine gute Gelegenheit, etwas über den Rest des EHN-Vorstands von ihren Gästen in Erfahrung zu bringen.

Ian spürte, wie Sarah sich auf die Zehenspitzen stellte und sich an ihn lehnte. Er beugte den Kopf zu ihr herunter.

»Wann geht Will ins Bett? Wir haben ihm doch versprochen, Gute Nacht zu sagen«, flüsterte sie, und ihr Atem strich warm über sein Ohr und seinen Hals.

Er hätte einfach antworten können, fing aber Brads forschenden Blick auf und entschied sich stattdessen, sie an sich zu ziehen. Er antwortete ihr in das andere Ohr und vermittelte so den Eindruck, als umarmte er sie, wobei er die Gelegenheit hatte, genau das zu tun. Eine Gelegenheit, die er nur zu gern ergriff.

»Wir gehen jetzt«, flüsterte er.

Er war sich nicht sicher, ob er sich mehr darüber freute, wie sie in seiner Umarmung schauderte, oder über den verärgerten Ausdruck auf Brads Gesicht.

Er schaute auf und lächelte in die Runde. »Tut mir leid, eine so gute Gesellschaft zu verlassen, aber Sarah und ich müssen uns verabschieden. Wir sind beide müde nach unserer langen Fahrt.«

»Oh, aber es ist doch noch früh«, protestierte Nicki.

»Ich bin mir sicher, dass Sarah im Gegensatz zu dir, meine Liebe, ihren Schlaf braucht.« Brad drückte die Schulter seiner Frau, ein siegesgewisses Lächeln auf den Lippen.

»Nicht der *Schlaf* ist es, warum sie geht«, raunte Ian laut genug, damit Brad es hörte. Er grinste, als sie sich auf den Weg machten. Zu sehen, wie das Lächeln von diesem eingebildeten Gesicht gewischt wurde, tat gut.

Will hatte auf sie gewartet, als sie in sein Zimmer kamen, fest entschlossen, nicht einzuschlafen, bis sie bei ihm waren, als fürchtete er, sie könnten nicht auftauchen. Nachdem sie ihn zugedeckt und ihm einen Gutenachtkuss gegeben hatten, waren seine Augen zu, und sein Atem ging langsam und gleichmäßig. Sarah hatte noch nie erlebt, dass jemand so schnell eingeschlafen war.

Sie atmete tief durch, während sie langsam über den üppigen Rasen gingen. Ian hielt ihre Hand fest umschlungen. In ihrem Kopf überschlugen sich die unterschiedlichsten Empfindungen. Sie sollte sich zurückziehen, doch der Kontakt verlieh ihr Trost, und den wollte sie jetzt noch nicht aufgeben. Der Abend war beunruhigend gewesen.

Beunruhigend? Grauenhaft. Brad zu sehen, ihn wieder zu hören, hatte alte Wunden aufgerissen, die sie längst verheilt geglaubt hatte. Die Erniedrigung, die sie vor vielen Jahren empfunden hatte, kehrte mit voller Wucht zurück.

Nur Ians Gegenwart hatte sie an diesem Abend gerettet. Er war die ganze Zeit für sie da gewesen, hatte ihr den Weg geebnet.

Über kurz oder lang würde sie sich damit beschäftigen müssen, was geschehen war, die Fragen beantworten, die bestimmt kommen würden.

»Diese ganze … Szene heute Abend tut mir leid, Ian. Ich weiß, es muss dir unangenehm gewesen sein.«

Sie versuchte, ihm ihre Hand zu entziehen, aber er hielt sie fest und zog Sarah enger an sich. Er legte einen Arm um sie, blieb stehen und schaute sie an.

»Es war mir gar nicht so unangenehm.« Da war es wieder, das umwerfende Lächeln, das ihr den Atem raubte. »Eigentlich hatte ich meinen Spaß.«

»Deinen Spaß?« Sie schauderte. »Nun, du sollst wissen, dass ich dein Einschreiten zu schätzen weiß.« Sie setzten ihren Weg fort, Ian ließ den Arm um sie liegen. »Ich war so schockiert, Brad dort zu sehen, dass ich zuerst nicht denken konnte. Ich hatte gehört, dass seine Frau irgendwie mit EHN in Verbindung stand, aber ich hatte keine Ahnung, dass er für sie arbeitet, schon gar nicht, dass er einer ihrer Führungskräfte ist. Hätte ich das gewusst, wäre ich nicht gekommen.«

»Dann kann ich von Glück sagen, dass du es nicht wusstest. Ich bin froh, dich bei mir zu haben, ganz gleich, was da drüben passiert ist. Das ist nicht deine Schuld.«

»Trotzdem hast du mich mehr oder weniger davor gerettet, mich komplett zum Narren zu machen.«

Ian lachte leise in sich hinein und drückte Sarah leicht an sich. »Ich musste mir dafür keine Mühe geben. Aber dir sind die Folgen dessen klar, was wir gemacht haben, oder nicht?« Er schaute wieder auf sie herunter, seine Hand wanderte von ihrer Schulter an ihren Hals.

»Folgen?« Hatte das wie ein Piepen geklungen?

»Jetzt gehen alle davon aus, dass wir ein Paar sind.«

»Oh.«

»Ich fürchte also, wir müssen unser kleines Täuschungsmanöver aufrechterhalten.«

»Oh.«

Er hatte es wieder getan. Ihr die Fähigkeit geraubt, eine Unterhaltung mit mehr als nur einer Silbe zu bestreiten. Musste etwas mit seinem Daumen zu tun haben, der sich in kleinen Kreisen unterhalb ihres Ohres bewegte. So wie vorher schon einmal. Was sie entspannte. Beruhigte.

Das Nebenhaus lag direkt vor ihnen. Hatte sie ihn am Nachmittag nicht nach dem Haus fragen wollen?

Moment mal.

»Ist das eigentlich das Haus des Verwalters?«

»Ja. So wurde es vor langer Zeit genutzt, daher wird es auch weiterhin so genannt.«

»Aber da ist nur ein Schlafzimmer«, platzte es aus ihr heraus, und sie drehte sich zu ihm um.

»Ja.« Er grinste von einem Ohr zum anderen. »Das ist dir aufgefallen, nicht wahr?«

»Ich kann also davon ausgehen, dass deine Freunde uns schon für ein Paar hielten?«

Er zuckte mit den Schultern. »Es hat den Anschein. Ich hatte vor, Nessa beim Empfang um eine Zimmeränderung zu bitten, aber ich wurde ein wenig abgelenkt. Ich fürchte, wir müssen es jetzt dabei belassen.«

»Wie können sie so einen Fehler gemacht haben? Du hast mir doch gesagt, dass du ihnen von mir erzählt hast.«

Er duckte sich. »Ja, ich habe ihnen von dir erzählt, aber ich vermute, sie haben ihre eigenen Schlüsse gezogen.« Seine Hand glitt wieder an ihren Hals. »Hör zu, Sarah, in all den Jahren, seit ich nach Glaston House komme, habe ich noch nie eine Frau mitgebracht.«

Sie hatten das Nebenhaus erreicht, doch statt hineinzugehen, zog Ian sie neben sich auf die Bank vor der Haustür.

»Der Abend ist schön. Viel zu schön, um schon hineinzugehen. Was hältst du davon, wenn wir noch ein bisschen draußen bleiben und die Sterne betrachten?«

Er lehnte den Kopf zurück an die Hauswand und schloss die Augen. Ein paar Minuten saßen sie schweigend nebeneinander. Sie fragte sich schon, ob er wohl eingeschlafen war, als er den Arm hob und leicht mit den Fingern über ihren Nacken strich.

»Wie lange warst du mit ihm verheiratet?«

Endlich die Frage, mit der sie gerechnet hatte. »Offiziell ungefähr ein Jahr. Aber in Wirklichkeit nur ein paar Monate. Ich glaube, wir wussten beide sofort, dass wir einen Fehler gemacht hatten.«

»Einen Fehler?«

»Ja. Ich war jung, und wir stürzten uns in die Ehe, ohne uns Zeit zu nehmen, einander richtig kennenzulernen. Das alles ist schon so lange her.« Sie schloss die Augen und schüttelte den Kopf, um die Erinnerungen abzuwehren. Sie hatte noch nie mit jemandem darüber gesprochen. Die Zeit damals war entsetzlich für sie gewesen.

Brad hatte keine Geduld für ihr Verhalten aufgebracht, das in seinen Augen psychotisch war. Keine Vorstellung, dass sie tatsächlich in der Lage war, seine Empfindungen zu spüren, sobald sie ihn berührte. Als sie versucht hatte, es ihm zu erklären, hielt er sie für verrückt. Und sobald er herausfand, wie lange er zu warten hatte, bis er Zugang zu ihrem Treuhandfond bekam, war er mit ihr fertig. Selbst nach all den Jahren konnte sie sich noch mühelos daran erinnern, wie seine Verachtung und Habgier sich angefühlt hatten, als sie zum ersten Mal damit in Berührung kam.

»Wie alt warst du, als du geheiratet hast?«

Sie riss die Augen auf. Sie verabscheute diese Unterhaltung über das Alter, aber sie hatte schließlich den Anstoß dafür gegeben, als sie zuließ, über diesen Teil ihres Lebens zu sprechen. Sie seufzte resigniert. »Wir haben in dem Jahr geheiratet, in dem ich einundzwanzig wurde.«

Ian schnaubte. »Scheint mir nicht allzu lange her zu sein.«

Natürlich dachte er das. Er war erst achtundzwanzig. Für sie schien es eine Ewigkeit her zu sein.

»Ich hätte ihn niemals heiraten sollen. Meine Großmutter hat versucht, mich davon zu überzeugen, dass ich einen furchtbaren Fehler mache.«

»Warum hast du es denn gemacht?«

Sie holte tief Luft. Sie hatte jahrelang in sich gehen müssen, um die Antwort auf diese Frage zu finden. Und noch länger, um es sich einzugestehen.

»Ich dachte, ich hätte mich verliebt. Ich dachte, Brad würde mich davor retten …« Sie verstummte. Sie konnte ihm nicht die ganze Wahrheit sagen. Konnte ihm nicht sagen, dass sie sich nach jemandem gesehnt hatte, der sie so verstehen und akzeptieren würde, wie sie war. Nach jemandem, der sie vor den Emotionen anderer abschirmte. »Davor, alleine alt zu werden.«

»Und wie kommt es, dass deine Großmutter versucht hat, dir die Heirat auszureden?«

»Meine Mutter und ich wohnten bei ihr. Dann, nach dem Tod meiner Mutter, waren nur noch wir zwei da.«

»Wie alt warst du, als deine Mutter starb?«

»Sechs.«

»Und dein Vater? Warum bist du nicht zu ihm gezogen?«

»Meine Eltern haben sich kurz nach meiner Geburt getrennt. Ich kannte meinen Vater überhaupt nicht. Nach dem Tod meiner Mutter hat er mich ein Mal besucht, an meinem siebten Geburtstag. Ich weiß noch, wie überrascht ich war, dass er meinen Geburtstag überhaupt wusste, da ich ihn nie gesehen hatte. Wir saßen im Wohnzimmer meiner Großmutter, während er mich ausfragte, vermutlich um mich kennenzulernen. Jedenfalls tauchte etwa einen Monat später ein Anwalt bei uns auf, um uns mitzuteilen, mein Vater sei verstorben und ich sei seine einzige Erbin. Großmutter behauptete, das Geld sei der einzige Grund, warum Brad mich heiraten wollte. Wie sich herausstellte, hatte sie recht.«

Sie versuchte, die leeren Gefühle abzuschütteln, die diese Erinnerungen mit sich brachten. »Aber ich war mir so sicher, dass es funktionieren würde.« So sicher, dass er sie verstehen und akzeptieren würde, wenn sie ihm von ihrem Anderssein erzählte. So sicher, dass sie die intuitive Warnung und die Worte ihrer Großmutter unbeachtet ließ. »Also habe ich ihn geheiratet.«

Seine warme Hand in ihrem Nacken tröstete sie. »Im Lauf der Jahre habe ich festgestellt, dass ich sogar aus meinen Fehlern etwas lernen kann. Hat dich diese Erfahrung etwas gelehrt, Liebes?«

»O ja.« Sie hielt inne und versuchte, ihre Tränen zurückzuhalten. »Ich habe gelernt, wie wichtig Ehrlichkeit ist. Außerdem habe ich gelernt, dass etwas noch lange nicht Wirklichkeit wird, nur weil man es unbedingt will. Manchmal muss man die Dinge so hinnehmen, wie sie sind.« Sie hatte gelernt, sich damit abzufinden, dass sie aufgrund ihres Andersseins immer allein sein würde.

»Verstehe.«

Sie fragte sich, wie viel er verstand. Sein Daumen begann wieder unterhalb ihres Ohrs zu kreisen, und kurz darauf lehnte sie den Kopf an die Hauswand neben seinen. Ihre Augen fielen zu, und ihr Körper entspannte sich in der friedlichen Stille.

Sie fuhr zusammen, als er erneut das Schweigen brach.

»Übrigens, wann hast du denn die Feststellung gemacht, dass das Haus des Verwalters nur ein Schlafzimmer hat?«

Er schaute auf sie herunter, fing ihren Blick auf, und sie wurde rot, die Stelle, auf der seine Finger lagen, wurde heiß. Sie wusste, dass er es auch spüren musste.

»Hast du zufällig auch das verdammt große Sofa im Wohnraum bemerkt?«

Sie nickte.

»Gut.« Er lehnte sich wieder an die Mauer und schaute in den sternenklaren Himmel. »Denn da werde ich schlafen. Solltest du mich aus irgendeinem Grund brauchen.«

»Oh.«

Verdammt. Wieder bei einsilbigen Antworten gelandet.

11

Ian blinzelte und gab sich die größte Mühe, eine völlig teilnahmslose Miene beizubehalten. Er war sicher, jemand würde merken, wenn er mit der Faust in Tanners arrogantes Gesicht schlagen würde. Schließlich war es ein schöner, strahlender Morgen, und sie waren mitten auf einem der exklusivsten Golfplätze in Großbritannien.

»Also kann ich nur vermuten, dass Sie nicht mit ihr geschlafen haben.« Brad feixte in seine Richtung. »Oder vielleicht doch, und deshalb sind Sie heute Morgen so still.« Der Mann trat an das Tee und führte seinen Schlag aus.

Still?

Sein Gegner begriff nichts, war nicht einmal imstande, seine eigene Gefahr zu erkennen. Ein guter Krieger war immer still, während er das Ableben seines Feindes in Erwägung zog. In all seinen Jahren hatte er vor einer Schlacht nie geprahlt, oder sich mit seinen Absichten gebrüstet. Er plante im Stillen, trat dann vor und handelte.

Der Mann, der da grinsend vor ihm stand, erweckte in ihm den Wunsch, es wäre wieder so wie früher, in der Zeit der Schwerter und Kerker. Damals hätte er mit Bradley Tanner kurzen Prozess gemacht. Das jetzige Jahrhundert hatte ein paar ausgesprochene Nachteile.

»Und, was ist es?« Brad zupfte seinen Handschuh zurecht.

»Ein Gentleman spricht in diesem Umfeld nicht über

seine Privatangelegenheiten.« Ian biss die Zähne zusammen.

Paul und Daniel waren bereits an der Reihe und standen etwas weiter entfernt. Ian bezweifelte, dass sie den Wortwechsel mitbekommen hatten.

Brad zuckte mit den Schultern. »Tja, jetzt hat sie ja Geld, aber Sie sehen nicht so aus wie einer, der ihr Geld so dringend braucht, als könnte er sich mit so was abfinden.« Er versetzte Ian einen Schlag auf den Rücken. »Sie ist eine Eiskönigin, McCullough. Versteift sich und entzieht dem Sex jegliche Freude. Sie kann es nicht ausstehen, wenn man sie berührt, aber ich bin mir sicher, dass Sie das bereits festgestellt haben.« Das Grinsen auf seinem Gesicht wurde breiter. »Oder sehr bald feststellen werden.«

Ians Schultermuskeln spannten sich an, er kniff die Augen zusammen. Ganz bewusst bemühte er sich, seinen Griff um den Golfschläger zu lockern. »Vielleicht lag es auch nur an der schlechten Wahl ihres Partners in der Vergangenheit.«

Brad zuckte mit den Schultern, drehte sich um und ging über das Grün hinunter.

Daniel kam zu Ian ans Tee, während Brad und Paul dort weitermachten, wo ihre Bälle gelandet waren. »Und, welchen Eindruck hast du von den beiden?«

»Stephenson ist nicht der, nach dem wir suchen.«

»Einverstanden. Er ist eine freundliche Seele. Was hältst du von Tanner?« Daniel hob grinsend die Hand. »Und ich frage nicht auf persönlicher Ebene. Das kann man ziemlich leicht erkennen.«

»Tanner ist ein verdammter Narr. Für mein Dafürhalten

zu blöd, um der Kontakt zu sein.« Er schüttelte den Kopf. »So sehr ich es auch wünschte. Nein, der, den wir suchen, ist noch nicht da.«

Ian steckte seinen Schläger wieder in die Golftasche und wählte einen anderen aus.

»Was machst du?« Daniel runzelte die Stirn. »Ich weiß, du verabscheust dieses Spiel, aber du kannst mehr als das.« Er zeigte auf Ians Schläger. »Damit wirst du es vermasseln.«

»Ja. Kann schon sein.«

»Du wirst dein Ziel verfehlen.«

»Ich glaube, du verkennst mein Ziel.«

Ian legte den Ball auf das Tee und holte aus, ein Lächeln huschte über sein Gesicht, während er die Flugbahn beobachtete.

Unten auf dem Green ertönte ein Schrei, als das kleine weiße Geschoss auf Brad Tanners Rücken aufschlug.

»Oh, das ist aber jetzt dumm gelaufen.« Ians Augen funkelten, als er seinen Freund anschaute. »Der arme Kerl. Das muss entsetzlich wehtun.«

»Nur gut, dass ich in Wirklichkeit keine Position in ihrem Vorstand haben will, da du dir die größte Mühe gibst, das Ganze in den Sand zu setzen.« Daniel schüttelte den Kopf. »Ich hoffe, du bist mit dir zufrieden.«

»Tatsächlich geht es mir so gut wie schon den ganzen Morgen nicht.« Ian grinste.

»Komm. Wir wollen unsere Gebühren einnehmen und wieder nach Glaston House zurückkehren. Die nächsten beiden werden kurz nach dem Lunch eintreffen.«

»Meinst du, du kommst eine Zeit lang allein mit denen

zurecht? Ich muss noch kurz etwas erledigen, wenn wir dort sind.«

»Klar. Kann ich dir dabei behilflich sein?«

»Ich glaube nicht. Ich habe beschlossen, mit Sarah shoppen zu gehen.« Als sein Freund eine Augenbraue hochzog, fuhr er fort. »Nachdem ich die anderen Ladys gestern Abend gesehen habe, wurde mir klar, dass mein Gast sich am Ende in der legeren Kleidung unwohl fühlen könnte, die ich ihr empfohlen habe.«

»Ich nehme an, du hast sie überzeugen können, bei dir im Nebenhaus zu bleiben.«

»In Wirklichkeit konnte ich es auf ein Missverständnis schieben, und dann hat es sich mit der ganzen Tanner-Geschichte von selbst erledigt.«

»Komisch, findest du nicht?«, fragte Daniel nachdenklich. »Diese Frau, die bei dir auftaucht, und dann ist ihr Exmann jetzt hier? Ein merkwürdiges Zusammentreffen.«

»Genau davor hat Dallyn auf seine ihm eigene kryptische Art gewarnt. Er sagte, Sensoren ziehen andere an, die anwesend sein müssen.«

»Tja, wir wollen hoffen, dass sie denjenigen anzieht, den wir brauchen. Wenigstens kannst du sie, so wie die Sache läuft, im Auge behalten, ganz gleich, wer auftaucht.«

»Genau.«

Und die Zeit, die er »zwangsläufig« mit ihr verbringen musste, wäre schlichtweg eine Zugabe.

Sarah wachte auf, reckte sich, und wusste im ersten Moment nicht, wo sie war. Sie beobachtete, wie Staubkörnchen in dem Sonnenstrahl tanzten, der durch das Fenster über ihrem Bett schien, und allmählich kehrte der Abend zuvor wieder zurück. Erinnerungen daran, wie Ian sie gerettet hatte, ließen sie bis in die Zehen erschauern, und sie wünschte sich, seine Handlungsweise wäre echt. Dann fiel ihr ein, wovor – vor wem – er sie gerettet hatte.

»Verdammt.«

Sie schlug die Bettdecke zurück und setzte sich auf. Brad war hier. Der Mann, von dem sie gehofft hatte, ihn nie im Leben wiederzusehen. Und sie saß hier noch drei weitere Tage fest. Seufzend stand sie auf und ging ins Bad. Sie brauchte eine Dusche und eine Tasse starken Kaffee, um sich diesem Schrecken wieder zu stellen.

Nach einer kurzen Dusche zog sie Jeans und ein T-Shirt über, blieb aber auf dem Weg zur Tür vor dem Spiegel stehen. Das T-Shirt wäre für die Gruppe von Menschen, mit denen sie den Tag verbringen würde, sicher nicht angemessen, was auch für ihre beiden Pullover galt, die sie mitgebracht hatte. Mehr als die und das Sommerkleid, das sie getragen hatte, als sie mit Ian ausgegangen war, hatte sie nicht, dabei musste sie sich noch für drei weitere Dinner einkleiden.

Sie zuckte mit den Schultern und tappte nach unten. Sie hatte nicht vor, sich das ganze Wochenende darüber Sorgen zu machen, was andere von ihr dachten. Nun, um ganz ehrlich zu sein, würde sie es wahrscheinlich doch tun, aber sie wollte erst nachgeben, wenn sie Kaffee getrunken hatte.

Ein schneller Blick in das große Wohnzimmer sagte ihr, dass Ian schon auf und davon war, doch der Duft nach frischem Kaffee erfüllte den ganzen Raum. Neben der Kaffeekanne fand sie ein Tablett mit einem Becher, Zucker und Sahne, einer frischen Rose in einer Vase mit Wasser und daneben ein Stück gefaltetes Papier.

Er hatte nichts ausgelassen.

Sie schenkte sich Kaffee ein und trug das Tablett in den Garten hinaus, roch an der Blüte, bevor sie sich auf einen der Stühle setzte und ihre Füße auf einen anderen legte. Genüsslich trank sie ihren ersten Schluck und faltete das Papier auseinander.

Die Notiz besagte, er sei zum Golfen gegangen, hoffe aber, wieder da zu sein, bevor sie ihren Kaffee getrunken habe. Er versprach eine Überraschung.

Sie legte das Blatt auf den Tisch und dachte an den Mann, der ihr die Notiz hinterlassen hatte. Ians Handschrift war elegant, verziert mit altmodischen Schnörkeln, die sie normalerweise nicht für typisch männlich halten würde. Dennoch kam ihr die Notiz, so wie der Mann selbst, ausgesprochen männlich vor. Vorsichtig streckte sie die Hand wieder nach dem Papier aus und fuhr leicht mit den Fingerspitzen darüber.

Wie viel konnte sie spüren, wenn sie es wirklich versuchte?

Wenn sie Menschen berührte, Haut an Haut, nahm sie einen Strom all ihrer Emotionen wahr. Als das in ihrer Kindheit begonnen hatte, war sie überzeugt, dass es allen so ging. Dass jeder die kleine Stimme im Kopf hatte, die sie davor warnte, nicht zu nah an einen bestimmten Hund heranzugehen, oder einen bestimmten Menschen zu meiden, weil er böse war, oder rechtzeitig von der Schule nach Hause zu laufen, um jemanden zu alarmieren, weil etwas passieren würde.

Ihre Großmutter hatte ihr diese Vorstellungen rasch ausgeredet und ihr vorgeworfen, sie sei ebenso »eigentümlich« wie ihr Vater.

Dann hatte sie ihr Leben lang versucht, sich von diesen Dingen zu distanzieren. Sie zu verstecken, sie loszuwerden.

Die Stimme hatte sich bis vor ein paar Monaten zurückgezogen, bis sie laut und deutlich wiederkam und darauf bestand, dass sie den Sommer in Schottland verbringen sollte.

Die Wahrnehmung, die sie über Berührung erlangte, hatte nie aufgehört. Sie war stärker geworden, so sehr sie sich auch dagegen wehrte, bis sie gelernt hatte, Menschen so wenig wie möglich anzufassen. Neuerdings, seitdem sie versprochen hatte, sich den Schicksalsgöttinnen zu ergeben, hatte sie festgestellt, dass die Wahrnehmung nicht mehr auf Menschen beschränkt war. Wenn sie Gegenstände berührte, verspürte sie einen schwachen Eindruck von denen, die sie zuvor in Händen gehalten hatten.

Wenn sie diese Heimsuchungen als Macht empfand, musste sie sagen, dass es ihr beinahe so vorkam, als wäre ihre Macht stärker geworden.

Sie schloss die Augen, legte eine Hand flach auf die Notiz, schaltete alle anderen Gedanken ab und atmete tief durch.

Das Papier fühlte sich warm an. Sie spürte einen Anflug von Ungeduld. Hatte Ian es eilig gehabt, als er es schrieb? Ihre Finger begannen zu prickeln, jetzt noch wärmer, und ihre Stirn legte sich in Falten. Was schwamm da herum und ließ sich nicht greifen? Sie sah ihn förmlich schreiben, sah, wie er lächelte. Ihr Atem ging schneller, während die

Wärme der Versuchung vom Papier in ihre Hand vordrang. Versuchung und Verlangen.

Aber wessen Empfindungen spürte sie? Seine oder ihre eigenen?

»Sarah? Ist alles in Ordnung?«

Beim Klang seiner Stimme schlug sie die Augen auf, zog ihre Finger ruckartig vom Papier, als wären sie verbrannt, und umfasste mit beiden Händen rasch ihren Kaffeebecher. Mit ihrer plötzlichen Bewegung flatterte die Notiz unbemerkt zu Boden.

Hatte er gesehen, was sie gemacht hatte?

»Guten Morgen. Mir geht's prima. Gutes Spiel gehabt?«

Ein leichtes Schulterzucken und ein beinahe schuldbewusstes Lächeln gingen seiner Antwort voraus.

»Ich denke schon. Es hatte seine Höhepunkte.«

Er verschwand durch die Tür und kam kurz darauf mit einem dampfenden Becher heraus. Sacht nahm er ihre Füße, um sich auf den Stuhl zu setzen, den sie als Fußablage benutzt hatte. Als Sarah sie auf den Boden stellen wollte, wurde sein Griff fester, und er legte ihre Füße in seinen Schoß, nachdem er sich gesetzt hatte.

»Hast du meine Nachricht gefunden?«

Sie konnte nur nicken. Sein Daumen übte einen langsamen Zauber auf die Sohle ihres rechten Fußes aus. Die Empfindungen, die seine Finger hervorriefen, waren so vorzüglich, dass sie die Zähne aufeinander beißen musste, um nicht laut aufzustöhnen.

Er widmete sich ihrem linken Fuß.

»Bist du dann bereit? Für meine Überraschung?«

»Deine was?« Wie konnte man von ihr erwarten zu antworten, oder auch nur zu denken, wenn er das mit ihren Füßen machte?

»Überraschung.« Er stellte ihre Füße auf den Boden, erhob sich, nahm ihre Hand und zog Sarah vom Stuhl. »Komm, Faultier, zieh dir die Schuhe an. Ich habe eine Überraschung geplant und bin mir sicher, dass es dir gefällt.« Er schob sie sacht zur Tür.

Sie hatte Schwierigkeiten sich vorzustellen, was ihr mehr gefallen würde, als das, was er gerade gemacht hatte.

»Ian McCullough und …« – er hielt inne, wandte sich ihr zufrieden lächelnd zu, bevor er seine Ankündigung in den schwarzen Metallkasten sprach – »Miss Sarah Douglas.«

Noch immer lächelnd fuhr er langsam durch das geöffnete Tor auf das Schloss zu.

»Siehst du? Ich bin kein Chauvinist, wie du mich bezeichnet hast. Ich habe uns beide angekündigt.«

Sarah verdrehte die Augen. »Ich fürchte, dass diese Kleinigkeit dich nicht von den heutigen Verbrechen freispricht. Wie gesagt. Ich kann nicht zulassen, dass du das alles bezahlst.«

»Aber ich habe die Sachen doch schon bezahlt. Und den Lunch, wenn ich das hinzufügen darf.«

»Nur weil du mich ausgetrickst hast.«

Ian hatte sie mit einem Tagesausflug nach Bristol überrascht, zu ein paar sehr exklusiven Modegeschäften, die Nessa empfohlen hatte. Es war ihm gelungen, sie ohne ihr Portemonnaie aus dem Haus zu locken, mit der Behauptung, sie würden nur kurz wegfahren.

»Und du hast mich angelogen.«

Seine Miene wurde ernst. »Das habe ich nicht.«

»Du hast gesagt, du müsstest mir etwas zeigen … nur ein kurzer Ausflug.«

»Und das entsprach der Wahrheit. Technisch gesehen. Ich wollte dir das Geschäftsviertel von Bristol zeigen. Selbst du musst zugeben, dass es eine kurze Fahrt war, verglichen mit der von Schottland hierher.«

Sie schnaubte, fast lachend. »Du bist unmöglich.«

»Das klingt schon viel besser.« Auf der anderen Seite der Auffahrt hielt er den Wagen an. »Du warst so still nach dem Lunch und auf der Rückfahrt, dass ich schon Angst hatte, du wärst mir wirklich böse.« Er schaute sie mit seinen schwarzen Augen ernst an und hielt sie mit der Macht seines Blickes gefangen. »Ich würde fast alles tun, um das zu vermeiden, Sarah.«

»Tja, glaub nur nicht, dass du damit schon aus dem Schneider bist. Ich habe die volle Absicht, jeden Penny zurückzuzahlen, den du für die Kleider ausgegeben hast.«

Sie musste nur herausfinden, wie viele Pennys, oder wohl eher Pfund, er tatsächlich ausgegeben hatte. Offenbar hatte er der Verkäuferin ein hübsches Trinkgeld gegeben, um sicherzugehen, dass sie Sarah die Summe nicht nannte. Vielleicht könnte Nessa ihr anhand ihrer Erfahrungen mit den Läden eine grobe Schätzung geben.

Natürlich war die Frage, wer was bezahlte, für sie als emanzipierte Frau im Moment ihr geringstes Problem. Nach allem, was sie beim Lunch gesehen hatte, machte ihr die Vorstellung, eine vernünftige Frau zu sein, noch immer zu schaffen. Emanzipation müsste eben gegenüber der Vernunft in den Hintergrund treten.

»Sarah? Habe ich dich wieder verloren, Liebes?« Ian beugte sich über die Mittelkonsole, bis er nur wenige Zentimeter von ihrem Gesicht entfernt war.

»Tut mir leid. Bin ein bisschen verwirrt.«

Das milde Lächeln, das sie insgeheim Herzstopper nannte, breitete sich auf seinem Gesicht aus.

»Na, dann nutze ich es doch zu meinem Vorteil, solange ich kann.«

Im Nu schloss er die kleine Lücke zwischen ihnen und strich mit dem Mund sanft über ihren. Dann zog er sich zurück, legte eine Hand an ihre Wange und fuhr mit dem Daumen über ihre Unterlippe.

»Jetzt sind wir beide ein wenig verwirrt.«

Sarah konnte nicht denken, noch weniger antworten, während er aus dem Wagen stieg und herum kam, um ihr die Tür zu öffnen.

»Ich bringe Nessas Pakete aus der Bäckerei nach hinten. Wir sehen uns nachher im Nebenhaus?«

Sie nickte zustimmend, nicht imstande, Laute von sich zu geben.

»Soll ich deine Sachen mitbringen, wenn ich komme?«

Diesmal schüttelte sie den Kopf und beobachtete, wie er grinsend den Stapel Kartons balancierte, gefüllt mit den köstlichen Pastries, die Nessa für den Abend bestellt hatte.

Ihre Lippen zuckten noch immer, und sie fuhr sich unbewusst mit dem Finger darüber, als sie Ian nachschaute. Er ging um das Gebäude herum, seine Ladung mühelos tragend.

Da gab es doch bestimmt etwas, was sie ihm sagen sollte – dass er sie nicht so küssen sollte. Aber ihr Verstand brachte die Wörter nicht hervor. Vielleicht hatte ihr Körper, der anscheinend zum Verräter geworden war, was Ian betraf, ihr Gehirn ausgeschaltet.

Ernsthafte Fehlfunktion des Gehirns.

Vielleicht war damit zu erklären, was sie an diesem Tag draußen vor dem Restaurant zu sehen geglaubt hatte. Das war keineswegs eine rationale Erklärung, aber sie hatte versucht, sich auf der Rückfahrt von Bristol eine einfallen zu lassen, allerdings ohne Erfolg.

So oder so hatte sie allmählich ernsthafte Zweifel an ihrer Vernunft in jeder Hinsicht. Denn es war nicht vernünftig, so zu tun, als wäre sie für einen Mann wie Ian McCullough etwas Besonderes. Und es war ganz bestimmt nicht vernünftig zu glauben, sie habe einen Mann gesehen, der sie durch die Scheiben des Restaurants beobachtete. Besonders nicht, da sie sich absolut sicher war, dass es derselbe Mann war, den sie schon einmal gesehen hatte. Derselbe, der an ihrem ersten Abend in Schottland beim Gewitter über ihren Wagen gesprungen war.

Auf dem Weg zum Nebenhaus durchquerte Sarah den Garten an der Hausseite auf einem Pfad, den sie bisher noch nicht benutzt hatte. Sie war angenehm überrascht, als sie auf einen lauschigen Spielplatz traf.

»Sarah! Du kommst mich besuchen, wie du gesagt hast.« Will sprang aus dem Sandkasten, in dem er eifrig beschäftigt gewesen war. »Was ist das?« Er zeigte auf die Pakete, die sie bei sich hatte.

»Kleider. Ian hat mich zum Einkaufen mitgenommen.« Sie stellte die Pakete auf die Bank und setzte sich.

Will kam neben sie und ergriff sofort ihre Hand, die auf ihrem Schoß lag.

»Gefällt dir die Kleidung nicht?« Er kuschelte sich an sie und schlang den freien Arm um ihre Taille.

»Doch, natürlich.« Sie schaute hinab und begegnete seinem eindringlichen Blick, überrascht, dass sie diesmal nicht auf seine Berührung reagierte. »Wie kommst du darauf, dass sie mir nicht gefallen könnte?«

»Du bist unglücklich.« Er drückte ihre Hand. »Das spüre ich. Du kannst es auch.« Er lehnte den Kopf an ihre Seite.

»Wie bitte?« Ihr stockte der Atem.

»Ich bin wie du. Ich habe noch nie jemanden von uns kennengelernt.«

»Jemanden von uns?« Ihre Stimme schwankte. Was sagte dieses Kind da?

Der vorwurfsvolle Blick, den er ihr zuwarf, war unheimlich erwachsen. »Wir spüren Sachen. Etwas über andere Menschen. Darüber, wie sie sind, was sie fühlen.« Er tätschelte ihren Rücken. »Haben dir deine Mommy und dein Daddy nicht gesagt, dass das in Ordnung ist, Sarah?« Er wartete, die großen blauen Augen unentwegt auf sie gerichtet.

»Nein«, flüsterte sie; seine Worte trafen sie wie ein Schlag in die Magengrube.

»Wir sind außergewöhnlich.« Die kleine Hand tätschelte weiter ihren Rücken. »Das liegt an unseren Vorfahren.«

»Unseren Vorfahren?«

Er nickte. »Die Feen. Wir haben ihr Blut. Also sind wir außergewöhnlich.«

»Feen«, wiederholte sie skeptisch. »Kleine geflügelte Schmetterlingswesen?«

Will kicherte. »So sind die überhaupt nicht. Die wollten vielleicht, dass man glaubt, sie sehen so aus, aber das stimmt nicht. Und wir sehen sie dann in ihrer wahren Gestalt.« Er zuckte mit den Schultern. »Das ist in unserem Blut. Das sind wir.«

Feen. Was für eine Vorstellung. Doch woher wusste er etwas über das Gespür? Darüber hatte sie mit niemandem gesprochen. Nicht mehr. Seit …

»Will, hast du einen der Erwachsenen darüber sprechen hören? Einen von denen, die hier zu Besuch bei deiner Mom und deinem Dad sind?« Brad würde bestimmt nicht darüber reden. Nicht nach all der Zeit.

»Nein.« Als sie ihn zweifelnd anschaute, fuhr er fort. »Spür mich, Sarah. Dann wirst du wissen, dass ich dir die Wahrheit sage. Wir sind dasselbe. Wir sind außergewöhnlich.« Er drückte ihre Hand und schaute sie ernst an.

Sie schloss die Augen und ließ sich von den Gefühlen überschwemmen.

Keine Frage.

»Ich glaube dir, Will.«

Er kniete sich, schlang seine kleinen Arme um ihren Hals und drückte sie fest an sich. »Schon gut, Sarah. Wir sind außergewöhnlich«, flüsterte er.

Was wurde aus ihrer Welt? Sie war verwirrter als je zuvor in ihrem Leben. Angefangen von der Angst, diesen Mann vor dem Restaurant zu sehen, bis hin zu Ians Kuss im Auto ging für sie heute alles viel zu schnell. Und jetzt auch noch dieser eigentümlich erwachsene kleine Junge mit seiner unheimlich genauen Kenntnis darüber, was sie so lange zu verbergen versucht hatte. Bei all dem zog sie die imaginären Feenvorfahren, die in der Vorstellung eines einfallsreichen Sechsjährigen lebten, beinahe ernsthaft in Erwägung.

»Sind sie schon eingetroffen?« Ian lümmelte sich auf dem Ledersofa in Daniels Arbeitszimmer, ein großes Glas Limonade in der Hand.

»Nur Storey. Der Assistent, O'Dannan, fliegt getrennt. Er wird am späteren Abend hier sein.«

»Bevor du ihn gestern Abend erwähnt hast, habe ich noch nie etwas über diesen O'Dannan gehört. Bei den Informationen, die wir uns angeschaut haben, war keine Akte über ihn, gar nichts.«

»Dessen bin ich mir bewusst. Das macht ihn umso interessanter, nicht wahr?«

»Ja, stimmt. Zusammen mit dem Vorsitzenden, diesem Servans. Irgendetwas an diesem Namen macht mir im Hinterkopf zu schaffen.«

»Mehr als die fehlende Information über ihn?«

Ian nickte. Etwas, das er gesehen hatte, etwas, das er gelesen hatte. Er konnte es nur nicht einordnen, aber es würde ihm mit der Zeit einfallen.

»Hast du vorher schon von ihm gehört?«

»Ich weiß nicht genau. Was ist mit diesem Alexander Storey? Soweit ich mich erinnere, ist er der führende Kopf bei EHN, oder? Welchen Eindruck hast du von ihm?«

Daniel schüttelte den Kopf, sichtlich enttäuscht. »Ich glaube nicht, dass er es ist, Ian. Wie ich hörte, hat eine finanzielle Transaktion ihn zum Abdanken gezwungen und einen neuen Vorsitzenden auf den Plan gebracht, obwohl der selten da ist.«

»Wie du gehört hast?« Ian zog eine Augenbraue hoch.

»Ja. Von meinem neuen streng geheimen verdeckten Ermittler.« Daniel lächelte. »Nessa hat es mir gesagt. Allem Anschein nach wird Marlena Stephenson sehr redselig, wenn sie ein paar Drinks intus hat.«

»Sie hat in Gegenwart von Storeys Tochter darüber gesprochen?« Ian runzelte die Stirn.

»Nein. Als Brad heute Morgen von unserem Spiel zurückkam, und sich … sagen wir mal … unpässlich fühlte« – Daniel rieb sich die Nase, um ein Grinsen zu verbergen –, »ließ Nicole sich von dem Fahrer in die Stadt bringen, um shoppen zu gehen. Ihr seid ihr nicht zufällig über den Weg gelaufen?«

»Nein.«

»Und eure Einkaufstour lief gut?«

»Ja.« Zu gut vielleicht. Der Gedanke an Sarahs Lippen, ihren sanften Atem, als er sie im Wagen geküsst hatte, brachte ihn zum Lächeln. Ein Kuss, den er ihr nicht hätte geben sollen, den er aber nicht bereute. Er schüttelte den Kopf. Er musste sich auf den vorliegenden Fall konzentrieren. Nicht auf Sarah.

»Hat sich Tanner von unserem kleinen Unfall auf dem Grün erholt?«

Danny zuckte mit den Schultern. »Ich habe ihn den ganzen Tag nicht gesehen. Vermutlich wird er bei den abendlichen Festlichkeiten auftauchen.«

»Umso schlimmer. Ich hatte eher gehofft, dass er an diesem Abend indisponiert ist und mir seine Gesellschaft erspart bleibt.«

»Dir erspart, oder denkst du dabei an Sarah?« Daniel

lehnte sich zurück und legte die Füße auf den kleinen Tisch zwischen ihnen.

»Sein Verhalten gestern Abend ihr gegenüber war ziemlich unangemessen. Mir wäre einfach lieber, dass sie nicht dermaßen aus der Fassung gebracht wird.«

»Und warum wohl, Ian? Warum sollte es dich stören, wenn sie so bestürzt ist?« Daniel schaute ihn fragend an. »Könnte es sein, dass du deine Objektivität einbüßt, wenn es um Sarah geht?«

»Warum zum Teufel ist alle Welt so überzeugt davon, dass meine Objektivität auf einmal in Gefahr ist?« Ian erhob sich abrupt vom Sofa und trat ans Fenster. »Zuerst Dallyn, jetzt du.« Er schüttelte den Kopf.

»Vielleicht weil wir sehen können, was du nicht siehst.« Daniel stand auf, stellte sich neben seinen Freund und legte ihm eine Hand auf die Schulter. »Ich sehe doch, wie du sie anschaust.«

Ian blickte starr aus dem Fenster. Von hier aus erblickte er Sarah und Will, die zusammen zum Nebenhaus gingen. Will trug ein Paket für sie und hielt sie an der Hand. Sie blieben stehen, und sie bückte sich, um mit dem Jungen zu sprechen, ihre blonden Locken streiften an dem hellen Haar des Jungen entlang. Ian schüttelte den Kopf und schloss kurz die Augen, bevor er sich von der bezaubernden Szene abwandte.

»Was willst du damit eigentlich sagen?«

»Ich bitte dich nur, dir klarzumachen, was du aufs Spiel setzt, was du verlieren könntest.« Daniel ließ die Hand sinken, ging wieder zu seinem Stuhl und griff nach seinem Limonadenglas.

Die beiden Männer schwiegen eine Zeit lang.

Er war sich dessen durchaus bewusst, was er riskierte, und er hatte nicht die Absicht, seinen Eid zu brechen. Obwohl es diese Augenblicke gab, wenn er mit Sarah zusammen war. Augenblicke, in denen er sich fast vorstellen konnte, dass sein Leben anders wäre.

»Wenn du das alles noch einmal tun müsstest, Danny, würdest du es anders machen? Bereust du deine Entscheidung, alles aufzugeben?« Ian betrachtete seinen Freund eingehend.

»Ich bereue nichts, Ian. Ich würde die paar zusätzlichen Fähigkeiten, die ich bekam, und alle Ewigkeit gegen die Zeit eintauschen, die mir mit Nessa und Will vielleicht gegeben ist.« Er runzelte die Stirn. »Aber zwischen dir und mir ist ein großer Unterschied. Ich habe meinem sterbenden Vater nicht versprochen, als Hüter zu dienen.«

Die Erinnerung an Larkins Tod schmerzte auch nach all den Jahrhunderten noch immer. Sein Vater, ein Vollblut-Fae, war einer der Letzten gewesen, die in der Schlacht durch die Hand von Nuadianern umgekommen waren. Die letzte Schlacht im Vorfeld zum Großen Bann, der die Feen daran hinderte, auf der Sterblichen Ebene zu kämpfen.

Ian hatte in der Halle gewartet, als man seinen Vater hereinbrachte. Larkins Gesicht war schmerzverzerrt, er hatte lange genug durchgehalten, um zu seinem Sohn zu kommen. Ihm das Versprechen abzunehmen – nein, von ihm zu verlangen –, den Urquell der Seelen und die Menschen, die auf der Sterblichen Ebene lebten, zu hüten. Nur so, hatte er gesagt, könne sein Tod gerächt werden. Ian hatte es ihm geschworen, ohne zu überlegen. Schließlich war es sein geliebter Vater.

»Freut mich, dass dir deine Entscheidung nicht leidtut. Auch ich glaube, dass du die richtige Wahl getroffen hast. Und du hast recht, Danny. Es besteht ein Unterschied zwischen uns. Aber der Unterschied ist, dass du deine Seelenverwandte gefunden hast. Meine existiert nicht, daher habe ich keinen Grund, meinen Eid nicht einzulösen.« Er drehte sich um und schaute wieder aus dem Fenster. Der Rasen war leer.

»Wie kannst du dir da so sicher sein?«

Gute Frage. Eine, die für ihn immer leicht zu beantworten gewesen war. Aber jetzt nicht mehr. Nicht, nachdem er Sarah kennengelernt hatte.

12

»Warum erzählst du mir das erst jetzt?« Obwohl er es gut verbergen konnte, war Reynard wütend. Von Anbeginn aller Zeiten war er von Inkompetenz umgeben.

»Ich wollte … Ich dachte, es wäre am besten, mich zu vergewissern, Großer Herr, wollte Eure Zeit nicht verschwenden mit …«

»Und jetzt hast du einen Beweis dafür?« Reynards Frage unterbrach die Erklärungen. Er wollte sich die Ausreden des Mannes nicht anhören. Immer waren es Ausreden. Von allen.

»Nicht so richtig. Aber ich glaube, sie hat mich gesehen.«

Reynard stieß ungehalten die Luft aus, nahm den Hörer vom Ohr, darum bemüht, Haltung zu wahren. *Narr.*

»Noch etwas. Sie ist bei dem Hüter. Er weicht nicht von ihrer Seite. Ich glaube … das heißt, ich vermute, dass es womöglich eine persönliche Sache bei ihm ist.«

Das war jetzt eine interessante Entwicklung.

»Welcher Hüter?«

»Ian McCullough. Er bewacht die Pforte bei …«

Reynard unterbrach ihn erneut. »Ich weiß, welche Pforte er und die Nachfahren seines Bruders hüten.« Er lehnte sich auf seinem Stuhl zurück und strich sich nachdenklich über das Kinn. »McCullough. Du hast recht, Flynn. Das ist höchst interessant.«

Flynns hysterisches Gelächter zerrte an seinen Nerven,

aber er ließ es sich nicht anmerken. Zeige Untergebenen gegenüber nie Schwäche.

»Deshalb habe ich beschlossen, es Euch jetzt direkt vorzutragen. Es ist wichtig, dachte ich. Zu wichtig, um auf Adira zurückzugreifen, dachte ich.«

»Adira?« Das ließ ihn aufhorchen. Was hatte seine Mätresse damit zu tun?

»Ja, ich habe die Angelegenheit vorgetragen, aber sie sagte, ich solle Euch nicht behelligen, bis wir mehr wüssten. Dass ich … ich sollte mit meinen Erkenntnissen wieder zu ihr kommen. Aber jetzt … jetzt, da ich glaube, dass es so viel größer ist, wusste ich, ich sollte mich direkt an Euch wenden.« Der Mann räusperte sich und verriet wieder einmal seine Nervosität. »Adira wird mir sehr böse sein.«

Etwas, das unter Umständen so wichtig war, und sie hatte ihm nichts gesagt? Was führte sie im Schilde? Die reizende Adira, Mätresse von Nuada, war ihm Erklärungen schuldig.

»Mach dir keine Sorgen um Adira. Ich kümmere mich um sie.« *Ganz bestimmt werde ich mich um sie kümmern.* »Noch einmal zurück zu dieser Frau. Ich möchte sichergehen, ob sie vom Blut ist. Unternimm alles Notwendige, um es zu überprüfen. Die Situation, die du beschreibst, ist kein schlüssiger Beweis. Mich beeindruckt nicht, was du glaubst, Flynn, nur was du sicher weißt.«

»Ich werde daran arbeiten, Großer Herr.«

»Nein. Du machst es und arbeitest nicht daran. Sonst bekommst du es mit mir zu tun. Und ich versichere dir, ich kann viel unangenehmer sein, als Adira es für sich erträumen mag.«

Er hielt inne und lauschte dem beschleunigten Atem am anderen Ende der Leitung. Offensichtlich begriff Flynn seinen Auftrag und die Konsequenzen, die ein Misserfolg nach sich ziehen würde. Flynn war in mehr als einer Situation ein nützlicher Agent gewesen, aber er brauchte immer die richtige Motivation. Reynard lieferte sie ihm nur zu gern.

Flynns Stimme bebte, als er wieder sprach. »Wir müssen entscheiden, wie wir mit dem Hüter umgehen. Ich könnte …«

»Nein. Du machst gar nichts. Gegen einen Hüter kannst du nur sehr wenig ausrichten. Nicht auf der Sterblichen Ebene. Dort sind wir machtlos. Ich muss darüber nachdenken. Unterdessen könntest du ihnen sagen, dass ich meinen … ja, meinen Bruder mitbringe, meinen Bruder. Das reicht.«

Ramos. Der wäre perfekt.

»Wie Ihr wünscht, Großer Herr.«

Eine Nachfahrin des Feenbluts. Sie hätte die Fähigkeit, ihn über die geschützten Gewässer durch eine Pforte in das Feenreich zu führen. Einmal da, wäre er kurz vor dem Urquell der Seelen und dem ewigen Leben. Sobald er das hatte, war sein letztes Ziel in greifbarer Nähe. Vollständige Herrschaft über das Feenreich. Der Hohe Rat würde vor ihm auf den Knien liegen und ihn um Gnade anflehen.

So wie sie es von ihm verlangt hatten.

Ob Flynn diese Frau richtig einschätzen konnte? Reynard würde dabei keine Fehler hinnehmen. Nicht wie beim letzten Mal. Er hatte zu lange gesucht. Obwohl es viele solche Frauen geben musste, waren sie nur schwer ausfindig zu machen. Vor langer Zeit hatte er ein ganzes Leben mit der Suche nach ihnen verbracht. Und jetzt sollte ihm eine so präsentiert werden? Besser wäre nur noch, eine zu finden, die mit einem Hüter seelenverwandt wäre. Eine günstigere Gelegenheit, einen Hüter leiden zu lassen, gab es nicht.

Und die Beseitigung eines Hüters wäre das Beste überhaupt.

»Oh, und noch etwas, Flynn.«

»Was Ihr wünscht, Großer Herr.«

»Du könntest üben, mich Mr Servans zu nennen.«

13

»Ich schaffe das. Ich schaffe das.« Sarah betrachtete sich im Spiegel, als sie die Wörter wiederholte wie eine gestörte Cheerleaderin.

Sie würde sich durch den Mann nicht einschüchtern lassen. Sie hatte die Ehe mit ihm überlebt, dann würde sie auch eine Dinnerparty mit ihm überstehen. Was könnte er ihr schon antun? Sie beschimpfen, ihre geistige Gesundheit infrage stellen und sie allgemein in Verlegenheit bringen. Das könnte sie überleben. Sie hatte es schon durchgemacht.

Sie war jetzt stärker. Keine naive junge Frau mehr, die seinerzeit enttäuscht war darüber, weil er sie ihrer Meinung nach verraten hatte. Er bedeutete ihr nichts. Er konnte sagen, was er wollte, es würde sie nicht mehr verletzen.

Es sein denn, er erzählte Ian etwas über sie. Darüber, wie anders sie wirklich war. Über das, was sie spürte.

Sie wollte nicht, dass Ian etwas über sie erfuhr. Wollte nicht, dass er sie so ansah wie alle, wenn sie ihre Geheimnisse erfuhren. Die Fassungslosigkeit, das Mitleid, die Abkehr.

Sie schüttelte den Kopf. Brad hätte keinen Grund, das zu tun. Bestimmt würde er sich nicht der Mühe unterziehen, vor den Menschen, mit denen er arbeitete, oder vor seiner jungen Frau eine Szene aufzuführen.

Oder?

Oder hatte er schon mit jemandem über sie gesprochen?

Eine Unterhaltung, die der kleine Will mitbekommen hatte?

Dass der Kleine Kenntnis von ihrem Gespür hatte, erschütterte sie noch immer. Es musste eine logische Erklärung geben. Sie musste nur herausfinden, was es war.

Ein weiterer Blick in den Spiegel versicherte ihr, dass sie sich wenigstens keine Sorgen machen musste, an diesem Abend keine angemessene Kleidung zu tragen. Ians Kleidergeschmack war ausgezeichnet. Sie hatte sich für das weniger förmliche der beiden Kleider entschieden, die er für sie ausgesucht hatte, ein eng anliegendes grünes Seidenkleid unter einem hauchzarten Umhang, der bei jeder Bewegung ihres Körpers mitschwang. Ihr war ein wenig unwohl zumute, dass es so eng an ihren Rundungen anlag, doch selbst sie musste zugeben, dass es ziemlich gut aussah.

»Gibt es denn keinen klassischen amerikanischen Witz darüber, wie lange ihr Frauen braucht, um euch anzuziehen?«, rief Ian von unten herauf.

»Mehrere«, rief sie zurück, wandte sich vom Spiegel ab und ging zur Treppe. Die Aufwärmphase war vorbei. Zeit, zum großen Spiel hinauszugehen.

Am Fuß der Treppe blieb sie abrupt stehen, als Ian einen langen, leisen Pfiff ausstieß.

»Und jede Minute des Wartens hat sich gelohnt.« Er nickte anerkennend. »Jetzt siehst du darin sogar noch besser aus als im Geschäft. Heute Abend bist du eine Vision, Sarah.«

»Danke.«

Sie war sich sicher, dass er jeder Frau Komplimente gemacht hätte, die er begleitete, doch seine Worte wärmten sie. Und seine Miene, als er ihr an der Tür den Arm reichte, vermittelte ihr das Gefühl, so reizvoll zu sein, wie er behauptete.

Ihre Euphorie hielt an, bis sie auf die Terrasse kamen, auf der die Party schon im Gange war. Sie wusste nicht genau, ob ihr unter Brads wütenden Blicken in ihre Richtung mulmiger zumute war, als unter der unverhohlenen Neugier seiner milchgesichtigen Frau.

»Bleib hier.«

Die Wörter, die Ian ihr ins Ohr wisperte, lösten beinahe einen Anfall erstickender Panik aus, als er ihre Hand losließ und sich entfernte. Doch er kam mit zwei Gläsern Champagner zurück, bevor eine Reaktion stattfinden konnte.

Ich schaffe das.

Er legte ihr eine Hand ins Kreuz, und wieder strich sein Atem an ihrem Ohr vorbei, als er sich zu ihr beugte.

»Entspann dich, Liebes. Ich lass ihn nicht zu dir. Du musst dich vor nichts fürchten.«

Sie erstarrte. »Er macht mir keine Angst.« Technisch gesehen. Nur was er sagen könnte, flößte ihr Angst ein.

»Natürlich hast du keine Angst vor ihm.«

Ians leises Kichern an ihrem Ohr jagte ihr Schauer über den Rücken und Hitze ins Gesicht. War es überhaupt möglich, Hitze und Kälte gleichzeitig zu empfinden? Ob oder ob nicht, ihr ging es so.

Den rasch abgewandten Blicken der anderen Gäste entnahm Sarah, wie man ihr Verhalten auslegte. Ian machte es absichtlich, um diesen Eindruck zu unterstützen, um ihr zu helfen. Um ihr Selbstvertrauen zu stärken im Umgang mit ihrem Exmann und den anderen.

Warum machte er das? Es spielte keine Rolle mehr. So wie sie sich erlaubt hatte, die Kontrolle höheren Mächten zu überlassen, oder wer auch immer für ihr »Gespür« verantwortlich sein mochte, gestattete sie sich jetzt, diesen Augenblick in ihrem Leben zu genießen. Eine Gelegenheit, einen Mann wie Ian um sich zu haben, der vorgab, sich zu ihr hingezogen zu fühlen, war seltener als … als was? Seltener, als Wills imaginäre Feenvorfahren ihr Gesicht zeigten. Sie wäre dumm gewesen, wenn sie sich auf dieses Abenteuer nicht eingelassen hätte.

Sie strahlte ihn an.

»Danke«, flüsterte sie, schloss die kleine Lücke zwischen ihnen und streifte mit ihren Lippen über seine.

Ihr Verhalten hätte sie vielleicht schockiert, hätte sie seine unerwartete Reaktion nicht so erstaunlich gefunden. Erstaunlich und ausgesprochen erfreulich.

Er riss überrascht die Augen auf, und strahlte dann über das ganze Gesicht. Er zog sie fest an sich und verwandelte den Kuss von der leichten Berührung, die sie beabsichtigt hatte, in etwas ganz anderes – etwas, was alle Gedanken daran auslöschte, wo sie waren, bis ein Räuspern neben ihnen Sarah wieder in die Realität zurückbrachte.

»Bravo, Alter.« Danny stand grinsend neben ihnen. »Aber vielleicht könntest du bis nach dem Dinner an dich halten?«

Ian zog sich zurück, hielt aber Sarahs Blick fest. »Vielleicht.« Er wandte sich seinem Freund zu und erwiderte sein Grinsen. »Aber dann muss das Dinner schon außergewöhnlich sein.«

Die Hand in ihrem Rücken lockerte sich, und er führte sie über die Terrasse.

Sarah atmete tief durch und hatte Mühe, ihre zitternden Beine vorwärts zu bewegen. Sie war sich durchaus bewusst, dass das Beben in ihrem Körper nichts mit den neugierigen Blicken der anderen Gäste zu tun hatte, sondern nur damit, was sie gerade erlebt hatte.

Ians Reaktion auf sie war ehrlich und offen gewesen, hatte deutlich seine Emotionen übermittelt. Er hatte nicht gespielt. Sein Kuss war von Verlangen erfüllt. Verlangen nach ihr.

Ich schaffe das?

Ihre Cheerleaderin hatte sie anscheinend im Stich gelassen.

»Verdammt, Ian, du hörst mir überhaupt nicht zu.« Daniel stellte sein Glas so heftig ab, dass der Inhalt auf das glänzende Kirschholz des alten Schreibtisches schwappte.

»Doch, Danny.« Ian drehte sich an der Glastür um und schaute seinen Freund an. »Dallyn sagt, im Energiefeld der Nuadianer sei Bewegung aufgekommen.« Er wandte seinen Blick wieder auf die Terrasse und verstummte, um die Türen einen Spaltbreit zu öffnen. Ohne Weiteres würde er die Unterhaltung mitbekommen, die er so aufmerksam beobachtete.

»Das hier ist wichtig«, knurrte Danny und wischte über die verschüttete Flüssigkeit auf seinem Schreibtisch.

»Wichtig, ja, aber nicht unerwartet. Dallyn hat die ganze Zeit gesagt, dass einer aus dem Hohen Rat der Nuadianer mit einbezogen ist. Wir wussten, dass es über kurz oder lang Bewegung im Energiefeld geben würde.« Er schaute kurz zurück. »Das heißt, unser Warten hat bald ein Ende. In Kürze werden wir wissen, mit wem wir es zu tun haben.«

»Ja, aber nicht bei dem Tempo, in dem wir vorgehen. Dieser Assistent, O'Dannan, ist heut am frühen Abend eingetroffen, hat uns aber mitteilen lassen, er sei zu erschöpft, um uns heute Abend Gesellschaft zu leisten. Dann verkündete er, der Vorsitzende, dieser Ray Servans, bringe seinen Bruder mit. Ich sage dir, Ian, da stimmt was nicht. Es ist keiner der Männer, mit denen wir es bisher zu tun hatten, da gehe ich jede Wette ein.«

»Du musst nicht wetten. Wir wissen schon, dass es keiner von denen ist. Wenn unser Mann auftaucht, werde ich es spüren. Ich kenne meinesgleichen.«

Ian hörte nur mit halbem Ohr Daniels Erwägungen zu. Er hielt sich daran, sich auf das zu konzentrieren, was real war, naheliegend. Eventualitäten bedeuteten nichts, bis sie Gestalt annahmen, bis sie auf seinem Schlachtfeld waren. Und dann? Dann würde er sich damit beschäftigen und sie ausschalten, wie er es immer gemacht hatte.

Vorerst war er viel mehr daran interessiert, was Brad Tanner zu der kleinen Gruppe sagte, die um Sarah versammelt war. Der Anblick gefiel ihm nicht. Er machte die Tür weiter auf, schlüpfte hinaus und hörte genau hin, bevor er sich näherte.

»Mir ist es egal, wie es aussah, Prinzessin.« Tanner beugte sich zu seiner Frau und sprach laut genug, damit die ganze Gruppe ihn hörte – so laut, dass Ian sich keine besondere Mühe geben musste, um die undeutlichen Worte mitzubekommen.

»Sie ist kalt wie ein Fisch, völlig frigide. Immerhin sollte ich das wissen. Oder nicht, Sarah?« Er drehte sich um, prostete ihr zu, wobei sein Glas überschwappte. »Meine

Eiskönigin, so habe ich sie genannt. Meine Quasi-Jungfrau.« Er schüttelte den Kopf. »Allerdings keine echte Jungfrau. Dafür habe ich gesorgt, noch dazu ziemlich gut, wenn ich das so sagen darf.« Er kicherte und hob das Glas an die Lippen, überrascht, als er feststellen musste, dass es leer war.

Seine Frau zupfte ihn am Ärmel und warf Sarah entschuldigende Blicke zu, die noch immer wie versteinert dastand, während die anderen sichtlich verlegen waren.

»Nein, in der Hinsicht kann Nicki hier für mich bürgen. Ich bin verdammt gut im Bett, aber bei der hier« – er zeigte mit dem Glas auf Sarah – »ist es, als würde man Tote bumsen, total unfähig, Spaß am Sex zu haben.«

»Oh, Sarah, das tut mir so leid.« Nicole ging zu ihr, beide Hände in einer hilflosen Geste angehoben. »Das liegt an den Schmerzmitteln, die er gegen seine Rückenschmerzen eingenommen hat. Ich habe ihn davor gewarnt, nach den Medikamenten Alkohol zu trinken, aber Sie werden sich bestimmt noch erinnern, wie stur Brad sein kann.« Sie zuckte mit den Schultern.

»Da frage ich mich doch, welche Ausrede sie sich sonst einfallen lässt, schließlich ist er doch die ganze Zeit ein Arschloch«, raunte Marlena Stephenson ihrem Mann zu, der zu Boden schaute und versuchte, das Lächeln auf seinem Gesicht zu verbergen.

»Deshalb schreibt sie diese blöden Liebesromane«, unterbrach Brad. »Weil sie's nicht kann, schreibt sie darüber. In ihrem Fall die reine Phantasie.« Er schnaubte, lachte über seinen eigenen Witz, drehte sich zur Bar um und schnappte sich ein gefülltes Glas.

Ian trat neben Sarah und legte ihr den Arm um die Schultern. Er hatte damit gerechnet, dass sie zitterte, konnte aber nichts feststellen. Sie fühlte sich so versteinert an, wie sie nach außen hin wirkte, starrte Tanner an, ihre Wangen waren feuerrot.

Wut stieg in ihm hoch, tanzte durch seine Adern, sorgte dafür, dass seine Hände sich zu Fäusten ballten. Nur mit Mühe konnte er sie entspannen. Der Mann war völlig betrunken, kaum in der Lage, auf eigenen Beinen zu stehen.

»Ich glaube, es wird Zeit, Mrs Tanner, dass Sie Ihrem Mann behilflich sind, sich für den Abend zurückzuziehen. Den Alkohol abbauen.«

Entweder das, oder er könnte nicht dafür garantieren, was Bradley Tanner zustoßen mochte.

»Ich gehe nirgendwo hin, Lord Playboy.« Brad warf sein Glas zu Boden, wo es zerbrach, die Scherben klirrten zu seinen Füßen. »Es sei denn, Sie können mich dazu bringen.« Er beugte sich zu Ian vor und reckte kampflustig das Kinn vor. »Wollen Sie versuchen, mich rauszuschmeißen?«

»Daddy«, kreischte Nicole und wandte sich an einen älteren Herrn, der still am Rande der Gruppe stand.

Alexander Storey trat vor und legte Tanner einen Arm um die Schultern. »Komm, ich bringe dich in dein Zimmer, Brad.«

»Nein. Mir geht es gut. Ich habe meinen Spaß. Ich kann es mit ihm aufnehmen. Ich mache Sport.« Er taumelte gegen den älteren Mann.

»Paul?« Storey gab Stephenson ein Zeichen, der herbeieilte. Sie nahmen Brad zwischen sich, Nicole folgte ihnen.

Marlena Stephenson streckte eine Hand aus und berührte Sarahs Arm, um ihre Aufmerksamkeit auf sich zu lenken. »Machen Sie sich nichts aus dem. Der ist immer unangenehm, obwohl ich glaube, dass ich ihn noch nie so erlebt habe.« Sie tätschelte Sarahs Hand. »Schreiben Sie wirklich Liebesromane, meine Liebe? Mir gefallen Liebesromane. Ich verschlinge sie förmlich. Schreiben Sie schon lange? Ich frage mich, ob ich etwas von Ihnen gelesen habe.«

Sarah versteifte sich und seufzte dann, bevor sie antwortete, als habe sie resigniert. »Ich schreibe seit ein paar Jahren.«

»Ich finde, sie schreibt ziemlich gut.« Ian lächelte auf sie herab, als sie sich ihm überrascht zuwandte. Sie hatte nicht gemerkt, dass er das Buch gekauft hatte, das ihr in dem kleinen Laden aus den Händen gefallen war. »Natürlich lese ich erst den ersten Roman, und ich gebe gern zu, dass ich ein bisschen voreingenommen bin.« Er schaute die Frau wieder an. »Sie schreibt unter dem Namen S.J. Douglas.«

»Nein«, quietschte Nessa und ergriff Sarahs Hand. »Ich habe Ihr letztes Buch gerade auf meinem Nachttisch. Ich kann kaum glauben, dass Sie schon so lange hier sind und ich nicht wusste, wer Sie sind.« Sie warf Ian einen vorwurfsvollen Blick zu. »Und du hast mir kein Wort gesagt.«

Marlena trat zurück und nickte anerkennend. »Ich bin beeindruckt, Sarah. Tatsächlich habe ich all Ihre Bücher zu Hause. Ich mag Ihre Helden. Das sind solche …« – sie schauderte ein wenig – »Alphamännchen.« Sie lächelte verschmitzt und legte den Kopf schief. »Ich glaube, jetzt, nachdem ich ihren Prototyp kennengelernt habe, kann ich verstehen, warum.«

»O nein, ich …«, wollte Sarah schon protestieren, aber Ian schnitt ihr das Wort ab.

»Vielen Dank, Mrs Stephenson, ich weiß Ihr Kompliment zu schätzen. Und jetzt« – er ließ die Hand auf Sarahs Hüfte gleiten – »werde ich mich mit meiner kleinen Autorin ans Büfett begeben. Ich habe inzwischen ziemlichen Appetit bekommen. Würden Sie uns bitte einstweilen entschuldigen?«

Er führte sie zur anderen Seite des Pools, auf der das Büfett angerichtet war. Er hatte ihre Teller gefüllt und eine Bank auf der anderen Seite der Terrasse gefunden, bevor sie endlich sprach.

»Danke, dass du mich gerettet hast. Schon wieder.«

Er schüttelte gemächlich den Kopf und nahm neben ihr Platz. »Ich habe nur gemacht, was jeder andere an meiner Stelle auch getan hätte.«

»Ach ja? Denn ich könnte schwören, da standen noch andere Männer herum, und keiner ist vorgetreten, um Brad Einhalt zu gebieten.«

»Na ja, ich habe gesagt ›jeder andere an meiner Stelle‹. Keiner von denen hatte das Glück, heute Abend dein Begleiter zu sein.«

»Wir beide wissen, dass es damit nichts zu tun hat. Du hättest dich eingeschaltet, um jede Frau davor zu schützen, derart behandelt zu werden, oder?«

Er zuckte mit den Schultern. »Vielleicht bin ich einfach nicht so tolerant wie andere Männer.«

»Nein, das ist es nicht.« Sie schaute ihn mit zusammengekniffenen Augen an. »Du hast etwas furchtbar Ritterliches an dir. Etwas Altmodisches. Wenn ich es mir recht überlege, kann ich verstehen, warum Marlena annimmt, dass ich meine Helden nach dir gestaltet habe.«

»Und warum, Liebes?«

»Tja, du bist, ähnlich wie meine Helden, ein ziemlicher Draufgänger.«

Er nickte. »Fahr fort.«

»Du bist galant, aufmerksam und ausgesprochen hilfsbereit.«

Bestätigendes Nicken. »Mach weiter.«

Sie lehnte sich zurück, ein verwirrtes Lächeln im Gesicht, womit er gerechnet hatte. »Noch mehr? Was soll ich meiner Liste denn noch hinzufügen?«

»Na ja, bisher hast du jeden Pfadfinder im Land beschrieben. Aber nach dem, was ich bis jetzt in deinem Buch gelesen habe« – er zog eine Augenbraue hoch –, »wenn ich *genau* wie deine Helden bin, dann bin ich auch ziemlich gut aussehend, sehr stark und sehr tapfer.« Er hielt inne und schaute sie an, nach Bestätigung heischend.

»Ja, diese Charakterzüge könnte ich dir wohl auch zuschreiben.«

Er konnte sich ein verschmitztes Lächeln nicht verkneifen, während er die Liste seiner angenommenen Eigenschaften fortsetzte.

»Mal sehen, ich bin auch unglaublich sexy und – was war das andere noch? O ja … absolut unwiderstehlich für die Heldin.«

Sie senkte den Blick auf den Teller vor sich und errötete. »Ja, schön, aber du darfst nicht vergessen, dass meine Helden nur Phantasiegebilde sind.«

Ian nahm ihr den leeren Teller aus den Händen und

stellte ihn auf den Boden neben seinen. Als er sich ihr wieder zuwandte, legte er einen Finger unter ihr Kinn und hob ihr Gesicht, damit sie ihn ansah.

»Das, liebe Sarah, ist es, worin ein guter Held sich hervortut – all deine Phantasien erfüllen.«

Mit weit aufgerissenen Augen begegnete sie seinem Blick, und er spürte ein leichtes Zittern unter seinen Fingern. In diesem Augenblick konnte er kaum glauben, dass er einmal nicht die schönste Frau in ihr gesehen hatte, der er je begegnet war.

Als sie das Wort ergriff, zitterte ihre Stimme ebenso wie ihr Körper. »Wenn ich es nicht besser wüsste, Ian McCullough, würde ich meinen, du flirtest mit mir.«

»Wie kommst du darauf, dass ich nicht mit dir flirte?«

Sie hob ihr Kinn von seinen Fingern und schaute wieder auf ihre Hände, die sie nervös im Schoß gefaltet hatte, bevor sie ihn wieder ansah. Diesmal erblickte er Trotz darin.

»Nun, zum einen, weil ich zu alt für dich bin.«

Als spielte das eine Rolle, selbst wenn es wahr wäre. Er warf den Kopf in den Nacken und lachte, wobei er die Blicke anderer Paare in der Nähe auf sich zog.

»Ich meine es ernst, Ian.« Sie stand auf und schaute auf ihn herunter. »Ich bin zu alt für dich, als dass du eine Liebes… irgendetwas mit mir in Betracht ziehen kannst.«

»Das macht mir nichts. Dein Alter spielt für mich keine Rolle.« Auch er erhob sich.

»Doch, es ist zu wichtig. Ich bin …« Sie hielt inne, holte tief Luft und schloss die Augen. »Ich bin achtunddreißig, Ian. Du bist gut zehn Jahre jünger als ich. Das ist ein gewaltiger Unterschied.«

»Das sind doch nur Zahlen, Sarah.«

Er zog sie an sich und senkte den Kopf, nuckelte an der Stelle unter ihrem Ohr, von der er bereits entdeckt hatte, dass jede Berührung Schauer durch ihren Körper jagte.

Er sollte dieses Spiel bald aufhören, solange es noch ein Spiel war, aber sie war jetzt verwundbar. Nicht nur die Art von Verletzlichkeit, die er in ihren Augen sah, sondern die Art, die daraus resultierte, dass alle sie beobachteten. Sie konnte sich nicht zurückziehen, wenn die Zuschauer dieses Verhalten von ihr erwarteten, und das wusste er. Verließ sich darauf. Benutzte es.

»Bedeutungslose Zahlen, und eine unsinnige Zwangsvorstellung von dir, das Alter betreffend, auf die wir ein andermal zurückkommen werden.«

Er richtete sich auf und kreiste mit den Daumen zu beiden Seiten ihres Halses, was sie anscheinend entspannte. »Versprochen.«

Er wusste, dass sie die Wahrheit seiner Aussage spürte, als ihre Augen weit wurden und ihr Mund sich leicht öffnete, als wollte sie protestieren.

»Aber vorerst haben wir einen kleinen Jungen, dem wir zugesichert haben, ihn ins Bett zu bringen.«

Sie nickte, und er beugte sich wieder über sie, zog sie an sich und küsste sanft ihre Lippen.

Irgendwo war das, was für ihn nichts weiter als ein spielerisches Geplänkel hätte sein sollen, vollkommen ernst geworden. Er hatte nur ihre Selbstsicherheit aufbauen, ihr helfen wollen, sich ihrer selbst sicherer zu sein, aber zu seiner Überraschung stellte er fest, dass er das, was er gesagt hatte, wirklich ernst meinte.

»Und genau wie deine Helden, meine Süße, breche ich nie ein Versprechen.«

Sofort spannte sie sich an und entzog sich seinem Griff. Er ließ sie gehen, um wieder Distanz zu erlangen.

Ian betrachtete sich selbst eigentlich nicht als Heldenmaterial, wie sie vermutet hatte. Allerdings hielt er sich für einen ausgezeichneten Krieger. Und wie jeder gute Krieger begriff er, wie wichtig es war, seine Schlachten weise zu wählen.

Er würde auf den richtigen Zeitpunkt und den richtigen Ort warten, um sich auf diese spezielle Schlacht einzulassen.

»Was gibt es zu kichern?«

Sarah schlug die Beine unter sich, als sie es sich auf dem riesigen Ledersofa im Wohnraum des Cottage gemütlich machte. Sie betrachtete die Muskeln unter Ians engem seidenem T-Shirt, die sich über seinen Rücken schlängelten wie die berühmte Nessie in ihrem See. Die ganze Zeit versuchte sie nicht daran zu denken, dass dieses Sofa zurzeit auch sein Bett war.

»Ich habe niemals gekichert, Verehrteste. Das ist nicht männlich.« Er richtete sich vom Kamin auf, klopfte den Staub von den Händen und überließ das gerade angezündete Feuer sich selbst. »Ich lache oder schmunzle, aber ich kichere nie.«

Grinsend griff er nach der Weinflasche, die er zuvor aus dem kleinen Kühlschrank geholt hatte und hielt sie ihr zur Prüfung hin.

Sie prüfte das Etikett, was schwer genug war, da das offene Feuer und ein Mondstrahl, der durch die hohen Glastüren zu beiden Seiten des Kamins fiel, die einzige Beleuchtung im Raum waren.

»Wonach suche ich?«

»Danny bestückt unseren Kühlschrank mit Wein von seinem eigenen Weinberg. Geizkragen.« Er entkorkte die Flasche und roch daran. »Ah, aber wir haben Glück, die Leute, die er einstellt, um das Anwesen zu versorgen und den Wein zu machen, kennen sich aus.«

»Ich wusste gar nicht, dass es hier in England Weinberge gibt.« Sie nahm das Glas von ihm entgegen.

»Sein Weingut ist in Frankreich.« Sie war überrascht. »Ja, er war im Lauf der Jahre ein fleißiger Bursche und hat auf dem ganzen Kontinent Geschäfte gemacht. Trotzdem ist es ihm gelungen, sich eine wunderbare Frau zu schnappen und den süßen Sohn zu zeugen.«

»Will ist ein so ungewöhnliches Kind. Aber sehr liebevoll, nicht wahr?«

Der Junge hatte ihr am Abend die Arme um den Hals geschlungen und einen Gutenachtkuss gegeben, bevor sie sein Zimmer verließen. Außerdem hatte er die Gelegenheit genutzt, sie flüsternd daran zu erinnern, dass sie etwas Besonderes sei und froh darüber sein sollte.

»Ja, das und außerdem noch ziemlich fortgeschritten. Manchmal hat man fast das Gefühl, einen Erwachsenen in dem kleinen Körper vor sich zu haben. Der Kleine ist sehr intelligent.« Er setzte sich neben Sarah auf das Sofa. Sehr nah. »Schließlich ist er mein Patenkind, daher glaube ich gern, dass ich es teilweise mir als Verdienst anrechnen kann.«

»Er wirkt allerdings manchmal unnatürlich reif. Auf jeden Fall hat er eine blühende Phantasie.« Sie trank einen Schluck Wein und versuchte sich einzureden, dass Ians Körperwärme nicht durch ihr Kleid drang, als sein Bein das ihre berührte.

»Eine blühende Phantasie? Wie kommst du darauf?«

»Heute Nachmittag war ich eine Weile mit ihm auf seinem Spielplatz. Wir haben uns lange unterhalten, und er erzählte mir, er stamme von Feen ab.« Sie fuhr mit dem Finger um den Rand ihres Glases und fragte sich, warum die Äußerungen des Jungen sie so tief beunruhigt hatten.

»Das hat er dir tatsächlich erzählt?«

»Ja. Und dass es auf mich auch zutrifft.« Sie schaute ihn an. »Eine rege Phantasie, oder?«

»Hat er dir gesagt, wieso er meint, dass ihr beide von Feen abstammt?« Der ernste Blick aus seinen dunklen Augen ließ sie nicht los.

Ian hatte sie am frühen Abend gefragt, warum sie glaube, eine Beziehung zwischen ihnen würde nicht funktionieren. Höchste Zeit, dass sie vollkommen ehrlich zu ihm war. Dann hätte er seine Antwort.

»Weil wir beide … ehm … etwas spüren, etwas fühlen können. Etwas über andere Menschen. Was sie empfinden.« Sie beobachtete ihn und fragte sich, fürchtete sich davor, wie er reagieren würde.

»Und, stimmt das, Sarah? Kannst du spüren, was andere Menschen fühlen, was sie denken?« Er schaute ihr unverwandt in die Augen.

Sie hielt inne und versuchte zu bestimmen, welche Kritik wohl in den schönen Augen lauerte, nur darauf wartete, zuzuschlagen, wenn sie ehrlich antwortete.

»Ja«, flüsterte sie, obwohl ihr Verstand ihr eingab, sie solle es leugnen. Es war an der Zeit für Ehrlichkeit. Sie musste wissen, was er wirklich von ihr hielt.

»Dann bist du vielleicht wirklich ein Kind der Feen.« Er lächelte und setzte sein Glas auf dem Tisch hinter dem Sofa ab, dann nahm er ihr das Glas aus der Hand und stellte es daneben. Er drehte sich wieder zu ihr und nahm ihr Gesicht zwischen beide Hände.

»Bei dieser Beleuchtung könnte ich dich leicht mit einer Feengöttin verwechseln.«

»Ich meine es ernst, Ian. Ich kann Dinge spüren. Findest du nicht, dass ich merkwürdig bin, oder komisch, oder verrückt, oder …«

»Schhh.« Er fuhr mit dem Daumen über ihre Lippen. »Ich finde dich nur bezaubernd, sonst nichts.«

Er zog sie an sich, streifte mit dem Mund zuerst leicht über ihre Lippen, dann wurde der Druck intensiver, seine Zähne knabberten an ihrer Unterlippe.

»Nein.« Sie legte beide Hände auf seine Brust und schob ihn von sich. Sie konnte nicht. Unmöglich, dass er sie haben wollte – nicht die, die sie wirklich war. Nicht ein Mal hielt er inne, um über ihr Anderssein nachzudenken. Er merkte nicht, dass das, was sie gesagt hatte, ernst gemeint war. »Ich habe es dir doch schon gesagt. Es kann nicht funktionieren. Wir sind zu unterschiedlich.«

Sie wollte schon die Arme um ihre Taille schlingen, aber er fing ihre Hände ein, legte sie auf seine Brust, und drückte sie dort fest auf sein schnell schlagendes Herz.

»Weil du etwas spürst, oder wegen der Zahlen, Sarah? Ist es das? Glaubst du deshalb, es würde nicht funktionieren?

Dann ist jetzt der Zeitpunkt gekommen, den ich versprochen habe. Zeit, noch einmal auf deine Zwangsvorstellungen über das Alter zurückzukommen. Warum ist es dir so wichtig? Würde es dir etwas ausmachen, wenn ich älter wäre als du?«

»Aber du bist es nicht.«

»Beantworte meine Frage. Wenn ich fünfzig oder sechzig oder sogar noch älter wäre, würde es für dich eine Rolle spielen?«

»Bei Männern ist es nicht dasselbe, Ian. Alle Männer wollen jüngere Frauen. Und sie wollen alle Frauen, die nicht andauernd spüren, was alle anderen empfinden.«

»Nicht alle Männer wollen das.«

»Alle Männer, die ich gekannt habe.«

»Dann waren alle Männer, die du gekannt hast, Vollidioten. Und ich versichere dir, Sarah, ich bin vieles, aber kein Vollidiot.« Er drückte ihre Hände noch fester. »Ich habe kein Problem damit, dass du etwas spürst. Und ich habe dir bereits gesagt, dein Alter ist für mich ohne Belang.«

Sarah sah wie gebannt zu, als er ihre Hände nur noch mit einer festhielt und sich mit der anderen das Hemd aus der Hose zog. Dann nahm er ihre Hände wieder jeweils in eine, legte sie unter das Hemd auf seine Brust und hielt sie dort an seiner warmen, bloßen Haut fest.

»Du hast gesagt, du kannst etwas spüren, etwas davon, was Menschen fühlen. Dann spüre mich, Sarah. Spüre mich und erkenne, dass ich dir die Wahrheit sage. Mir sind die Zahlen egal. Und es beunruhigt mich nicht, dass du meine Gedanken lesen kannst. Ich begrüße es.«

Sie entspannte ihre Hände an seiner Brust, und er ließ

sie los. Ihre Finger erforschten das unbekannte Terrain und blieben in den rauen Haaren liegen. Sie schloss die Augen und ließ ihrem Gespür freien Lauf, suchend. Zuerst traf sie auf Entschlossenheit, gefolgt von Ehrlichkeit. Ihr Alter spielte für ihn wirklich überhaupt keine Rolle. Noch wichtiger war, dass er sie nicht für eigenartig hielt. Er fand sie faszinierend. Sie suchte weiter und fand plötzlich einen Quell von Emotionen, die so stark waren, dass sie die anderen hinwegspülten, bis nur sie übrig blieben und Sarah überfluteten, durch sie hindurchwogten.

Überrascht riss sie die Augen auf. »Du willst mich.«

»Jawoll.« Seine Hände schoben sich auf ihre Schultern. »Mehr, als ich jemals eine Frau begehrt habe.«

Diesmal gab es keinen Zweifel, dass er sie küssen würde, und einen Moment lang erstarrte sie.

»Halt, ich muss dich warnen, Ian. Brad hat immer gesagt, ich solle Anweisungen geben. Ich bin nicht gut dabei … ich kann nicht …« Krampfhaft suchte sie nach den richtigen Wörtern. Sie war grauenhaft darin. Brad hatte es ihr gesagt. Die umwerfenden Emotionen ihres Partners würden ihren Geist überfluten und sie lähmen. Wenn sie noch weitergingen, würde sie ihn enttäuschen, und dieser Gedanke missfiel ihr ausgesprochen.

»Scheiß auf Brad. Ich bin kein Mann, der Anweisungen braucht.« Seine Augen funkelten entschlossen.

Er riss sie an sich, sein Mund drückte sich auf ihren, zärtlich, aber verlangend. Seine Zungenspitze umspielte ihren Mund und schoss von einer Seite zur anderen, bis sie bereitwillig die Lippen öffnete.

Ihre Hände, noch immer an seiner Brust, schoben sich

an seine Schultern, ihre Finger erfüllten sie mit Wonne bei den spürbaren Emotionen, die sie ihr dabei vermittelten.

Wogen der Frustration überschwemmten sie, und sie erkannte schockiert, dass es ihre eigenen waren. Enttäuschung darüber, dass sie ihre Hände nicht weiterführte, verheddert in Ians Hemd, unfähig, die prächtigen Schultern zu erreichen, an denen sie so gern mit den Fingerspitzen entlanggefahren wäre.

Ein leises Stöhnen, Ian zog sich von ihr zurück und suchte ihren Blick.

»Ich bin hängengeblieben«, hauchte sie.

Ein Grinsen, *das* Grinsen, breitete sich auf seinem Gesicht aus, als er sich zurücklehnte, um das Hemd über den Kopf zu ziehen und auf den Boden zu werfen.

»Besser?«

»Oha. Sehr viel besser.«

Seine Brust war wunderbar, wie eine phantastische, starre Landschaft, bei jeder Bewegung im Schein des Feuers wogend. Man sollte sie fotografieren.

»Um einiges besser.«

Sie sollte erforscht werden, sollte … Sie senkte den Kopf auf diese Luxusbrust und saugte an seinem Nippel, ließ die Zunge um den kleinen dunklen Hof kreisen.

»Heilige Mutter Gottes«, stöhnte er.

Er schlang die Arme fest um sie, rollte sich mit ihr vom Sofa auf den Boden, fing ihren Fall mit seinem Körper ab, eine Bewegung, die sie der Länge nach auf ihm landen ließ. Sie kuschelte sich mit dem Kopf an seine Brust, spürte, wie sich der Beweis seines Verlangens an ihren Bauch drückte.

Er griff unter ihre Arme und zog sie über seinen Körper

nach oben, bis ihr Gesicht an seinem war. Er drückte ihr kurz einen Kuss auf den Mund, bevor er das Gesicht an ihrem Hals barg und die empfindsame Halsbeuge abwechselnd küsste und sanft mit den Zähnen zwickte.

Ihr langer Rock hatte sich verheddert und war beim Sturz vom Sofa nach oben gerutscht. Seine Hand, die langsam an ihrem Oberschenkel hinaufglitt, schob ihn noch höher, bis ihre Beine am Ende vom hinderlichen Stoff befreit waren und ihr ermöglichten, sie zu beiden Seiten an seinem Körper hinabgleiten zu lassen. Rittlings auf ihm stützte sie sich auf seiner Brust ab, um eine sitzende Position einzunehmen.

Sein langer, harter Penis drückte sich an ihren Intimbereich. Sie spürte Bewegung, während er, nur durch ein paar dünne Stoffschichten von ihr getrennt, noch größer wurde. Seine Brustmuskulatur spannte sich an, als sie mit den Händen von seinem Bauch zu seinen Schultern und wieder zurück glitt.

Er beobachtete sie.

Ihre Blicke vereinten sich.

Seine Hände, die ruhig geblieben waren, als sie sich auf ihn setzte, kamen wieder in Bewegung, strichen über das glänzende Material ihres Kleides, über ihren Bauch hinauf an ihre Brüste, wo sie nur so lange verweilten, bis Sarah aufstöhnte, als seine Daumen, seine magischen Daumen, langsam ihre Nippel umkreisten.

Sie glitten weiter hinauf an ihre Schultern, während er seine unglaublich spektakulären Bauchmuskeln einsetzte, um sich aufzusetzen. Er zog Sarah an sich, senkte den Kopf, umschloss ihre Brustspitze mit dem Mund, saugte durch den Seidenstoff ihres Kleides und BHs. Seine Zunge bewegte sich hin und her, seine Zähne zwickten sanft.

Er war wie ein Wunder für sie. Noch nie im Leben hatte sie so etwas empfunden. Kein pochendes Verlangen, keine Ichbezogenheit, wie sie es in der Vergangenheit erlebt hatte. Keine Gier und Verachtung wie bei Brad. Nur Wärme. Die Wärme, die durch Verlangen und Fürsorge entstand. Sie war darin eingefangen, ging darin auf, ließ sich darin treiben.

Sie schloss die Augen und vergrub die Hände in seinen Haaren, wie sie es sich seit dem ersten Abend, an dem sie ihm begegnet war, gewünscht hatte. Sie barg ihre Nase an den Locken und atmete tief ein, nahm seinen sauberen, maskulinen Geruch auf. Sie küsste seinen Scheitel, während er fortfuhr, mit seinem Mund an ihrer Brust Gefühle in ihrem Körper zu entzünden.

Sie glaubte, jeden Augenblick explodieren zu müssen – ein so gutes Gefühl – und fürchtete, laut schreien zu müssen.

Als sie die Augen öffnete und das grinsende Gesicht sah, das sie durch die Glastür anstarrte, schrie sie tatsächlich auf.

Ihr Hirngespinst war wieder da.

14

»Hast du deinen Eid so schnell vergessen, mein Sohn?« Sein Vater stand hoch aufgerichtet über ihm, wie zu Ians Jugendzeit, die Stirn enttäuscht in Falten gelegt.

»Nein, Vater, ich denke daran und befolge ihn. Immer.« Er vernahm seine Stimme, wie sie in der Kindheit geklungen hatte.

»Gib Acht, dass du einen Schwur im Gedächtnis behältst, um die Sterblichen zu beschützen, sonst kommt der Tag, an dem du gezwungen bist, dich zu entscheiden.«

»Ich bin mir meines Eides immer bewusst, Vater.«

Larkin wandte sich mit leichtem Kopfschütteln ab. Helles Sonnenlicht blitzte auf seiner glänzenden silbernen Rüstung und blendete Ian einen Moment lang. Und in diesem Augenblick verschwand sein Vater.

»Komm zurück«, rief er laut und wachte dabei auf. Er lag auf dem Sofa, seine Decke war zu Boden gefallen. Als er aufstand und sich im Raum umsah, ging ihm auf, wo er war.

Es war ein Traum gewesen.

Er rieb sich über das Gesicht. Ein starker Kaffee würde die Spinnweben aus seinem Hirn vertreiben. Er war erst ein paar Schritte auf die kleine Küche zugegangen, als sein Fuß auf etwas Scharfem landete.

»Was zum Teufel?« Er bückte sich und hob den verletzenden Gegenstand auf, ein hochhackiger Schuh. Sarahs Schuh.

Ihm fiel ein, wann er ihn das letzte Mal gesehen hatte, als sie ihn abstreifte, kurz bevor sie die reizenden Beine auf dem Sofa unter sich geschlagen hatte. Am Abend zuvor. Kurz bevor er die Kontrolle verloren hatte und alles komplett aus dem Ruder gelaufen war.

Er nahm ihn mit an die Anrichte, steckte ihn in den Bund seiner Schlafanzughose und setzte den Kaffee auf, um munter zu werden. Sarah glaubte, er mache ihn jeden Morgen für sie, und er brachte es nicht über sich, ihr zu gestehen, dass es sein eigenes kleines Laster war, eine Sucht, der er seit einem seiner Besuche in den Staaten vor vielen, vielen Jahren erlegen war.

Sein Hemd lag noch auf dem Boden, wohin er es am Abend zuvor geworfen hatte. Mit dem frisch aufgebrühten Kaffee in der Hand, ging er hin und hob es auf, warf es sich auf dem Weg durch die Glastür in den Wintergarten über die Schulter.

Nachdem er seinen Becher abgestellt hatte, trat er an die Fenstertüren, um nachzuschauen. Er hatte gestern Abend mit Daniel den Bereich überprüft, aber nichts gefunden. Er hoffte, im Morgenlicht etwas zu erkennen.

Ian war überzeugt, dass derjenige, der Sarah belauerte, wer immer es sein mochte, kein Hirngespinst von ihr war, vor allem, nachdem sie zugegeben hatte, denselben Mann gestern in der Stadt gesehen zu haben, wie er sie beim Lunch beobachtet hatte. Ihre Beschreibung des Mannes, den sie am Abend durch diese Türen erblickt hatte, glich sehr Daniels Beschreibung des schwer fassbaren Mr O'Dannan.

An diesem Vormittag hatte er vor, zum Herrenhaus zu gehen und dafür Sorge zu tragen, den Mann zu treffen.

Sollte er derjenige sein, der Sarah ausspionierte, hatte Ian ein Hühnchen mit ihm zu rupfen. Erstens, weil er sie derart verängstigte. Zweitens, weil er einen sehr vielversprechenden Abend verdorben hatte.

Ian lächelte und nahm seinen Becher, um den ersten Schluck zu genießen.

Obwohl die Logik ihm sagte, dass er sich nicht mit Sarah einlassen durfte, hatte sich der Abend in seinem Kriegerverstand als der richtige Zeitpunkt und der richtige Ort angefühlt für das, was beinahe geschehen wäre.

Er wollte es jetzt nicht durch die Sorge eintrüben lassen, dass es keine gute Idee war, seine Beziehung mit ihr zu vertiefen. Sie war eine Frau für immer, und er konnte es sich nicht leisten, eine solche Verbindung einzugehen. Er war bereits vergeben. Er wusste, was er zu tun hatte. Er war sich nur nicht sicher, ob er es konnte – oder, genauer gesagt, nicht konnte.

Der störende Spanner hatte einfach etwas verhindert, das ohnehin nicht hätte passieren dürfen.

Ian ging an die Tür, wo der mysteriöse Mann gestanden hatte. Das einzig Ungewöhnliche war ein zerknülltes Stück Papier, das unter den Rosen steckte. Er bückte sich, hob es auf in der Hoffnung, es wäre ein Hinweis, doch es war nur die Notiz, die er am Tag zuvor für Sarah hinterlassen hatte.

Andere Anzeichen gab es nicht. Keinerlei Fußabdrücke in der dünnen Staubschicht zu beiden Seiten der Türen. Aber er hatte keine Zweifel, dass jemand da gewesen war, und bei den Vibrationen, die er ganz frisch spürte, blieb nur eine Möglichkeit. Ihr voyeuristischer Besucher war ein Fae. Ein Nuadianer.

Der Gedanke an den Fae weckte die Erinnerung an seinen Vater und den Traum.

Er setzte sich an den kleinen Eisentisch und legte die bloßen Füße auf den Stuhl gegenüber, um noch einen Schluck Kaffee zu nehmen.

Es war bloß ein Traum.

Nur ein Traum? Wen hielt er zum Narren? Seine Träume waren nie bloß Träume. Jeder Traum, den er je erlebt hatte, war irgendwann eingetreten. Dieser war eine Warnung. Das waren sie immer.

Jetzt musste er nur herausfinden, wovor er warnte, bevor etwas Furchtbares passierte.

Kaffeeduft stieg Sarah in die Nase und zog sie aus dem sicheren Kokon des Schlafs. Sie reckte sich und setzte sich auf. Ihr wurde ganz heiß, als ihr der Abend zuvor einfiel.

Ian.

Er brachte sie dazu, etwas zu empfinden, etwas zu wollen, was sie noch nie gespürt, sich noch nie gewünscht hatte. Sollte sich das, worüber sie schrieb, was sie aber noch nie am eigenen Leib erfahren hatte, so anfühlen?

Sie kroch aus dem Bett und ging nach unten, angezogen vom frischen Kaffee-Aroma, das durch das ganze Haus driftete.

Am Fuß der Treppe blieb sie stehen. Ian war nirgendwo zu sehen. Sie ging weiter an die Anrichte, schenkte sich Kaffee ein, fest entschlossen, nicht an den gestrigen Abend zu denken – nicht an Ian, nicht an das Gesicht an der Tür – an nichts von alledem.

Ihre guten Vorsätze hielten nur so lange, bis sie sich umdrehte und durch die geöffnete Glastür Ian erblickte. Ihr Herzschlag beschleunigte sich, das Blut pulsierte in ihren Adern. Selbst in profaner Sitzhaltung war er stattlich.

Die frühe Morgensonne schien auf seine nackte Brust, hob seine Muskeln bei jeder winzigen Bewegung hervor. Er fuhr mit der Hand über ein Stück Papier auf dem Tisch, glättete es immer wieder, die Stirn gerunzelt, als wäre er tief in Gedanken versunken darüber, was er dort sah. Dann trank er einen Schluck aus seinem Becher und lehnte sich auf dem Stuhl zurück, die Augen geschlossen.

Sarah konnte nicht aufhören, die Szene vor sich zu betrachten. Konnte ihre Erinnerungen nicht abschalten. Ihre Finger spürten die weiche Beschaffenheit des dunklen Haars, das sie in seinem Nacken krauste. Wenn sie einatmete, roch sich noch immer seinen berauschenden, männlichen Duft.

In dem Augenblick gestand sie sich ein, dass sie ihn ebenso begehrte, wie er sie am gestrigen Abend begehrt hatte. Ian McCullough hatte sie berührt, ihr wahres Ich, wie nie jemand zuvor.

Aber während sie ihn beobachtete, hatte sie Angst vor diesem Verlangen, Angst vor ihm. So wie er die Macht hatte, sie Dinge spüren zu lassen, die sie noch nie gespürt hatte, so besaß er auch die Macht, sie zu verletzen, wie es bisher noch niemand geschafft hatte.

Die Zurückweisung durch ihren Vater war keine Überraschung gewesen. Er hatte seine Familie lange vor dem Unfall ihrer Mutter verlassen. Sie war vor allem verwundert, als er zu Besuch kam, noch immer der gut aussehende, große blonde Gott, an den sie sich aus den Geschichten ihrer Mutter erinnerte. Noch lange danach redete sie sich gern ein, sie habe in seinen grünen Augen Sehnsucht gesehen, als er sich von ihr verabschiedete, doch schließlich akzeptierte sie die Wahrheit, und sie verspürte keinen Schmerz, während sie ihr Leben weiterlebte.

Ihre Großmutter, verbittert darüber, dass ihr Mann sie verlassen hatte, war wütend über die Rolle, die das Leben ihr zugeschrieben hatte – wütend, dass sie das Kind ihrer Tochter großziehen musste. Sarah hatte sich nie der Illusion hingegeben, dass ihre Großmutter sie haben wollte. Sie wusste immer, die Frau hatte sie aus Pflichtgefühl zu sich genommen, nicht aus Liebe. Diese frühe Erkenntnis versetzte Sarah in die Lage, sich zu wappnen, ihre Emotionen zu schützen.

Selbst in ihrer Ehe hatte sie es geschafft, einen wichtigen Teil ihrer selbst abzutrennen, wegzustecken und unberührt zu lassen. Brad hatte sie so beschämen und enttäuschen können, dass sie an ihrem Selbstwert zweifelte, aber ihm war es nie gelungen, ihren Wesenskern zu zerstören. Als ihre Ehe zu Ende war, richtete sie sich auf und machte weiter.

Sarah drehte sich um und ging die Treppe wieder hinauf. Die Hand, in der sie den Kaffeebecher hielt, zitterte.

Ian war anders.

Ließe sie sich auf eine Beziehung mit ihm ein, könnte sie, wenn er fortginge, die Scherben womöglich nicht aufsammeln und weitermachen.

Ian hatte die Macht, ihr das Herz zu brechen.

»Was soll das heißen, er ist weg?« Ian drehte sich um und funkelte seinen Freund wütend an.

»Genau das, was ich sagte.« Daniel erwiderte den Blick. »Weg. Will heißen, nicht mehr hier. Heute Morgen bin ich an seinem Zimmer stehen geblieben, und als ich auf mein Klopfen keine Antwort erhielt, bin ich reingegangen. Nichts deutete darauf hin, dass der Mann jemals hier war, bis auf seine Nachricht.«

»Wie zum Henker ist es ihm gelungen, unbemerkt wegzugehen? Wie ist er an deinen Sicherheitsleuten vorbeigekommen?«

»Wie zum Henker soll ich das wissen?«, fragte Danny spitz.

»Entschuldige.« Ian ließ die Schultern hängen. »Ich habe keinen Grund, dich anzubrüllen. Ich bin frustriert.«

»Nach dem, was ich gesehen habe, als du mich gestern Abend zum Nebenhaus gerufen hast, kann ich mir das gut vorstellen.« Danny schaute ihn erwartungsvoll an.

»Das Thema steht hier nicht zur Debatte. Welche Entschuldigung hat er denn dafür angegeben, dass er so früh aufbricht?«

»Eigentlich keine. In seiner Notiz drückte er nur sein Bedauern aus, dass er fortgerufen wurde.«

»Wenn er gestern Abend am Fenster gestanden hat …«

»Nach Sarahs Beschreibung des Mannes«, unterbrach Daniel ihn, »bin ich mir sicher, dass Flynn O'Dannan da draußen stand.«

»Ich habe heute Morgen im ersten Licht alles sorgfältig geprüft. Da war nichts. Keine Abdrücke in der Erde, keine Schleifspuren am Glas, kein abgeknicktes Blatt. Nichts.«

»Du glaubst, er ist unser Mann? Der, nach dem wir suchen?« Danny ließ sich auf seinen Stuhl fallen.

»Nein.« Ian nahm ihm gegenüber Platz. »Ich glaube, er ist der *Fae*, nach dem wir gesucht haben. Oder zumindest einer von denen. Er habe ihn auf allem gespürt, was er berührt hat. Mag sein, dass er seine Spuren verwischt, aber sein Wesen kann er nicht verbergen.«

»Und jetzt ist er weg, und wir haben keine Ahnung, wohin.« Danny lehnte sich zurück und schloss die Augen. »Die ganze Zeit vergeudet.«

»Nicht unbedingt. Es kommen ja noch andere. Ich vermute, O'Dannan war nichts weiter als der Späher vorab.«

Daniel war still und dachte offensichtlich über verschiedene Möglichkeiten nach.

»Ein Späher?«

»Wenn ich es wäre, würde ich jemanden vorausschicken, bevor ich eintreffe. Jemanden, der abklärt, wer hier ist. Jemanden, der die Lage auskundschaftet.«

»Das ergibt einen Sinn. Dann leg mal los. Was genau hat deren ›Späher‹ denn gestern Abend im Nebenhaus gesehen, um sich davon verscheuchen zu lassen?«

»Er konnte nichts sehen, was mit dieser Operation zu tun hat. Der gestrige Abend war rein persönlich.«

»Dessen bin ich mir sicher«, murmelte Daniel und runzelte die Stirn.

»Ich warne dich, Danny, wir werden hier nicht über mein Privatleben sprechen.«

»Tja, besser wäre es schon, weil irgendetwas den Mann bestimmt verschreckt hat.«

»Ich glaube nicht.« Ian stand auf und zog einen Gegenstand aus der Tasche. »Ich glaube, es hat nichts mit Furcht zu tun. Ich denke, der Späher hat einfach seinen Job gemacht. Ich habe das ungute Gefühl, dass es nur um Sarah geht.«

»Da komme ich nicht mehr mit, Ian. Ich kann dir darin nicht folgen.«

»Denk darüber nach. Was ist, wenn dieser O'Dannan probeweise am Fenster war, um festzustellen, ob Sarah ihn sehen konnte? Sie sagte, es sei derselbe gewesen, der uns beim Lunch beobachtet hat. Derselbe, den sie bei ihrer Ankunft außerhalb von Thistle Down erblickte. Was ist, wenn O'Dannan derjenige ist, der uns von Schottland hierher gefolgt ist?«

Danny nickte bedächtig. »Er ist tatsächlich in einem Wagen gekommen, der dem von dir beschriebenen ähnlich ist.« Er stand auf und stellte sich vor seinen Freund. »Sollte er, wie du vermutest, ein Fae sein, würde Sarahs Aufschrei gestern Abend zweifellos beweisen, dass sie ihn gesehen hat. Und das wäre ein verräterisches Anzeichen für ihre Abstammung.«

»So haben wir es herausgefunden, da sie Dallyn in seiner eigentlichen Gestalt gesehen hat. Und ich habe keinen Zweifel daran, dass O'Dannan ein Fae ist.«

»Dann hatte Dallyn recht. Sie werden versuchen, Sarah zu benutzen.«

»Das und noch mehr. Ich vermute, Henry lag ebenfalls richtig – dass sie Fähigkeiten besitzt, deren sie sich nicht einmal bewusst ist.« Ian streckte die Hand mit dem Stück Papier aus, das er aus der Tasche geangelt hatte. »Sieh dir das mal an.«

Daniel nahm das Papier und schaute fragend auf.

»Das ist ein Zettel, den ich ihr gestern dagelassen habe.

Als ich wieder ins Haus kam, saß sie draußen, umgeben von einem roten Schimmer, ihre Hand auf diesem Papier.«

Daniel tastete zögernd über die Notiz. »Das verstehe ich nicht. Du hast eine Aura um sie gesehen?«

»Nein, das war keine Aura. Die Luft um sie herum war rot glühend, irgendwie aufgeladen. Trotzdem schien sie sich dessen überhaupt nicht bewusst zu sein.«

»Ian, das ist unglaublich. Das hier in der Mitte, das sieht aus wie …« Er verstummte und blickte verblüfft auf.

»Genau.« Ian nahm den Zettel wieder an sich und fuhr sacht mit dem Finger darüber.

Dort in der Mitte befand sich der Abdruck einer Hand. Sarahs Hand. In das Papier eingebrannt.

15

Da. Direkt auf seinem Knie. Ein Schmierfleck neben der perfekten Bügelfalte seiner Armani-Hose.

Reynard zog ein unberührtes weißes Taschentuch aus der Brusttasche und tupfte die Stelle mit kurzen, ärgerlichen Bewegungen ab. Das musste er sich an der Tür geholt haben, als er ins Auto gestiegen war. Die Sterbliche Ebene war so dreckig. Deshalb war er nicht gern hier.

Nicht mehr lange.

»Ich kann es noch immer nicht fassen. Dem Dummkopf hätte doch klar sein müssen, dass er abreisen musste, nach dem, was er sich geleistet hat.«

Er schaute zu dem jungen Mann auf, der gesprochen hatte. Ramos hatte es sich in dem Sitz ihm gegenüber bequem gemacht und sah aus, als wäre er in einer Limousine geboren worden. Reynard lächelte bei dem Gedanken, noch während er ihn abänderte. Der junge Mann war nicht in einer Limousine zur Welt gekommen – nur gezeugt worden.

»Weil er, wie du richtig sagst, Ramos, ein Dummkopf ist.« Er tupfte noch einmal über den Fleck, bevor er das Taschentuch in den Aschenbecher steckte. Es war jetzt ruiniert. Dreckig. »Flynn konnte sich nichts anderes einfallen lassen, seine Aufgabe zu erfüllen.« Er zuckte mit den Schultern. »Das kann uns jetzt gleichgültig sein. In der nächsten Phase wäre er ohnehin nutzlos gewesen. Deshalb bist du hier.«

»Es ist mir wie stets eine Ehre, dir zu dienen, Vater.« Ramos verneigte sich, wobei glänzendes schwarzes Haar über seine Schultern fiel. Als er aufschaute, lachten seine hellgrünen Augen. »Und ein Vergnügen.«

»So erpicht darauf, einem Hüter gegenüberzutreten, mein Sohn?«

Nur kurz blitzte Erregung in den Augen auf, bevor Ramos' Maske wieder da war, unter der er jegliche Gefühlsregung verbarg. Reynard dachte nicht zum ersten Mal, wie ähnlich ihm sein Sohn doch war. Schade nur, dass er zur Hälfte ein Sterblicher war.

»Ich freue mich darauf, die Seele eines Hüters freizusetzen, Vater.«

»Du willst mir einreden, dass du dich nur über das Endresultat freust? Das kann ich mir kaum vorstellen.«

Diesmal bemühte Ramos sich nicht, sein Lächeln zu verbergen. »Ich genieße alles – die Freude an der Jagd, den Schauer der Herausforderung. Und wenn ich dabei einem Hüter Unglück bringen kann, tja, dann ist es wie ein Dessert nach einem ausgezeichneten Dinner.«

Reynard betrachtete seine gepflegten Fingernägel, bevor er zu seinem Sohn aufschaute. »Die Frau ist der Schlüssel. Das dürfen wir nicht vergessen. Wenn Flynn richtig lag und der Hüter sie haben will, dann ist dir doch klar, dass es ihm eine große Qual bereitet, wenn du sie ihm wegnimmst.«

»Das ist mir nicht nur klar, Vater, ich baue darauf.«

Ja, ganz der Vater.

»Vergiss nicht, dass du während des Besuchs mein *Bruder* bist, nicht mein Sohn.«

Ramos lachte. »Ja, die Tatsache, dass wir gleich alt aussehen, ist für die Einheimischen vielleicht ein bisschen verstörend. Keine Sorge, Vater. Ich lasse dich nicht im Stich. Habe ich das je?«

»Nein. Natürlich habe ich dich auch noch nie um so etwas Wichtiges gebeten.«

Ramos schaute ihn unerschrocken an. »Dessen bin ich mir durchaus bewusst. Weil ich so bin, wie ich bin. Weil ich kein …«

Das lästige Zwitschern von Ramos' Handy unterbrach ihr Gespräch.

»Ja?« Er fing Reynards Blick ein. »Einen Augenblick.« Er hielt das kleine Handy an die Brust. »Das ist Qasim. Sein Mann in London will wissen, wann du … den Gegenstand lieferst, auf den sie warten.«

Unbedeutender Sterblicher. Obwohl er seinem Zweck gedient hatte, war Qasim nicht mehr nötig. Sobald er die Frau hatte …

»Sag ihm, es wird nichts geliefert. Ich kann keine Zeit mehr mit seinen belanglosen Problemen verschwenden.«

Reynard lehnte sich in den weichen Ledersitz zurück und seufzte tief, wobei das Telefonat seines Sohnes mit dem Sterblichen nur Hintergrundgeräusch für seine Gedanken war. Er müsste sich nicht mehr mit den lästigen Sterblichen und ihren fanatischen Angelegenheiten befassen. Er würde nicht mehr von der Freisetzung von Seelen aus ihren erbärmlichen sterblichen Hüllen abhängen, um sein Leben zu verlängern und sich jung zu halten. Eine Nachfahrin seines Volkes war in Reichweite. Diesmal eine echte.

Unter gesenkten Augenlidern betrachtete er seinen Sohn.

Ramos wusste weder etwas über Qasims Angelegenheit, noch über die wahre Natur der Gegenstände, die sie dem Mann lieferten. Während Reynard seinem Sohn so weit Vertrauen schenkte, dass er sich mit den vagen Einzelheiten und den involvierten Sterblichen beschäftigte, konnte er doch nie vergessen, dass Ramos selbst zur Hälfte Sterblicher war. Sterbliche hatten die störende Angewohnheit, sich emotional einzulassen, Bindungen zu anderen Sterblichen herzustellen, und verfolgten lästige Ideale von richtig und falsch. Höchst unangenehm.

Dennoch hatte sich sein Sohn bei vielen Gelegenheiten als wertvoll erwiesen. Seine Gabe, in andere hineinschauen zu können, hatte funktioniert, um Verräter aufzuspüren, die Reynard alleine vielleicht nie gefunden hätte. Wichtiger war jetzt, dass Reynards Volk nicht auf der Sterblichen Ebene kämpfen konnte. Aber sein Sohn war nicht durch eine solche Einschränkung behindert, weil er teilweise ein Kind der Sterblichen Ebene war – ein Halbblut. Er war die nuadianische Version eines Hüters. Reynards Geheimwaffe. Eine Waffe, die er endlich zum Einsatz bringen wollte.

Hätte er doch bloß ein Mädchen gezeugt. Während alle Nachfahren der Feen die Fähigkeit hatten, ihresgleichen in ihrer wahren Gestalt zu sehen, vermochten nur weibliche Abkömmlinge auch die Pforten zum Feenreich zu sehen. Männliche sahen sie erst, wenn sie ein Mal durch eine Pforte geführt worden waren.

Eine Tochter hätte das Problem vor langer Zeit gelöst, aber Mädchen, bei allen Feen eine Seltenheit, waren den Ausgestoßenen gänzlich versagt. Seinem Volk. Den Nuadianern. Noch eine Ungerechtigkeit, die er dem Hohen Rat heimzahlen würde, wenn er zurückkehrte.

Sobald er diese Frau unter seiner Kontrolle hatte, diesen Abkömmling seiner Art, wäre es nur noch eine Frage der Zeit, bis er wieder in seinem geliebten Feenreich wäre und am Urquell der Seelen stehen würde. Nur eine Frage der Zeit, bis er seine Hand in die Quelle tunkte, seinen Durst stillte und seinen Körper in das Leben spendende Wasser tauchte, das seine Unsterblichkeit und seine anhaltende Jugend gewährleistete.

Nur noch eine Frage der Zeit, bis die Zeit selbst keine Rolle mehr spielte.

16

»Etwas sehr Böses ist hier.«

Die geflüsterte Warnung des Kindes hatte Sarah überrumpelt, als sie Will Gute Nacht gesagt hatte. Der ganze Tag war so ereignislos verlaufen, dass es ihr vorkam, als wäre der Abend zuvor gar nicht gewesen. Als hätte sie nicht diesen Mann an der Tür gesehen, der sie beobachtete. Doch Wills Worte brachten alles wieder zurück.

»Wie meinst du das? Was ist es?«

»Ich weiß es nicht. Ich weiß nur, dass etwas sehr, sehr Böses ganz in unserer Nähe ist. Kannst du es nicht spüren? Etwas Schlimmes wird passieren.« Er hatte sie aus seinen großen blauen Augen ernst angeschaut. »Du solltest nah bei Onkel Ian bleiben. Er ist so stark wie mein Daddy, weißt du? Er wird uns beschützen.«

Auch hier, am Rand des Festsaals, während sie zusah, wie die Menschen sich für die abendliche Party versammelten, gingen Sarah die Worte nicht aus dem Sinn. Offensichtlich hatte Will mehr Phantasie mitbekommen, als ihm zustand, aber der kleine Junge war allem Anschein nach wirklich verängstigt, als er mit ihr gesprochen hatte.

Obwohl sie sich jetzt, da sie an Wills Bett saß, genierte, war sie doch dankbar für die langen Abendhandschuhe gewesen, die Ian ihr unbedingt zu diesem Kleid hatte kaufen wollen. Der Strom der von dem Kind ausgehenden Emotionen war immer viel stärker als alles, was sie je bei anderen erlebt hatte. Sogar durch die Handschuhe hatte sie Wills Unbehagen wie Ranken gespürt. Sie konnte sich nicht vorstellen, wie stark es gewesen wäre, wenn er ihre bloße Haut berührt hätte.

Nervös suchte sie die Menge nach Ian ab und fand ihre Erleichterung albern, als sie ihn an der Bar entdeckte, wo er auf ihre Drinks wartete. Er war in eine Unterhaltung mit Daniel vertieft, ohne sich der forschenden, unverhohlenen Blicke bewusst zu sein, die alle Frauen in seiner Nähe ihm zuwarfen.

Dabei konnte sie es ihnen nicht einmal verübeln. Er trug den eng anliegenden Smoking, den sie an diesem Abend für ihn aus dem Schrank geholt hatte, und im Licht der Kandelaber, in dem sein dunkles Haar glänzte, sah er aus wie der Traum einer jeden Frau. Und wenn diese dunklen Augen erst aufschauten und ihrem Blick quer durch den überfüllten Raum begegneten, so wie jetzt …

Ein Schauer rann durch ihren Körper und hinterließ eine Gänsehaut. Ian verzog den Mund zu einem schiefen Lächeln, bevor er sich abwandte, als wüsste er, welche Wirkung er auf sie hatte.

»Und diese wunderbare Lady muss die berühmte Autorin sein, von der ich gehört habe?«

Sarah schrak bei der tiefen männlichen Stimme dicht hinter ihr zusammen. Sie war so vertieft gewesen, Ian zu beobachten, und hatte nicht gehört, dass sich jemand genähert hatte. Als sie sich umdrehte, stand sie nur wenige Zentimeter vom Gesicht einer breiten, in Smoking gekleideten Brust entfernt. Sie trat von dem Fremden zurück und blickte in zwei helle, türkisfarbene Augen, umrahmt von üppigen schwarzen Haaren, die über die breiten Schultern eines sehr gut aussehenden jungen Mannes fielen.

Sofort ging ihr Dallyns Bild durch den Kopf. Wie eigenartig, dass die beiden Männer ihr so ähnlich vorkamen. Ians ungewöhnlicher Nachbar war blond und hell wie ein sonnendurchfluteter Tag, während dieser Mann dunkel wie eine wolkenverhangene, mondlose Nacht war. Wenn überhaupt, dann sollte dieser Mann sie an Ian erinnern, dessen Farbtöne so ähnlich waren. Aber er hatte anscheinend nichts von Ian.

»Na ja, als ›schön‹ oder ›berühmt‹ würde ich sie bestimmt nicht bezeichnen, aber eine Autorin ist sie.« Brad, der wie gewöhnlich seine verächtliche Seite zeigte, begleitete den Mann, dicht dahinter folgte Nicole.

»Vorsicht, Tanner. Ich reagiere nicht gut auf Männer, die unschuldige Frauen unbedacht beleidigen. Manchmal ziehen sich solche Männer sogar … Verletzungen zu.«

Das Knurren in der Stimme des Fremden jagte Sarah noch einen Schauer ein, jedoch einen völlig anderen als kurz zuvor, während sie Ian beobachtet hatte. Sie trat noch einen Schritt zurück und zuckte zusammen, als er ihre Hand ergriff, wobei sie wieder einmal dankbar für die Handschuhe war.

Brad wurde bleich und nuschelte etwas, was eine Entschuldigung hätte sein können, bevor er sich entfernte, um an die Bar zu gehen.

Der Fremde schaute ihr tief in die Augen und führte ihre Hand kurz an die Lippen, sein warmer Atem strich über ihre Haut, selbst durch den Stoff. Sie konnte den Blick nicht von ihm abwenden.

»Ich glaube, Ihr Bruder würde den Ton, in dem Sie mit meinem Mann reden, ebenso wenig gutheißen wie ich. Ich erwarte, dass Sie sich sofort entschuldigen.«

Nicoles Aufforderung lockerte den Griff, mit dem dieser Fremde Sarahs Aufmerksamkeit festhielt. Sie blickte die Frau an, verwundert über die unerwartete Autorität in ihrer Stimme. Die Fassade des hilflosen jungen Mädchens war vollkommen verschwunden und durch eine Frau ersetzt worden, die es gewohnt war, sich in allen Situationen durchzusetzen.

Sarah fragte sich nur flüchtig, welches die wahre Nicole war, bevor der dunkle Fremde wieder das Wort ergriff.

»Ich bin Ramos Servans«, sagte er, noch immer ihre Hand haltend, wobei er Nicole überging, als hätte sie gar nichts gesagt. Seine Stimme, tief und gebildet, glitt über sie wie Seide über glatte Haut.

»Haben Sie gehört, was ich Ihnen gesagt habe? Werden Sie sich jetzt bei ihm entschuldigen?« Nicole verschränkte verärgert die Arme, als er ihr nach wie vor den Rücken zukehrte. »Oder muss ich mich auf die Suche nach Rey begeben?«

»Denken Sie gar nicht erst daran, ihn zwischen uns beiden wählen zu lassen, Nicole. Sie werden verlieren. Sie sind nur eine hübsche Ablenkung für Reynard – ich bin von seinem Blut.« Jetzt drehte er sich um, seine Zähne leuchteten weiß, als er ihr ein freudloses Lächeln zuwarf. »Und glauben Sie mir, wenn ich sage, dass unsere Familie dickes Blut hat.«

Nicole zuckte zurück, als hätte man sie geschlagen. »Wir werden ja sehen«, sagte sie, drehte sich ruckartig um und entfernte sich.

Ramos richtete seine Aufmerksamkeit wieder auf Sarah, das Gesicht wieder entspannt und freundlich, als hätte der störende kleine Wortwechsel nicht stattgefunden. »Ich bin entzückt, Ihre Bekanntschaft zu machen, Sarah Douglas.«

»Woher kennen Sie meinen Namen?« Sarah versuchte vergeblich, Ramos ihre Hand zu entziehen.

»Sie werden feststellen, dass ich ein sehr gründlicher Mann bin. Es ist so meine Art, alles, was meine Aufmerksamkeit auf sich zieht, bis ins kleinste Detail zu untersuchen.« Er führte ihre Hand noch einmal an die Lippen, bevor er sie losließ. »Und Sie, meine liebe Sarah, haben auf jeden Fall meine Aufmerksamkeit eingefangen.«

Hitze stieg ihr ins Gesicht, während er sie amüsiert betrachtete.

»Tatsächlich? Und wie ist mir das gelungen?«

»Nun ja, einfach weil Sie einzigartig sind, meine Liebe.« Er warf einen Blick über ihre Schulter, und ein Ausdruck der Verärgerung huschte rasch über sein Gesicht, ein Ausdruck, den sie vielleicht verpasst hätte, wenn sie in dem Moment die Augenlider bewegt hätte. »Das Orchester fängt an, glaube ich. Sie werden mir doch einen Tanz schenken?«

Musik hatte eingesetzt, Paare schlenderten ans Ende des Raumes.

»Ich tanze eigentlich nicht, tut mir leid.«

Er winkte ihre Feststellung mit einer Handbewegung beiseite. »Vorerst habe ich mit meinem … Bruder noch geschäftlich zu tun.« Wieder nahm er ihre Hand und strich leicht mit den Lippen darüber. »Aber ich kann Ihnen versichern, dass ich zurückkomme und meinen Tanz mit Ihnen einfordere, ehe der Abend vorbei ist, Sarah Douglas.«

Verwirrt schaute sie ihm nach, während er durch die Menge schritt, bevor er durch die Terrassentür verschwand. Der ganze Vorfall war ziemlich beunruhigend, obwohl er nur kurz gedauert hatte.

»Und worum ging es?« Ian stand neben ihr und hatte zwei Gläser mitgebracht. Er bot ihr eins an und schaute dann in die Richtung, in die Ramos gegangen war. Er hatte eine Augenbraue fragend hochgezogen, als er sich wieder an sie wandte und auf eine Antwort wartete.

»Ich bin mir nicht sicher.« Die ehrlichste Antwort, die sie geben konnte.

Ian schnaubte leise und trank einen Schluck aus seinem Glas. »Dann könntest du mir vielleicht wenigstens sagen, wer er ist.«

»Auch das weiß ich nicht genau.« Über seinen finsteren Ausdruck musste sie lachen. »Im Ernst, Ian. Ich weiß nichts über den Mann, bis auf seinen Namen.«

»Ach ja? Nach den vielen Handküssen, die ich gesehen habe, sollte man meinen, du kennst den Mann gut.«

»Nein.« War Ian eifersüchtig? Es klang so. »Er kam mit Brad und Nicole herüber, aber er und Brad hatten eine Auseinandersetzung. Die beiden sind gegangen, er blieb.«

»Tja, wenn er mit Tanner nicht klarkommt, kann er so schlecht nicht sein.« Zum ersten Mal lächelte er. »Wie heißt er?«

»Ramos Servans.«

Er kniff die Augen zusammen. Sie hatte Ian noch nie verunsichert erlebt, aber das war er in diesem Moment.

»Servans?« Er erholte sich schnell und holte tief Luft. »Halte dich von ihm fern, Sarah.«

»Wie bitte?«

»Vertrau mir, Liebes. Du willst nicht in der Nähe dieses Mannes sein. Weder in seiner noch in der seines Bruders.« Er trank sein Glas leer und stellte es auf das Tablett eines Kellners, der gerade vorbeikam.

»Ich wusste nicht, dass du ihn kennst.« Ians Verhalten war so unerwartet, dass sie nicht wusste, wie sie darauf reagieren sollte.

Er schüttelte den Kopf. »Ich bin beiden Männern noch nie begegnet. Obwohl ich von ihnen gehört habe.«

»Nun, Ramos schien mir ganz nett zu sein. Vielleicht solltest du dir wirklich Zeit nehmen, diese Männer kennenzulernen, bevor du andere Leute vor ihnen warnst.«

Er ergriff ihre Hand und lächelte. Er nahm ihr das Glas aus der Hand, stellte es auf ein Tablett und zog sie in Richtung Musik.

»Oh, keine Angst, Sarah. Ich habe durchaus die Absicht, sie beide kennenzulernen.«

Sie bahnten sich einen Weg durch die Menge der Gäste ans andere Ende des Raums, wo sich bereits mehrere Paare im verführerischen Rhythmus der langsamen Melodie wiegten, die das Orchester spielte. Er zog Sarah mit sich auf die Tanzfläche.

Sie blieb stehen und schüttelte den Kopf. »Ich bin wirklich keine gute Tänzerin, Ian. Ich glaube, das kann ich nicht.« Es war unmöglich. Nicht hier. Nicht vor all diesen Fremden.

»Ach, Sarah, komm schon. Komm zu mir, mein Schatz. Schließe die Augen und entspann dich«, raunte er ihr zu, zog sie näher an sich und umschlang sie mit beiden Armen.

»Du bist ein Sensor, Liebes. Lass dich gehen. Spür die Musik.«

Ihre Arme glitten um ihn, als führten sie ein Eigenleben. Muskeln in seinem Rücken bogen und entspannten sich unter ihren Fingern, während sein Körper sich im Takt der Musik zu bewegen begann, und, so fest an ihn gedrückt, machte ihr Körper mit. Bevor sie auch nur einen Gedanken an etwas anderes verschwenden konnte, als daran, wie gut er sich an ihr anfühlte, tanzte sie bereits.

Sie schloss die Augen, verschmolz mit Ian, verlor jegliches Zeitgefühl. Die Musik trieb dahin, eine Melodie ging in die nächste über, ohne Pause. Es spielte keine Rolle. Nichts war mehr von Bedeutung. Die sinnliche Kombination von leiser Musik und Ians festem Körper an ihrem war wie warmer Honig, der sich langsam über ihre Sinne ergoss. Sie wollte einfach, dass es nie aufhörte.

Ian versteifte sich plötzlich und rückte etwas von ihr ab, als er sich umdrehte. Sie öffnete die Augen, und sah Ramos Servans direkt neben ihnen stehen.

»Ich bin hier, um den Tanz einzufordern, den Sie mir versprochen haben, Miss Douglas.« Er streckte eine Hand aus.

Ians Augen funkelten gefährlich, seine Finger an ihrer Taille spannten sich an.

Sarah blinzelte rasch und versuchte, den Kopf von der sinnlichen Überfrachtung freizubekommen. »Ich glaube, Sie beide haben sich noch nicht kennengelernt. Ian, das ist Ramos Servans. Ramos? Ian McCullough.« Sie schaute zwischen den beiden hin und her, wobei ihr nicht entging, dass keiner dem anderen die Hand reichte.

Tatsächlich hatte sie, so unwahrscheinlich es auch schien, das deutliche Gefühl, dass sich hier zwei Krieger taxierten und auf dem Schlachtfeld ihre Angriffsposition einnahmen.

»Whiskey. Pur. Und ein bisschen plötzlich.«

Ian leerte das Glas, knallte es auf die Theke und gab dem Barkeeper ein Zeichen, nachzuschenken.

»Du Glücklicher, dass deine Abstammung dich immun gegen die Wirkung von Alkohol macht.«

»Das wusste ich nicht, Danny. Ich bin mir gar nicht mal sicher, ob mir die Wirkungen jetzt nicht lieber wären.«

Sein Freund stand an seiner Seite, beide betrachteten die Tanzfläche.

»Wenn es dir ein Trost ist, mein Freund, dann sieht sie nicht so aus, als würde es ihr so viel Spaß machen wie der Tanz mit dir.«

Ian schaubte. »Das tröstet mich wenig, wenn ich mit ansehen muss, wie er sie hält. Da passt ja kein Stück Papier mehr zwischen.«

»Ein Stück …?« Daniel schlug ihm auf den Rücken. »Verdammt, Ian. Als du da vorn warst, dann wäre das Stück Papier in Flammen aufgegangen, wenn wir es auch nur in eure Nähe gehalten hätten.«

Als Ian ihn nur wütend anschaute, ohne zu antworten, fuhr er fort. »Jawohl, in Flammen. Brennend heiß. Fast so aufgeheizt, wie die Blicke, die du jetzt in ihre Richtung wirfst.«

»Bin ich so auffällig?« Ian senkte den Kopf und lächelte dümmlich.

Daniel betrachtete ihn eine Weile, bevor er antwortete.

»Ich kann mich nicht daran erinnern, dich in all unseren gemeinsamen Jahren einmal so erlebt zu haben.«

Ian zuckte mit den Schultern. Wenn Daniel nur wüsste, wie untertrieben das war. Ian selbst verstand nicht alle Gefühle, die er hegte. Aber Wut erkannte er auf jeden Fall, wenn er sie spürte. Und während er das Paar beobachtete, das sich zusammen auf der Tanzfläche wiegte, spürte er Wut durch seinen Körper strömen wie das Blut durch seine Adern, pumpend und wogend mit jedem Atemzug. Mit jeder Bewegung von Ramos' Hand auf Sarahs Rücken.

Sarah selbst war ein Traumbild in Gold, von ihrem Haar bis zu den Zehen. Nur ihre Augen funkelten im Kontrast dazu. Gold, mit Smaragden durchsetzt, berichtigte er den Gedanken. Unbezahlbar.

Er hatte gewusst, dass das Kleid für sie bestimmt war, sobald er es im Laden gesehen hatte. Dieselbe Farbe wie ihr Haar. Als er darauf bestanden hatte, es für sie zu kaufen, hatte er nur daran denken können, wie sie wohl darin aussehen würde. Jetzt, da sie es trug, konnte er nur daran denken, wie sie aussehen würde, wenn es von ihr abglitt, wenn der seidige Stoff an ihren Beinen herabrutschte und sich um ihre Füße legen würde.

»Da ist er. Er ist eingetroffen.«

Daniels Stoß mit dem Ellbogen in seine Rippen überrumpelte Ian und zog seine Aufmerksamkeit von der Frau auf der Tanzfläche ab.

»Was? Wer ist eingetroffen?«

»Servans.«

»Ich habe Servans beobachtet.« *Mit seinen Fingern an meiner Sarah*. Woher war dieser Gedanke gekommen?

»Nein. Das ist nur der Bruder, Ramos. Der hat nichts mit EHN zu tun. Das habe ich dir schon gesagt. Der könnte unmöglich die Verbindung sein.« Daniel warf Ian einen vernichtenden Blick zu. »Hör auf damit, Alter, konzentrier dich wieder aufs Geschäft. Da drüben, an der Tür. Sieh ihn dir an.«

Ein großer blonder Mann in makellosem weißem Armani-Smoking stand am Eingang zum Festsaal, die eine Hand sorgsam in die Tasche gesteckt. Ian erkannte den Modestil. Er trug ihn auch. Er jedoch hatte einen besseren Geschmack, als zu einem Anlass wie diesem Weiß zu tragen oder wie ein Model auf dem Laufsteg zu posieren.

Danny hatte recht.

Ian war vielleicht nur zur Hälfte ein Fae, aber einen vollblütigen erkannte er allemal. Und er würde jedes seiner Anwesen verwetten, dass der Mann im Türrahmen ein vollblütiger Fae war. Er würde Gewissheit erlangen, wenn er näher kam.

Der Mann überschaute die Menge mit der hochnäsigen Arroganz eines Königs, der seine Kleinbauern betrachtet. Seine Miene hellte sich schließlich auf, als er das, oder wahrscheinlicher den erblickte, nach dem er suchte.

Ian folgte seinem Blick und entdeckte das Paar auf der Tanzfläche. Ramos hatte die Ankunft seines Bruders bemerkt, bewegte sich auf ihn zu und schob Sarah vorwärts, seine Hand in ihrem Rücken. Reynard hatte die beiden gesucht und ging in ihre Richtung, Zufriedenheit im Gesicht.

Ian bahnte sich einen Weg durch die Menge, darauf aus, sie abzufangen, Daniel hinter sich.

»Was hast du vor?« Daniel drängte sich mit den Ellbogen

an einem älteren Paar vorbei und entschuldigte sich mit einem Lächeln.

»Das weiß ich noch nicht. Aber ich weiß genau, was ich nicht tun werde. Ich werde auf keinen Fall zulassen, dass dieser Fae auch nur eine Minute allein mit Sarah ist. Nicht auszudenken, was er ihr sagen oder mit ihr anstellen könnte. Oder noch schlimmer, wie seine Gegenwart sich auf sie auswirkt.«

Im Stillen dankte er der eifrigen Verkäuferin, die sich ein weiteres Geschäft versprach, als sie die Handschuhe hervorgeholt hatte.

»Wenigstens wird sie ihn aufgrund der Handschuhe nicht direkt berühren«, murmelte er und schob sich an einer jungen Frau vorbei, die anscheinend seine Aufmerksamkeit erlangen wollte.

»Vielleicht sollte sie es.«

Bei Daniels Bemerkung blieb er abrupt stehen. »Was sagst du da?«

»Du bist dir so sicher, dass sie Sarah gegen uns benutzen wollen. Mag sein, dass sie unser Schlüssel sein könnte, um etwas über die beiden zu erfahren. Um zu bestätigen, was Servans ist, was er plant.«

Ian setzte sich wieder in Bewegung und sprach über die Schulter. »Das werde ich Sarah nicht antun. Sie hat etwas Besseres verdient, als von einem von uns benutzt zu werden. Sie ist eine Frau, keine Waffe.«

»Denk darüber nach. Mehr will ich nicht sagen.«

»Nein. Das ist mein letztes Wort.« Er eilte weiter und hängte Daniel ab.

»Ian.« Sie raunte seinen Namen und lächelte ihn an, als

er die Hand ausstreckte, um ihre Schulter zu berühren und sie von Ramos zurückzufordern.

Unverhoffte Erleichterung erfüllte ihn, als sie ihren Arm um seinen Rücken schlang. Er zog sie fest an seine Seite, berührte mit den Lippen ihren Scheitel und atmete ihren Duft ein. Er schaute auf, um festzustellen, dass zwei grüne Augenpaare jede seiner Bewegungen verfolgten.

Reynard ergriff als Erster das Wort. »Ramos, du musst mich deiner bezaubernden Freundin und ihrem Begleiter vorstellen.« Er trat zu Sarah, ergriff ihre Hand und führte sie an seine Lippen.

»Sarah Douglas, das ist mein … Bruder. Reynard Servans.«

Wie interessant. Ian kniff nachdenklich die Augen zusammen. Die Pause war kurz gewesen, aber er hatte sie mitbekommen. Ähnlich der Pause, die er jedes Mal einlegte, wenn er versuchte, Henry als seinen Onkel vorzustellen.

»Enchanté, Mademoiselle.« Reynard drückte noch einen Kuss auf Sarahs Hand.

»Sind Sie …« Sie verstummte, legte den Kopf schief und schaute zwischen den beiden Brüdern hin und her. »Sind Sie aus Frankreich?«

»Nein, meine Schöne. Meine Heimat ist derzeit die Schweiz. Für mich ist Französisch nur die zivilisierteste Sprache, die der Mensch je erfunden hat. Auf jeden Fall die einzig angemessene, wenn man eine so schöne Frau wie Sie begrüßt.«

»Oh, danke.« Sie wandte sich an den Bruder, der sie vorgestellt hatte. »Wie ich sehe, liegt es in Ihrer Familie.«

Er begegnete ihrer Bemerkung mit einem Lächeln und einer angedeuteten Verneigung.

»Aber Sie klingen absolut britisch.«

»Obwohl unser Familienanwesen in der Schweiz ist, hat Ramos in London gelebt, seitdem er vor vielen Jahren fortging, um die Schule zu besuchen.« Reynard ließ ihre Hand los und wandte sich an Ian. »Und das hier ist …?«

»Ian McCullough.« Er stellte sich selbst vor und entschied, ihm weder die Hand zu reichen, noch ihm seinen Titel zu nennen. Beides war unnötig.

Auch Reynard begrüßte ihn nicht mit Handschlag, sondern verschränkte stattdessen seine Hände hinter dem Rücken.

»Ich habe von Ihnen gehört«, sagte er leise.

»Gut.«

Also würden sie fast mit offenen Karten spielen. So sollte es sein. Jetzt fiel ihm ein, warum der Name eine Saite in ihm anschlug. Als er hörte, dass der Mann in der Schweiz lebte, hatte er die Verbindung hergestellt. Er war beim Lesen darauf gestoßen. Sarah musste ihm nicht bestätigen, wer dieser Mann war. Die Suche war beendet.

»Reynard Servans. Herzlich willkommen bei uns.« Daniel nahm die Gelegenheit wahr, um sich der Gruppe anzuschließen, begleitet von Nessa. Eine neue Runde der Vorstellung folgte, woraufhin Daniel einen Kellner herbeirief und allen Champagner anbot.

»Prost.« Daniel hob sein Glas. »Auf ein florierendes Jahr der Spendensammlungen und den Erfolg, Bedürftigen Nahrung zu verschaffen.«

Sie hoben die Gläser und stießen in der Mitte ihres kleinen Kreises miteinander an. Dabei kippte Daniels Glas, und die schäumende Flüssigkeit ergoss sich über Sarahs Arm.

»Du liebe Güte, Sarah. Ich bin so ein Trottel. Tut mir wirklich leid.« Daniel schaute sich um und winkte einen Kellner herbei.

Ramos zog ein Taschentuch heraus und wischte damit über Sarahs Arm, wobei er einen Großteil des Champagners aufsaugte.

»Nein, nein, schon gut. Hier.« Sie schob das nasse Taschentuch lächelnd vor sich. »Ich vermute, Sie wollen das eher nicht wieder in die Tasche stecken. Aber vielen Dank für Ihre Hilfe.«

Ramos zuckte mit den Schultern und warf das nasse Leinentuch auf das Tablett des Kellners.

»Ich habe ein ganz schlechtes Gewissen.« Daniel streckte die Hand nach Sarah aus. »Kommen Sie, ich helfe Ihnen, den nassen Handschuh auszuziehen.«

Ian schaute seinen Freund durchdringend an. Wäre Dannys Gesicht nicht ungewöhnlich rosa angelaufen, hätte Ian vermutet, dass er es in Anbetracht ihrer letzten Unterhaltung absichtlich gemacht hatte.

»Ich werde eine der Dienerinnen veranlassen, ihn für Sie auszuwaschen«, fügte Nessa hinzu.

»Oh, bitte machen Sie sich keine Umstände. Ist schon in Ordnung, wirklich«, erwiderte Sarah und schälte den klebenden, nassen Stoff von ihrer Haut. Sobald sie ihn ausgezogen hatte, streckte sie lachend beide Arme von sich. »Vielleicht setzte ich einen neuen Modetrend in Gang, wenn ich nur einen trage.«

Bevor sie die Arme sinken ließ, zog Reynard ein Taschentuch heraus und tupfte die restliche Flüssigkeit ab. Sie riss den Kopf hoch und wollte sich schon zurückziehen, doch er fing ihre Hand ein und fuhr fort, die Feuchtigkeit von ihrer Haut zu wischen.

Sarah schnappte bei dem Hautkontakt nach Luft, und Ian drehte sich zu ihr um. Sie hatte schockiert die Augen aufgerissen, ihr Mund stand offen, als wäre er in einem stillen Schrei erstarrt. Dann brach sie zusammen.

Er fing sie auf, bevor sie auf dem Boden aufschlug.

Finsternis. Wirbelnde Ranken des Bösen, die sich aus schleimigem Pech erhoben, das alles überdeckte. Kälte kroch um ihre Finger, glitt an ihren Armen hoch, streckte sich nach ihrem Gesicht aus. Erstickte sie.

»Nein.« Ein durchdringender Schrei in ihrem Kopf, der kaum als Seufzen zu hören war, als er über ihre Lippen kam, aber es reichte, um sie zu wecken. Genügte, um sie vor dem Schrecken des Bösen zu retten, das sie zu verschlingen drohte.

Sarah öffnete die Augen, unfähig zu begreifen, wo sie war. Der Schmerz traf sie sofort. Sie blinzelte ein paar Mal, bemüht, die winzigen Bildfragmente davon abzuhalten, herumzuspringen und mit ihren kleinen scharfen Hämmern auf die Rückseite ihrer Augäpfel einzuschlagen. Ihr Kopf pochte, bis sie aufgab und die Augen schloss. Dort zu liegen und zu atmen, war das Beste, was sie sich in diesem Augenblick erhoffen konnte.

Aber sie fand keinen Frieden in der Dunkelheit hinter ihren Augenlidern. Dort wartete das Böse auf sie. Es hatte sich zurückgezogen, doch selbst jetzt wand es sich in der Ferne, und sie wusste ohne jeden Zweifel, dass es sie wieder anfallen würde.

Allmählich drang wütendes, unterdrücktes Flüstern in ihr Bewusstsein. Sie bemühte sich, ihre panischen Atemzüge zu beruhigen, zuzuhören in der Hoffnung, dass einer der Sprechenden sie retten könnte.

»Hab ich dir nicht gesagt, ich will nicht riskieren, dass sie diese niederträchtige Kreatur berührt? Was hast du dir dabei gedacht, so etwas zu tun, vor allem, da du wusstest, wie es mir damit ging?«

War das Ian? Bei dem Pochen in ihrem Kopf war es schwer zu sagen.

»Wir mussten sehen, was passieren würde. Jetzt haben wir die Bestätigung, die wir wollten.« Eine lange Pause, dann klang die Stimme ruhiger. »Du kannst in dieser Hinsicht vermutlich nicht klar denken. Wäre es andersherum, hättest du es genauso gemacht. Und das weißt du.«

Daniel? Was hatte Daniel gemacht, dass Ian so wütend war? Wenn sie sich nur konzentrieren könnte. Aber die Finsternis wuchs weiter an und waberte dort in einem Winkel ihres Verstandes, drang immer weiter vor, lenkte sie ab.

»Nein. Ich sag dir was. Morgen früh setze ich Sarah in mein Auto und breche hier auf. Du kannst dich mit denen abgeben. Ich bin durch. Ich fahre direkt nach Thistle Down, und ich halte nicht eher an, bis ich die Gewässer überquert habe und weiß, dass sie dort vor denen in Sicherheit ist.«

»Ian, sei vernünftig. Du kannst nicht …«

»Zum ersten Mal, seitdem wir damit angefangen haben, bin ich vernünftig. Ich hätte sie niemals in deren Nähe bringen dürfen. Mein Entschluss steht fest.«

»Dallyn wird nicht erfreut sein.«

»Dallyn kann sich von mir aus zum Teufel scheren. Ich habe die Schnauze voll. Schluss, aus, fertig!«

Eine Tür schlug zu, und der Lärm erschütterte ihren Kopf, spornte die strudelnde Masse an, die sie bedrohte, und ermunterte sie, noch weiter vorzudringen.

Sie versuchte sich aufzurichten. Sogleich lagen Hände auf ihren Schultern und drückten sie sanft wieder zurück. Hände, die an ihren Armen hinabglitten, Finger, die federleicht über ihr Gesicht strichen.

Trost, Besorgnis, Angst, Beschützerinstinkt. Alles wirbelte durcheinander, hüllte sie wie ein abwehrender Kokon ein, umfing sie mit Wärme, trieb das Böse zurück.

Ian.

Sie griff nach seiner Hand, umschloss sie und führte sie an ihre Wange.

»Ruh dich erst mal aus, Liebes.« Seine freie Hand streichelte ihre Haare. »Hier bist du sicher. Dafür werde ich sorgen.«

»Was ist passiert?« Seine Berührung verlieh ihr Kraft, und ihre Stimme kehrte zurück. Sie schlug die Augen auf.

»Das ist vermutlich eine Frage, die ich dir stellen werde.« Sein sanftes Lächeln wärmte sie.

Als sie sich diesmal zum Sitzen aufrichten wollte, half er ihr.

»Ich weiß nicht genau. Ich erinnere mich, dass ich meinen Handschuh auszog, und dann hat Reynard angefangen, mir den Arm abzuwischen …« Sie verstummte, als die Erinnerung über sie hinwegflutete.

Das Böse an sich. Schlimmer als alles, was sie je erfahren

hatte. Schlimmer als alles, was sie sich je hätte vorstellen können. Alles kam von Reynard.

Ian sah es in ihrem Gesicht, oder spürte es – sie wusste es nicht. Es war ihr gleichgültig. Seine starken Arme umfingen sie, drückten sie an seinen Körper.

»In meinem ganzen Leben habe ich noch nie jemanden gespürt, der so viel Unheil ausstrahlt.« Sie rückte gerade so weit von ihm ab, dass sie in sein Gesicht schauen konnte. »Es war furchtbar, Ian. Seine Berührung …« Wie sollte sie ihm zu verstehen geben, was sie gespürt hatte? »Ich fühle es noch immer auf meiner Haut. Ich sehe das Böse, kann es wirklich sehen, jedes Mal, wenn ich die Augen schließe. Entsetzliche, schwarze, wabernde Tümpel.«

Er sagte nichts, zog ihren Kopf an seine Schulter und strich ihr sanft über den Rücken, um das Entsetzen zu vertreiben. Bis sie aufschaute und die Glastüren sowie die undurchdringlichen Schatten dahinter sah. Ein Beben lief durch ihren ganzen Körper. Dieselben Türen, die das entsetzlich grinsende Gesicht am Abend zuvor umrahmt hatten.

»Leg dich zurück und versuche, nicht mehr zu denken. Wir sprechen später, wenn du ausgeruht bist und wieder zu Kräften gekommen bist.«

»Ich kann mich hier nicht entspannen, Ian. Nicht bei den Türen. Nicht, wenn ich die ganze Zeit denken muss, dass dieser Mann jederzeit dort wieder auftauchen könnte. Und beobachtet.«

Anscheinend konnte er ihre Ängste nachvollziehen, und obwohl er ihr am Nachmittag versichert hatte, dass ihr Stalker fort sei, dass sie in dieser Hinsicht nichts mehr zu befürchten habe, widersprach er ihr jetzt nicht.

Stattdessen stand er auf, hob sie auf seine Arme und trug sie mühelos die Treppe hinauf. Er küsste sie auf die Stirn und legte sie aufs Bett.

»Schlaf gut, Liebes. Ich bin unten, falls du mich brauchst.«

Allein? Er ließ sie hier allein? Sie konnte die Finsternis nicht aus eigener Kraft vertreiben. Die wich nur zurück, wenn er da war.

»Tu's nicht.«

Er blieb stehen, die Hand auf der Türklinke, drehte sich um und schaute sie fragend an.

»Bitte, lass mich nicht allein.«

Er holte tief Luft, ging wieder zu ihr und setzte sich neben sie auf das Bett.

»Na schön. Mach dich bettfertig, und dann ruf mich. Ich werde alle Türen doppelt überprüfen, damit du dir keine Sorgen machen musst. In Ordnung?«

Sie nickte und stand rasch auf, als er das Zimmer verließ.

Sie schätzte zwar ihre Unabhängigkeit, aber diesmal war sie bereit, alles zu tun, sogar widerspruchslos Anweisungen zu folgen, um sicherzugehen, dass sie die Nacht nicht allein verbringen musste.

Sie schaltete im Bad das Licht ein und bemerkte mit Widerwillen, dass sie noch bleicher war als sonst, wodurch die dunklen Ringe unter den Augen hervorgehoben wurden. Die hatte bestimmt nichts dazu beigetragen, ihr Aussehen zu verbessern.

Sie schüttelte den Kopf, als sie aus ihrem prächtigen neuen Kleid schlüpfte. Sie drehte das heiße Wasser voll auf, seifte ihren Arm ein und schrubbte ihn, bis er rot anlief.

Vielleicht sollte sie aufgeben und früher nach Hause zurückkehren. Ihre Schreibblockade schien nicht nachzulassen, trotz ihrer Erwartungen, als sie diese Reise antrat. Sie konnte hier ebenso wenig die richtigen Wörter zu Papier bringen, wie zu Hause. Sie schaffte nichts, außer sich bis zum Wahnsinn in Schrecken zu versetzen. Wenigstens gab es zu Hause in Denver nichts, was der Erfahrung heute Abend gleichgekommen wäre.

Natürlich gab es in Denver auch keinen Ian.

»Ian?«

Ihre weiche Stimme schwebte die Treppe herunter, und er schaute auf. Sie wartete oben am Absatz, wie ein Kind, das sich vor dem Zubettgehen fürchtet.

Ein Kind mit dem Gesicht und dem Körper einer verführerischen Fee.

Er stöhnte beim Anblick der vielen Haut, die ihre kurze Hose und das T-Shirt frei ließen. Und ihre zerzausten Locken baten um seine Berührung. Und ihre Lippen …

Nein.

Sie brauchte ihn aus einem völlig anderen Grund, als dem, den er gerade im Sinn hatte. Er ging zu ihr hinauf, nahm sie bei der Hand und führte sie wieder ins Zimmer. Er schaltete das Licht aus und geleitete sie ans Bett.

»Willst du denn deinen Smoking nicht ausziehen?«

Große, unschuldige Augen reflektierten das Mondlicht, das durch das Fenster drang, und betrachteten ihn, als er sie ins Bett steckte und sich neben sie setzte. Sie kuschelte sich unter die Decke, er saß darauf.

»Das ist vorerst in Ordnung.«

Er hatte sein Jackett ausgezogen, die Krawatte beiseite geworfen und dabei die oberen Hemdknöpfe aufgemacht. Das reichte. Er brauchte den Schutz seiner modernen Rüstung für die bevorstehende Schlacht.

Krieg einen klaren Kopf. Konzentrier dich auf das, was zu tun ist. Er legte die Arme um sie, sie schmiegte sich an ihn und schlief fast auf der Stelle ein. Er schaute auf ihr Gesicht hinab, ruhig und ernst im Schlaf. Berührbar. Küssbar.

Er würde seine Gedanken nicht in diese Richtung wandern lassen. Sie brauchte in dieser Nacht nur Trost und Schutz von ihm. Mehr nicht. Das würde er ihr geben, und nur das, selbst wenn es ihn umbrachte.

Und in diesem Augenblick war ihm, als könnte das sehr gut der Fall sein.

17

Sie saß in der Falle, unfähig, sich zu bewegen.

Sarah wurde ruckartig wach. Nach ihren letzten achtundvierzig Stunden rechnete sie schon mit dem Schlimmsten, als sie die Augen aufschlug.

Was sie entdeckte, war alles andere als das Schlimmste, was sie sich vorstellen konnte.

Ians Gesicht war nur wenige Zentimeter von ihrem entfernt, seine Lippen im Schlaf leicht geöffnet. Seine dunkel überschatteten Wangen, am Abend zuvor so glatt rasiert, schrien förmlich danach, von ihr berührt zu werden. Als sie versuchte, eine Hand zu heben, um diesem Bedürfnis nachzugeben, lächelte sie, als sie erkannte, was sie zu dem Traum veranlasst hatte, sie steckte in einer Falle.

Ein großer, muskulöser Arm und ein ebenso muskulöses Bein lagen über ihre Bettdecke drapiert. Sie hatte nicht nur geträumt, in der Falle zu sitzen – es war tatsächlich so! Aber die gehörte zu den angenehmsten.

Da sie nichts anderes tun konnte, schloss sie die Augen und genoss das Gefühl, von seinem Körper umschlungen zu sein. Sie atmete tief ein und ließ sein sauberes, maskulines Aroma ihre Sinne durchdringen. Nach jahrelangen Versuchen, die Berührung anderer Menschen zu meiden, schrie sie zum ersten Mal, seit sie sich erinnern konnte, innerlich auf angesichts ihrer Unfähigkeit, Hautkontakt aufzunehmen, dieses ungewohnten Mangels an sensorischem Input. Sie wollte ihre Hände unter der Decke hervorholen, die sie gefangen hielt, über seine Haut streichen, um zu erfahren, was er empfand. Zu spüren, was er fühlte.

Sie öffnete die Augen und stellte fest, dass er sie beobachtete, ein Lächeln umspielte seinen reizvollen Mund.

»Guten Morgen.« Sie wartete auf seine Antwort, aber er sagte nichts.

Sein Lächeln wurde breiter, erhellte seine Augen, bis er sich schließlich zu ihr beugte und seine Lippen an ihren Mund führte.

»Du bist ein ziemlich netter Anblick für einen Mann, der gerade wach wird.«

Ihr Herz trommelte, und sie versuchte sich so weit zu beruhigen, um antworten zu können.

»Auch du bist nicht schlecht.« Das sollte leicht und spielerisch klingen, aber dafür war es zu atemlos vorgebracht. Schuld daran war ihr Herz, das viel zu schnell schlug. Bestimmt spürte er, wie es pochte, auch durch die dicke Decke, die sie unter ihm festhielt.

Schweigend betrachtete er ihre Augen, drückte ihr dann einen Kuss auf die Nasenspitze und ließ sich von ihr herab aus dem Bett rollen.

»Steh auf und komm in die Gänge. Bis du unter der Dusche fertig bist, habe ich eine herrliche Kanne Kaffee, die unten auf dich wartet.« Mit diesen Worten ging er hinaus und schloss die Tür hinter sich.

Gute Güte. Zuerst lässt er ihr Inneres schmelzen und ihre Beine zu Gelee werden, dann erwartet er von ihr, dass sie aufsteht und unter die Dusche geht.

Na gut. Wenigstens würde unten Kaffee auf sie warten.

Kaffee und Ian.

Was konnte schöner sein?

Ian starrte auf den Strom schwarzer Flüssigkeit, der in die Glaskaraffe floss, doch sein Verstand war nicht auf die kleine Maschine oder das duftende Gebräu fixiert, das sie für ihn braute. Seine Gedanken waren nach oben gewandert, verweilten vor dem dampfenden kleinen Raum, aus dem die Geräusche von fließendem Wasser drangen.

Wann war er je so unentschlossen geworden, so zögerlich, Anspruch auf das zu erheben, was vom Gefühl her ihm gehörte?

Dass er sich an diesem Morgen von Sarah wegrollte und sie im Bett ließ, ohne auf das Bedürfnis zu reagieren, das er in ihren Augen leuchten sah, war ihm so schwer gefallen, wie nur selten etwas. Er hatte verzweifelt nach ihr verlangt.

Er wollte sie noch immer.

Gab es eine Möglichkeit, die beiden Hälften seines Lebens in Einklang zu bringen? Er hatte geschworen, ein Hüter zu sein, doch der Ruf, mit Sarah zusammen zu sein, war etwas, das er noch nie erlebt hatte. Der Wunsch, sie zu beschützen, sie zu besitzen, war überwältigend. In ihren Armen vergaß er alles, wollte nichts mehr, erfuhr endlich Frieden.

Ihm war, als wäre sie seine Seelenverwandte.

Die für ihn Ausersehene war vor sechshundert Jahren in einer der letzten Schlachten auf der Sterblichen Ebene verloren gegangen. Ein unschuldiges junges Mädchen, das er kaum gekannt hatte, ihre Seele fortgerissen von einem nicht vorherbestimmten Tod durch einen Überläufer der Nuadianer, der versuchte, sein eigenes elendes Leben zu verlängern.

Ian schloss die Augen und ließ den Kopf hängen, zwang sich, nicht erneut an die Schrecken zu denken. Diese den menschlichen Körpern vor ihrer Zeit entrissenen Seelen waren zerschlagen und ins Chaos gestürzt. Viele schafften es nie mehr zurück zum Urquell der Seelen, um wiedergeboren zu werden. Das war in all den Zeiten so oft passiert. So viele Seelenverbindungen auf ewig durchtrennt.

In den darauf folgenden Jahrhunderten war er nie vor einer Schlacht zurückgeschreckt oder hatte sich vor seiner Verantwortung gedrückt. Hatte nie an seiner Bestimmung gezweifelt. Nie in Zweifel gezogen, dass er seine Ewigkeit als Hüter verbringen und die Seelenverwandten anderer beschützen würde.

Bis Sarah in sein Leben trat.

Und jetzt … zweifelte er. Zweifelte an seiner Bestimmung, seinem Weg, an sich selbst.

Er schenkte einen Becher frischen Kaffee ein, betrachtete die kleinen Wellen, die sich nach dem letzten Tropfen auf der Flüssigkeit ausbreiteten.

Schon möglich, dass er ohne Grund mit diesem teuflischen Zweifel rang. Sie könnte ihn noch zurückweisen. Sie könnte ihm den Rücken zukehren, fortgehen, und sein innerer Kampf wäre umsonst.

Er schaute auf, als das Geräusch fließenden Wassers aufhörte.

Sorgsam und lautlos stellte er seinen Becher auf die Anrichte und ging zur Treppe.

Es gab nur eine Möglichkeit, sich zu vergewissern. Eine Möglichkeit, den Zweifel abzustellen.

Sarah nahm das große weiße Handtuch vom Heizgestell, schlang es um ihren Körper und steckte eine Ecke in den Rand oberhalb ihrer Brust. Der dicke Frotteestoff war weich und warm, der reine Genuss. Sie würde nach einem solchen Gestell Ausschau halten, wenn sie wieder zu Hause war.

Sie zog an dem kleineren Handtuch, das sie um ihre nassen Haare gelegt hatte, bevor sie aus der Dusche stieg, beugte sich aus der Taille vor und rubbelte ihre nassen Haare.

Als die Tür zum Bad aufging, richtete sie sich ruckartig auf, taumelte zurück und wäre in die Duschtasse gefallen, wenn Ian nicht rasch zugegriffen hätte.

»Was machst du in …«

Er schnitt ihr die Frage ab, zog sie an sich und legte seinen Mund auf ihren. Kurz darauf war ihr egal, dass sie die Frage nicht beendet hatte; sie interessierte nicht mehr, wie seine Antwort hätte lauten können.

Ihre Gedanken waren ausschließlich mit ihm beschäftigt, wie er sich anfühlte. Wie sehr er nach ihr verlangte. Wie sehr sie ihn begehrte.

Er hielt sie fest an sich gedrückt, während sein Mund weiter über ihr Kinn zu ihrem Hals glitt.

»Sarah«, flüsterte er, sein Atem erhitzte die Wassertropfen, die an ihrem Hals hinab rannen.

Sie wollte ja gern antworten, doch ihre einzige Reaktion war ein atemloses Stöhnen. Das reichte.

Er küsste sie wieder auf den Mund, seine Zunge verlangte den Zugang, den sie ihm nicht versagen wollte.

Ein Arm glitt hinab, stürmisch riss er sie hoch, sie küssten sich weiter, während er sie vom Bad ans Bett trug, das sie die Nacht zuvor platonisch geteilt hatten. Als er sie diesmal ablegte, deckte er sie nicht mit der Decke, sondern mit seinem Körper zu.

Sie hätte sich Sorgen machen sollen, was ihre nassen Haare mit dem Kissen unter ihrem Kopf anstellten, aber eigentlich war es ihr gleichgültig.

Sie konnte es nicht, als er die Ecke ihres Handtuchs erwischte und anhob. Die Hülle gab nach und lockerte sich, glitt unter der Führung seiner Hände nach unten, und sein Körper schmiegte sich warm an die kühle Nässe ihrer Haut.

Sie konnte nicht denken, als er den Kopf senkte und auf die Tropfen blies, die aus ihrem Haar auf ihre Brust rannen, bevor er sie mit der Zunge aufleckte.

»O mein Gott, Ian. Was machen wir hier?«

»Das, wozu wir geboren wurden«, flüsterte er und ließ dann seine Zunge an ihrem Hals hinaufgleiten, wobei er weitere Wassertropfen einfing.

Er trug noch immer sein Frackhemd vom Abend zuvor, die oberen Knöpfe standen nach wie vor offen. Als sie in den Schlaf gesunken war, hatte sie gestaunt, wie sexy das aussah, wie gern sie die restlichen Knöpfe geöffnet hätte.

Ihre Finger zitterten, als sie jetzt nach diesen Knöpfen griff. Sie fummelte an den kleinen Plastikteilen herum, verärgert darüber, dass die Knopflöcher sich anscheinend in den Biesen verbargen. Als sie an dem Stoff zog und frustriert knurrte, richtete er sich auf, erhob sich über ihr auf die Knie, rittlings.

Er packte sein Hemd vorn mit beiden Händen und riss

es auf. Die kleinen Knöpfe klickten leise, als sie von der Wand und den Bettpfosten abprallten und wer weiß wohin flogen. Dann segelte sein zerrissenes Hemd durch die Luft, um die Knöpfe irgendwo auf dem Boden zu treffen.

Der Anblick raubte ihr den Atem. Sie hatte genau diese Szene in einem ihrer Bücher beschrieben, aber ihre Worte waren nichts im Vergleich mit der Realität. Es war überwältigend. *Er* war überwältigend.

Sie griff nach seiner Taille, fingerte an seinem Reißverschluss herum, aber er hielt sie fest, seine Hände legten sich auf ihre, drückten sie gegen seinen harten Penis.

»Ich glaube nicht, Liebes.« Er grinste sie an. »Ich bin ein wenig aufgeregt, daher wollen wir das Metall sehr vorsichtig herunterlassen. Das mache ich am besten selbst.«

»Okay, mach.« Sie schloss ihre Finger um die Schwellung, die sich unter ihrer Hand erhob, und rieb langsam auf und ab. Die Ausbeulung zuckte und wurde unter ihrer Berührung noch größer. »Beeil dich lieber.«

In Sekundenschnelle, wie es schien, lag seine Hose neben dem Hemd irgendwo neben dem Bett.

Sacht ließ er einen Arm unter ihren Rücken gleiten, hob und stützte sie, während er das Handtuch von ihr abzog und beiseite warf.

»Herrgott, bist du eine Schönheit.« Er fuhr langsam mit der Hand über ihren Bauch und die Hüfte.

»Wohl kaum. Ich bin mir sicher, du hast mehr …«

»Schhh.« Er legte ihr einen Finger auf die Lippen. »Zweifle nie daran, was ich dir sage, Frau.«

Sie öffnete die Lippen, knabberte mit den Zähnen an dem Finger, bevor sie mit der Zunge daran entlangfuhr. Als er aufstöhnte, nahm sie den Finger in den Mund und saugte fest daran.

»Das ist gefährlich, einen Mann derart zu reizen, Liebes«, keuchte er, ohne jedoch seine Hand zu bewegen.

Ihre Antwort war ein Lächeln, sie ging zum nächsten Finger über, knabberte und saugte daran.

Sein Knurren brachte sie zum Kichern. Ein Kichern, das ihr rasch im Hals stecken blieb, als er sich auf ihr bewegte, mit der Zunge seitlich an ihrer Brust entlangfuhr, bevor er ihre Brustwarze in den Mund nahm. Seine Zunge wirbelte darum herum, und dann begann er zu nuckeln, eine genaue Nachahmung dessen, was sie mit ihm gemacht hatte. Jeder Nerv in ihrem Körper begann zu prickeln.

»Ohh«, seufzte sie. Es war unglaublich schön. Er fuhr mit der anderen Brust fort, wiederholte den Prozess, während sie spürte, wie sich tief in ihrem Innern Verlangen aufbaute.

Er glitt mit den Händen an ihren Seiten entlang zu ihren Hüften, dann weiter nach unten, packte ihre Oberschenkel und hob sie an, während er seinen Körper über sie gleiten ließ.

Sie verschränkte ihre Beine hinter seinem Rücken und wunderte sich, wie perfekt er sich ihrem Körper anpasste.

»Sarah«, flüsterte er, und sie schaute ihm in die Augen, so dunkel, dass sie schon dachte, sich darin spiegeln zu können.

Er küsste sie, weich und zärtlich, immer und immer wieder, während er langsam seine angeschwollene Spitze gegen ihre sensibilisierte Öffnung stieß, sie streichelte und das Verlangen in ihr verstärkte.

»Sarah«, hauchte er an ihrer Haut, fuhr ihr mit der Zungenspitze um das Ohr, nuckelte am Ohrläppchen, während er sich ein wenig in ihre Öffnung schob.

Er hielt inne, verhielt sich still und bewegte sich nicht weiter.

Sie packte seine Schulter, versuchte, sich gegen ihn zu schieben, aber er hielt sie fest.

»Geduld, Liebes. Wir kommen dahin.« Obwohl seine Worte ruhig waren, klang seine Stimme angespannt.

»Keine Geduld«, keuchte sie. *Jetzt jetzt jetzt jetzt jetzt!*, schrie ihr Gehirn.

Er lachte leise in sich hinein und schob sich noch ein Stückchen weiter vor, bis er sich wieder zurückzog.

Sie schnappte nach Luft, grub ihre Finger in seine Arme.

Als er das nächste Mal in sie eindrang, glitt er weiter hinein, bevor er sich wieder zurückzog.

Sie stöhnte auf, der Verlust war zu groß.

Als er wieder eindrang, schob er seine Hände unter ihren Po, zog sie an sich und tauchte tief in ihren Körper ein. Er hielt still, atmete schwer, während er sie festhielt und ihr Gesicht mit kleinen Küssen überschüttete, über ihre Augenlider und wieder zurück auf ihre Lippe.

Sie bebte vor Wonne.

Er zog sich zurück, aber jetzt nur ein Stück, und stieß dann wieder in sie.

Sie schloss die Beine fest um ihn, hob sich an, um seinem nächsten Stoß zu begegnen.

Er wurde schneller, gleichsam als Reaktion auf die Raserei, die sich in ihr aufbaute. Immer und immer wieder, bis die Anspannung an einen Bruchpunkt gelangte. Und als es so weit war, als alle kleinen Muskeln in ihrem Körper sich um ihn klammerten und festhielten, sie in eine ekstatische Höhe führten, in der sie noch nie gewesen war, hörte sie ihn wieder flüstern.

»Meine Sarah.«

Dann fand er seine Erleichterung und brach neben ihr zusammen, zog sie fest an sich, küsste ihr noch immer feuchtes Haar, während sie das Gesicht an seiner Brust barg.

Nie, nicht ein einziges Mal in seinem Leben hatte er etwas erlebt, das auch nur im Entferntesten ähnlich gewesen wäre.

Ian drückte die Frau in seinen Armen noch fester an sich.

Er zweifelte nicht mehr. Sie war für ihn bestimmt. Er sollte sie lieben, ehren und beschützen.

Ihr Schutz stand für ihn an oberster Stelle. Er würde sie mit zurück nach Thistle Down nehmen, wo sie in Sicherheit wäre. Dann würde er herausfinden, was er als Nächstes zu tun hatte, wie er mit dieser Entdeckung umgehen würde.

»Sarah?«

»Hm?«

Ihr kleines Geräusch und die zufriedene Miene erfüllten ihn mit Freude, Siegesrausch erfasste ihn.

»Wir müssen packen, Liebes, und uns auf den Weg machen.« Er richtete sich auf und zog sie mit hoch. Sie lächelte ihn an, und er war kurz davor, sie wieder nach unten zu drücken.

Stattdessen stand er auf. »Ich werde duschen, während

du deinen Kaffee trinkst. Dann lade ich unsere Sachen ins Auto, und wir verschwinden.«

»Okay.« Sie reckte sich und schob die Beine über die Bettkante. »Dann können wir unterwegs noch anhalten und uns von Will verabschieden.«

»Nein.« Servans konnte noch immer dort sein, und er wollte sie nicht wieder in die Nähe dieser Bestie von einem Nuadianer lassen.

»Wie bitte?« Sie war verwirrt.

»Ich sagte Nein. Ich setze dich nie wieder diesem Mann aus.«

»Du meinst Servans?« Sie verstummte, schloss die Augen und begann zu lächeln. »Er muss weg sein. Ich kann es spüren. Jetzt ist es für mich absolut sicher.«

»Das Risiko gehe ich nicht ein.«

»Ian. Auch ich will diesem Mann nicht wieder über den Weg laufen. Ich würde nicht hingehen, wenn ich glaubte, dass er womöglich noch da wäre. Aber er ist fort. Ich habe es dir gesagt. Ich würde das Böse spüren, wenn er noch da wäre. Im Übrigen haben wir es Will versprochen.«

Vielleicht hatte sie recht, aber das spielte keine Rolle. Er musste sie jetzt beschützen. »Nein. Will muss sich mit unserer Planänderung abfinden. Ich verbiete dir, dieses Haus hier allein zu verlassen.«

»Du tust *was*?«

»Du wartest einfach hier, Liebes, bis ich geduscht habe. Ohne mich wirst du keinen Schritt vor die Tür setzen.«

Sie sagte nichts, daher beugte er sich vor und drückte ihr einen Kuss auf die feuchten Locken, bevor er ins Bad ging und das Wasser aufdrehte.

Manchmal war es auf die altmodische Art am besten. Schon möglich, dass sie jetzt wütend auf ihn war, aber das würde sich wieder legen. Er würde alles tun, damit sie nicht zu Schaden kam. Alles. Sogar das Risiko eingehen, dass sie eine Weile sauer auf ihn wäre.

Er kann mir doch nicht sagen, was ich zu tun oder zu lassen habe!

Sarah trat hinaus auf den Rasen und schlenderte zum Haupthaus hinüber. Im Lauf der letzten drei Tage hatte Ian sie zwar mehr als ein Mal vor bitterer Demütigung bewahrt, und sie hatten gerade eine gemeinsame Erfahrung gemacht, die sie noch immer kaum glauben konnte, aber sie würde nicht zulassen, dass er – oder jemand anders – sie so herumkommandierte. Ihr sagte, sie dürfe das Nebenhaus nicht allein verlassen.

»›Du wartest hier‹«, äffte sie ihn in einem falschen Bariton nach und rümpfte angewidert die Nase. »›Ohne mich wirst du keinen Schritt vor die Tür setzen‹. Nun, das glaube ich nicht. Ich werde heute weder von dir noch von einem anderen Befehle entgegennehmen. Und ich glaube nicht, dass du daran etwas ändern kannst«, murmelte sie, blickte aber über die Schulter zum Nebenhaus und beschleunigte gleichzeitig ihre Schritte.

Verwirrt schüttelte sie den Kopf. Alles war so schön gewesen, und dann hatte er sich plötzlich in diesen Chauvi aus einer anderen Zeit verwandelt, der sie herumkommandierte, als habe er das Recht dazu.

Das kam nicht in Frage. Sie hatte Will etwas versprochen und wollte es unbedingt halten.

Als sie an der Haustür war, hob sie gerade die Hand, um zu klopfen, als die Tür schon aufging, und sie wieder einmal direkt vor Ramos Servans stand, Nase an Brust. Diesmal steckte besagte Brust in einem weißen Polo-Shirt.

»Sarah«, sagte er hocherfreut. Er nahm sie am Arm und zog sie an sich. »Ich war krank vor Sorge um Sie. Niemand hier wollte mir etwas über Ihren Zustand sagen, nachdem McCullough Sie gestern Abend weggebracht hatte.«

Sie erstarrte, nicht ganz sicher, was sie erwidern sollte. Keine unbedeckte Haut an ihren Armen, Gott sei Dank. Sie entspannte sich ein wenig.

Er hielt sie auf Armeslänge von sich und betrachtete ihr Gesicht. »Ich kann keine schlimmen Folgen Ihrer kleinen Ohnmacht ausmachen. Eigentlich sehen Sie heute Morgen ziemlich gut aus.«

»Mir geht es auch gut heute, vielen Dank.«

Er grinste. »Ja. Ja, Ihnen geht es *wirklich* gut.« Das Grinsen wurde spekulativ. »Die Frage ist …«

Er unterbrach seinen Kommentar, um sie erneut an sich zu ziehen, und näherte sich ihren Lippen. Als sie den Mund öffnete, um vor Überraschung nach Luft zu schnappen, nutzte der die Situation aus, seine Zunge schoss rasch hinein und umspielte ihre.

Er ließ sie los. »Ja. Das beantwortet meine Frage. Bis später, Sarah.« Er bückte sich, hob den Koffer an, der ihr vorher nicht aufgefallen war, und ging an ihr vorbei.

Gedankenfetzen jagten ihr durch den Kopf, die alle mit den Worten begannen *Was zum Teufel …?*, die sie jedoch nicht weiter verbalisieren konnte.

»Welche Frage?« Sie lernte rasch, dass das, was neuerdings über ihre Lippen kam, nur wenig damit zu tun hatte, was gleichzeitig in ihrem Kopf vorging.

Eine weiße Limousine bog in die Auffahrt, ein Mann in Uniform sprang heraus und öffnete die Tür, bevor er den Koffer nahm. Ramos drehte sich zu ihr um, noch immer breit grinsend.

»Ich habe mich bloß gefragt, ob du so gut schmeckst, wie du aussiehst und dich anfühlst.« Er winkte ihr kurz zu, während er in den Wagen stieg, lehnte sich aber in letzter Minute noch einmal hinaus. »Übrigens ist es so.«

Sarah stand da, die Hände in die Hüften gestemmt, und sah dem Wagen nach.

Wenn sie alle ungewöhnlichen Ereignisse, die ihr im ganzen Leben zugestoßen waren, zusammennahm, bezweifelte sie, dass es reichen würde, um allem, was sie seit ihrer Landung in Glasgow erlebt hatte, auch nur annähernd gleichzukommen.

Nachdem sie über dreißig Jahre lang jede einzelne Empfindung eines jeden Menschen gespürt hatte, mit dem sie körperlich in Kontakt kam, hatte sich plötzlich alles, womit sie inzwischen rechnete, ins Gegenteil verkehrt.

Seit ihrer Ankunft war sie über so viele Menschen gestolpert, deren Berührung mit keiner zu vergleichen war, die sie zuvor erfahren hatte. Angefangen beim allumfassenden Bösen in Reynard Servans bis hin zu der reinen Güte von Dallyn. Jetzt konnte sie Ramos Servans der Liste ungewöhnlicher Begegnungen hinzufügen.

Kopfschüttelnd drehte sie sich um und schaute in zwei durchdringende blaue Augen.

»Genau der, den ich sehen wollte.« Sie streckte eine

Hand aus und zerzauste Wills ohnehin strubbelige blonde Haare.

»Du solltest bei Onkel Ian sein. Wo ist er?« Er blickte sie vorwurfsvoll an, ergriff ihre Hand und zog sie durch das Foyer, einen Flur entlang, auf die Rückseite des Hauses.

»Er duscht.« Wieso vermittelte ihr dieser Junge ständig das Gefühl, sie sei bei ihren Begegnungen das Kind?

Sie kamen in die Küche, und Will nahm sie mit an einen kleinen Tisch, auf dem zwei Schalen bereits mit Müsli gefüllt waren. Dazwischen stand ein Milchkrug.

»Er wird wütend auf dich sein.« Der Junge nahm kopfschüttelnd Platz. »Iss dein Frühstück.«

»Das ist für mich?«

Er nickte. »Ich wusste, dass du kommst.«

»Tatsächlich?« Sie setzte sich und griff nach der Milch. »Ich dachte, du hättest gesagt, dass wir ähnlich sind. Ich weiß nicht im Voraus, was passieren wird. Wie kommt es, dass du es kannst?«

»Ich weiß auch nicht, was passiert, bevor es eintritt. Aber ich weiß, wie du dich anfühlst, und ich habe gespürt, dass du näher kommst.«

Warum sollte sie dagegen ankämpfen? Will hatte mehr unwahrscheinliche Antworten auf ihre unwahrscheinlichen Fragen, als jeder andere, den sie kannte. Sie beschloss, dass sie ihm vielleicht zuhören sollte.

Will lächelte und schenkte ihr den klassischen Blick eines kleinen Jungen – er verdrehte die Augen. »Ich habe gesagt, du bist dasselbe wie ich, Sarah, nicht so ähnlich. Deine Mommy und dein Daddy haben dir keine von den Geschichten erzählt, stimmt's?«

»Nein, Schätzchen, ganz bestimmt nicht.«

»Wir alle sind nicht genau gleich. Das hängt von den Gaben ab, die wir haben. Verstehst du, am Anfang, als Feen und Menschen auf unserer Welt zusammenlebten, waren die Feen sehr mächtig. Sie alle besaßen ganz viele unterschiedliche Gaben. Aber nach dem Großen Bann funktionierten die nicht mehr so auf der Welt. Und da wir nur ein *wenig* Feenblut in uns haben, besitzen wir nur einen kleinen Teil ihrer Gaben.«

Das Kauen auf knackigem Müsli war das einzige Geräusch in der Küche, während Sarah darüber nachdachte.

»Was ist der Große Bann?« Sie nahm noch einen großen Happen und wartete, bis ihr Lehrer den Mund leer gegessen hatte.

»Ist doch klar. Das hat die Erdmutter gemacht, um die Kämpfe auf unserer Welt zu beenden.«

»Auf unserer Welt wird noch immer viel gekämpft, Kleiner.«

Er verdrehte erneut die Augen. »Ja, aber das sind nur Sterbliche.« Er nahm noch einen Happen, und Sarah fasste sich in Geduld. »Das war wirklich schlimm damals, und die Sterblichen kamen am schlechtesten weg. Überlege doch mal. Die Fae waren stärker, klüger und hatten die ganzen besonderen Fähigkeiten. Sterbliche hatten keine Chance. Daher richtete es die Erdmutter so ein, dass die Fae nicht kämpfen konnten, wenn sie auf der Sterblichen Ebene waren. Mann, mein Dad sagt, das hat die Nuadianer richtig wütend gemacht.« Er lachte, wischte sich einen Tropfen Milch vom Kinn und nahm noch einen Bissen.

»Wer sind die Nuadianer?«

Wills Augen wurden sehr groß, und im ersten Moment befürchtete sie schon, er habe versucht, einen zu großen Bissen zu schlucken. Schließlich antwortete er.

»Das sind die Bösewichte. Die richtig Bösen. Sie sind Fae, die im Feenreich alles durcheinandergebracht haben, als sie versuchten, die Macht zu übernehmen. Daher wurden sie rausgeschmissen. Deshalb hat es die ganzen Kämpfe gegeben, denen die Erdmutter Einhalt gebieten musste. Sie haben sich einen neuen Namen gegeben, als sie hier auf die Sterbliche Ebene kamen. Nuadianer. Für Nuada von der Silbernen Hand, einem König aus dem Volk der Göttin Danu.«

»Also, lass mich noch einmal rekapitulieren, damit ich es richtig verstehe. Wir leben auf der Sterblichen Ebene, ja?«

»Genau.«

»Und die Fae sind nicht mehr hier, weil sie im Feenreich leben. Richtig?«

Will nickte und aß weiter. »Aber sie sind manchmal hier«, nuschelte er mit vollem Mund.

»Okay. Nun, wenn diese Nuadianer Fae sind, die aus dem Feenreich geworfen wurden, wo leben sie?«

Der kleine Junge zuckte mit den Schultern. »Hier, irgendwo. Sie kommen nicht durch die Pforten.«

Das Frühstück wurde schweigend beendet, während Sarah überlegte, wer von ihnen beiden besser Geschichten erzählen konnte. Sie möchte zwar eine Romanautorin sein, aber das Kind, das ihr am Tisch gegenüber saß, schlug sie um Längen, wenn es um Vorstellungskraft ging. In dem kleinen Kopf hatte er eine erstaunliche Phantasiewelt eingerichtet.

Sie dachte auch über ihre eigenartige Reaktion auf den Jungen nach. Seine Gefühle drangen stärker zu ihr durch, als sie es je zuvor erlebt hatte. Vermutlich lag es an der Verbindung, die sie zu ihm verspürte. Eine Verbindung, die sie seinem reizenden kindlichen Wesen zuschrieb.

Sarah stand auf und zerzauste ihm wieder die Haare. »Du wirst eines Tages eine ernst zu nehmende Kraft sein, William Daniel Martin Stroud.«

»Ich weiß.« Er stellte sich auf seinen Stuhl und schlang ihr die Arme um den Hals. »Was wirst du Onkel Ian sagen?«

»Worüber?«

Sein leichtes Kopfschütteln und sein Schnalzen mit der Zunge entlockte ihr ein Lächeln, bis er ihre Frage beantwortete.

»Darüber, dass dieser Ramos dich geküsst hat.«

»Ich hatte nicht vor, ihm etwas darüber zu sagen.«

»Warum nicht?«

»Weil es nichts zu bedeuten hatte. Im Übrigen wird er es ohnehin nie erfahren.«

»Er wird.«

»Tja, und wenn schon, wieso sollte es ihm etwas ausmachen?«

»Weil ich nicht gerne teile, darum.«

Beim Klang von Ians Stimme wirbelte Sarah herum. Er stand im Türrahmen und wirkte größer, als sie ihn in Erinnerung hatte. Dabei hatte sie ihn vor einer Stunde noch gesehen.

Größer und viel, viel wütender.

Die längsten sieben Stunden ihres Lebens.

Ian hatte auf der ganzen Fahrt zurück nach Schottland keine drei Sätze gesprochen. Als sie tanken mussten, hatte er gewartet, als sie aus dem Wagen stieg und in den kleinen Laden ging, war in der Nähe geblieben, hatte aber nichts gesagt. Selbst als sie an diesem Nachmittag in Thistle Down eintrafen, hatte er ihr Gepäck schweigend ins Ferienhaus getragen und direkt hinter der Tür abgestellt. Draußen hatte er kurz gezögert, und sie hatte schon geglaubt, er würde sich umdrehen und endlich mit ihr reden, aber das war nicht der Fall gewesen. Er war ohne ein Wort gegangen.

Sarah saß an ihrem Computer, der blinkende Cursor machte sich über ihre anhaltende Unfähigkeit lustig, mit ihrer inneren Muse zu kommunizieren. In den letzten sechs Monaten war sie ja eine tolle Autorin gewesen. Nichts. Sie hatte nichts vorzuweisen.

Sie drückte auf den beleuchteten Ausschaltknopf, ohne auch nur andeutungsweise ein schlechtes Gewissen zu haben, als der Bildschirm schwarz wurde. Leo, der Computer-Guru in ihrem favorisierten Reparaturladen, hatte sie wiederholt gewarnt, wie schlecht das sei, aber die Handbewegung verlieh ihr das perverse Gefühl, alles im Griff zu haben. Schlimmstenfalls würde sie ihren Computer versemmeln. Als würde er ihr überhaupt etwas nützen. Als würde sie etwas Wichtiges vernichten. Als würde sie ihr ganzes Leben ins Chaos stürzen.

»Ha. Ich glaube, das habe ich bereits.«

Um ehrlich zu sein, konnte sie nicht begreifen, warum Ian so wütend war. Sie hatte nichts falsch gemacht. Klar, sie hatte das Nebenhaus verlassen, obwohl er es ihr untersagt hatte, aber wenn überhaupt, dann sollte sie darüber wütend sein. Nicht er. Was bildete er sich denn ein, ihr vorzuschreiben, wohin sie gehen konnte und wohin nicht?

An Ramos konnte es doch nicht liegen, oder? Es ergab keinen Sinn, dass Ian eifersüchtig war, und doch war die Bemerkung darüber, dass er nicht teilen wolle, eine seiner letzten gewesen. Selbst wenn da das Problem lag, so hatte sie Ramos nicht geküsst; er hatte sie geküsst. Und als das geschah, hatte sie … nichts gefühlt.

Buchstäblich nichts von dem Mann, als hielte er all seine Emotionen sicher unter Verschluss. Sie hatte lediglich überrascht und verwirrt darüber reagiert, dass er es gemacht hatte. Ganz bestimmt keine Verlockung gespürt. Das war ganz anders, wenn Ian sie küsste.

Wenn Ian sie küsste, fühlte es sich richtig an, als wäre sie vollständig. Eine ganze Person. Aber es hatte keinen Zweck, sich jetzt damit zu beschäftigen.

Sie erhob sich von ihrem Stuhl, ging ziellos durch das Ferienhaus und zur Hintertür hinaus. Ohne ein bestimmtes Ziel im Auge zu haben, schlenderte sie über den Rasen in die Gartenanlagen, fand den Hauptpfad und folgte ihm, bis sie schließlich an den Scheideweg kam.

Wieder verspürte sie den starken Drang, dem Abzweig zu folgen, vor dem Ian sie gewarnt hatte, aber sie wehrte sich dagegen und ging nur bis zu dem Baum, mit dem sie beinahe zusammengestoßen wäre, als sie dem Pfad zum ersten Mal gefolgt war. Sie kniete nieder, fuhr mit den Fingern über die Rinde, versuchte zu verstehen, welche Kraft sie in diese Richtung zog. Der Baum gab ihr keine Antworten.

»Vielleicht gibt es keine Antworten«, flüsterte sie und setzte sich. Den Rücken an den breiten Baumstamm geschmiegt, schloss sie die Augen. »Vielleicht rufen mich ja auch nur Wills Feen.«

»Das kann gut sein.«

Sarah riss die Augen auf, als sie seine ruhige Stimme vernahm. Ian, umrahmt vom Glanz der Sonne im Rücken, stand an ihren ausgestreckten Beinen und schaute auf sie hinab.

Sie überschattete die Augen mit einer Hand. »Ich wusste nicht, dass du hier bist. Wie hast du dich so leise an mich herangeschlichen?« Sie hatte die Augen nur kurz geschlossen.

»Ich bin nicht geschlichen. Nenn es eine Begabung … oder eine Gabe.« Er zuckte mit den Schultern und legte die Arme hinter den Rücken, was Sarah an einen Soldaten in Rührt-Euch-Stellung erinnerte. »Wir müssen reden.«

»Worüber?«

»Mach es nicht noch schwieriger, als es schon ist, Sarah.«

»Das habe ich auch nicht vor. Worüber müssen wir reden?«

Ian seufzte tief, ging in die Hocke, um mit ihr auf Augenhöhe zu sein, und ergriff ihre Hand. »Über alles, was geschehen ist. Feen und Gefühle, Gefahr und Sicherheit. Vertrauen. Wir müssen über uns reden.«

»Gibt es ein ›Wir‹, über das wir reden können?« Sie stellte die Frage, obwohl sie nicht sicher war, ob sie die Antwort hören wollte, ganz gleich, wie sie ausfallen würde.

»Ich glaube, darüber müssen wir reden.« Ein kleines, beinahe gezwungenes Lächeln huschte über sein Gesicht. Er stand auf und zog sie auf die Beine. »Henry ist heute Abend aus, um bei einer Freundin zu dinieren. Komm rüber ins Herrenhaus zum Dinner. Dann können wir reden.«

»Ich weiß nicht, Ian. Ich weiß nicht, was ich sagen soll.«

»Sag Ja.«

»Nein, ich meinte nicht das Dinner. Ich meinte …«

»Ich weiß, was du meintest«, unterbrach er sie. »Aber fürs Erste sag, dass du zu mir zum Dinner kommst. Über den Rest machen wir uns heute Abend Gedanken.«

Diesmal war sein Lächeln echt. Es überwältigte und betörte sie so, dass sie es erwiderte.

»Um sieben?«

»Schön.« Wie konnte sie ihm widerstehen? »Dinner um sieben.«

Er hauchte einen Kuss auf ihren Handrücken und schritt in der Richtung davon, die *sie* nicht einschlagen sollte.

Sarah schaute ihm nach, wie er im dichten Laub verschwand, und schüttelte den Kopf. Dinner und ein Gespräch, mehr nicht. Eine Chance, reinen Tisch zu machen, damit sie wieder Freunde sein konnten.

War das wirklich alles, was sie wollte?

»Ja«, sagte sie laut in dem Versuch, den Gedanken zu bestärken. »Dinner und ein Gespräch. Basta. Kein ›Wir‹. Nur ein Dinner und ein Gespräch.«

Doch Shakespeares Zeile über die Dame, die zu viel protestiert, brodelte in ihrem Kopf, als sie wieder zurück zum Ferienhaus ging.

»Also haben wir es mit Reynard zu tun. War noch jemand bei ihm – ein anderer Fae?« Dallyn hockte auf einem Ast ein paar Fußbreit über dem Boden, den Rücken an den Stamm gelehnt.

Ian schritt vor der Pforte auf und ab. »Niemand außer Ramos, obwohl der nicht vollblütig ist. Vorher war noch ein anderer Fae da. Hat uns ausspioniert, glaube ich.«

Dallyn überlegte. »Hast du irgendeine Idee, wer es hätte sein können?«

»Er tritt unter dem Namen Flynn O'Dannan auf. Wieso?«

»Aha. Flynn.« Dallyn nickte, als wolle er sich selbst etwas bestätigen, und entspannte sich wieder. »Nur so. Und Reynard war noch in Glaston House, als du gefahren bist?«

»Nein, er war schon fort. Offenbar hat er das Anwesen gleich nach Sarahs Zusammenbruch verlassen, als Danny und ich noch im Nebenhaus waren.«

»Warum hast du dich nicht auf der Stelle mit ihm beschäftigt, als es passierte?«

»Ich glaube, die Antwort darauf ist dir bekannt. Es gab zu viele unschuldige Zuschauer.«

»Und du musstest dich um Sarah kümmern.« Dallyn schwang sich vom Ast und baute sich vor Ian auf.

»Glaube nicht, du kannst dich bei mir darüber beschweren. Du hast sie unter meinen Schutz gestellt. Du hast darauf bestanden, dass ich sie mitnehme und diesem abscheulichen Horror aussetze.« Er schüttelte den Kopf und begann, wieder auf und ab zu gehen. »Ich hätte mich von Anfang an weigern sollen. Ich hätte sie hierlassen sollen.«

»Und was hättest du gemacht, wenn er hierher gekommen wäre, während du in Glaston House warst und sie hier allein, ungeschützt?«

»Sie wäre hier in Sicherheit gewesen.«

Dallyn lachte kurz und humorlos auf. »Mach dir nichts vor, junger Ian. Du begehst einen schwerwiegenden Fehler, wenn du glaubst, ein so mächtiger Fae wie Reynard könnte deine Abwehr nicht umgehen.«

»Nein.« Ian spürte die beabsichtigte scharfe Zurechtweisung in Dallyns Worten, doch er wollte nicht klein beigeben. »Nein. Der einzige Fehler, den ich begangen habe, war, Sarah in Gefahr zu bringen. Das mache ich nie wieder, General.«

Dallyn ging auf die Pforte zu, blieb stehen und schaute zurück, bevor er hindurchging. »Überlege gut, was du tust. Jede kleine Bewegung im Teich verursacht Wellen, jede Welle hat weitreichende Folgen.«

Ian schüttelte den Kopf, kehrte Dallyn den Rücken zu und ging über den Pfad zum Herrenhaus zurück.

»Wir sprechen morgen darüber, Ian.«

Er hörte Dallyn, drehte sich aber nicht um, nahm den Kommentar nicht zur Kenntnis und setzte wütend seinen Weg fort.

Teiche und Wellen und Folgen.

Sie alle sprachen in Rätseln. Je wichtiger die Botschaft, desto größer das Rätsel. Selbst nach all den Jahren ärgerte er sich, dass er noch keinen vollblütigen Fae getroffen hatte, der einfach nur Klartext redete.

»Verzeihung?«

Ian hatte sie über den Esstisch direkt angeschaut und zugesehen, wie sich ihre köstlichen rosa Lippen bewegten. Leider hatte er keine Ahnung, welche Wörter sie hervorgebracht hatten. Er hatte sie während des Dinners unentwegt beobachtet, derart eingenommen von Sarahs Anblick und Geruch, dass er nicht essen konnte. Er hatte kein Verlangen nach der vor ihm stehenden Mahlzeit, nur nach der Frau, die ihm gegenübersaß.

Sie trug dasselbe helle, hauchdünne Kleid wie an dem Morgen, als er sie heimlich im Garten beobachtet hatte. Selbst jetzt wurde ihm bei dem Gedanken daran, wie sie ausgesehen hatte, als die ersten Sonnenstrahlen sie umfingen, die leichte Brise das Kleid an ihren Körper drückte, ganz warm, und sein Körper erwachte zum Leben.

»Ich habe dich gefragt, ob du deine Meinung über unser Gespräch geändert hast? Du warst den ganzen Abend erstaunlich still für jemanden, der reden wollte … über alles.«

Er verkniff sich ein Lächeln angesichts ihrer sorgsam gewählten Worte. Während des Dinners hatte keine große Unterhaltung stattgefunden. Er hatte festgestellt, dass er sich eigenartig zurückhielt, da Martha sie bediente und dann nur durch die Tür zwischen Esszimmer und Küche von ihnen getrennt war. Kurz zuvor hatte sie abgeräumt, und sie entspannten sich beim Wein.

»Tut mir leid. Ich glaube, ein wenig mehr Privatsphäre wäre in Ordnung.« Er warf einen vielsagenden Blick auf die Küchentür, und als er sich Sarah wieder zuwandte, sah er, dass sie in dieselbe Richtung schaute.

»Einverstanden.«

»Ich weiß«, sagte er und erhob sich. »Nimm dein Glas und komm mit.« Er nahm sein Glas und die Weinflasche in eine Hand und ergriff Sarahs Hand mit der anderen.

Er führte sie durch eine Hintertür in den Garten, über einen Pfad zu einer Gartenlaube, die mit Rosen überrankt war. Sie zogen den Kopf ein und betraten die Laube, in der sich eine Bank an den Wänden entlangzog. Ein kleiner Tisch stand in der Mitte, und an den Deckenbalken darüber hing eine Lampe.

Nachdem er die Flasche und sein Glas auf dem Tisch abgestellt hatte, hob Ian eins der üppigen Polster an, mit denen die Bank bedeckt war, und legte eine verborgene Schublade frei. Er holte eine Streichholzschachtel heraus und zog die Lampe herunter, um die Kerzen darin anzuzünden.

»Endlich allein.«

Lächelnd sah er zu, wie sie eine Sandale abstreifte, damit sie ein Bein unterschlagen konnte, als sie sich setzte. Das hauchdünne Gewand legte sich um sie, und als er sich neben sie setzte, bemerkte er zum ersten Mal winzige Fäden im Stoff, die den Kerzenglanz reflektierten.

Er füllte ihre Gläser und lehnte sich ans Polster, noch immer unentschieden, wie viel er ihr sagen sollte. Auf jeden Fall genug, um ihre Sicherheit zu gewährleisten, aber wie viel wäre genug? Er wollte nicht zu weit gehen. Zu viel könnte überwältigend sein, und sie würde ihm nie glauben.

Sie trank einen Schluck Wein, stellte dann das Glas auf den Tisch und wandte sich an ihn. »Wo möchtest du anfangen?«

Die Zeit, seine Rede zu planen, war abgelaufen.

»Wann hast du zum ersten Mal gespürt, was Menschen empfinden?«

Sie holte tief Luft und schlang die Arme um ihre Taille,

die schützende Geste, die er so oft gesehen hatte. Sie wich zurück, ging auf Abstand und schaute ihn an. Er würde ihr zunächst einmal Raum lassen.

»Geht es darum? Um mein Gespür?«

»Nein, Liebes, das ist nur ein Teil. Ich habe dir doch gesagt, wir müssen über alles sprechen.«

Er konnte den verletzten Ausdruck in ihren Augen nicht ertragen, den Gedanken, dass er diese Verletzung verursacht hatte. Er stellte sein Glas ab, beugte sich vor, fing den Fuß ein, den sie auf dem Boden gelassen hatte, und hob ihn auf seinen Schoß, wobei er die Sandale auszog. Er begann, ihre Fußsohle mit langsamen, kreisenden Bewegungen zu massieren.

»War es zufällig, als du sieben Jahre alt wurdest?« Ruckartig hob sie den Kopf, und der wachsame Ausdruck bestätigte ihm, was er bereits vermutet hatte.

»Woher weißt du das?«, flüsterte sie kaum hörbar.

»In dem Alter treten die Gaben bei Mädchen normalerweise zutage. Mit sieben.«

»Gaben?«

»Die Gaben deiner Abstammung, Sarah. Gaben deines Blutes.«

Sie versuchte, ihm ihren Fuß zu entziehen, um sich gerade hinzusetzen, aber er war noch nicht bereit, die Kontrolle darüber aufzugeben. Außerdem wollte er den körperlichen Kotakt nicht unterbrechen. Er wollte sie berühren. Als sie die Stirn in Falten legte, konnte er kaum widerstehen, sie glatt zu streichen.

»Oh, jetzt sag bitte nicht, dass wir hier über Wills Feengestalten sprechen, oder?«

Ohne ihren Fuß loszulassen, beugte er sich vor und reichte ihr das Glas zurück, bevor er die Massage wieder aufnahm.

»Hör einfach zu und denk darüber nach, was ich dir erzähle, über ein mysteriöses Volk, dessen Geschichten in höchst unterschiedlichen Kulturen auf der ganzen Welt über Jahrhunderte hinweg weitergegeben wurden. Merkwürdig ähnliche Geschichten über mächtige Wesen, die Sterblichen nur dann erscheinen, wann und wo sie es wollen, in einer Vielzahl von Gestalten und Größen. Manchmal sind sie hilfreich, manchmal gefährlich, das hängt von der Geschichte ab. In Italien heißen sie Fatua, Fées in Frankreich, Amazula in Afrika, Tylwyth Teg in Wales. Den Iren sind sie bekannt als Túatha Dé Danann, das Volk der Göttin Danu. Sie sind die Phi von Thailand, die Lele in Rumänien, die Elfen in Skandinavien. Selbst eure amerikanischen Ureinwohner haben zahlreiche Namen für diese Wesen.«

»Das sind doch bloß Märchen«, spottete sie und riss die Augen auf, als ihr klar wurde, was sie gesagt hatte.

»Ja, das sind sie, Liebes. Feenmärchen. Ein Volk, das älter ist, als man sich vorstellen kann. Obwohl sie nicht mehr bei uns leben, sind sie noch unter uns. Sie leben noch in vielen von uns.«

»Nein.« Sie schüttelte langsam den Kopf. »Das ist zu phantastisch, Ian. Schlimm genug, wenn es von einem Sechsjährigen kommt, aber du glaubst doch bestimmt nicht an diese Hirngespinste.«

»Nimm es zunächst einmal als gegeben an, nur um der Diskussion willen. Wir kommen später darauf zurück, ob du es glaubst.« Er hob eine Hand, um ihren Protest zu unterbinden. »Will hat dir vom großen inneren Krieg der Fae erzählt, und dass einige von ihnen verbannt wurden, ja?«

Sie nickte, noch immer sichtbar skeptisch.

»Das sind die, die für die Nachfahren der Fae gefährlich sind. Für dich.«

»Hör zu, Ian, selbst wenn ich glauben würde, dass es tatsächlich irgendwann in der Geschichte so etwas Außergewöhnliches wie Feen gegeben hat, kann ich bestimmt nicht hinnehmen, dass ich von denen abstamme. An mir ist nichts Besonderes.«

»Oh, ja«, stichelte er. »Du bist eine normale Frau, die auf Erden wandelt, Menschen berührt und alles weiß, was sie fühlen. Das kann schließlich jeder, oder?«

Sie wusste nichts zu erwidern, also antwortete er für sie.

»Nein. Das kann nicht jeder. Du bist etwas Besonderes. Du hast Feenblut in dir. Und infolgedessen bist du gefährdet, und zwar von den Bösen, die über die Sterbliche Ebene streifen, damit sie die Zerstörung fortsetzen können, die sie vor vielen Jahrhunderten begonnen haben.«

»Warum sollten die mich haben wollen? Was könnte ich schon für sie tun?«

»Du hast die Macht, die Pforten zu sehen, die sie brauchen. Mit dir könnten sie ihren Weg zurück ins Feenreich finden. Wenn das geschieht, wird das Leben, so wie wir es hier und jetzt kennen, anders.«

»Okay, wenn das stimmt, was du sagst, warum kann Will dann Dinge spüren? Sagtest du nicht, dass diese Feengaben sich bemerkbar machen, wenn man sieben ist? *Er* ist noch keine sechs.«

»Ich habe dir gesagt, sieben ist das Alter, in dem die Gaben sich *normalerweise* manifestieren. Sehr selten wird ein Kind geboren, das aus irgendeinem Grund stärkere Gaben hat. Will ist so ein Kind.«

Sie senkte den Kopf und betrachtete ihre Hände im Schoß. Er hatte das Gefühl, dass es eine Ewigkeit dauerte, bis sie wieder aufschaute. »Und woher weißt du das alles?«

»Weil ich auch ein Fae bin.«

»Du hattest mir doch gesagt, du seiest Highlander.«

»Das bin ich auch. Meine Mutter war die Tochter des Gutsherrn aus dem Clan der McCulloughs. Mein Vater war ein vollblütiger Fae.«

Sie starrte ihn ungläubig an und schüttelte den Kopf. »Du glaubst das wirklich, nicht wahr? Ich habe keine Ahnung, was ich dazu sagen soll. Und selbst wenn ich bei dieser Diskussion den Glauben außer Acht lasse, leuchtet mir immer noch nicht ein, inwiefern das etwas damit zu tun haben soll, was heute zwischen uns vorgefallen ist.«

»Es hat alles damit zu tun. Ich habe dich heute ganz und gar nicht gut behandelt. Das weiß ich, und es tut mir leid. Aber da ich dich heute Morgen in Gefahr wähnte, als ich aus der Dusche kam und du nicht mehr da warst, hatte ich Angst, Sarah. Und ich bin kein Mann, der Angst kennt oder damit umzugehen weiß.«

»Oh, Ian.« Sie zog ihren Fuß weg, kniete sich vor ihn und legte ihm eine Hand an die Wange.

Er umarmte sie und barg das Gesicht in ihren Haaren.

Erdbeeren. Sie roch nach Erdbeeren. Sein Lieblingsobst.

Das Aroma wurde schwächer, als sie sich zurückzog und ihn anschaute.

»Ich wollte dich nie in Angst versetzen. Aber ich werde nicht zulassen, dass mir jemand sagt, was ich zu tun oder zu lassen habe. Im Übrigen habe ich es dir gesagt. In Glaston House war nichts, wovor man sich fürchten musste.«

Sein Unterkiefer klappte nach unten. »Ich kann nicht glauben, dass ausgerechnet du hier sitzt und das sagst. Was ist mit dem Bösen, das du selbst gestern Abend berührt hast?«

Sie rückte noch weiter ab, die Stirn in Falten gelegt. »Ich habe heute Morgen nichts davon gespürt. Ich meine, wer weiß? Vielleicht habe ich mir das Ganze auch nur eingebildet. Einfach das Produkt dessen, was passiert ist.« Diesmal hatte sie beide Beine untergeschlagen. »Vielleicht … vielleicht die Aufregung, der Alkohol, der Stress, Brad dort anzutreffen. Das alles zusammen könnte dazu beigetragen haben. Wie eine Migräne oder so. Ich kann noch immer nicht glauben, dass so etwas real gewesen sein könnte.«

»Oh, das war es, Sarah. Sehr real. Ich für meinen Teil begreife nicht, warum du versuchst, alles, was du mit eigenen Augen gesehen hast, abzustreiten. Reynard Servans ist das personifizierte Böse. Er ist ein nuadianischer Fae. Und ich möchte, dass du versprichst, dich von ihm und seinem Bruder fernzuhalten.«

Wenn er das überhaupt ist.

»Ramos war ein perfekter Gentleman. Ich habe an ihm nichts Böses oder Schlechtes gespürt.«

»Aber an Reynard. Du musst diesem Gespür vertrauen. Ich sage dir, von diesem Mann geht eine große Gefahr für dich aus.«

»Mal ehrlich, Ian. Du kannst nicht ernsthaft von mir erwarten zu glauben, dass der Mann ein Fae ist, nur weil ich bizarr auf ihn reagiert habe.«

»Na schön. Dann will ich dir eine Frage stellen. Weißt du noch, was Reynard dir gesagt hat, woher er kommt?« Er hatte bereits mehr gesagt, als er beabsichtigt hatte, und dennoch war sie nicht überzeugt. Ebenso gut könnte er ihr mitteilen, was ihm eingefallen war, als er sich in Glaston House aufhielt.

»Aus der Schweiz. Wieso? Was hat das mit der Sache zu tun?«

»Lass mich noch kurz auf meine Geschichte von vorhin zurückkommen. Weißt du, wie man die Wesen aus der Legende in der Schweiz nennt?«

Als sie den Kopf schüttelte, beantwortete er seine Frage selbst.

»Servans. In der Schweiz heißen sie Servans.«

Sarah war noch nicht bereit, die Wahrheit zu akzeptieren. Dessen war er sich sicher. Stur klammerte sie sich an ihren Mythos von der Realität und wollte sich nicht eingestehen, dass es stimmte, was er ihr erzählte.

Wenn sie nicht bereit war hinzunehmen, dass sie und er von Feen abstammten, wie konnte er dann von ihr erwarten zu glauben, dass sie seine Seelenverwandte war? Es hatte keinen Zweck, darüber zu diskutieren. Er müsste abwarten.

Vorerst sollte er das Richtige tun. Nur war ihm zuwider, sie loszulassen.

Nach ihrem Gespräch und ihrer Zusicherung, die Servans-Brüder nicht wiederzusehen, hatten Sarah und Ian schweigend nebeneinander gesessen, ihren Wein getrunken, beide in ihren eigenen Gedanken versunken. Dann hatte er sie irgendwann an sich gezogen und in den Arm genommen. Noch immer kuschelte sie sich an ihn, im Schutz seines Körpers, den Kopf an seine Brust gelehnt. Er spürte jetzt, wie sie schauderte. Das hauchzarte Kleid, das er so faszinierend fand, war kein Schutz gegen die Kälte einer feuchten Nacht in Schottland.

Das Richtige wäre, sie zurück in ihr Ferienhaus zu bringen und sie hineingehen zu lassen, doch das würde den Verlust des Körperkontakts mit ihr bedeuten. Den Verlust ihres Wesens, das ihn umgab und ihn mit einem Gefühl einlullte … nur welchem?

Vollendung. Wenn er Sarah festhielt, war ihm, als gehörte sie dorthin, als wäre sie ein wesentlicher Bestandteil von ihm, wie sein Arm oder sein Bein … oder sein Herz. Bei dem Gedanken hämmerte es in seiner Brust.

Noch ein Schaudern, diesmal deutlicher, und sein gesunder Menschenverstand siegte über sein Verlangen.

Er würde tun, was richtig war. Wie immer. Das war seine Bestimmung. Schließlich war er ein Hüter.

»Komm, es ist kalt geworden. Ich bringe dich nach Hause.« Er hob den Arm, aber sie umschlang ihn und klammerte sich fest.

»Noch nicht. Mir ist nicht kalt.« Ihr nächstes Schaudern strafte ihre tapferen Worte Lügen.

»Sarah, Liebes, du zitterst so, dass die ganze Bank wackelt.« Er küsste sie auf den Scheitel, überschwemmte seine Sinne mit dem Duft frischer Erdbeeren. »Komm jetzt. Steh auf, Mädchen.«

Sie schüttelte den Kopf an seiner Brust und packte ihn noch fester.

»Nein, ich bin nicht bereit.«

»Nicht bereit wofür?« Fragend schaute er auf sie hinab.

»Dafür, dass der Abend schon vorbei ist. Ich will noch nicht gehen.«

Als wollte er das.

»Habe ich etwas davon gesagt, dass der Abend vorbei ist? Wir müssen dich nur nach drinnen bringen.« Ein Gedanke kam ihm. »Und wenn du ein Problem damit hast, zu gehen, dann kann ich dem abhelfen.«

Er drehte sich in ihrer Umarmung, legte seinen freien Arm unter ihre Beine und erhob sich dabei.

Nach Luft schnappend warf sie die Arme hoch und schlang sie um seinen Hals. Er versuchte nicht einmal, sein leises Lachen über ihr Quieken zu unterdrücken.

»Setz mich ab. Du kannst mich nicht den ganzen Weg zum Haus tragen. Ich bin zu schwer.«

»Du warst diejenige, die nicht gehen wollte.« Er grinste. »Im Übrigen bist du nur eine Feder, mein Schatz. Ich setze dich erst ab, wenn wir dort sind, also hör auf zu zappeln und halt dich fest.«

Sie betrachtete ihn, als wollte sie abschätzen, wie ernst er es meinte, bevor sie den Kopf an seine Schulter legte. Mit jedem Atemzug bewegte ein kleiner Luftstoß die Haare an seinem Hals, was ein Prickeln in seinem ganzen Körper auslöste und tief im Innern heftiges Verlangen weckte.

Er blieb vor der Tür stehen und verlagerte ihr Gewicht, während er an der Klinke herumfummelte. Sarah hob den Kopf.

»Meine Sandalen. Ich habe sie in der Gartenlaube gelassen.«

»Ich bringe dir deine Schuhe morgen vorbei. Mach dir keine Sorgen darum.«

Drinnen trat er die Tür mit dem Fuß zu, bevor er sich vorbeugte, um Sarah auf den Boden zu stellen. Ihre Arme blieben um seinen Hals, als er sich aufrichtete und sie somit an sich zog. Automatisch legten sich seine Arme um sie.

Die Zeit stand still, als er suchend in ihre offenen, empfangenden Augen schaute.

»Gibt es ein ›Wir‹, Ian?«

Daraufhin legte er die Hände an ihre Wangen, umschloss ihr Gesicht. Seine Finger bewegten sich ohne sein Zutun hinauf in die seidigen Locken. Er rieb die Strähnen zwischen den Fingern, betrachtete ihren Mund, die schnelle, nervöse Bewegung ihrer Zunge, die über ihre Lippen fuhr.

Nur eine Kostprobe. Er könnte immer noch tun, was richtig war und seiner Bestimmung folgen.

Er senkte den Kopf und knabberte an ihren Lippen, auf die er den ganzen Abend sehnsüchtig gewartet hatte. Sie waren genauso befriedigend, wie er sie in Erinnerung hatte. Bei der leisesten Berührung durch seine Zunge gingen sie auseinander und erlaubten ihm vollen Zugang. Er schmeckte den Wein, den sie zusammen getrunken hatten, um einiges besser jetzt, wenn er ihn auf diese Weise genießen konnte. Darüber hinaus schmeckte er Sarah. Kostete sie.

Es reichte nicht. Er wollte mehr.

Er legte eine Spur von Küssen über die cremige Weichheit ihres Halses, hielt inne, um an den angespannten Muskeln dort zu knabbern, denen er dann bis zu ihren Schultern folgte. Seine Finger glitten an den runden Halsausschnitt ihres dünnen Kleides. Er schob es hinunter, und der Stoff gab bereitwillig nach, glitt an ihren Schultern herab und legte noch mehr Haut frei, die er wollte, brauchte.

Er fuhr mit den Lippen an einer Schulter entlang, als ihm die Luft wegblieb.

Auch Sarah war nicht untätig. Er hatte nicht gemerkt, dass sie die Arme von seinem Hals gelöst und mit ihren zarten Händen unter sein Hemd gefahren war, doch als ihre Finger an seiner Brust hinaufglitten, durchlief ihn ein Schaudern, und die Haare auf seinem Körper stellten sich mit der Gänsehaut auf.

Wobei die Haare nicht das Einzige waren, was sich aufgerichtet hatte.

Sie stöhnte, und er verzog den Mund an der weichen Haut ihrer Schulter zu einem Lächeln. An dem Punkt waren sie schon gewesen. Er wusste, was sie wollte, aber sie musste es laut sagen.

»Was, Sarah? Was willst du?«

»Würdest du etwas für mich tun?« Ihr Finger krallten sich in seine Haut, als saugte sie förmlich sein Gewebe auf.

»Sag es, Liebes. Alles, was du willst.«

»Zieh dein Hemd für mich aus, Ian. Nur das«, flüsterte sie.

»Wird gemacht.« Er streifte das Hemd über den Kopf, warf es beiseite, und legte seine Hände sofort wieder auf ihre Schultern.

»Aber Vorsicht, Liebes, wie heißt es doch, eins kommt zum anderen.« Sanft schob er den elastischen Halsausschnitt wieder hinunter und schickte ein rasches Dankgebet an die genialen Sterblichen, die das dehnbare Wunder erfunden hatten, als der Stoff leicht an ihren Armen herabglitt.

Sie löste ihre Hände nur so lange von seiner Brust, um sie aus den Ärmeln zu ziehen, dann waren sie wieder auf seinem Rücken, streichelten, erforschten.

Noch ein Schubs, und die Öffnung wurde größer, rutschte weiter bis an ihre Taille. Seine Hände folgten dem Stoff und strichen anerkennend über die weiche, bloße Haut, die er dort fand. Ein letzter Anstoß, und das Kleid fiel über die Rundung ihrer Hüften zu Boden und bauschte sich zu ihren Füßen.

»Das muss das ›andere‹ gewesen sein, vor dem du mich gewarnt hast«, raunte sie ihm zu.

Eine witzige Retourkutsche kam ihm in den Sinn, verflüchtigte sich aber vollends, als ihre Zunge über seine Brustwarze strich. Ein, zwei Mal, bevor sie sich dort einnisteten, entzündeten winzig kleine Schnipser ein Feuer in seinem Körper, in seiner Seele.

Auf einmal hatte er vergessen, wie man atmete.

Wieder an ihrer Schulter, knabberte er weiter. Ein BH-Träger hinderte ihn am Weiterkommen, und er packte ihn mit den Zähnen, da seine Hände zu sehr damit beschäftigt waren, das freigelegte Terrain in Sarahs Kreuz zu erkunden. Ein weicher, makelloser Bereich über dem Spitzenslip, der ihren perfekten, herzförmigen Po bedeckte.

Er zog den Träger von ihrer Schulter und fuhr mit der

Zunge über die Stelle, an der er aufgelegen hatte. Seine Hände schoben sich nach oben und trafen auf den Stoff, der sich über ihren Rücken spannte, weich und nahtlos, während seine Finger darüberstrichen. Er schob sie von sich.

Ah, wie er es sich gedacht hatte. Verschluss vorne.

Er senkte den Kopf an ihre Brust, ließ die Hände an ihrem Rücken hinabgleiten, umschloss den perfekten Po und zog sie an sich. Ein kurzes Lutschen durch den Stoff ihres BH, und ihre Hände auf seinem Rücken hielten inne. Ein zweites Mal, und sie schnappte nach Luft. Mit den Zähnen öffnete er den Verschluss und befreite die schönsten Brüste, die er je gesehen hatte. Sein Mund streifte über die eine, seine Zunge liebkoste sie mit derselben Sorgfalt, die sie ihm erwiesen hatte. Sie stöhnte und glitt mit den Fingern in seinen Hosenbund, immer tiefer, eine Feuerspur hinterlassend.

Zum Teufel mit dem Richtigen.

Das hier war seine Bestimmung. Sarah war seine Bestimmung.

Er legte beide Arme hinter ihre Beine, richtete sich auf und hob sie zum zweiten Mal an diesem Abend vom Boden. Er machte sich auf den Weg zum Schlafzimmer, blieb aber vor der Tür stehen.

»*Das* ist das ›andere‹, vor dem ich dich gewarnt habe.« Er fing ihren Blick ein auf der Suche nach einer Andeutung von Zaudern. »Wir müssen es nicht tun, wenn du es nicht willst.« Er war sich nicht sicher, ob er es überleben würde, wenn sie ihm Einhalt gebot, aber er musste es wissen nach allem, was an diesem Tag zwischen ihnen gewesen war.

Wenn sie nicht bereit war, ihre Abstammung anzunehmen, könnte sie auch nicht bereit sein, ihn zu akzeptieren. Er musste ihr die Möglichkeit einer Wahl lassen.

»Nein, ich will es auch.«

Er trug sie ans Bett und ließ sie sanft ab. Er setzte sich neben sie, zog seine Schuhe und Socken aus, wobei seine Nerven Funken sprühend zum Leben erwachten. Dann stand er auf und fummelte an seiner Gürtelschnalle. Seine Hände hielten inne, als er Sarah dort liegen sah, wie sie ihm zusah, ihre schrägen grünen Augen vor Verlangen verschleiert.

Seine Feengöttin.

Er wollte, dass es für sie besser war, als alles, was sie je erlebt, sich jemals vorgestellt hatte, und plötzlich war er nervös wie vor dem ersten Mal.

Sie rutschte an den Bettrand und kam auf die Knie. Sie griff nach seinem Gürtel und öffnete die Schnalle mit zitternden Händen, hielt am Reißverschluss aber inne.

»Den Teil möchtest du übernehmen, nicht wahr?«

Er zog den Reißverschluss auf, befreite sich von der Hose und sah, wie ihre Augen sich weiteten.

»Hast du ein Problem?«

Sie schüttelte den Kopf. Sie streckte einen Finger nach ihm aus, zögerte, zog ihn dann wieder zurück und legte die Hand in den Schoß.

»Wow, das ist ziemlich beeindruckend, wenn man sich Zeit nimmt, hinzusehen.«

Ian lachte. Seine Nervosität war ebenso rasch verflogen, wie sie gekommen war. Er trat aus seiner Hose und stieg auf das Bett, bedeckte Sarah mit seinem Körper.

Er fuhr mit einer Hand über ihren Bauch, hielt an der Schranke ihres Spitzenslips an. Erneut suchte er ihren Blick. Die Erregung, die er dort sah, spiegelte seine eigene wider.

»Der ist ziemlich schön«, sagte er und fuhr mit der Spitze des Zeigefingers über den Rüschenbund. Er war entzückt über die Gänsehaut, die unter seinem Finger entstand, als sie auf seine Berührung reagierte. Er schob die Barriere an ihren Beinen hinunter und warf sie quer durch den Raum.

»Aber nicht halb so schön wie das, was du unter der Spitze verbirgst.«

Hitze stieg ihr sichtbar ins Gesicht und breitete sich über ihren Hals aus. Er betrachtete es eine Weile, bevor er dem Verlangen nachkam, sein Gesicht in dieser Hitze zu bergen und ihr Fortschreiten mit der Zunge zu verfolgen.

Aufgehend in ihrer Weichheit ließ er die Rötung hinter sich, suchte er sich seinen Weg an ihrem Körper hinunter, hielt jeweils an einer perfekten Brust an, liebkoste und saugte, bis ihr Atem in raschen, kleinen Stößen kam.

Weiter unten an ihrem blassen, flachen Bauch rieb er das Kinn an ihrer weichen Haut, genoss die Beschaffenheit und den Duft. Der Geruch ihrer Haut berauschte ihn.

Er arbeitete sich weiter vor, knabberte und schmeckte, bis er an ihrem weichen, zarten Schenkel war. Auf ihrer Haut hinterließ er mit seiner heißen Zunge eine feuchte Spur, bevor er den Kopf hob und zärtlich die Luft ausstieß, wobei er spürte, wie sie unter seinen Händen schauderte.

Sarah schnappte nach Luft, als er den Kopf drehte und seinen warmen Atem über einen weiteren Körperteil blies.

»Nein, warte«, keuchte sie. »Du musst nicht …«

»O doch.« Er brauchte es, musste jedes intime Detail ihres Körpers kennenlernen.

Ihre Hände ballten sich in dem Laken zu Fäusten, als kämpfte sie gegen die Empfindungen, die er in ihr wachrief, aber sie presste sich an ihn, ihr unwillkürliches, lustvolles Stöhnen erregte jede Faser seines Wesens. Er wollte mehr, wollte sie über den Rand des Abgrunds schicken, an dem sie sich festhielt.

Er streichelte die Innenseite ihres Schenkels, drang mit den Fingern in ihre warmen Tiefen vor, während er ihren sensiblen Punkt mit der Zungenspitze quälte.

Sie schrie seinen Namen, ihr Körper wölbte sich ihm entgegen, als er die Muskelzuckungen um seinen Finger spürte.

Er glitt an ihrem Körper hoch, bedeckte ihre keuchenden Atemzüge mit dem Mund, knabberte an ihren Lippen, fing ihre Zunge mit seiner ein.

Er rutschte in die Mitte, drang in sie ein, tiefer und immer tiefer, während sie die Beine um ihn schlang und ihm bei jedem Stoß entgegenkam.

Immer mehr, bis sie zum zweiten Mal zum Höhepunkt kam und um ihn herum zerschellte wie eine wilde Meereswoge am Strand.

Blonde Locken klebten an ihrem schweißnassen Gesicht, und er strich sie zurück.

Flatternd schlug sie die Augenlider auf, und die Leidenschaft, die er in ihrem Blick sah, entflammte sein Verlangen nach ihr.

Er drang noch einmal in sie ein, langsam zunächst, dann immer schneller und fester, wozu sie ihn drängte, bis er sich schließlich seiner Ekstase überließ und sie noch einmal mit sich nahm.

Sie lag in seinen Armen, an ihn gekuschelt, während er ihr Gesicht, ihre Augen, ihren Mund küsste.

Das war es, was er wollte. Sie befriedigt sehen. Anspruch auf sie erheben. Wissen, dass sie zu ihm gehörte.

Was auch immer nötig war, er würde sich etwas ausdenken, eine Möglichkeit finden, die beiden Hälften seines Lebens zusammenzuführen.

18

Jeder einzelne Muskel in Sarahs Körper schmerzte. Bei den vielen winzigen, glühend heißen Empfindungen war sie sicher, dass sie kleine Verbrennungen an allen möglichen Stellen entdecken würde, verursacht durch Ians Bartstoppeln.

So gut hatte sie sich im ganzen Leben nicht gefühlt. Nie. Basta.

Sie lag ganz still, genoss den Rhythmus seiner langsamen, gleichmäßigen Atemzüge.

Seine Hand lag besitzergreifend auf ihrem Bauch, sie schmiegte sich mit dem Rücken an seine Vorderseite. Jeden Atemzug spürte sie auf ihrem Kopf. Das musste der Himmel sein.

Sie streckte sich langsam, wand sich aus Ians Griff und schlüpfte aus dem Bett. Sie drehte sich um und warf einen letzten Blick auf ihn, bevor sie das Zimmer verließ. Er war unglaublich, selbst im schwachen Mondlicht, das durch ihre Vorhänge drang. Egal, wenn er meinte, von Feen abzustammen. Gab es nicht genug Menschen, die glaubten, sie wären in einem früheren Leben eine Berühmtheit gewesen? Es war nur eine Macke, eine absurde Vorstellung. Und wenn sie sich auch eines Tages mehr Gedanken darüber machen müsste, vorerst wollte sie sich nicht damit beschäftigen.

Stattdessen spielte sie mit der Idee, ihn zu wecken, zu

erforschen, welche neuen Wonnen er für sie noch auf Lager hatte, aber er sah so friedlich aus, wie er da auf ihrem Kissen schlief. Im Übrigen hatte er diese Nacht schwer gearbeitet. Er hatte seine Ruhe verdient.

Auf Zehenspitzen schlich sie durch den Raum, darum bemüht, ihn nicht zu wecken. Sie lief rot an, als ihre Hand auf ihren Slip stieß, der an der Türklinke hing, aber praktisches Denken überwand ihre Verlegenheit, und sie zog den Slip an, nachdem sie leise die Tür hinter sich geschlossen hatte.

Sie tappte ins Wohnzimmer und schaute sich nach Kleidungsstücken um. Ians Hemd war zufällig an ihrem Laptop hängen geblieben, als er es von sich geschleudert hatte. Sie holte das seidige T-Shirt und streifte es über den Kopf. Es roch nach Rasierwasser und Mann, und fühlte sich auf ihrer nackten Haut sexy an. Genau wie Ian.

Sie grinste.

Herrgott, geht's mir schlecht. Und sie fühlte sich wunderbar. Sie zog den Halsausschnitt des T-Shirts über die Nase und atmete tief ein, genoss seinen Duft. Ian verlieh ihr das Gefühl … Sie blieb mitten im Raum wie angewurzelt stehen. Sie hatte gar nichts gespürt.

Na ja, das stimmte nicht ganz. Sie hatte erstaunliche körperliche Empfindungen gehabt, beglückende Erfüllung, unglaubliche Freude. Sie hatte Wertschätzung gefühlt. Aber sie hatte nichts gespürt, das von Ian kam.

Vielleicht hatte sie das Geschehen dermaßen eingenommen, dass es ihr entgangen war? Obwohl das noch nie vorgekommen war. Nie. Selbst in Glaston House hatte sie Rinnsale seiner Emotionen gespürt. Nichts Überwältigendes, nur einen schwachen Strom seiner Gefühle. Aber diesmal waren die einzigen Empfindungen, die sie erlebt hatte, ihre eigenen gewesen.

Sie schaute auf die Digitaluhr auf ihrem Schreibtisch. Die roten Zahlen zeigten 2:12. Sie konnte nicht länger als eine halbe Stunde geschlafen haben. Sie sollte wieder ins Bett gehen.

Stattdessen beugte sie sich über den Schreibtisch und drückte aus reiner Gewohnheit auf die Einschalttaste ihres Laptops. Der Bildschirm erwachte zum Leben und vollzog seine verschiedenen Kreisbewegungen, bis er betriebsbereit war. Sie wartete.

Sarah klickte noch einmal, und die blanke Seite, die sie monatelang Tag und Nacht verfolgt hatte, tauchte auf dem Bildschirm auf. Der Cursor, ihr Feind, sah mit einem Mal viel freundlicher aus, als sie ihn in Erinnerung hatte, das regelmäßige Blinken eher einladend als spöttisch. Farben, Dialogfetzen, Gesichter tanzten vor ihrem inneren Auge.

Ohne nachzudenken, rutschte sie auf ihren Stuhl und legte die Finger auf die Tasten. Die Charaktere überfluteten ihren Geist. Ihre Wörter, ihre Gedanken, ihre Gefühle drangen in einem Wirrwarr auf sie ein. Sie begann zu tippen, erweckte sie auf der Seite vor sich zum Leben. Die Seite, die nicht mehr leer war.

Ian schrak aus dem Schlaf hoch und zwang sich, reglos liegen zu bleiben. Er kämpfte gegen das Bedürfnis an, sich auf die Suche zu begeben, überwältigt von dem Gefühl, dass etwas fehlte.

Sarah.

Er setzte sich auf. Im trüben Licht vor dem Morgengrauen konnte er seine Umgebung erkennen. Ihr Zimmer. Ihr Geruch. Ihr Wesen umgab ihn. Zum ersten Mal, seit er sich erinnern konnte, fühlte er sich vollständig.

Ein schwaches Tippen weckte seine Aufmerksamkeit. Er kroch aus dem Bett, um nachzuschauen, blieb stehen, zog seine Hose an und öffnete die Schlafzimmertür.

Sofort erblickte er sie an ihrem Schreibtisch, wo sie etwas in ihren kleinen Computer eintippte. Das Geräusch war geklärt. Sie hatte einen bloßen Fuß unter sich gesteckt und trug nur sein T-Shirt, ihre goldenen Locken standen wirr ab. Die Frau sah aus, als gehörte sie in seine Kleidung. Vielleicht lag es aber auch nur daran, dass er eher das Gefühl hatte, sie gehöre zu ihm, wenn sie so gekleidet war.

Sein erster Impuls war, den Raum zu durchqueren, ihr sein Hemd auszuziehen und erneut Anspruch auf sie zu erheben und zu beweisen, dass sie ihm gehörte. Doch er widerstand dem Bedürfnis.

Er lehnte sich an den Türrahmen, rieb müßig mit einer Hand über die Brust, und sah ihr bei der Arbeit zu. Er hatte sie schon dort sitzen und auf den Bildschirm starren sehen. Er hatte beobachtet, wie sie auf und ab ging und nach etwas suchte, das sie nicht finden konnte. Er hatte sie nie schreiben sehen. Die Szene war faszinierend, jede Emotion, die sie zu Papier brachte, war auf ihrem Gesicht abzulesen.

Er schlenderte in die Küche und setzte Wasser auf. Erst als der Kaffee fertig war und er einen Becher für sie gefüllt hatte, ging er zu ihr. Er beugte sich über sie, küsste die Stelle hinter dem Ohr, die er so unwiderstehlich fand.

»Hmmmm«, gurrte sie und lehnte sich an ihn. »Wann bist du aufgestanden?«

»Vor einer Weile, Liebes. Und du? Warum hast du mich nicht geweckt?«

Sie erhob sich von ihrem Stuhl, drehte sich um und schlang die Arme um seine Brust, bevor sie antwortete. »Du hast so perfekt ausgesehen, wie du in meinem Bett geschlafen hast, ich wollte dich nicht stören. Im Übrigen …« – ihre Wangen nahmen den rosa Schimmer an, der ihm so gefiel – »dachte ich, du wärst vielleicht müde.«

Er lachte. »Müde, weil ich so gerackert habe, oder weil ich so gut war?«

Jetzt wurde sie richtig rot. »Beides.« Ihre Hand glitt über seine Brust und rief ihm in Erinnerung, wie befriedigend diese Arbeit gewesen war.

»Trink deinen Kaffee, Liebes, bevor ich ihn verschütte. Wenn du deine Hände so an mich legst, ist mir nicht zu trauen.«

Ihr entzücktes Lächeln bei seinen Worten drang direkt in sein Herz vor.

»Ich muss wieder zurück ins Herrenhaus, Sarah. Ich würde mich gern vor Anbruch des Tages auf den Weg machen.«

»Warum?«

Er lächelte über ihre Unschuld. »Damit neugierige Augen nicht den falschen Eindruck über meine Nacht bei dir bekommen.«

Neugierige Feen-Augen, die einem bestimmten herumschnüffelnden Fae gehörten, dem er hierüber nicht unbedingt etwas erklären wollte.

»Einen falschen Eindruck?« Sie lachte. »Hast du Angst, sie könnten irrtümlicherweise glauben, wir hätten etwas getan … tja … was wir getan haben?«

»Genau.«

Er zog sie an sich und küsste sie. Küsste sie, bis er spürte, dass sie sich entspannte und an ihn schmiegte. Er hielt sie von sich und schaute sie an. Sie hatte die Augen noch geschlossen.

Ihm gefiel, dass sie so auf ihn reagierte. Er hatte diesen Ausdruck in ihr Gesicht gebracht, diesen verträumten, versonnenen Ausdruck, und er fühlte sich mächtig angesichts der Tatsache, dass er es war. Und dankbar. Dankbar, dass sie es zugelassen hatte.

»Wenn das Tageslicht nicht so nah wäre, würde ich dir auf der Stelle zeigen, wie es mir damit geht, bei dir zu sein.«

Sie lächelte.

»Mir macht es nichts, wenn die Leute es wissen.«

»Aber mir. Ich bin nicht bereit, deinen Ruf aufs Spiel zu setzen.«

»Oh, Ian.« Sie streichelte wieder über seine Brust. »Du bist perfekt, weißt du das? Mein perfekter Held.«

»Ich bin weit davon entfernt, perfekt zu sein, Liebes, aber das werden wir heute Abend besprechen. Ich muss jetzt gehen.«

Er drückte ihr einen Kuss auf den Scheitel, atmete noch einmal ihren Duft ein. Das musste bis zum Abend vorhalten, bis er sie wiedersah.

Seine Hand lag auf der Türklinke, als ihre Berührung an seinem Rücken ihn innehalten ließ.

»Warte, Ian. In dem Aufzug kannst du nicht gehen.« Sie

packte den Saum des Hemdes, das sie noch trug, um es über den Kopf zu ziehen.

Der hielt ihre Hände fest.

»Stopp. Ich gehe lieber mit dem Bild von dir in meinem T-Shirt vor Augen, damit ich den ganzen Tag daran denken kann.« Als sie die Augenbraue hochzog, fuhr er fort. »Übrigens. Trägst du etwas darunter?«

Sie schüttelte den Kopf. »Nicht viel.«

»Das dachte ich mir. Wenn du das ausziehst, Liebes, dann schaffe ich es bei Tageslicht nie hier raus.«

Er drehte sich um, trat hinaus und schloss die Tür hinter sich. Erst draußen auf den kalten Steinen des Pfades fiel ihm auf, dass er nicht einmal daran gedacht hatte, seine Schuhe anzuziehen. Die Frau brachte ihn ganz schön durcheinander. Grinsend setzte er sich Richtung Herrenhaus in Trab. Auf keinen Fall würde er wieder ins Ferienhaus gehen. Er wäre nie im Leben stark genug, zwei Mal an diesem Morgen von ihr fortzugehen.

Im Haus war es ruhig, als er sich die Treppe hinauf in sein Zimmer stahl. Er wollte schon das Licht einschalten, entschied sich aber dagegen. Stattdessen legte er sich lieber auf sein Bett und benutzte die Dunkelheit als Verbündeten.

In der Stille, mit geschlossenen Augen, den Geruch und Sarahs körperliche Nähe noch frisch im Gedächtnis, konnte er sich beinahe einbilden, sie sei bei ihm, nur außer Reichweite.

Er würde sich diese Wonne vorerst gönnen. Wenn er wieder wach wurde, würde er sich mit dem Durcheinander beschäftigen, das er angerichtet hatte. Dann würde er sich den Entscheidungen stellen, denen er jetzt lieber aus dem

Weg ging. Später, nachdem er geschlafen hatte, müsste er sich überlegen, was er als Nächstes tun würde, wie er Sarah behielt, ohne sich selbst zu verlieren, oder, besser gesagt, ob es ihm überhaupt noch wichtig war, wer er war, solange er sie hatte.

Vorerst würde er einfach die Erinnerung an seine Nacht mit Sarah genießen, das Wissen, wie sehr er sie brauchte. Zunächst einmal würde er die Vorfreude genießen, wieder bei ihr zu sein.

19

Das Erste, was Ian hörte, war der Regen. Das leise, gleichmäßige Platschen wusch alle Farbe ab und hinterließ eine kalte, graue Kulisse.

Anola saß zusammengesunken in der Ecke, ihr Profil war deutlich zu erkennen, lange dunkle Locken bedeckten ihre Schultern und reichten bis weit über ihre Taille. Sie war immer eine so schöne Frau gewesen.

Sie wandte sich um, sah ihn noch nicht, tupfte sich mit dem Saum ihrer Schürze die Augen ab. Dunkle, exotische feurige Augen, genau wie seine.

Zu sehen, dass sie weinte, versetzte ihm einen Stich ins Herz. Vor Larkins Tod hatte er sie nie weinen sehen. Danach hatte sie nie mehr aufgehört.

»Mutter?«

Die Stimme eines Kindes. Seine Stimme, wie sie einmal war.

Langsam drehte sie sich um und versuchte, ihre Tränen zu verbergen, wie sie es immer gemacht hatte.

»Ian? Bist du das, Junge? Du bist so gewachsen. Du bist ein schöner, starker Mann, auf den man stolz sein kann.«

Sie streckte die Hand nach ihm aus, und er setzte sich in Bewegung, doch eine unsichtbare Wand versperrte ihm den Weg.

»Mutter? Bist du wirklich hier?« Wie konnte das sein? Anola war seit mehr als sechshundert Jahren tot.

Natürlich. Einer seiner Träume.

Ihre Hand sank auf ihren Schoß, und sie hob die Schultern, eine Geste, an die er sich noch gut erinnerte.

»Ach, ich vergaß. Du kannst nicht zu mir kommen. Ist schon gut, mein kleiner, tapferer Junge. Ich habe mit deinem Vater gesprochen. Ich habe gebettelt und gefleht, aber er ist noch immer der eigensinnige, sture Fae.« Sie lächelte, obwohl ihre Tränen wieder rannen.

»Weine nicht, Ma. Was ist los? Was kann ich tun?«

Das Rasseln einer Rüstung war die einzige Vorwarnung, bevor Licht in den Raum barst, heller als die Sonne. Als es nachließ, schaute Ian auf und sah Larkin über sich aufragen, das Gesicht wutverzerrt.

Im ersten Moment wollte er schon katzbuckeln, doch er war jetzt ein Mann. Der Zorn seines Vaters würde ihn nicht mehr schrecken.

»Ich habe dich gewarnt. Und du hast es mir geschworen.« Larkin ließ den Kopf in die Hände sinken. »Mir einen Eid geleistet. Und jetzt schau, was du gemacht hast.«

»Ich habe nichts getan, nur das, was ich Euch versprochen habe, Vater. Ich habe den Urquell behütet. Ich habe die Sterblichen beschützt.«

Larkins Kopf fuhr hoch. »Nichts?«, rief er. »Nichts, sagst du? Die Sterblichen beschützt, ja? Du hast mit der Frau geschlafen. Ich habe dich gewarnt, Vorsicht walten zu lassen, sonst müsstest du dich entscheiden. Jetzt ist es so weit. Du hast die Waage des Schicksals mit deinen Taten gekippt.«

»Sarah? Geht es um Sarah?« Ians Magen verkrampfte sich, und zum zweiten Mal innerhalb von zwei Tagen fuhr ihm der ungewohnte Schmerz der Furcht in die Glieder. Was hatte diese Warnung mit Sarah zu tun?

»Larkin«, warnte Anola. Sie stand neben ihrem Mann, die Hand auf seiner Brust. »Sei nett zu dem Jungen.«

»An mir liegt es nicht, dass es dazu gekommen ist. Seine eigene Handlungsweise hat ihn auf diesen Pfad geführt. Ich tue alles, was ich kann. Mehr, als ich sollte.« Er fuhr ihr mit der Hand über die dunklen Haare, bevor er sich wieder an seinen Sohn wandte. Beschwichtigt durch die Berührung seiner geliebten Frau, wurde seine Wut durch Kummer ersetzt. »Du wirst es selbst sehen, mein Sohn, und du wirst dich entscheiden müssen. Mehr kann ich nicht sagen.«

»Das habe ich nicht verstanden, Vater.« Ian streckte die Hand nach Larkin aus, doch das Licht wurde schwächer, grauer Dunst drang auf ihn ein und umhüllte ihn mit einer undurchdringlichen Nebeldecke.

Noch immer fiel der Regen leise herab und kühlte seine bloße Haut. Er war jetzt im Wald, in Sichtweite der Pforte in Thistle Down. Seine Eltern waren verschwunden, aber vor ihm auf dem Pfad waren noch andere. Er konnte sie nicht erkennen, ihre Gesichter und Wörter waren undeutlich. Bis auf sie.

Sarahs goldene Locken strahlten wie ein Leuchtturm. Die anderen, deren Gesichter verschwammen, wenn er versuchte, sie zu identifizieren, verblassten. Nur Sarah blieb.

Sein Herz zog sich zusammen, als er ihre Angst bemerkte. Er spürte ihre Angst und ihre Wut, die sich wie etwas Greifbares um ihn wanden. Er musste sie beschützen, versuchte, zu ihr zu laufen, aber es war, als hielte ihn etwas Körperliches fest, drückte ihn zu Boden und versperrte ihm den

Zugang zu ihr. Er konnte nur mit ansehen, wie sich eine pulsierende rote Kugel um sie herum bildete, der Glanz kam von ihr, umfing sie.

Er spürte, dass die Gefahr anwuchs, dennoch konnte er sich nicht rühren, konnte nicht rufen, um Sarah zu warnen.

Ein Schuss fiel, und er sah hilflos zu, wie der rote Schein sich sofort auflöste und Sarah zu Boden sank, Blut strömte und bildete eine große Lache um sie.

Die unbekannte Kraft, die ihn festgehalten hatte, verschwand ebenso plötzlich, wie sie gekommen war, und er rannte zu Sarah, nahm sie hoch und schloss sie in die Arme.

»Sarah, Liebes, mach die Augen auf. Sprich mit mir.«

Dunkle Augenwimpern flatterten gegen bleiche Wangen.

»Tut mir leid, ich habe dir nicht geglaubt, Ian«, flüsterte sie. »Aber ist schon gut. Ich konnte nicht zulassen, dass er dir etwas antat. Das Risiko auf mich zu nehmen, war meine Entscheidung.«

»Nein«, brüllte er, umklammerte ihren Körper, während die Seele darin entschwebte. Er konnte sie nicht verlieren. Nicht so.

»Ja«, erwiderte eine ruhige Stimme. Die Stimme seines Vaters.

Der Wald war nicht mehr da, seine Arme leer, und er war wieder in dem grauen Raum, sein Vater stand vor ihm.

»Jetzt hast du gesehen, wie sie sich entscheiden wird. Auch du musst eine Entscheidung treffen. Wenn du die Frau genug liebst, wirst du die richtige fällen.«

Der Regen hörte auf. Die Wolken zogen ab, und der

graue Nebel löste sich auf, verbrannt im strahlenden Sonnenlicht, das auf Larkins silberner Rüstung glänzte. Das Licht wurde heller und intensiver, bis der Raum selbst in einem leuchtenden Blitz weißen Lichts verschwand.

»Entscheide klug, mein Sohn.«

Die Worte hallten in seinem Kopf wider.

»Nein.« Sein eigener Schrei weckte ihn, Ian war in Schweiß gebadet. Er lag schwer atmend auf dem Bett, als hätte er gerade einen Langlauf hinter sich.

Wieder der Traum. Noch eine Warnung vor Gefahr. Aber diesmal wusste er endlich, was es zu bedeuten hatte. Sarah war in Gefahr, und er war für ihre missliche Lage verantwortlich. Irgendwie würde seine Beziehung mit ihr zu ihrem Tod führen. Er hätte wissen müssen, dass er sie nicht haben konnte. Jetzt hatte er eine Entscheidung zu treffen, um ihr das Leben zu retten.

Er setzte sich auf die Bettkante und rieb sich das Gesicht, betete zur Erdmutter, es möge nicht zu spät sein.

Sarah vervollständigte ihn. Er brauchte sie mehr als seinen nächsten Atemzug, aber er würde alles tun, was er tun musste und im Übrigen schon hätte tun müssen.

Was spielte sein Bedürfnis nach ihr im Endeffekt für eine Rolle, wenn man es gegen ihr Leben abwog? Das würde er nicht riskieren. Besser für ihn, eine Ewigkeit allein zu verbringen, in seiner eigenen Hölle, als Schaden für Sarah zu riskieren.

Er hatte seine Entscheidung gefällt.

»Bist du sicher, dass du das machen willst?«

Während er Dallyn beobachtete, wie er zur offenen Seite

der Gartenlaube schritt, überlegte Ian kurz, dass Sarahs Fähigkeit, die Gefühle eines anderen zu lesen, jetzt nützlich wäre. Dallyn war ein Meister darin, seine wahren Gedanken und Gefühle zu verbergen.

»Wollen?« Ian schüttelte den Kopf. »Wohl kaum. Ich muss das tun. Ich habe nur begrenzte Möglichkeiten.«

»Dann glaubst du, das ist die Entscheidung, die du fällen musst?«

Ian nickte, denn er traute seiner Stimme nicht. Er hatte Dallyn den ganzen Traum erzählt, die Warnung, alles. Na ja, nicht alles. Von der letzten Nacht hatte er ihm nichts gesagt. Manche Dinge musste der Fae nicht wissen.

»Und wie wird Sarah deiner Meinung nach reagieren, wenn sie es erfährt? Bist du sicher, sie würde sich auch so entscheiden?«

»Das ist nicht ihre Entscheidung, sondern meine.«

»Wir alle wählen Abzweige auf dem Pfad zu unserem Schicksal. Auch sie muss Entscheidungen treffen, so wie du. Hast du dir überlegt, mit ihr darüber zu reden?«

Ian schüttelte den Kopf. »Ich habe dir gesagt, was passieren wird, wenn ich bleibe, und ich habe es gesehen. Du weißt, meine Träume werden immer wahr. Wenn ich bleibe, wenn ich hier bei Sarah bin, wird sie sich entscheiden, und sie wird sterben. Dafür möchte ich nicht verantwortlich sein.«

»Deine Träume geben dir tatsächlich genaue Bilder ein über Bruchstücke aus der Zukunft, Ian. Aber als solche sind sie auch offen für Interpretationen. Wenn nun deine Abwesenheit die Ereignisse hervorruft, die du gesehen hast?«

»Das ist lächerlich. Ich war doch schließlich dabei. Ich habe sie sterbend in meinen Armen gehalten. Das kann nicht passieren, wenn ich nicht hier bin. Mein Vater hat mich gewarnt, ich hätte eine schwierige Wahl zu treffen, um zu verhindern, was ich gesehen habe. Diese Wahl habe ich getroffen. Sie ist hier in Thistle Down sicher. Sie können die Wasser nicht überqueren, ohne eingeladen zu sein, und sie werden niemals hierher eingeladen. Sie hat versprochen, sie nie wiederzusehen.«

»Also wirst du sie aufgeben. Einfach so. Ihr den Rücken zukehren und weggehen.« Dallyn drehte sich um und pflückte eine Rose von einer Ranke an der Laube. Er hob sie an die Nase und atmete tief ihren Duft ein, bevor er sich wieder an Ian wandte und ihn durchdringend anschaute. »Ist sie es, was meinst du? Deine Seelenverwandte?«

»Nein«, stritt Ian ab. »Die Seele wurde dem Körper entrissen, dem sie vor Jahrhunderten innewohnte, ins Chaos geworfen. Für den Urquell auf ewig verloren.«

Dallyn zuckte mit den Schultern. »Sie sind nie verloren, Ian. Nur außer Betrieb.« Er lächelte traurig. »Du hast seitdem eine lange Zeit gelebt. Es hätte passieren können, verstehst du, der nächste Zyklus.«

Ian schaute zu Boden. Dort entdeckte er Sarahs Sandalen, bückte sich und hob eine auf. Er würde es nicht in Betracht ziehen. Unmöglich. Dann würde es ihm noch schwerer fallen zu tun, was er tun musste. Wenn er bliebe, würde sie sterben. Er hatte es gesehen. Und diese Träume, diese Visionen, waren nie falsch.

»Es ist ohne Belang. Selbst wenn du recht hast, ich kann nicht bleiben. Ich würde sie nur wieder verlieren, und diesmal wäre es meine Schuld. Damit kann ich nicht leben.« Er drückte die Sandale an sich, drehte sich um und ging.

Er würde nicht hinunter zum Ferienhaus schauen. Er befürchtete, sie zu erblicken. Er wollte sie lieber so in Erinnerung behalten, wie er sie zuletzt gesehen hatte, ihr Gesicht weich und abgelenkt durch seinen Kuss.

Die Worte seines Vaters gingen ihm durch den Kopf. »Wenn du sie genug liebst, wirst du die richtige Entscheidung treffen.«

Als er an den Wagen kam, den er bereits gepackt hatte, stieg er ein und schlug die Tür zu. Er legte die Sandale auf den Beifahrersitz. Er fuhr aus der Auffahrt, ohne einen Blick zurückzuwerfen.

Seine Entscheidung war richtig, die einzig mögliche.

Sarahs Magen knurrte und lenkte sie vom schimmernden Bildschirm und der Welt ab, die sich dort unter ihren Fingerkuppen entwickelte. Sie warf einen Blick aus dem Fenster und stellte überrascht fest, dass es dunkel war. Wie lange hatte sie hier gesessen. Sie schaute auf die Uhr und erschrak, als sie sah, dass der ganze Tag vergangen war.

Sie stand auf und reckte sich, ihr Rücken war steif und wund, nachdem sie sich den ganzen Tag über den Schreibtisch gebeugt hatte. Der Rest ihrer wunden Stellen von der Nacht zuvor. Sie lächelte bei der Erinnerung daran.

Sarah dehnte den Nacken, schlurfte ins Bad und drehte den Wasserhahn auf. Sie hatte sich an diesem Tag nicht einmal umgezogen, trug noch immer Ians Hemd. Sie zog es aus und warf es von der Tür aus auf ihr Bett, bevor sie wieder ins Bad und unter die Dusche ging.

Das warme Wasser strömte über ihren Kopf und an ihrem Körper herab und spülte den Dunstschleier weg, der sie beim Schreiben umhüllt hatte. Sie entfernte sich immer weiter von der Welt ihrer eigenen Schöpfung, um wieder fest in der wirklichen Welt anzukommen.

All die Monate, in denen sie kein einziges Wort von bleibendem Wert geschrieben hatte, und jetzt, als hätte jemand einen Schalter umgelegt oder eine Tür geöffnet, war es plötzlich wieder da.

Es ging ihr gut; zum ersten Mal, seit sie denken konnte, war alles in ihrer Welt stimmig. Und alles, erkannte sie rasch, umfasste mehr als ihre Arbeit. Es schloss Ian mit ein.

Ian.

Wo war er?

Sie spülte sich die Haare und fragte sich, ob er ins Haus gekommen und sie dermaßen mit Schreiben beschäftigt gewesen war, dass sie ihn schlichtweg nicht gehört hatte. Bestimmt wäre er doch hereingekommen. Egal. Sie war sicher, dass er bald hier sein würde. Er hatte gesagt, er werde an diesem Abend wiederkommen.

Sie stieg aus der Dusche, wickelte sich in einen warmen, flauschigen Bademantel und zog zum ersten Mal in Betracht, dass Erschöpfung im Augenblick vielleicht einen stärkeren Einfluss auf ihren Körper ausübte als Hunger. Barfuß tapste sie in die Küche und schenkte sich ein Glas Milch ein. Das Sofa lockte sie, doch bevor sie es sich bequem machte, öffnete sie die Haustür und strengte die Augen an, um zu sehen, ob sie Ian im Dunkeln auf dem Weg erkennen konnte. Zufrieden, dass er nicht auf dem Pfad war, gab sie den Verlockungen des bequemen Sofas nach und rollte sich zusammen, um auf seine Rückkehr zu warten.

Sie trank ein paar Schlucke aus dem Glas und setzte es dann auf dem Beistelltisch ab. Ihre Augen brannten nach den langen Stunden am Computer und infolge Schlafmangels. Die Augen ein wenig zu schließen, während sie wartete, wäre hilfreich.

Jede Sekunde.

Er würde bald da sein, sie mit der Wärme seiner Gefühle überfluten. Sie ließ ihrem Gespür freien Lauf und konzentrierte sich auf Ian.

Sie schloss die Augen und lehnte sich an die weichen Polster des Sofas.

Sarah schrak aus dem Schlaf auf, ihr Herz hämmerte ein schnelles Stakkato in ihre Brust.

Hatte ein Traum sie geweckt? Nein, eher das Gegenteil von einem Traum, als hätte sie im Schlaf eine vollständige Abwesenheit von allem erlebt.

Eine totale Leere.

Sie konnte sich noch daran erinnern, dass sie am Abend zuvor versucht hatte, sich mit Ian zu verbinden. Offensichtlich waren die höheren Mächte, die ihr Gespür beherrschten – Feen, wenn sie dumm genug sein wollte, Ian und Will zu glauben –, nicht willens gewesen, ihr das zu gestatten. Wenn sie jetzt darüber nachdachte, dann hatte sie ihn vorher auch nicht gespürt, als er ihr zum Abschied einen Kuss gab. Verloren im Wunder ihrer eigenen Gefühle, hatte sie zu dem Zeitpunkt nicht gemerkt, dass sie seine nicht gespürt hatte.

Sie schauderte und richtete sich mit steifen Gliedern aus ihrer Sofaecke auf. Sonnenlicht tanzte auf den Fenstern und schien zur offenen Tür herein. Sie warf einen Blick auf die Uhr. Mittag. Sie hatte stundenlang geschlafen.

Als sie aufstand und durch das Haus ging, um nach Anzeichen für Ians Anwesenheit zu suchen, schlug ein winziges Samenkorn des Zweifels in ihrem Hinterkopf Wurzeln.

Kein Hinweis darauf, dass er in der Nacht hier gewesen war.

Sie blieb an der Schlafzimmertür stehen, Augen und Gedanken auf das Bett ausgerichtet, das vom letzten Mal, als sie – mit ihm – hier geschlafen hatte, noch zerknüllt und ungemacht war.

Ein kleines, nervöses Kichern sprudelte über ihre Lippen, während das Samenkorn des Zweifels neue Sprossen trieb. Wenn er nun nicht wiederkam?

Vergiss es. Heb dir die Vorstellung für das Buch auf.

»Verdammt!«

Zwei Schritte vom Bett entfernt stieß sie sich den Zeh an etwas Hartem. Ians Schuhe, der eine, den sie gerade gefunden hatte, und der andere, der unter dem Bett hervorlugte. Ihr fiel ein, dass er barfuß aufgebrochen war. Natürlich würde er zurückkommen, um sie zu holen.

Sie hob die Schuhe auf und stellte sie auf die Kommode, wobei sie es vermied, in die Augen der Frau zu schauen, die ihr im Spiegel begegnete. Die Frau im Spiegel wirkte verängstigt und unglücklich. Sarah wollte sich im Moment nicht mit diesen Gefühlen abgeben. Nein, besser war, diese Frau zu meiden. Normalität, Routine – das würde sie besänftigen.

Sie machte das Bett und legte sorgfältig das T-Shirt zusammen, das sie am Abend zuvor dort hingeworfen hatte. Ians Hemd. Sie hob es an die Nase, atmete tief ein, bevor sie es unter ihr Kissen steckte, und ging an ihren Schrank.

Der Zweifel nagte noch immer an ihr. Banale Haushaltsarbeiten würden ihn nicht vertreiben, und seien es noch so viele. Sie musste aufhören, sich Fragen zu stellen, so albern sie auch waren. Es gab einen guten Grund dafür, warum er in der letzten Nacht nicht zu ihr gekommen war, wie er es versprochen hatte. Sie würde sich anziehen und ins Herrenhaus gehen, um ihm seine Schuhe zurückzubringen. Dabei würde sie sehen, was ihn aufgehalten hatte. Er war einfach beschäftigt gewesen, ohne Zweifel.

Mit einem Plan und einem Ziel vor Augen machte sie sich bereit.

»Was soll das heißen, er ist weg?«

Sarah saß steif auf der Sofakante und drückte die schweren Schuhe an die Brust. Sie hatte gewusst, dass etwas nicht stimmte, sobald Martha an die Tür gekommen war und darauf bestanden hatte, dass sie auf einen Tee mit Mr McCullough in die Bibliothek kam.

Vor allem, da es Henry war, nicht Ian, den sie dort antraf. Das kleine Samenkorn des Zweifels war zu einem voll ausgewachsenen Baum erblüht, dessen Äste sich durch ihren Bauch streckten, Blätter wirbelten herum und verursachten ihr Übelkeit.

»Wohin?«

»Nach … äh … nach London.« Henry fummelte am Griff seiner Teetasse herum und konnte ihr nicht in die

Augen schauen. »Ich glaube, er musste sich auf der Stelle um etwas kümmern. Ziemlich wichtig. Sehr wichtig.« Er verstummte.

»Wann kommt er denn zurück?«

Sie versuchte, ihrer Stimme einen leichten Ton zu verleihen, distanziert. Doch als sie aufblickte und Henry erwischte, wie er sie beobachtete, musste sie den älteren Gentleman nicht berühren, um seine Empfindungen aufzunehmen.

Sein Unbehagen und Mitleid strömten ungehindert durch die Luft und überfluteten sie.

»Na ja, verstehen Sie … das ist, ich bin … äh … mir dessen nicht so ganz sicher. Das hängt davon ab, wie lange … äh … ihn die wichtige Angelegenheit in Anspruch nimmt …«

Sie erhob sich und unterbrach seinen gestammelten Erklärungsversuch. Das wollte sie weder ihm noch sich zumuten.

»Danke, Henry.«

Sie wollte schon zur Tür, blieb aber stehen, ging dann wieder zu ihrem Gastgeber und reichte ihm die Schuhe. »Wenn – falls – Ian zurückkommt, geben Sie ihm die bitte. Es sind seine.«

Sie schaute den Mann nicht an, konnte das Mitleid nicht ertragen, das bestimmt in seinem Blick zum Ausdruck kam. Sie drehte sich einfach um und strebte zur Tür. Die paar Schlucke Tee, die sie heruntergewürgt hatte, bevor sie die Neuigkeiten vernahm, vergoren in ihrem Magen und drohten wieder hochzukommen. Sie musste hier raus.

»Sarah«, rief Henry hinter ihr her. »Moment noch.«

Dann ein gedämpftes »Wo ist der verdammte Stock? Martha, schnell!«

Doch da war sie bereits zur Tür hinaus und zog sie hinter sich zu.

Sie musste ins Ferienhaus. Allein sein. Sie musste verschwinden. Sie konnte den Gedanken nicht ertragen, dass ihre unverarbeiteten Gefühle für jemanden offen lagen, doch sie wusste, dass sie die im Moment auf keinen Fall beherrschen konnte. Ihre raschen Schritte wurden schneller, bis sie lief.

Sie hätte damit rechnen sollen.

Schließlich hatte sie doch gesagt, es würde nicht funktionieren.

Sarah rollte sich auf dem Bett im kleinen Haus zusammen, das sie in der kurzen Zeit, seitdem sie hier war, bereits als ihr Zuhause betrachtete. Es war spät am Abend, die Tränen waren ihr ausgegangen. Sie drückte Ians Hemd wie einen Ersatzteddy an sich und suchte einen gewissen Trost. Weder Hemd noch Haus konnten ihr den vermitteln. Ihre Gedanken erst recht nicht.

Ihre Großmutter sagte ihr immer, sie solle sich nicht zu wichtig nehmen – es sei nichts Besonderes an ihr. Wenn Männer hinter ihr her seien, dann entweder wegen ihres Geldes, oder wegen einer schnellen Nummer. Und sobald sie ihnen gebe, was sie haben wollten, wären sie auf und davon.

Am Ende hatte Großmutter doch recht. Sarah hätte es besser wissen sollen. Wusste es besser. Aber würde sie es anders machen, wenn sie die Chance hätte?

Nein, sie bereute nicht, was sie getan hatte. Konnte Ian nicht bereuen. Jeder verdiente eine große Liebe im Leben, auch wenn sie ihm nicht erhalten blieb. Wenigstens hatte sie ihn kennengelernt und wusste jetzt, was wahre Liebe war. Das reichte.

Das zumindest würde sie sich jedes Mal einreden, wenn es anfing wehzutun. Sobald es aufhörte, die ganze Zeit wehzutun. Falls es je aufhören sollte, die ganze Zeit wehzutun.

»Es wird aufhören. Letzten Endes.«

Sie kroch aus dem Bett, taumelte ins Bad und drehte den Wasserhahn voll auf. Sie spritzte sich das warme Wasser ins Gesicht und trocknete sich an einem weichen gelben Handtuch ab, während sie in den Nebel atmete, der aus dem Waschbecken aufstieg.

Sie hatte schon früher überlebt und immer irgendwie weitergemacht.

Sie schaute auf, wischte den beschlagenen Spiegel ab und starrte in das aufgedunsene Gesicht, das ihren Blick erwiderte. Sie nahm den Verlust und den Kummer zur Kenntnis, die dort reflektiert wurden. Sie hatte sich frei entschieden, Ian in ihr Herz zu lassen, trotz des Risikos. Obwohl sie gewusst hatte, dass er vielleicht der Einzige auf der Welt war, der die Macht hatte, ihr das anzutun, hatte sie sich dennoch entschlossen, ihm ihr Herz zu schenken.

»Nie wieder«, versprach sie, während frische Tränen über die Wangen der Frau rannen, die sie betrachtete. Das Gesicht im Spiegel verschwand hinter einem Vorhang aus Dampf, der sich wieder auf den Spiegel legte, bis die Wassertropfen, die sich dort bildeten, hinunterrollten und es so aussah, als leiste ihr der Spiegel Gesellschaft beim Vergießen von Tränen und versuchte, den Schmerz wegzuspülen.

Ja, sie würde es überleben. Sie würde weitermachen. Aber sie würde sich nie wieder dem Schmerz aussetzen, der mit Liebe einherging.

Sie schwor sich, zum ersten und letzten Mal das Risiko Liebe eingegangen zu sein.

20

Das andauernde Hämmern erregte endlich Sarahs Aufmerksamkeit und zog sie in die Realität zurück, hinaus aus der Geschichte, in die sie sich seit fast zwei Wochen vergraben hatte. Sie wollte dort bleiben, wo das Leben nicht bei jeder Erinnerung schmerzte. Doch das Klopfen hörte nicht auf.

»Augenblick«, rief sie gereizt und erhob sich von dem Stuhl, den sie seit Stunden nicht verlassen hatte. Rücksichtslos unterdrückte sie jegliche Hoffnung, Ian könnte auf ihrer Schwelle stehen, schob den Riegel zurück und riss die Tür auf.

»O Gott.« Martha trat einen Schritt zurück, fuhr mit den Händen über ihre gestärkte weiße Schürze, als wolle sie vermeintliche Falten glätten. »Ist alles in Ordnung mit Ihnen, meine Liebe?«

Enttäuschung stieg in Sarah auf, obwohl sie gewusst hatte, dass nicht Ian an ihrer Tür klopfen würde.

»Alles gut, Martha. Kann ich etwas für Sie tun?« Sie wollte nicht hinterfragen oder darüber diskutieren, wie es ihr ging. Dazu hatte sie nicht die Kraft. Viel besser war es zu arbeiten und ihre Gedanken der Geschichte und den Charakteren zu widmen. In deren Welt spürte sie keinen Schmerz.

»Oh, ja … da ist ein Anruf für Sie. Oben im Herrenhaus. Ich bin hier, um Sie zu holen.« Die Frau schaute sie erwartungsvoll an.

»Wer ist dran?« Aufgrund anschwellender Emotionen bekam Sarah die Wörter kaum heraus. Würde er sie anrufen? Erklären, was passiert war, warum er sich einfach auf und davongemacht hatte, ohne ein Wort zu sagen?

»Ich habe keine Ahnung, meine Liebe. Sie hat ihren Namen nicht genannt.« Ein verärgerter Ausdruck huschte über ihr Gesicht. »Sie bat darum, dass ich Sie schleunigst hole, sie wartet solange.«

Eine zweite Woge der Enttäuschung schwappte über sie. »Oh, eine Sekunde.«

Sarah schaute sich im Raum um. Irgendwo mussten doch ihre Schuhe sein. Da, unter dem Stuhl. Sie schlüpfte hinein und eilte Martha hinterher. Auf dem Weg zum Herrenhaus baute sich Besorgnis auf.

Nur ihre Agentin wusste, dass sie hier war, doch es klang nicht nach Laine, dass sie sich weigerte, ihren Namen zu nennen. Dennoch, vielleicht gab es ein Problem mit dem Abgabetermin für das Buch. Sie musste beinahe lächeln. Zum ersten Mal seit Monaten war sie sich sicher, dass das Buch nicht nur rechtzeitig, sondern schon lange vorher fertig sein würde.

Sie betraten die Küche durch die Hintertür. Martha reichte ihr den Hörer, ging auf diskrete Distanz und kehrte Sarah den Rücken zu.

»Hallo?«

»Spreche ich mit Sarah Douglas?«

Sie erkannte die forsche Stimme der Frau nicht. »Ja. Wer ist da?«

»Bitte warten Sie.«

In Sekundenschnelle meldete sich eine andere Stimme.

»Sarah?«

Eine tiefe, kultivierte Stimme, die sie sofort erkannte.

»Ramos. Was für eine Überraschung.«

»Überraschung? Aber ich habe dir doch gesagt, dass ich dich wiedersehen würde.« Er lachte leise in sich hinein. »Hast du zu allen Männern so wenig Vertrauen, oder nur zu mir?«

Wenn er wüsste.

»Ich bin überrascht, dass du mich gefunden hast.« Oder dass er es überhaupt versucht hatte.

Wieder das leise Lachen. »Das war nicht so schwer, meine Süße. Ich wusste, dass du auf McCulloughs Anwesen zu Gast bist, und es hat keine große Mühe gekostet, das ausfindig zu machen.«

»Wo bist du?«

»In Edinburgh. Hattest du schon Gelegenheit, dir die Sehenswürdigkeiten hier anzuschauen? Es ist eine schöne alte Stadt.«

»Nein. Ich fürchte, ich habe überhaupt noch nicht viel gesehen. Ich war völlig in meine Arbeit vertieft.«

»Du willst mir doch nicht sagen, dass du überhaupt noch nichts von der Landschaft gesehen hast, seit du hier bist?«

»Na ja, ich bin von Glasgow hierher gefahren, nachdem ich angekommen war. Und dann von hier nach Glaston House und zurück.«

»Das zählt nicht. Bist du ausgegangen und hast Leute kennengelernt, dir Sehenswürdigkeiten angeschaut, gesehen, was das Land zu bieten hat?«

»Nein, ich hatte eigentlich keine Zeit.«

»Dann bist du überfällig. Bitte, erlaube mir, es dir zu

zeigen. Morgen. Ich komme und hole dich früh ab, und wir spielen Touristen, nehmen ein wenig Lokalkolorit in uns auf, haben Spaß.

»Ich weiß nicht.«

Sie hatte Ian versprochen, Ramos oder seinen Bruder nicht wieder zu treffen. Aber Ian war verschwunden, ohne ein Wort zu sagen. Und irgendwie schien das darauf hinzudeuten, dass Versprechen zwischen ihnen nicht mehr bindend waren.

»Was ist los? Steht McCullough da und funkelt dich wütend an?«

Nein. Das war ganz bestimmt nicht der Fall.

»Edinburgh ist ziemlich weit weg für dich, um hierher zu kommen und mich abzuholen, findest du nicht?«

»Ganz und gar nicht. Knapp zwei Stunden. Und wir können die Aussichten auf dem Weg zurück zur Stadt genießen und etwas ganz anderes tun. Wir machen uns einen schönen Tag.«

»Na ja …« Sie wusste genau, dass Ramos keine Bedrohung für sie war, obwohl Ian sie gewarnt hatte. Sie hatte die Ernsthaftigkeit und das Gute in ihm gespürt, als sie ihn berührt hatte.

»Komm schon, Sarah. Wir werden eine tolle Zeit haben. Immer nur Arbeit und kein Spaß macht Sarah zu einer langweiligen Schriftstellerin.«

Warum eigentlich nicht? Sie hatte in der vergangenen Woche nichts anderes gemacht, als an ihrem Computer gesessen und versucht, sich nicht andauernd zu fragen, was schiefgelaufen war. Warum sollte sie sich nicht mal wieder ein bisschen Spaß gönnen?

»Schön. Findest du den Weg hierher?«

»Das werde ich schon schaffen.«

»Wann soll ich dich erwarten?«

»Wie wär's mit acht Uhr? Dann haben wir jede Menge Zeit.«

»Gut, sagen wir um acht. Bis dann, Ramos.«

»Bis dann.«

Sie hielt den Hörer eine Weile in der Hand, nachdem das andere Ende der Leitung still geworden war. Worauf ließ sie sich da ein?

Sie legte den Hörer auf und schaute sich zur Haushälterin um, die emsig den Inhalt eines Schranks gerade richtete. »Danke, Martha.«

»Sind Sie sicher, dass alles in Ordnung ist, meine Liebe? Ich könnte Ihnen ein schnelles Lunch richten, wenn Sie wollen. Kein Problem.«

»Das ist wirklich nett von Ihnen, aber danke, nein. Ich muss mich wieder an die Arbeit setzen.«

Sie schenkte der Frau ein Lächeln, als sie zur Hintertür hinausging. Dann folgte sie dem Pfad zum Ferienhaus und dachte über den Anruf und den Mann nach, der ihn getätigt hatte.

Ramos war ein guter Mensch. Sie hätte es gewusst, wäre dem nicht so gewesen. Doch dass er sich so viele Umstände machte, um sie ausfindig zu machen, war verstörend. Dennoch spielte es eigentlich keine Rolle. Sie brauchte eine Ablenkung. Wenn sonst nichts, dann würde ein Tag in der Rolle einer Touristin ihr vielleicht den Kopf von allem frei machen, worüber sie nicht nachdenken wollte. Im Übrigen fühlte es sich so an, als sollte sie ihn wiedersehen.

Sie betrat ihr Wohnzimmer und wollte schon die vordere Tür schließen, hielt aber inne. Kein Verstecken mehr. Das hatte sie in der letzten Woche gemacht. Sie ließ die Tür weit offen stehen, trat dann an die Fenster und öffnete sie weit.

Auf dem Weg ins Schlafzimmer blieb sie stehen, als sie sich im großen Spiegel sah.

»Gute Güte. Kein Wunder, dass Martha besorgt war. Ich sehe ja schrecklich aus.«

Die Frau, die ihr aus dem Spiegel entgegensah, brauchte ernsthaft Hilfe. Ihr Gesicht war blass, große dunkle Ringe unter den Augen. Die Augen selbst hatten rote Ränder vor Erschöpfung und dem einen oder anderen Weinkrampf. Ihre Haare waren so zerzaust, dass sie aussahen, als wären sie tagelang mit keinem Kamm in Berührung gekommen, was auch stimmte.

Sarah schüttelte angewidert den Kopf. Wann hatte sie sich so gehen lassen?

Na ja, eine heiße Dusche und ein schnelles Nickerchen würden es schon richten. Oh, und vielleicht Teebeutel auf die Augen. Und eine ordentliche Mahlzeit. Wann hatte sie zum letzten Mal gegessen? Wenn man sie fragte, war es zu lange her.

»Die Selbstmitleidsorgie hat lange genug gedauert. Zeit, sich wieder der Welt der Lebenden anzuschließen.«

Vielleicht war Ramos' Anruf genau das gewesen, was sie gebraucht hatte.

Ihr Herz mochte gebrochen sein, aber sie nicht.

»Bist du sicher, dass sie den Namen genannt hat? Ramos?«

Dallyn ging an den Rand der kleinen Terrasse, die Hände

hinter dem Rücken verschränkt. »Deine Haushälterin war nahe genug, um sie deutlich zu verstehen?«

»Bitte. Martha entgeht nur sehr wenig von dem, was hier vor sich geht. Es ist genau so, wie ich sagte.« Henry trank einen Schluck Tee, bevor er dem auf und ab schreitenden Fae einen raschen Blick zuwarf. »Ist das nicht einer der Männer, den sie bei Daniel getroffen haben? Die Ian solche Sorgen bereitet haben, als er zurückkehrte.«

»Ich fürchte, ja.«

»Was hast du über ihn in Erfahrung bringen können?«

»Über Ramos? Ich habe rein gar nichts über den Mann ausheben können.«

»*Ausgraben*«, korrigierte Henry automatisch. »Nicht *ausheben.*« Der Fae probierte es immer wieder mit neuen Redensarten, um sich zu integrieren, doch anscheinend bekam er sie nie richtig hin.

»Ach ja, ausgraben.« Dallyn kam wieder an den Tisch, zog den Stuhl hervor, als wollte er sich setzen, hielt aber inne und schaute den Pfad hinab zum Ferienhaus. »Nicht ein bisschen. Es ist, als wäre die Existenz des Mannes absichtlich vor uns verborgen worden.«

»Und der andere, der Bruder? Hast du etwas über den herausgefunden?«

»Über Reynard gibt es nichts herauszufinden. Ich kenne ihn gut. Kannte ihn gut«, korrigierte Dallyn sich und begann erneut, auf der Terrasse hin und her zu gehen. »Obwohl er keinen Bruder hatte. Er war einer der Anstifter der ursprünglichen Probleme. Ich ging davon aus, dass einer aus dem Hohnen Rat der Nuadianer dahintersteckt. Ich hatte einfach nicht damit gerechnet, dass es Reynard war.

Obwohl es vermutlich schlimmer sein könnte. Und mir gefällt nicht, dass dieser Ramos, wer immer er sein mag, Sarah besucht.«

»Das würde bedeuten, Ian hatte recht? Dass Sarah in Gefahr sein könnte?«

»O ja. Ich würde sagen, die haben garantiert ein Auge auf unseren kleinen amerikanischen Gast geworfen.«

Henry schaute auf die Tasse vor ihm. »Ian wird darüber nicht glücklich sein. Er hat ihr ausdrücklich gesagt, sie solle keinen der beiden Männer wiedersehen.«

Henry riss den Kopf hoch, als Dallyn verächtlich schnaubte.

»Ja doch, das hat er«, verteidigte Henry ihn.

»Und wenn schon? Hat einer von uns denn wirklich erwartet, sie würde auf ihn hören, nachdem er auf diese Weise weggegangen ist? Ich glaube nicht.« Dallyn ging kopfschüttelnd auf und ab. »Nein, ich glaube nicht.«

»Sie schien allerdings ein wenig verstört über seinen Aufbruch.«

Ein weiteres Schnauben lenkte Henrys Aufmerksamkeit wieder auf seinen Gast.

»Ach ja? Meinst du wirklich? Was macht dich da so sicher? Dass sie eine Woche lang das Ferienhaus nicht verlassen hat? Oder vielleicht die Tatsache, dass sie an dieser verwünschten Maschine gesessen und rund um die Uhr getippt hat? Vielleicht auch ihr Schluchzen zu jeder Tages- und Nachtzeit?« Er blieb stehen und schaute Henry wütend an.

Dallyn war offenbar verärgert, was an sich schon ziemlich ungewöhnlich war. Das allein machte Henry nervös.

»Davon wusste ich nichts. Sie hat sich herauszufinden.«

»Tja, ich habe ein paar Mal nach ihr gesehen, nachdem Ian fort war.«

»Er konnte nichts anderes tun.«

»Er hätte bleiben können. Es durchstehen.«

»Du weißt ganz genau, warum er es nicht gemacht hat. Warum er meinte, er könne es nicht.« Ian hatte ihm nur wenige Details vermittelt, aber Henry wusste, dass Dallyn die ganze Geschichte gehört hatte.

»Ich weiß, warum er *meint*, nicht bleiben zu können. Zufällig glaube ich, dass er mit seiner Interpretation voreilig war, seine Logik war von Emotionen getrübt. Eine ziemlich verbreitete Schwäche unter den Sterblichen.« Er zuckte mit den Schultern.

»Dann sollten wir Ian vielleicht rufen. Ihm sagen, was vor sich geht. Du könntest ihn zurückbeordern.«

Dallyn blieb erneut am Tisch stehen, die Arme verschränkt, und tippte nachdenklich mit einem Finger an sein Kinn. »Noch nicht, mein junger Freund. Alles zu seiner Zeit.«

Henry spürte die Macht hinter Dallyns nächsten Worten im durchdringenden Blick des Mannes.

»Hier kommt das Schicksal zum Zuge. Sowohl Ian als auch Sarah haben noch Entscheidungen zu treffen. Alles zu seiner Zeit.«

21

»… An den schönen Gestaden von Loch Lomond.«

Sarah blieb stehen und schaute sich schuldbewusst um. Zum Glück war Ramos zum Souvenirladen hinübergegangen, um ihr ein Mineralwasser zu holen. Die Verszeile aus dem Lied war ihr herausgeschlüpft, als sie die Pracht dieses Sees vor sich sah. Schottland war vielleicht die schönste Landschaft, die sie je zu Gesicht bekommen hatte. Nicht auszudenken, dass sie das alles nicht gesehen hätte, wenn Ramos nicht angerufen und praktisch darauf bestanden hätte, es ihr zu zeigen!

Wie auf ein Stichwort trat er aus dem Laden. Zwei junge Frauen, die auf einer Bank vor dem kleinen Geschäft saßen, unterbrachen ihre Unterhaltung, um ihm nachzuschauen, während er auf Sarah zuging. Sie musste schon zugeben, dass er ein unwiderstehlicher Anblick war, wie er da in dunkler Hose und eng anliegendem Polohemd, das farblich genau zu seinen Augen passte, über die Straße schritt. Das wussten die Mädchen natürlich nicht. Eine dunkle Sonnenbrille verbarg die hellgrünen Augen, die immer den Eindruck vermittelten, als entginge ihnen nichts. Sein langes schwarzes Haar war zu einem Pferdeschwanz nach hinten gebunden, wodurch ein kleiner Diamantstecker in seinem Ohr sichtbar wurde, der im Sonnenlicht funkelte, wenn er den Kopf drehte, um zu prüfen, ob ein Auto kam.

Zum zweiten Mal seit ihrer Ankunft in Schottland befand sie sich auf einer Rundreise mit einem gut aussehenden Mann, der im Grunde genommen ein Fremder war. Diesmal jedoch spürte sie keinen Druck. Erstaunlich, wie befreiend es war, seine Zeit mit jemandem zu verbringen, zu dem man sich nicht hingezogen fühlte. Jemand, der wirklich nur ein Freund war.

Sie schaute zurück auf die Mädchen, die Ramos nachgafften. Wahrscheinlich würden die beiden sie für verrückt halten, dass sie für so einen Mann nichts empfand. Vielleicht hatten sie recht. Er sah gefährlich gut aus. Gefährlich. Das war die richtige Beschreibung. Ians Warnung schoss ihr durch den Kopf.

Nein. Ian war fort, und sie wollte nicht an ihn oder an irgendetwas denken, was er je gesagt hatte. *Schluss. Aus. Fertig. Nie geschehen.*

»Hier, bitte schön.« Ramos kam mit zwei orange-blauen Dosen auf sie zu. »Die Bedienung im Laden hat mir versichert, dass es das bei Weitem beliebteste Erfrischungsgetränk der Einheimischen sei, IRN-BRU.«

Er öffnete eine Dose, reichte sie ihr, dann machte er dasselbe mit seiner. Als sie ihr Getränk zum Mund führte, bemerkte sie seine verzerrte Miene, nachdem er die orangefarbene, sprudelnde Flüssigkeit getrunken hatte.

»Hmm … Mag sein, dass es bei einer jüngeren Klientel ankommt. Wonach schmeckt das? Nach Kaugummi?« Sein Gesicht war noch immer angewidert verzogen.

Sie kicherte. Dass der lässige, kultivierte Ramos Fratzen schnitt, war ganz und gar nicht das, womit sie gerechnet hatte. Damit war das Etikett »gefährlich«, mit dem sie ihn gerade eben noch versehen hatte, wie weggeblasen. »Nein, ich würde sagen, es ist eher wie Süßes zu Halloween. Diese schaumigen Bonbons in Erdnussform, weißt du?«

Er zog eine Augenbraue hoch, und sie kicherte erneut, denn sie war sich sicher, dass er keine Ahnung hatte, was sie zu beschreiben versuchte.

»Na gut, wenn wir an diesen besonderen Süßigkeiten vorbeikommen, mach mich darauf aufmerksam, ja? Ich glaube, ich möchte sie eher meiden.«

Er nahm sie am Ellbogen, um sie wieder zum silbergrauen Bentley Continental GT zu führen, den er am Straßenrand abgestellt hatte.

Sobald sie wieder unterwegs waren, rückte Sarahs Neugier in den Vordergrund und zwang sie, die bisher fruchtlose Ausfragerei erneut in Gang zu setzen.

»Also. Wenn du mir bis jetzt noch nicht sagen wollest, wohin es geht, hast du wenigstens entschieden, wann du es mir sagst?«

Am Morgen hatte er sie abgeholt mit den Worten, er habe eine Gelegenheit ausfindig gemacht, bei der man am besten mit der einheimischen Bevölkerung kommunizieren könne, aber das Ziel sei ein Geheimnis. Ihr einziger Hinweis war, dass sie nach Westen fuhren, und auch das nur wegen des Navis auf dem Armaturenbrett.

Ramos zog eine Augenbraue hoch und schaute sie über den Rand seiner Designer-Sonnenbrille an. »Du bist wirklich keine sehr geduldige Frau, nicht wahr?«

»Nein. Geduld gehört nicht zu meinen Stärken.« Sie trommelte mit den Fingern auf der Sitzlehne. »Gib mir doch wenigstens einen kleinen Hinweis.«

»Na schön. Ein kleiner Hinweis.« Er hielt inne, als überlegte er sich etwas angemessen Vages für sie. »Gut, wie wäre es damit? Es beginnt um ein Uhr, und vorher sollten wir dort sein.«

»Und was fängt um ein Uhr an?« Sie zog ihre Sonnenbrille auf die Nasenspitze und klimperte erwartungsvoll mit den Augenlidern.

»Mehr bekommst du nicht, meine Süße. Du musst schon abwarten.«

Weder ihre fortgesetzte Bettelei, noch ihre langen, dramatischen Seufzer hatten Erfolg, ihm etwas anderes zu entlocken als Gelächter. Schließlich gab sie auf, ihren Zielort herauszufinden, und konzentrierte sich einfach darauf, die Landschaft zu genießen.

Sie verfielen in ein angenehmes Schweigen, das sie gelegentlich brachen, um auf einen neuen Ausblick hinzuweisen, an dem sie vorbeikamen. Nach einer dieser längeren Schweigepausen räusperte Ramos sich, um Sarahs Aufmerksamkeit zu erlangen. Er schaute geradeaus, warf nur rasch einen Blick in ihre Richtung.

»Obwohl ich es ja nicht besonders gern zugebe, glaube ich, dass deine schlechten Angewohnheiten auf mich abfärben.«

»Welche meiner schlechten Angewohnheiten meinst du denn?« Sie wünschte, sie könnte seine Augen hinter den dunklen Brillengläsern sehen.

»Deine nicht nachlassende Neugier und deine Ungeduld. Ich stelle fest, dass ich ähnlich gestrickt bin.«

»Das ist nicht gerade lustig, nicht wahr?« Sie lächelte in seine Richtung. »Und was willst du unbedingt wissen? Im

Gegensatz zu dir bin ich offen, auf alles zu antworten.« Auf fast alles, korrigierte sie sich im Stillen.

»Wie hast du McCullough überredet, dass er dich heute mit mir kommen lässt?«

Das heißt, alles außer einer Diskussion über Ian.

»Es war nicht nötig, jemanden von etwas zu überzeugen. Ich bin kein Kind, dem man erlauben oder nicht erlauben muss, was es machen will. Du hast gefragt, ich habe Ja gesagt. So einfach ist das.«

»Wirklich?«

»Ja.«

Sie schaute aus ihrem Fenster und vermied den Blickkontakt mit ihm. Der Zweifel in seiner Stimme, und in ihm, hing schwer zwischen ihnen, als hätte er ein Eigenleben.

»Na schön. Was hat er denn gesagt, als du ihm erzählt hast, dass du mit mir kommst?«

»Wohin bringst du mich?«

»Wie bitte?«

»Du hast mich genau verstanden. Ich habe eine deiner Fragen beantwortet, jetzt musst du eine meiner beantworten.«

Er warf ihr einen schrägen Blick über den Brillenrand zu. »Ich kann mich nicht erinnern, einen solchen Handel abgeschlossen zu haben.«

Sie zuckte mit den Schultern. Sie wollte nicht über Ian reden. Der Tag war so angenehm gewesen, sie wollte diesen Schmerz nicht wieder an die Oberfläche lassen.

»Das hier ist ein hübscher kleiner Ort. Welcher Name stand auf dem Schild da hinten?«

Nach kurzer Pause antwortete Ramos. »Invergarry. Das ist unser Ziel. Hier entlang«, sagte er, als er in eine kleinere Straße einbog, die durch die Stadt führte.

Autos blieben zu beiden Seiten der Straße stehen, um zu parken, wo es möglich war, und eine Menschenmenge sammelte sich auf einem Baseballplatz zu ihrer Linken. Über dem Platz wehte ein Spruchband, auf dem die Gäste zu den Glangarry Highland Games willkommen geheißen wurden.

»Da wären wir. Shinty Park. Die Highland Games hier sind einheimische Festspiele. Ich dachte, das würde uns einen guten Eindruck von den Menschen vermitteln.«

Sie stiegen aus dem Wagen und schlenderten in die Menschenmenge.

An der äußeren Grenze standen Essbuden, und das Feld welbst war in Wettkampfbereiche aufgeteilt. Junge Mädchen in Highland-Kleidung liefen auf einer kleinen Bühne herum, kicherten und winkten sich zu. Am anderen Ende des Feldes schienen Männer in Kilts Würfe mit einer schweren Metallkugel zu üben. Der Klang von Dudelsäcken zog über das Feld, als eine kleine Dudelsackkapelle in ihre Richtung marschierte, im Gleichschritt mit der klagenden Melodie.

Sarah schaute sich staunend um. »Das ist wunderschön. Woher wussten Sie davon?«

»Ich wusste es nicht. Ich wollte während meines Aufenthalts echte Highland-Games besuchen, und der Portier in meinem Hotel hat die hier gefunden, die an diesem Wochenende stattfinden. Und jetzt sind wir hier.«

Sie gingen von einem Wettkampf zum nächsten, beobachteten, wie Einheimische und Besucher gleichermaßen

Essen, Getränke und die Gesellschaft der anderen genossen. Alle, denen sie begegneten, waren freundlich und entgegenkommend. Der Sommertag war perfekt für einen solchen Ausflug, strahlender Sonnenschein mit nur ein paar Schleierwolken. Sarah hatte schon erlebt, wie schnell sich das ändern konnte, daher genoss sie die Wärme.

»Kommen Sie schon«, rief eine kleine alte Frau von einem Stand, an dem sie vorbeikamen. »Sie sind doch ein schöner, starker Kerl. Zahlen Sie uns ein Pfund, um den Stiefel zu werfen. Versuchen Sie, Ihrer reizenden Dame mit der Kraft Ihrer großen, prächtigen Muskeln zu imponieren. Das Geld geht an den Fond der Feuerwehr.«

Mehrere Männer versammelten sich hintereinander auf dem Feld, hievten große Feuerwehrstiefel hoch, um ihr Gewicht zu prüfen. Das Feld selbst hatte Markierungen am Rand, um die Entfernung zu zeigen.

»Los.« Sarah zeigte auf das Feld. »Das dient einem wohltätigen Zweck. Zeig mir, was du draufhast.«

Ramos setzte seine Sonnenbrille ab und reichte sie ihr. Er grinste wie ein kleiner Junge, als er sich auf das Feld begab.

Die zunehmende Menge aus Männern und Jungen stellte sich auf dem Feld auf, alle scherzten laut und gutmütig darüber, wer wohl den Stiefel am weitesten werfen würde. Sarah lächelte, als ein kleiner Junge sich bei seinem Probewurf die größte Mühe gab und versuchte, einen Siefel hochzuheben, der fast so groß war wie er selbst.

Sie ging an den Rand des Feldes, hob die Hand, um die Augen zu beschatten, und wünschte sich, einen Hut aufgesetzt zu haben. Wenn sie nur gewusst hätte, wohin die Fahrt ging, hätte sie natürlich einen mitgenommen. Sie hing diesem Gedanken noch nach und war überrascht, als jemand an ihrem Rock zupfte. Sie schaute hinunter und war noch überraschter, als sie sah, wer da gezogen hatte.

»Hallo, Tante.«

Ein glückliches kleines Gesicht strahlte sie an. Das kleine Mädchen, das sich an ihrem Rock festhielt, hatte große grüne Augen, umrahmt von langen, dunklen Wimpern und wilden, blonden Locken, die mit großen Schleifen zu beiden Seiten ihres Gesichts zusammengebunden waren. Sie trug ein Sommerkleid in Schottenmuster, das zu den Schleifen passte.

»Hi, Kleine. Hast du dich verlaufen?« Sie sah keine Erwachsenen, die nach dem Kind suchten.

»Nö.«

»Sind deine Mommy und dein Daddy hier irgendwo?«

Das kleine Mädchen kicherte und legte anmutig die freie Hand auf den Mund. »Ja, Tante. Mein Dad ist da drüben.« Sie zeigte auf das Feld, auf dem Ramos und die anderen zur ersten Runde des Stiefelwerfens ansetzten.

Offensichtlich hatte das Kind sie mit einer Verwandten verwechselt. Sarah schaute sich noch einmal um, sah aber niemanden, der in ihre Richtung eilte.

»Wer soll denn auf dich aufpassen, solange dein Daddy auf dem Feld ist?«

»Doogie. Aber der holt sich einen Kuchen, da drüben.« Sie deutete auf die Schlangen an den Essbuden. »Mir ist warm. Komm, wir gehen unter die Bäume da.« Das kleine Mädchen setzte sich in Bewegung, ohne den Saum von Sarahs Kleid loszulassen.

Natürlich ging Sarah mit. Obwohl das Kind vielleicht

nicht der Meinung war, sich verlaufen zu haben, war Sarah ein wenig beunruhigt.

»Wie heißt du?«

»Rose.«

»Das ist ein hübscher Name. Ich heiße Sarah. Wie alt bist du?«

»Fünf.« Rose blieb stehen und schaute auf den Boden, wobei sie ihren Zeh ins Gras tauchte. Als sie wieder aufblickte, waren ihre Wangen rosa. »Na ja, fast fünf. Ich *werde* fünf. An meinem nächsten Geburtstag.«

»Oh, das zählt dann wohl.« Sarah lächelte auf das kleine Mädchen herab und zwinkerte. »Viele Damen sagen nicht die Wahrheit über ihr Alter. Das ist so bei Frauen.«

Das Kind nickte und ließ sich im Schatten eines großen Baumes auf den Boden plumpsen, den Saum von Sarahs Rock fest in der Hand.

Sarah setzte sich und lehnte sich mit dem Rücken an den Baumstamm. Sofort krabbelte Rose auf ihren Schoß, ihre smaragdgrünen Augen funkelten.

»Ich habe Rosen in *meinem* Feenkuss auf dem Rücken. Willst du sie sehen?«

Sie drehte ihr den Rücken zu, und Sarah erblickte sogleich das dunkelrote Muttermal direkt unter Roses Schulterblatt, freigelegt durch die Träger des Sommerkleidchens.

Schon wieder Feen. Konnte man denen in diesem Land überhaupt nicht entkommen? Alle, denen sie begegnete, schienen wie besessen davon.

Sarah legte den Kopf schief und betrachtete den Rücken des Kindes. Bei näherem Hinsehen sah das Mal tatsächlich wie ein Rosenstrauß aus.

»Wo ist denn dein Feenkuss?« Große smaragdgrüne Augen sahen sie fragend an.

»Ich habe keinen.«

»Oh. Bist du sicher?« Rose zweifelte ihre Aussage offensichtlich an.

»Ja, bin ich. Keine Feenküsse.«

Die Antwort des kleinen Mädchens wurde durch einen Ruf unterdrückt, der zu ihnen herüberschallte.

«Rosie!« Ein Junge, nur ein paar Jahre älter als Rose, die Hände voller Süßigkeiten, lief am Rand des Feldes entlang auf sie zu. »Ich hab dir doch gesagt, du sollst da stehen bleiben, wo du warst, da hinten bei den Stiefeljungs.«

Rose zuckte mit den Schultern. »Mir war warm, also sitze ich hier bei Tante Sarah.«

Der braune Lockenschopf drehte sich in Sarahs Richtung, Zweifel im Blick.

»Das ist nicht unsere Tante, Rosie.« Seine kleine Stirn legte sich in Falten. »Tut mir leid, gnädige Frau.«

»Kein Problem.«

Er reichte seiner kleinen Schwester ein Kuchenstück, aber die beachtete es nicht.

Rose ließ Sarahs Kleid los und zappelte so lange auf ihrem Schoß herum, bis sie sich direkt anschauten. Sie verdrehte verärgert ihre kleinen Augen, ein Ausdruck, der zu einer älteren Frau gepasst hätte, insbesondere, da sie ihn mit einem einzigen Wort begleitete.

»Männer.«

Sie schüttelte den Kopf und schnalzte mit der Zunge, bevor sie ihre kleinen Hände flach auf Sarahs Wangen legte.

Sarah gefror der Atem in der Lunge. Emotionen, ebenso

heftig wie bei Will, strömten durch ihren Körper. Wogen der Neugier, des Wiedererkennens und Glücks brachen sich über ihr. Die Flut von Empfindungen, die sie überschwemmte, war derart intensiv, dass sie die Augen schloss und im ersten Moment glaubte, ohnmächtig zu werden.

»Ich habe es gewusst«, flüsterte das kleine Mädchen, als es Sarah einen Kuss auf die Wange drückte. Die Sintflut der Emotionen hörte so schnell wieder auf, wie sie gekommen war, obwohl das Kind Sarahs Gesicht noch immer zwischen den pummeligen Händchen hielt.

»Rosalyn Maura MacKiernan! Was treibst du da?«

Sarah öffnete die Augen, um nach der deutlich amerikanischen, deutlich atemlosen Stimme zu suchen. Sie gehörte einer Frau, die vor ihnen stand, die Hände in die Hüften gestemmt. Oder, um genauer zu sein, dort, wo ihre Hüften hätten sein sollen, wenn sie nicht hochschwanger gewesen wäre.

»Guck mal, Mommy. Ich habe eine Tante gefunden.« Rose strahlte die Frau an. »Aber sie hat keinen Feenkuss wie wir.« Die Kleine sprang von Sarahs Schoß und lief zu der Frau, die sie kichernd umfing, so weit es ihre kleinen Arme zuließen. Sie nahm ihre Mutter an der Hand und zog sie hinter sich her. »Tante Sarah? Das hier ist meine Mommy.«

»Nein, bleiben Sie, wo Sie sind.« Roses Mommy hob eine Hand, als Sarah aufstehen wollte. »Warten Sie einen Augenblick, dann setze ich mich zu Ihnen.« Lachend und unter großen Mühen nahm sie neben Sarah Platz. »Ich komme mir buchstäblich vor wie ein gestrandeter Wal.« Sie wischte sich mit einer Hand über das Gesicht. »Wie es aussieht, haben Sie den einzigen Schatten in der Umgebung des Feldes gefunden. Oh, ich bin übrigens Cate. Cate MacKiernan.«

»Cate.« Sarah nickte. Sie wollte noch mehr sagen, war jedoch noch immer schwach von dem bizarren Zusammentreffen mit Rose.

»Alles in Ordnung mit Ihnen? Dougal«, rief sie dem Jungen zu, der ruhig an der Seite stand, »hol doch eine Flasche Wasser für Sarah aus unserer Kühltasche. Sie sieht ein bisschen blass aus.«

»Mir geht's gut.« Erschöpft wäre passender.

»Tja, vielleicht ein bisschen zu viel Sonne.« Cate warf ihrer Tochter einen finsteren Blick zu. »Tut mir leid, wenn Rose Sie gestört hat. Manchmal kann sie ein wenig, nun, ungestüm sein.«

»Nein. Sie hat mich nicht gestört.« Sie war völlig ausgelaugt. Das Kind hatte ihr sämtliche Energie geraubt.

»Rosie?« Cate sprach leise und deutete mit einem Kopfnicken auf Sarah.

»Oh, hab ich vergessen.« Das Kind krabbelte wieder auf Sarahs Schoß und legte ihr erneut die Hände an die Wangen. »Verzeih, Tante. Ich war so aufgeregt, dass ich dich gefunden habe.«

Wärme legte sich auf Sarahs Gesicht und strahlte in ihren Körper aus. Kurz darauf war ihr, als wäre überhaupt nichts passiert. Zumindest körperlich. Die Psyche stand auf einem ganz anderen Blatt.

Rose legte die Hände in den Schoß und schmiegte den Kopf an Sarahs Schulter, wobei der Duft nach Kindershampoo aus ihren Locken aufstieg.

»Ich höre einen amerikanischen Akzent. Machen Sie hier

Urlaub?« Cate ließ ihrer Frage ein umwerfendes Lächeln folgen, Beweis dafür, woher Rose ihre funkelnden grünen Augen und ihre Freundlichkeit hatte.

»Arbeitsurlaub. Ich bin Schriftstellerin.« Verwirrung beherrschte sie, als sie über ihre Antwort stolperte. *Was war das gerade mit dem Kind?*

»Wie wunderbar. Sind Sie länger hier?«

»Nur noch ein paar Monate.« Da hatte sie gerade eine außergewöhnliche Erfahrung gemacht, doch diese Frau blieb und stellte Fragen, als wäre nichts gewesen.

»Schön hier, nicht wahr? Mein Mann ist hier geboren, daher versuchen wir, einen Teil des Jahres auch hier zu verbringen. Wo sind Sie denn in den Staaten zu Hause?«

Dougal kam zurück und reichte Sarah rasch eine kalte Flasche Wasser. Sie drehte den Verschluss auf und trank einen Schluck.

»In Denver.«

»Ist nicht wahr.« Cate lachte. »Wir leben außerhalb von Granby. Was für ein Zufall.«

»Was ist ein Zufall?«

Beim Klang der tiefen Männerstimme schaute Sarah auf. Einer der Männer vom Feld hatte sich zu ihnen gesellt, und Ramos stand direkt hinter ihm. Fragen, die sie der Frau noch stellen wollte, mussten warten.

»Sarah, das ist mein Mann, Connor. Connor, das hier ist Sarah … Tut mir leid, ich kenne Ihren Familiennamen nicht.« Cate versuchte aufzustehen, brach jedoch in Gelächter aus und ließ sich von ihrem Mann auf die Beine ziehen. Er hakte sie bei sich unter.

»Sarah Douglas. Nett, Sie kennenzulernen.« Sarah löste

die Hände nicht von dem Kind auf ihrem Schoß. In Anbetracht dessen, wie der Tag bisher gelaufen war, wollte sie nicht riskieren, noch einem Fremden die Hand zu schütteln.

»Ganz meinerseits, Sarah.« Connor drehte sich zu Ramos um. »Das ist also Ihre Frau?«

Ramos hob lächelnd die Schultern.

Sarah kniff die Augen zusammen, doch jede Entgegnung, die ihr auf der Zunge lag, wurde von Cates aufgeregtem Geschnatter unterbunden.

»Sarah kommt aus Denver. Stell dir das mal vor. Den weiten Weg hierher zu kommen und jemanden aus der Heimat zu treffen.« Cate deutete auf das Kind, das auf Sarahs Schoß eingedöst war. »Rosie hat sie adoptiert. Sarah ist jetzt eine Tante.«

Connor lächelte auf das schlafende Kind herab und zeigte mit dem Daumen hinter sich. »Das ist Ramos. Wir haben uns auf dem Feld kennengelernt. Wieder so einer von deinen Zufällen, nehme ich an. Ich begegne ihm, während Rosie seine Sarah adoptiert.«

Cate beugte sich lächelnd vor und reichte Ramos um ihren Mann herum die Hand.

Connor ging in die Hocke und strich liebevoll über die zerzausten Locken des schlafenden Mädchens. In einer fließenden Bewegung nahm er das Kind auf die Arme und erhob sich.

»Es ist höchste Zeit, die Kleine hier ins Haus zu bringen, und ihre Mutter auch. Weißt du, wir haben vereinbart, nur so lange zu bleiben, bis Kusine Elspeth ihre Mädels für den Tanzwettbewerb eingekleidet hat. Ich möchte nicht, dass du dich übernimmst, Caty.« Er nickte Sarah zu, bevor er sich umwandte und ging.

Ramos streckte die Hand aus, um Sarah aufzuhelfen. Sie ließ zu, dass er sie auf die Beine zog, obwohl ihr die Bemerkung »Ihre Frau« noch immer zusetzte. Sie musste unbedingt mit Cate sprechen, bevor sie aufbrachen.

»Wissen Sie, was da drüben passiert ist?« Sie hielt die Stimme gesenkt und redete Cate direkt an, mit dem Rücken zu den anderen.

Cate nickte, kramte dann in ihrer Tasche, holte eine Karte heraus, die sie Sarah reichte.

»Hier ist meine Karte. Meine Familie hat ein Büro in Denver, und Sie können mich über diese Nummer erreichen, ob ich noch hier bin oder schon wieder zu Hause. Dann haben wir Zeit, ein wenig zu plaudern. War wirklich schön, Sie kennengelernt zu haben, ich hoffe, Sie rufen mich an, wenn Sie wieder zu Hause sind.« Cate beugte sich vor, soweit es ihr Körperumfang zuließ, und umarmte Sarah. Kurz bevor sie sich wieder löste, flüsterte sie: »Wir werden uns ausgiebig unterhalten, und ich kann ein paar Fragen beantworten, die Sie sicherlich haben.«

Sarah sah der freundlichen Familie nach, die zu ihrem Wagen ging, alles einlud und wegfuhr. Ihr Aufenthalt in Schottland und die Menschen, denen sie begegnete, wurden immer eigenartiger.

Sie steckte die Visitenkarte in ihre Tasche. Diese Nummer wollte sie nicht verlieren. Sie hatte fest vor, diesen Anruf zu tätigen.

»Ist alles in Ordnung mit dir?« Ramos durchbrach ihre Gedankengänge.

»Ja, alles bestens. Wieso?« Sie drehte sich um und stellte fest, dass er sie durchdringend anschaute.

»Ich weiß nicht. Du hast da drüben den Anschein erweckt, als stündest du ein bisschen neben dir.«

Kann man wohl sagen.

Sie waren bis zum frühen Abend geblieben und hatten ihren Spaß an der Musik und den Wettbewerben.

Ramos blickte zu Sarah auf dem Beifahrersitz. Sie hatte die Sonnenbrille hochgeschoben, die Augen hatten weiße, an den Rändern rosa Ringe. Zu viel Sonne für ihre helle Haut. Daran hätte sie denken sollen.

»Hat es dir gefallen heute?«

»O ja. Ich möchte es um nichts in der Welt missen.« Sie rutschte auf ihrem Sitz, wandte sich ihm zu und schenkte ihm ein strahlendes Lächeln. »Vielen Dank, dass du mich gedrängt hast, mitzukommen.«

»Ich wusste, dass es dir gefallen würde.«

»Ich fand es wunderbar. Ein toller Tag.«

»Das klingt, als wäre es vorbei.«

»Ist es nicht?«

»Na ja, es wird spät. Hast du Hunger?«

»Ich sterbe vor Hunger. Das Schokogebäck ist schon seit geraumer Zeit abgebaut.«

Er grinste. »Ich kenne niemanden, der Schokolade so genießt wie du.«

»Schuldig im Sinne der Anklage. Du hast meine Schwäche gefunden. Also, kriegen wir auf unserem Rückweg irgendwo Schokolade?« Sie setzte ein falsches Lächeln auf, zeigte die Zähne und klimperte mit den Augen.

Er lachte. »Noch besser. Ich habe in einem herrlichen Ort in Glen Coe einen Tisch für ein Dinner reserviert. Natürlich besteht da die Chance, dass die etwas mit Schokolade zum Nachtisch haben.«

»Mmmm. Ich liebe Nachtisch.« Sie lehnte sich auf ihrem Sitz zurück, schloss die Augen und richtete sich dann ruckartig wieder auf. »Hey, es wird dunkel, bis wir dort sind und zu Abend essen, nicht wahr?«

»Das sollte man meinen.«

»Im Dunklen über diese Straßen zu fahren, ist nicht besonders sicher.« Sie schaute aus dem Fenster. »Das hat mir jedenfalls mal jemand gesagt«, fügte sie leise hinzu.

»Tja, wer immer dieser Jemand gewesen sein mag, hatte absolut recht. Deshalb habe ich die andere Reservierung vorgenommen.« Er lächelte, als sie ihn misstrauisch anschaute.

»Welche *andere* Reservierung?«

»Ich habe auch ein Zimmer für die Nacht in Glen Coe reserviert.« Er zog eine Augenbraue hoch und schenkte ihr ein Lächeln, das bei mehr als einer Frau in seinem Leben Wunder gewirkt hatte.

»*Ein* Zimmer?« Er hatte ihre volle Aufmerksamkeit, als sie sich auf ihrem Sitz so weit zu ihm umdrehte, wie es der Sicherheitsgurt erlaubte. »Soll heißen, ein Einzelzimmer, das wir beide uns teilen?«

Er lächelte noch eindringlicher.

Sie schien nicht beeindruckt. »Oh, ich glaube nicht. Ein Zimmer funktioniert *nicht*. Es sei denn …« Sie wandte sich ab, schaute geradeaus, ein Lächeln umspielte ihre Lippen.

»Es sei denn was?«

»Es sei denn, du willst diese Nacht in diesem schicken kleinen Wagen verbringen.«

Er lachte, bevor er antwortete. Sie hatte verdammt viel Witz, sobald sie sich entkrampfte. »Ich habe zwei Zimmer reserviert.«

Nun war sie an der Reihe, eine Augenbraue hochzuziehen.

»Hey, du kannst einem Kerl nicht vorwerfen, es probiert zu haben. Ich dachte, ich schaue mal, was du sagst.« Er grinste sie wieder an.

Nach kurzem Schweigen warf sie ihm einen taxierenden Blick zu. »Du spielst gern die Rolle des bösen Jungen, nicht wahr?«

»Meinst du, das mache ich gerade?«

Sie nickte und schaute in die zunehmende Dunkelheit hinaus. »Ich wette, du legst viele Menschen auf diese Art herein. Nur fürs Protokoll, ich gehöre nicht dazu. Kann sein, dass du den bösen Jungen zwar spielst, aber eigentlich bist du ein guter. Glaube mir, wenn ich sage, dass ich das mit Sicherheit weiß.«

Eine Rolle? Vielleicht hatte sie recht. Der böse Junge zu sein, kam seinen Bedürfnissen entgegen. Die Art und Weise, wie er aufgewachsen war, von Geburt an darauf trainiert, gegen den Kampf um Leben und Tod anzugehen, dem sein Volk tagtäglich ausgesetzt war, konnte leicht die Sicht darauf verstellen, wer er wirklich war, was er wirklich glaubte. Manchmal war die Mahnung, dass er in Wirklichkeit der gute Junge war, das Einzige, was ihn aufrecht hielt.

Er rechnete einfach nie damit, wie gut es sich anfühlte, wenn ein anderer es zur Kenntnis nahm.

»Es ist so schön hier.« Sarahs Stimme klang so wehmütig, wie sie am Nachmittag ausgesehen hatte, das kleine Mädchen in den Armen, ihre blonden Locken fast identisch mit denen des Kindes, als sie zusammen am Boden gesessen hatten.

Ramos betrachtete sie, während sie an einem Picknicktisch hinter dem Hotel neben ihm saß, die Ellbogen auf den Knien, das Kinn auf die Hände gestützt, und auf den See schaute. Nach dem Dinner hatte sie einen Spaziergang machen wollen, und sie waren am Ende hier gelandet und beobachteten, wie der Mond in silbernen Wellen auf dem Wasser tanzte.

»Siehst du die kleine Insel da drüben im See?« Sie zeigte nach links. »Der Portier erzählte mir, dass vor Jahrhunderten sich befehdende Clanmitglieder zu der Insel hinaus gerudert wurden und so lange dort bleiben mussten, bis sie ihre Differenzen beigelegt hatten.«

»Klingt bemerkenswert zivilisiert.« So sollte es heutzutage sein, dachte er, womit Unschuldige wie Sarah davor gerettet würden, mitten in eine Schlacht zu geraten.

Lässig legte er ihr einen Arm um die Schultern und zog sie näher zu sich heran.

Sie wandte sich ihm zu, zog eine Augenbraue hoch, entfernte nachdrücklich seinen Arm und rutschte wieder auf ihren Platz.

»Ich dachte, das Thema hätten wir heute im Auto abgehandelt. Habe ich mich nicht klar ausgedrückt?«

»Nicht klarer als meine Antwort.«

»Und die lautete?«

»Man kann einem Kerl nicht verübeln, wenn er es probiert.« Grinsend hob er den Arm erneut, aber sie hielt ihn fest und schob ihn zurück.

»Okay, dann will ich es dir klipp und klar sagen. Ich mag dich. Sehr sogar. Als Freund. Mehr nicht. Freundschaft ist alles, was ich im Moment geben kann. Wenn dir das nicht reicht, dann war's das.«

»Was du im Moment geben kannst?« Er schaute sie genau an. Ihm gefiel die Traurigkeit nicht, die an diesem Abend von ihr ausging.

Sie nickte.

»Dann will ich mehr auch nicht haben.« Er grinste wieder. »Vorerst.« Er ließ dem Schweigen Raum, bis er es erneut brach. »Es ist wegen McCullough, hab ich recht?«

»Was?«

»Dass du nicht mehr zu geben hast. Es ist wegen ihm, nicht wahr?« Er wollte es aus ihrem Munde hören. Musste wissen, was sie wirklich fühlte. Wie tief sie mit drinsteckte. Wie viel sie wusste. Über vieles.

Sie wandte sich ab und schaute auf den See. »Wir sollten morgen früh aufbrechen. Ich hatte eigentlich nicht geplant, über Nacht fortzubleiben.«

Wieder wich sie seinen Fragen aus. Aber diesmal hatte er nicht vor, es ihr durchgehen zu lassen.

»Hast du ihn schon angerufen, um ihm zu sagen, dass du die Nacht mit mir verbringst?« Er behielt absichtlich einen leichten Tonfall bei.

Sie schüttelte den Kopf. »Ich verbringe die Nacht nicht *mit* dir. Wir übernachten nur im selben Hotel. Das ist ein Riesenunterschied.«

»Du hast meine Frage nicht beantwortet.«

Schweigen.

»Eigentlich hast du heute keine meiner Fragen nach McCullough beantwortet.«

Schweigen.

»Warum?«

Ihr andauerndes Ausweichen verwirrte ihn.

»Ich rede nicht mit dir über Ian. Das Thema ist tabu.«

»Aber macht er sich denn keine Sorgen, wenn du heute Abend nicht zurückkommst?«

»Nein.« Ihre Stimme war nicht mehr als ein Wispern.

»Ich will ehrlich sein. In Glaston House war offensichtlich, dass ihr beide eine Beziehung habt. Du kannst mir nicht vorwerfen, dass ich wissen will, was mich erwartet, wenn ich dich nach Hause bringe.«

»Du musst dir keine Sorgen machen, Ramos. Da sind keine wütenden Freunde, die nur darauf warten, dich zu verprügeln, wenn wir zurückkommen.«

»Du willst also damit sagen, dass er nicht mit gezücktem Schwert wartet, wenn wir vorfahren?«

»Nein.«

»Und du wirst ihn nicht anrufen und ihm sagen, wo du bist?«

»Nein.«

»Und obwohl er so besitzergreifend wirkte, behauptest du, dass er kein bisschen besorgt ist, wenn du heute dort nicht auftauchst?« Was sie sagte, stimmte in keiner Weise mit dem überein, was er mit eigenen Augen gesehen hatte.

»Nein.«

»Na, dann bin ich völlig verwirrt. Wäre ich jetzt an McCulloughs Stelle, wäre ich krank vor Sorge. Sag mir doch wenigstens, warum du nicht anrufen willst.« Er grinste in der Hoffnung, ihr ein Lächeln zu entlocken, bis sein Blick auf den glitzernden Tropfen fiel, der ihr über die Wange rann. Schimmerndes Mondlicht verlieh der Träne den Anschein eines Diamanten, der über ihr Gesicht rollte.

»Ich rufe nicht an, weil er nicht da ist. Er ist fort.«

»Wann soll er denn wieder da sein?« Übelkeit machte sich in seinem Magen breit.

»Ich glaube nicht, dass er zurückkommt. Zumindest nicht, solange ich noch da bin«, flüsterte sie und schluchzte leise auf.

Er zog sie an sich, fuhr ihr mit der Hand über das Haar und den Rücken. Er hätte früher etwas tun sollen, hätte damit rechnen, früher reagieren müssen. Doch seine Instinkte hatten ihn im Stich gelassen. Als er McCullough in England mit ihr beobachtet hatte, war er sich so sicher gewesen, dass der Hüter niemals freiwillig von ihrer Seite weichen würde.

Wut erfasste ihn. Wie sein Vater ihm immer gesagt hatte, waren Hüter ohne Gefühle, nichts als Kampfhunde für den bösen Fae, der sie beherrschte. Derselbe Fae, der sein Volk misshandelt hatte, ihnen ihr Zuhause geraubt und sie in die Welt der Sterblichen verbannt hatte. Sie scherten sich nicht um die Unschuldigen, auf denen sie herumtrampelten.

Bei dem Gedanken an die Unschuldigen plagte ihn sein Gewissen nur wenig, als er die rote Fahne umging, die er in dieser Nacht hatte beachten wollen. Jetzt war nicht der Zeitpunkt, Sarah mit Fragen nach ihrer verblüffenden Reaktion auf Reynard zu quälen. Offensichtlich war die Frau ein Sensor. Er musste in Erfahrung bringen, was sie in seinem Vater womöglich gespürt hatte, das sie so heftig getroffen hatte.

Er schaute auf Sarah hinunter, die leise in seinen Armen weinte. Sie war eine nette Lady mit einem guten Herzen. Er hatte sie gemocht, als er ihr zum ersten Mal begegnete. Er hatte gehofft, das hier vermeiden zu können. Sich einschalten zu können, bevor McCullough die Möglichkeit hatte, sie zu verletzen. Aber er war zu spät gekommen. Hatte zu lange gebraucht, seiner Sache Dringlichkeit zu verleihen, zu lange, seinen Plan weiter zu verfolgen.

Nur gut, dass der Hüter fort war. Um ganz ehrlich zu sein, war er erleichtert.

Denn nun, da er Sarah näher kennengelernt hatte, sie respektierte und verstand, sich um sie kümmerte, wie konnte er dann den Mann auslöschen, den sie liebte, ohne so schlecht zu sein wie der Hüter selbst?

Sollte der Hüter doch in der Hölle schmoren.

22

Ian durchlebte die Hölle.

Seit zwei Wochen. In der Erwartung, den Rest seines Lebens dort zu verbringen. Eine so furchtbare Hölle, dass er sich nicht vorstellen konnte, wie sie noch schlimmer werden könnte.

Zumindest sollte man meinen, dass alle ihn in Ruhe und in Frieden leiden lassen könnten.

»Hör zu, ich weiß nicht, was passiert ist, und ich weiß, du willst nicht darüber reden. Ich habe versprochen, nicht wieder zu fragen. Aber um Himmels willen, Ian, du kannst so nicht weitermachen.« Danny ging auf dem glänzenden Holzboden der Londoner Wohnung auf und ab und raufte sich die Haare. »Komm mit mir zurück nach Glaston House. Bleib eine Weile da. Komm wieder herunter.«

»Nein.« Ian glaubte nicht, wieder dorthin gehen zu können, ohne die Luft anzuhalten und jeden Moment damit zu rechnen, dass Sarah um die Ecke bog. Ohne von ihrem Geruch verfolgt zu werden, der Erinnerung an sie. »Nein. Ich bleibe hier. Mir geht es gut.«

»Das glaube, wer will. Du hast kaum etwas gegessen und siehst aus wie der Tod auf Reisen.« Danny blieb vor Ians Stuhl stehen. »Willst du dir nicht wenigstens überlegen, am Freitag rauszukommen und das Wochenende mit uns zu verbringen?«

»Ich denke drüber nach.« Er hätte alles gesagt, um seinen

Freund zum Schweigen zu bringen und ihn loszuwerden. Er stand auf und legte Danny eine Hand auf den Rücken. »Und jetzt geh nach Hause zu deiner Frau und deinem Sohn. Ich komme schon zurecht.«

Danny schüttelte den Kopf und ließ sich von Ian zur Tür schieben. »Gehst du denn raus und holst dir was zu essen? Ich komme morgen vorbei und prüfe es nach, im Ernst.«

»Ja, ich kümmere mich drum. Du machst dir Sorgen wie eine alte Frau. Geh.«

Mit einem letzten verdrießlichen Blick über die Schulter schob Danny die Hände tief in die Taschen seines Regenmantels und eilte durch den Nieselregen zu seinem Wagen.

Endlich. Die Einsamkeit, nach der er sich gesehnt hatte.

Sein Freund meinte es gut, versuchte nur, ihn zu trösten, aber Ian wollte keinen Trost. Hatte ihn nicht verdient. Als er sich auf dem dunklen Ledersofa ausstreckte, wollte er nur in die schwarze Leere des Schlafs entkommen. Nur da war er bar jeglicher Gedanken. Gedanken waren jetzt seine Feinde, denn in jedem bewussten Augenblick, bei jedem Atemzug, musste er an Sarah denken.

Er legte sich zurück, atmete langsamer und begann abzudriften, an jenen Ort, an dem er nichts sein, nichts wissen, nichts fühlen konnte.

Das schrille Klingeln des Telefons riss ihn wieder zurück in die Hölle, der er hatte entkommen wollen. Noch mit geschlossenen Augen überlegte er kurz, ob er es ignorieren sollte, doch der Lärm ging weiter, außerdem würden sie – wer immer sie waren – einfach zurückrufen und das Ganze würde wieder von vorn anfangen.

»Was ist«, knurrte er in den Hörer.

»Ian?« Henrys ruhige Stimme schwankte einen Moment. »Ist es gerade ungünstig?«

Ian kam zur Ruhe. Das alles war nicht Henrys Schuld. »Nein, Henry, tut mir leid. Was kann ich für dich tun?« Er setzte sich auf die Sofakante und drehte den Hals von einer Seite zur anderen, um die dort sitzende Verspannung loszuwerden.

»Ich fürchte, wir haben da ein kleines Problem. Ich war mir nicht sicher, mit wem ich darüber sprechen sollte.«

»Was ist los?« Wieder das Dach, die Wasserleitungen, die Elektrik – das alles spielte eigentlich keine Rolle.

»Wie es aussieht, ist Sarah verschwunden.«

Das spielte allerdings eine gewaltige Rolle. Er richtete sich sofort kerzengerade auf, Henry hatte seine ungeteilte Aufmerksamkeit.

»Was soll das heißen, ist verschwunden? Verschwunden, nachdem sie spazieren gegangen ist und sich im Wald verlaufen hat – oder was?«

»Verschwunden in dem Sinne, dass sie gestern Abend nicht von ihrem, na ja, Ausflug mit diesem Mann zurückgekehrt ist.«

Wieso war ihm zumute, als müsse er sich übergeben, obwohl er doch nichts im Magen hatte?

»Welcher Mann?«

»Dieser Ramos. Der sie gestern zu einer Besichtigungstour abgeholt hat.«

»Ramos Servans? Du hast sie mit Servans zusammen vom Grundstück gelassen?« Er war aufgesprungen und schritt so weit auf und ab, wie die Telefonschnur es erlaubte. »Ich verstehe das nicht. Sie hat mir versprochen, keinen von beiden wiederzusehen«, murmelte er, als spräche er mit sich selbst.

»Genau das habe ich dem General gesagt.«

»Dallyn wusste, dass sie wegfährt?«

»O ja. Er sagte, sie habe ihre eigenen Entscheidungen zu treffen.«

Verdammter kryptischer Fae. »Weiß er, dass sie nicht zurückgekehrt ist? Dass sie verschwunden ist?«

»Tja, nein. Als uns klar wurde, dass sie nicht nach Hause gekommen ist, wusste ich nicht so recht, was ich tun sollte. Schließlich habe ich beschlossen, dich anzurufen, was ich auch schon wollte, als wir davon erfuhren, dass sie mit dem Mann wegfahren würde. Ich dachte mir, du wüsstest, was am besten ist.« Henry klang verunsichert.

»Sehr gut. Das hast du prima gemacht, Henry. Folgendes sollst du jetzt tun. Zunächst mach dich auf die Suche nach dem General. Erzähl ihm, was passiert ist. Richte ihm aus, ich will, dass sie gefunden wird. Sofort.« *Wenn ihr etwas zustößt …*

»Gut. Ich werde ihn finden.«

»Und ich will mit ihm sprechen. Sorge dafür, dass er mich anruft, sobald feststeht, wo sie ist.«

»Ja, ich versuche es. Noch etwas?«

»Halte mich auf dem Laufenden. Ich warte.«

»Gut.«

Ian hielt den Hörer noch lange in der Hand, nachdem die Leitung unterbrochen war, als würde er ihn irgendwie mit dem Ort verbinden, an dem er gern wäre. Er zügelte seinen ersten Impuls, hinzufahren und sich selbst auf die Suche nach ihr zu begeben. Er konnte dem nicht nachgeben, obwohl er sich hier hilflos vorkam, so weit weg von ihr, unfähig, etwas zu unternehmen, um sie zu beschützen.

Wenn ich dort bin, stirbt sie.

Es sei denn, Dallyn hatte recht, und er hatte den Traum falsch ausgelegt.

Entgegen seiner früheren Annahme war seine Hölle noch um einige Grade heißer geworden.

Der Wagen kam in der Auffahrt zum Halt, Ramos sprang hinaus, noch bevor der Motor aus war, kam herum und öffnete ihr die Tür. Zweifellos war er darauf bedacht, sie loszuwerden.

»Danke noch einmal für den Ausflug. Es hat mir sehr gut gefallen.« Sarah lächelte ihn an und rechnete danach mit einem hastigen Aufbruch.

Er schob seine Sonnenbrille hoch auf den Kopf und schaute sie eine Weile an, bevor er antwortete. »Mir auch. Was hältst du davon, wenn ich dich morgen abhole und wir uns die Sehenswürdigkeiten von Edinburgh zusammen ansehen?«

»Ich bin überrascht, dass du es möchtest.«

»Wieso das denn?« Jetzt machte er einen verblüfften Eindruck.

»Nach dem Spektakel, das ich gestern Abend aufgeführt habe, fragst du noch?« Sie spürte, wie ihr Gesicht vor Verlegenheit rot wurde. Sich an seiner Schulter auszuweinen, war das Letzte, was sie geplant hatte. Aber sie hatte es gemacht.

»Ach das?« Er schnaubte. »Das war doch nichts. Schließlich sind Freunde dafür da, zur Stelle zu sein, wenn man sie braucht. Also, sagen wir bis morgen?«

»Ich fürchte, nein. Ich hänge mit meiner Arbeit hintendran, und ich habe die letzten beiden Tage freigenommen, um meinen Spaß zu haben.«

»Na schön. Genehmigt. Dann am Samstag. Alle Welt nimmt das Wochenende frei. Selbst große, berühmte Autorinnen wie du, kann ich mir vorstellen. Ich komme mit etwas Besonderem, versprochen.«

Sie hatte die Zeit mit Ramos genossen. Und er brachte sie zum Lachen. Warum sollte sie ihn nicht wiedersehen?

»Okay, aber wie wäre es damit? Wir kommen am Samstag früh zurück, und ich mache abends hier was zu essen. So kann ich etwas für dich tun.«

Er schwieg, als wolle er ihr Angebot überdenken, und grinste dann. »Ich habe eine bessere Idee. Ich komme Freitagnachmittag. Du richtest uns ein frühes Abendessen. Dann fahren wir zurück in die Stadt, verbringen die Nacht – zwei Zimmer natürlich« – er zuckte mit einer Augenbraue, woraufhin sie kichern musste – »und wir haben den ganzen Samstag für uns, was immer wir unternehmen wollen.«

»Abgemacht.« Sie streckte die Hand aus, um die Vereinbarung zu besiegeln.

Er nahm die dargebotene Hand und zog Sarah an sich. Er schlang den anderen Arm um sie, bog sie nach hinten und gab ihr einen langen Kuss.

Noch eine Überraschung. »Wofür war der? Bloß ein Kerl, der es noch immer probiert?«

»Überhaupt nicht. Das war ausschließlich dem Publikum zuliebe.« Er warf einen raschen Blick auf die Hausfront, bevor er die Sonnenbrille wieder über die Augen zog.

So langsam allerdings, dass sie das Lachen dort sah. *Ja, er spielt gern den bösen Jungen.*

»Dann sehen wir uns am Freitagnachmittag, meine Süße«, rief er laut, als er wieder ins Auto stieg.

Lauter, als notwendig gewesen wäre, offensichtlich spielte er noch für das Publikum.

Nachdem sie dem zurücksetzenden Wagen nachgewunken hatte, drehte sie sich um und stellte fest, dass Henry und Martha am Fuß der Treppe standen. Sie musste das Kichern unterdrücken, das hervorzusprudeln drohte, als sie die beiden ansah. Sie waren wie aufeinander abgestimmte Statuen, beide hatten die Arme verschränkt, beide wirkten finster und verärgert.

»Guten Tag«, rief sie ihnen zu, winkte und ging den Pfad hinunter zum Ferienhaus, ein rasches Entkommen im Sinn.

»Einen Augenblick, junge Dame. Bleiben Sie da stehen.« Henry löste sich aus seiner starren Haltung und kam hinkend auf sie zu. »Wo waren Sie? Wir waren krank vor Sorge um Sie.«

Martha behielt ihre Pose an der Treppe bei, nickte jedoch heftig, um ihre Zustimmung kundzutun.

»Warum um alles in der Welt sollten Sie sich Sorgen um mich machen?«

»Wir haben Sie gestern Abend zurückerwartet. Als Sie heute Morgen noch nicht wieder da waren, war ich außer mir.«

»Ihretwegen hat er fast einen Herzanfall bekommen, Missie.« Martha hielt sich auf Abstand, wollte aber offensichtlich ihre Meinung beisteuern.

»Ich habe sogar Dallyn ausgeschickt, um nach Ihnen zu suchen.«

Ihr erster Impuls war, wütend zu sein, doch bei näherem Hinsehen wurde ihr klar, dass Henry tatsächlich sehr beunruhigt war. Seine Wangen waren voll roter Flecken, seine Hände zitterten. Plötzlich hatte sie Gewissensbisse. Sie hatte keinen Gedanken daran verschwendet, wie ihr Gastgeber darauf reagieren würde, dass sie letzte Nacht nicht da war.

»Oh, Henry. Das tut mir leid. Ich wollte Sie nicht verstimmen.« Sie nahm den älteren Mann in den Arm. Sie hielt es für ein gutes Zeichen, dass er es zuließ. »Wir haben den Tag bei den Glengarry Highland Games verbracht. Es wurde dunkel, und wir beschlossen, es sei sicherer, dort zu bleiben und nicht zurückzufahren. Ich habe überhaupt nicht daran gedacht, Sie anzurufen. Mir war gar nicht klar, dass meine Abwesenheit hier überhaupt jemandem auffallen würde.

»Tja, es ist uns aufgefallen.«

»Ja, und ob«, fügte Martha hinzu.

»Ich gehe doch davon aus, dass Sie in Zukunft darauf achten, sich nicht einfach so weglotsen zu lassen.« Er schien etwas besänftigt.

»Oder falls doch, rufe ich auf jeden Fall an. Okay?«

»Sehr gut.« Er drehte sich um und humpelte zur Treppe zurück.

»Sehr gut«, wiederholte Martha, um das letzte Wort zu haben, bevor sie Henry ins Haus folgte.

Sarah machte sich auf den Weg zu ihrem kleinen Haus. Sie konnte ein wenig Zeit für sich gebrauchen. Nach den Ereignissen am Vortag war sie emotional ausgelaugt.

Es war eine Weile her, dass sie jemandem über ihren Verbleib Rechenschaft ablegen musste, und sie stellte fest, dass sie dabei unzählige Gefühle überkamen. Sie war wütend auf sich, weil sie kein rücksichtsvollerer Gast gewesen war. Sie fühlte sich für Henry McCulloughs offensichtliche Aufregung verantwortlich.

Am schlimmsten aber war, dass sich der falsche McCullough Sorgen um sie gemacht hatte.

23

»Hallo, darf ich reinkommen?«

Sarah fuhr erschrocken zusammen und drehte sich zu der Stimme um.

»Hallo, Dallyn. Sieht so aus, als wären Sie bereits drin.«

Ihr eigenartiger Nachbar stand mitten in ihrem Wohnzimmer, die Hände hinter dem Rücken, und schaute sich neugierig um. »Ihre Tür stand offen. Das habe ich als Einladung betrachtet.«

Er lächelte, und sie war wieder einmal verblüfft, wie außergewöhnlich gut dieser Mann aussah.

»Was kann ich für Sie tun?«

»Ah, schöne Lady, zuerst geht es darum, was ich für Sie tun kann.« Er zog eine Packung hinter dem Rücken hervor und reichte sie ihr.

»Sie haben mir ein Geschenk mitgebracht?«

»Sieht so aus.«

Sie erhob sich hinter ihrem Schreibtisch und nahm es entgegen. »Was ist es?«

»Ich habe keine Ahnung. Ich bin kein Schnüffler.«

»Aber Sie haben doch gesagt …« Sie verstummte und schüttelte den Kopf. Sie sollte inzwischen wissen, dass sie keine logische Unterhaltung mit Dallyn erwarten sollte.

Das Päckchen war in Edinburgh abgestempelt. Links oben in der Ecke stand R.S. Ramos.

»Ich habe gesagt, ich habe es mitgebracht, und das stimmt.

Dabei ist es nicht von mir. Woher sollte ich also wissen, was in dem Päckchen ist?« Es klang wie ein Selbstgespräch. »Deswegen müssen Sie nicht gleich eingeschnappt sein.«

»Tut mir leid, Dallyn. Das habe ich missverstanden.« Sie stellte das Päckchen auf den Tisch und zupfte an dem braunen Packpapier.

»Ja, so wird es sein. Henry hat es heute bei der Post abgeholt und mich gebeten, es vorbeizubringen, als ich kam.«

»Tja, vielen Dank. Wir wollen nachsehen, was es ist … ach du liebe Güte!«

Nachdem sie das Packpapier entfernt hatte, kam eine quadratische braune Schachtel zum Vorschein, ähnlich einer Schmuckschatulle. Aber es war kein Schmuck. Sarah hatte eine solche Schachtel schon beäugt.

»DeLafée«, hauchte sie.

Mein Gott, essbare Dekadenz in einer Schachtel.

Beinahe ehrfürchtig hob sie den Deckel an und bewunderte die acht kleinen, nach oben spitz zulaufenden Schokoladenzylinder, alle mit einer Schicht aus essbarem Blattgold überzogen.

»Feen?« Dallyn schaute sie fragend an.

»Viel besser. Schokolade.« Sie hielt die Schachtel dicht an ihr Gesicht und schnüffelte. »Hmmm. Schweizer Schokopralinen.«

»Feenschokolade? Davon habe ich ja noch nie etwas gehört.« Dallyn betrachtete Sarah mit leicht gerunzelter Stirn.

»Feenschokolade?« Sie schaute ihn finster an. Was faselte er nun schon wieder?

»DeLafée.« Er deutete auf die Beschriftung des Deckels. »Vom Fae. Den Feen.«

Umzingelt. Wohin sie sich auch drehte und wendete.

»Ich geb's auf.« Egal, was er von mir denkt. Verrückter als er kann ich auch nicht sein. »Wie es scheint, Dallyn, stamme ich von Feen ab. Und seit ich in Schottland bin, haben sie keine Mühen gescheut, mir das bei jeder passenden Gelegenheit klarzumachen.« Sie nahm eine kleine Praline heraus und hielt ihrem Gast die Schachtel hin. »Möchten Sie eine?«

»Wie entzückend. Man könnte sagen, dass ich auch von denen abstamme, schöne Dame. Willkommen in der Familie. Und ja, ich glaube, ich würde Ihre Feenschokolade gern probieren.«

Sie begann zu kichern, doch die Schokolade, die sie abgebissen hatte, schmolz in ihrem Mund, legte sich auf ihre Geschmacksnerven, und sie stöhnte stattdessen.

»Ich muss Ihnen zustimmen. Die ist wirklich köstlich.« Dallyn biss noch ein winziges Stück von seiner Praline ab. »Einzigartig in der Konsistenz und im Geschmack.«

»So schmeckt Luxus, Dallyn. Die hier sind reine Dekadenz. Setzen Sie sich und schließen Sie die Augen, während Sie den Rest aufessen.« Auch sie folgte ihrem Rat. »Das muss man Ramos lassen, er weiß auf jeden Fall, wie man ein beeindruckendes Geschenk macht. Eine Spur zu pompös vielleicht, aber trotzdem beeindruckend.« Sie lächelte und leckte etwas Schokolade von ihren Fingern.

»Pompös?« Dallyn knabberte noch immer an seiner Praline.

»Er zieht gern eine Show ab. Scheut keine Kosten.«

»Er hat für dieses Geschenk keine Kosten gescheut?«

»Richtig. Die sind unheimlich teuer. Ungefähr fünfundneunzig Dollar pro Schachtel, als ich sie zuletzt irgendwo gesehen habe.« Er blickte sie verständnislos an, daher versuchte sie es noch einmal. »Grob geschätzt fünfundvierzig oder fünfzig Pfund?« Seine Miene blieb nichtssagend. »Vergessen Sie es.« Vielleicht gehörte der Mann wirklich zu den schwer fassbaren Feen. Das würde jedenfalls vieles erklären. »Sie gehen nicht oft einkaufen, nicht wahr?«

»Nein.« Er war am letzten Bissen seiner Praline angelangt.

»Sind Sie verheiratet?« Bei seinem alarmierten Blick musste sie lachen. »Okay. Ich vermute, die Antwort auf diese Frage habe ich schon.« Sie hielt ihm erneut die Schachtel hin. »Noch eine?«

Seine Hand schwankte über den Süßigkeiten. »Ich sollte lieber nicht.« Aber er nahm noch eine und begann wieder an der Spitze mit einem winzigen Biss.

Auch Sarah nahm eine weitere Praline. Die waren so gehaltvoll, dass sie vielleicht bereuen würde, eine zweite genommen zu haben, aber man lebte schließlich nur ein Mal.

»Was machen Sie überhaupt hier? Sind Sie nur hergekommen, um die Süßigkeiten abzuliefern?«

»Nein, ich war, wie gesagt, auf dem Weg zu Ihnen, daher hat Henry mich gebeten, Ihnen das Päckchen mitzunehmen.«

»Also …« Sie zog das Wort in die Länge und wartete, dass er die Leere für sie füllte.

Er reagierte nicht.

»Hatten Sie einen Grund, vorbeizukommen, oder sollte es ein geselliger Besuch sein?«

»Oh.« Er schlug die Augen auf wie ein Mann, der vergessen hatte, wo er war.

Sie hatte ihn garantiert in einen Schokoholiker verwandelt, daran bestand kein Zweifel. Man sollte fast meinen, dass er das Zeug noch nie gegessen hatte.

»Ich hatte einen Grund.« Er biss noch ein Stückchen ab und schloss genießerisch wieder die Augen.

Sarah war mit ihrer Geduld am Ende, beugte sich vor und legte ihm eine Hand auf das Knie. Zögernd öffnete er die Augen.

»Welchen Grund?«

»Oh, die hier sind wunderbar, wissen Sie? Ja, der Grund. Nun« – er lächelte dümmlich – »um Ihnen zu sagen, dass Sie den jungen Mann nicht wieder treffen können, der Ihnen die geschickt hat.« Er nahm noch einen Bissen.

»Wie bitte? Sie sind hier, um mir zu sagen, dass ich Ramos nicht wieder treffen kann? Sie machen Witze. Stimmt's?«

Sie beobachtete ihn eine Weile. Als seine ausbleibende Reaktion darauf hindeutete, dass er es ernst meinte, stieg Wut in ihr auf.

»Zunächst einmal, was um alles in der Welt bilden Sie sich ein, hier einfach herein zu walzen und mir Vorschriften zu machen? Ich glaube, Sie sind mir eine Erklärung schuldig, und zwar verdammt schnell.«

Dallyn leckte den Rest Schokolade von seinen Fingerspitzen und legte eine Hand auf ihre. »Ich habe seit Jahrhunderten keinen Walzer mehr getanzt, meine Liebe.«

Das Lächeln, das er ihr schenkte, war pure Verführung. Sie spürte die Wirkung bis in die Zehenspitzen. Vielleicht hatte sie den Mann unterschätzt. Aber nein, wie zuvor auch schon gab es in seiner Berührung nichts zu fürchten. Dennoch hatte sie das unleugbare Bedürfnis, sich Luft zuzufächeln.

»Und warum ich glaube, Ihnen Vorschriften machen zu können, das ist einfach. Weil es nämlich wichtig für Ian ist, dass Sie diesen Mann nicht wiedersehen.«

Bei der Erwähnung seines Namens zog Sarah ruckartig ihre Hand zurück und griff nach einer weiteren Praline. Wenn Dallyn meinte, sie sollten über Ian und *dessen* Wünsche reden, dann brauchte sie mehr Schokolade, als im Haus vorhanden war. Einen ganzen Swimmingpool von dem Zeug.

»Was Ian McCullough will oder nicht will, hat für mich absolut keine Bedeutung. Und da es so aussieht, als würde er noch mit Ihnen sprechen, können Sie ihm das ruhig sagen.«

»Sie haben ihm aber versprochen, keinen der beiden Servans mehr zu treffen.«

»Tja, offensichtlich haben sich die Dinge geändert.«

»Sie halten sich nicht an Ihr Versprechen?«

Sie schnaubte fassungslos. »Ja. Zufällig glaube ich, dass alle Wetten – und Versprechen – in Anbetracht der Tatsache, dass er nicht hier ist, ungültig sind. Es steht Ihnen frei, auch diesen kleinen Leckerbissen weiterzugeben.«

Er besaß die Frechheit, gekränkt zu wirken. »Wie können Sie das sagen? Nach allem, was er für Sie getan hat?«

»Wie bitte? Alles, was er für mich getan hat? Hören Sie, ich weiß nicht, was er Ihnen erzählt hat« – sie hielt inne und spürte, wie ihr Gesicht Farbe annahm, als ihr klar wurde, welche Art von Unterhaltung die Männer über sie geführt haben konnten –, »aber er hat nichts für mich getan.«

»Junge Frau, Ian McCullough hat Ihnen das größtmögliche Geschenk überhaupt gemacht. Ist es da zu viel verlangt, wenn Sie ihm etwas dafür geben? So etwas Einfaches wie Seelenfrieden, Freiheit von Sorge?«

»Was Sie da sagen, leuchtet mir überhaupt nicht ein. Nur zum Mitschreiben, Ian hat mir nichts geschenkt. Und ich schulde ihm nichts.« Sarah steckte den Rest ihrer Praline in den Mund und klappte den Deckel der Schachtel zu. Bei diesem Tempo würde die wundervolle Schokolade sofort wieder hochkommen, wenn sie nicht vorsichtig war.

»Dann erlauben Sie mir, es Ihnen zu erklären, damit es für Sie einen Sinn ergibt. Ians Geschenk der Liebe hat Ihre Seele gerettet. Sind Sie denn nicht bereit, dasselbe für ihn zu tun?«

»Geschenk der …« Sie verhaspelte sich, unfähig, einen zusammenhängenden Gedanken zu fassen oder zu sprechen. »Liebe? Das stelle ich mir nicht unter Liebe vor. Es ist ziemlich eindeutig. Er hat bekommen, was er wollte, und ist gegangen. Kein Wort des Abschieds, nicht einmal ein paar Zeilen. Einfach gegangen. Das spricht für mich Bände über seine sogenannte Liebe.«

»Aber er hat Ihre Seele befreit. Er hat Sie wieder geheilt, nicht wahr?«

»Noch einmal, Dallyn, Sie haben mich nicht richtig verstanden. Ich habe nicht die leiseste Ahnung, wovon Sie reden.« Wie üblich sprach er in Rätseln – worüber, wusste sie nicht.

»Es ist ziemlich einfach. Sie sind wiederhergestellt.«

Sie hob beide Hände, ließ sich gegen die Sofalehne fallen und verschränkte trotzig die Arme. Es wurde immer schlimmer.

Er versuchte es noch einmal. »Überlegen Sie, Sarah. Was

wollen Sie? Was ist Ihnen wichtig? Was liegt Ihnen im Leben am meisten am Herzen?«

Ian.

Nein, das würde sie ihm gegenüber nicht zugeben. Sie suchte krampfhaft nach etwas anderem. Etwas, das sie eingestehen könnte.

»Meine Arbeit als Schriftstellerin.«

Ein breites Lächeln legte sich über Dallyns Gesicht. »Ich habe vermutet, dass Sie das sagen würden. Durch Ians Liebe sind Sie wieder in der Lage, zu schreiben. Die Fähigkeit, die Sie verloren hatten, als Sie hier ankamen. Kreativität kommt aus der Seele. Ihre Seele war gefesselt und litt, als Sie eintrafen, verkümmerte und wartete darauf, dass Sie akzeptieren, was Sie sind, darauf, dass Sie Ihre andere Hälfte finden. Ian ist die andere Hälfte.«

»Tja, offenbar haben Sie vergessen, Ian diese hübsche kleine Rede zu halten. Er glaubt nicht, dass er meine andere Hälfte ist. Nur für den Fall, dass Sie es nicht mitbekommen haben, er ist weg, ohne mir die Höflichkeit zu erweisen, eine Erklärung abzugeben. Wie schon gesagt, kein Gespräch, kein Wort des Abschieds, nicht einmal ein ›leck mich‹. Daher muss meine Seele das jetzt einfach durchstehen und darüber hinwegkommen.« *So wie ich auch.*

»Das müssen Sie verstehen, Sarah. Er hatte einen guten Grund, wegzugehen.«

»O ja. Dessen bin ich mir sicher. ›Wirklich dringende Geschäfte‹ war, glaube ich, die Ausrede, die Henry stotternd vorbrachte.«

»In gewisser Weise stimmt das. Er ist gegangen, um Sie zu beschützen.«

»Mich zu beschützen? Wohl kaum. Er ist gegangen, um von mir wegzukommen.«

»Da irren Sie sich. So wie Ihre Seele nach ihm rief, ruft er sogar jetzt nach Ihnen. Sie müssen bereit sein, alles für ihn zu riskieren, wenn der richtige Zeitpunkt gekommen ist, so wie er alles für Sie riskieren wird. Und vorläufig müssen Sie bereit sein, das zu tun, worum er Sie gebeten hat.«

»Das ist so eine gequirlte Sch…« Sie nahm sich zusammen. Dallyn hatte ihren Zorn nicht verdient. Es war nicht seine Schuld. Er versuchte nur, seinem Freund zu helfen. »Die Tage, an denen ich etwas riskiere, sind vorbei. Das müssen Sie verstehen, und es steht Ihnen frei, es Ian mitzuteilen. Ich werde treffen, wen ich will, wann ich will, so oft ich will, und da können Sie, oder Ian oder wer auch immer noch so viel sagen.«

»Also werden Sie diesen jungen Mann wiedersehen?«

»Ja.«

»Sarah, haben Sie überhaupt eine Ahnung, welches Risiko Sie da eingehen? Wie Sie die Waagschalen des Schicksals mit Ihren Handlungen aus dem Gleichgewicht bringen? Können Sie nicht …«

»Nein«, unterbrach sie ihn, erhob sich und ging zur Tür. »Ich glaube, es wird Zeit, dass Sie gehen, Dallyn. Ich weiß Ihre Bemühungen zu schätzen, aber es geht Sie eigentlich nichts an. Bitte, gehen Sie.«

Er blieb an der Tür stehen und legte ihr eine Hand auf die Schulter. »Wenn die Zeit kommt, hoffe ich, dass Sie sich daran erinnern, was ich Ihnen gesagt habe.«

»Meinetwegen. Auf Wiedersehen, Dallyn.«

Er drückte ihre Schulter und ging.

Sarah stand im Türrahmen und blickte ihm nach, bis er an der Wegbiegung war und sie ihn nicht mehr sehen konnte. Sie ging an den Schreibtisch, öffnete die Schublade und holte ihre Reiseunterlagen heraus. Vielleicht sollte sie die Fluggesellschaft anrufen. Ganz gleich, wie hoch die Gebühren für eine Umbuchung waren, sie konnte nicht mehr viel länger hierbleiben. Zwischen dem beständigen Feenmüll und den schmerzhaften Erinnerungen an Ian geriet ihr Leben außer Kontrolle. Sie steckte den Umschlag in ihre Tasche.

Irgendwann hat jedes Mädchen die Faxen dicke.

Dallyn verabscheute Überraschungen. Außer denen, die er selbst bereitete. Besonders die, die er hätte voraussehen und auf die er hätte vorbereitet sein müssen, missfielen ihm. Die ihn überhaupt nicht hätten überraschen sollen.

Allem Anschein nach war die Sache verzwickter, als er gedacht hatte. Der junge Ian war nicht sehr mitteilsam über die Intensität seiner Beziehung mit Sarah gewesen. Egal. Die Situation wurde demzufolge zwar komplizierter, doch seine anfänglichen Vermutungen wurden dadurch nur bestätigt.

Dabei hatte er keine Bestätigung gebraucht, nachdem er erfahren hatte, dass Ian die Seele der Frau gesehen hatte. Jeder, der alt genug war, um sich an die früheren Zeiten zu erinnern, wusste, dass die einzige Seele, die man je sehen konnte, die der Seelengefährtin war. Diese beiden waren füreinander bestimmt. Wie viele Leben waren vergangen, in denen diese beiden Seelen eine Gelegenheit verpassten, zusammen zu sein?

Nachdem die Nuadianer den Fluss des Urquells unterbrochen hatten, war dies das Schicksal so vieler gewesen. Das hatte neben den Kriegsjahren direkt dazu geführt, dass sein Volk zahlenmäßig kleiner wurde. Die zerbrochenen Teile wieder zusammenzufügen war außerordentlich schwer, den Fluss wiederherzustellen, die richtigen Seelenpaare wieder miteinander zu verbinden.

Gut, das war nicht seine Aufgabe. Er sollte nur beschützen. Andere trugen die Verantwortung für die Reparatur. Und ja, der Hohe Rat sah es nicht gern, wenn ein Fae sich in die Angelegenheiten der Sterblichen einmischte, aber gelegentlich war ein besonnenes Einmischen notwendig.

Zumindest seiner Meinung nach.

Er saß auf dem niedrigsten Ast eines Baumes vor der Pforte und drehte ein frisches grünes Blatt zwischen den Fingern. Ein Gewitter zog auf. Er spürte die Energie, die sich in der Luft sammelte. Er musste wachsam bleiben. Warten und nach der Gelegenheit Ausschau halten, die er suchte. Sie würde nur ein Mal kommen, und wenn er sie verpasste, war nicht zu sagen, wie viele Leben noch vergehen würden, bevor sich die nächste auftat.

Er lächelte, hüpfte leichtfüßig vom Ast und verschwand in der Pforte. Was der Hohe Rat nicht wusste, machte ihn nicht heiß.

Hoffte er wenigstens.

Sarah legte das Buch, in dem sie gelesen hatte, aufgeschlagen ab. Sie lehnte sich auf der gepolsterten Bank zurück und schloss die Augen, erschüttert von allem, was sie erfahren hatte. Die alten Texte, die sie so sorgfältig auf dem

Holztisch vor sich gestapelt hatte, schienen sich jetzt über sie lustig zu machen, als würden die schon längst verstorbenen Autoren sie verachten, weil sie so wenig von ihrer Welt wusste.

Nach ihrer Unterhaltung mit Dallyn war sie zu aufgewühlt gewesen, um sich auf ihre Arbeit zu konzentrieren. Sie war es leid, dass alle ihr etwas erklärten, als wäre sie ein zurückgebliebenes Kind. Daher war sie ins Herrenhaus gegangen, um sich zu erkundigen, ob die nächste Ortschaft eine Bibliothek habe. Höchste Zeit für ernsthafte Recherche.

Stattdessen hatte Henry sie in seine Bibliothek geführt und ihr freie Hand gelassen. Was sie entdeckt hatte, war erstaunlich. Die Bibliothek der McCulloughs beinhaltete eine beeindruckende Sammlung von Werken, darunter heilige Schriften, Legenden, religiöse Themen und, was sie eigentlich suchte, Feengeschichten.

Da sie ungestört sein wollte, hatte sie die Texte mit hierher in den kleinen Pavillon genommen, wo sie lesen konnte, ohne befürchten zu müssen, unterbrochen zu werden. Und sie hatte gelesen.

Als sie sich vorbeugte, um diesen letzten Text auf die anderen zu legen, fiel ihr Blick auf eine Ausbeulung im letzten Polster, und sie reckte sich, um nachzusehen.

Ihre Sandale. Der Anblick erschütterte sie, als die Erinnerungen an die Nacht, in der sie den Schuh zurückgelassen hatte, sie überfluteten. Sie hatte völlig vergessen, dass sie sie hier liegengelassen hatte. Sie stand auf und schaute sich um, hob alle Polster an, um darunter zu suchen.

Nur die eine Sandale war in Sicht, die andere nirgendwo

zu finden. Wieder ein Rätsel, im Moment ebenso unlösbar für sie wie das, welches sie heute an diese Stelle geführt hatte.

Stundenlang hatte sie hier draußen die Sammlung von Feenlegenden durchgeschaut und war am Ende ebenso verwirrt wie zuvor. Alles, was Ian ihr erzählt hatte, war in diesen Texten dokumentiert, bis hin zu dem Schweizer Namen Servans, der auch darin enthalten war. Alles außer dem, was sie am liebsten hätte.

Alles außer dem Beweis, dass es real war.

Beim ersten vorsichtigen Klopfen überlegte Sarah, ob sie den Besucher ignorieren und so tun sollte, als wäre sie weg. Sie fragte sich, ob Dallyn vielleicht zurückgekommen war, um eine weitere Runde für heute auszuteilen.

Verstecken würde nicht funktionieren. Sie hatte zwar die Tür geschlossen, aber die Fenster standen weit offen. Wer immer da klopfte, musste sich nur leicht zur einen oder anderen Seite bewegen, um sie dort sitzen zu sehen.

In diesem Tempo würde sie ihr Buch nie zu Ende bringen.

Resigniert seufzend stand sie auf und ging an die Tür.

»Hallo, meine Liebe. Ist alles in Ordnung hier?«

»Ja, Martha. Alles bestens. Wieso?«

»Na ja, Ihre Tür ist geschlossen. Die haben Sie nie zu gehabt, außer nach …« Sie verstummte, räusperte sich und hielt den Blick auf ihre plötzlich interessanten Füße gerichtet. »Oben im Haus hat jemand für Sie angerufen.«

»Danke.« *Dafür, dass Sie mich gerufen haben, und dafür, dass Sie die Bemerkung soeben unterbrochen haben.* Man musste ihr nicht ins Gedächtnis rufen, dass alle hier wussten, wie aufgebracht sie über Ians Aufbruch gewesen war.

Wieder einmal folgte sie Martha zum Herrenhaus und meldete sich am Telefon in der Küche. Wieder einmal erkundigte sich eine beflissene weibliche Stimme, ob sie in der Leitung sei, bevor sie weiterreichte.

»Hallo, meine Süße.«

»Hi, Ramos. Warum machst du das? Lässt jemanden für dich anrufen?«

Er lachte leise in sich hinein. »Ich kann mir vorstellen, einigen von den Leuten dort ist es lieber, wenn du nicht mit mir sprichst. Wenn die wüssten, dass ich anrufe, bin ich mir nicht sicher, ob ich jemals Gelegenheit bekäme, mit dir zu reden.«

»Aha. Gute Antwort.« Vor ihrer Unterhaltung mit Dallyn hätte sie Ramos' Behauptung womöglich abgestritten. Jetzt vermutete sie, er könnte recht haben.

»Hast du heute nett über mich gedacht? Was für ein wunderbarer, großzügiger böser Junge ich doch bin?«

»Kann sein. Aber das wusstest du ja bestimmt schon, als du das kleine Geschenk geschickt hast.«

Er lachte. »Kleine? Das versetzt mir einen Dolchstoß. Süßes für meine Süße. Das war doch schlau von mir, oder?«

»Eine normale alte Bonbonschachtel würde nicht reichen?«

»Nicht für dich. Es musste reichhaltige, sündige Schokolade sein, damit ich mir vorstellen konnte, wie du die Augen schließt und diese reizende Befriedigung ausstrahlst. Im Übrigen würde es nicht zu meinem Image passen, etwas normales Altes zu schicken.«

Bei dem Spott in seiner Stimme musste sie lächeln. »Ach ja, fast hätte ich es vergessen. Böse Jungs spielen gern den großen Max.«

»Alles an uns bösen Jungs ist groß.«

»Tja, das glaube ich dir wohl aufs Wort.«

»Das musst du nicht. Ich kann es gern unter Beweis stellen.« Er hielt kurz inne. »Oder?«

»Nein.«

Sein Lachen dröhnte durch die Leitung.

»Das ist nicht lustig, Ramos.«

»Von meinem Standpunkt aus schon. Ich kann mir gut vorstellen, wie du dort stehst und rot wirst, während dein aufmerksames Publikum an jedem Wort hängt.«

Sie warf einen Blick hinter sich. Martha hatte ihr den Rücken zugekehrt und glättete eifrig den Inhalt einer Schublade. Derselben, an der sie sich schon beim letzten Mal zu schaffen gemacht hatte, als Sarah einen Anruf von Ramos entgegennahm.

»Kommst du denn morgen, oder war die Schokolade eine Entschuldigung?«

»Ich zähle die Stunden, meine Süße. Wir sind also noch immer eingeladen, über deine Zugbrücke zu kommen und dich mitzunehmen?«

»Wir?«

Wieder Gelächter. »Natürlich. Meine Reisegefährten und ich. Ich bringe eine schöne Flasche Wein aus einem erlesenen Weinjahr mit, und vielleicht noch eine, sogar noch dekadentere Form von Schokolade, um dich weiter zu versüßen.«

»Deine Wahl der Reisegefährten gefällt mir. Ja, du und

all deine Freunde, ihr seid eingeladen, meine Zugbrücke zu überqueren, ich harre eurer Ankunft.«

»Genau das wollte ich hören.«

Ein Klappern von der Anrichte hinter ihr, an der Martha stand, lenkte sie ab und übertönte beinahe seine Antwort. Die Haushälterin hatte eine Schachtel Nudeln umgestoßen und dabei die kleinen, ungekochten Röhrchen über den Boden verstreut.

»Ich muss wieder an die Arbeit. Wann bist du denn hier?«

»Wäre vier Uhr in Ordnung? Oder drei, noch besser. Nein, ich will nicht so lange warten, zwei Uhr. Oder …«

Kichernd unterbrach Sarah ihn. »Vier Uhr. Ich richte mich darauf ein, dass du um vier kommst.«

»Bis dann.« Sein Ende der Leitung wurde still.

Nachdem sie den Hörer aufgelegt hatte, bückte sie sich und begann, die kleinen Röhrchennudeln aufzuheben, wobei sie nicht genau wusste, ob die plötzliche Angst, die sie überkam, von der Frau herrührte, die ihre Unterhaltung mit angehört hatte, oder von dem Mann, mit dem sie gesprochen hatte.

24

»Das kannst du nicht zulassen. Du musst etwas dagegen unternehmen.«

Ian hielt den Hörer zwischen Ohr und Schulter, während er von einem Fuß auf den anderen hüpfte, um seine Hose anzuziehen.

»Ich habe getan, was ich konnte«, kam Dallyns Stimme durch die Leitung.

»Ich kann es nicht glauben. Du bist ohne Zweifel der mächtigste Mann, den ich kenne, und du willst mir sagen, dass du eine kleine Frau nicht dazu bringst, sich deinem Willen zu fügen?«

»Sie ist zwar klein, aber sie hat ihren eigenen Willen.«

»Hast du sie denn nicht an ihr Versprechen erinnert? Sie hat gesagt, dass sie nichts mehr mit dem Mann zu tun haben wird.«

»Ja, habe ich.«

Ian schnaufte verärgert, während er in dem Kleiderstapel, den er aus seinem Koffer geworfen hatte, nach einem Hemd kramte. »Und? Hat sie darauf geantwortet?« Manchmal kam es ihm so vor, als müsste er Zähne ziehen, um eine direkte Antwort von Dallyn zu bekommen.

»Ich glaube, ihre genauen Worte waren in etwa, dass alle Wetten ungültig seien, weil du gegangen bist. Oh, und Versprechen. Sie bezog auch Versprechen als ungültig mit ein. Sagte, mir stehe es frei, dir das zu sagen.«

»Verdammte, sture Frau. Tja, du musst sie einfach draußen halten, bis ich dort bin. Das ist schon alles.« Er klemmte den Hörer unter das Kinn, während er die Socken anzog.

»Wie soll ich das denn machen? Sie hat sie eingeladen. Das entzieht sich meiner Kontrolle.«

Er hatte sich so sicher gefühlt in der Gewissheit, dass sie keine Möglichkeit hatten, zu ihr zu gelangen. Nicht ein einziges Mal war ihm in den Sinn gekommen, Sarah würde sie über das Wasser einladen. Wenn man ihnen nicht Einhalt gebieten konnte, wenn er nicht dort hinkam, um sie anzuhalten, dann waren die letzten sechs Jahrhunderte seines Lebens umsonst gewesen.

»Du musst etwas tun.«

»Was willst du von mir? Soll ich mit ihnen *verhandeln*, damit sie das Anwesen verlassen?« Dallyn klang verärgert, was ungewöhnlich war und Ians Sorge noch verstärkte.

»Mir ist egal, was du machst. Oder wie. Halte sie auf, wie immer du es anstellen willst. Du kannst sie nicht auf das Anwesen lassen.«

»Hätte ich die Macht, auf der Sterblichen Ebene Gewalt anzuwenden, hätten wir niemals Hüter gebraucht, oder? Meine Aufgabe ist es, sie auf der anderen Seite der Pforte mit aller erforderlichen Wucht zu treffen. *Falls* du versagst. Ihnen Einhalt zu gebieten, bevor sie die Pforte durchschreiten, ist deine Aufgabe, Ian. Deshalb sollst du hier sein.«

Er vernahm den Tadel in Dallyns Worten. Er hatte ihn verdient, und noch vieles mehr. Natürlich sollte er da sein. Seine Anwesenheit dort war alles, was zwischen dem Leben, so wie es jetzt ist, und einer Rückkehr ins absolute Chaos stand.

Seine Anwesenheit dort würde auch Sarahs Tod bedeuten.

Wie konnte Dallyn so selbstsicher sein? Ian wollte toben, den Hörer durch die Wand schleudern, wollte jemandem ins Gesicht schlagen. Dass es ihm gelang, überhaupt zu sprechen, war ein Beweis für seine schiere Willenskraft.

»Wann erwartet sie ihn, hast du gesagt?«

»Laut Martha sollten sie um vier Uhr eintreffen.«

Er warf einen Blick auf die Uhr. Halb zwei.

»Lass sie nicht aus den Augen, keine Sekunde. Schwör es mir.«

»Ich gebe mir die größte Mühe.«

»Nein. Du sollst mir deinen Eid darauf geben. Keine Doppeldeutigkeit, keine Feenrätsel. Das hier ist zu wichtig.«

»Dann schwör ich es.«

»Gut, das reicht.« Ian knallte den Hörer auf, mehr wollte er nicht hören. Er schlüpfte in seine Schuhe, schnappte seine Schlüssel und das Handy vom Couchtisch und rannte zur Tür.

Er klappte das Handy auf und drückte auf die Kurzwahltaste, während er zu seinem Wagen lief.

»Danny? Nein. Ich komme nicht. Sei still und hör zu. Ich bin auf dem Weg zum Flughafen. Ich brauche ein Flugzeug, das in den nächsten fünfundzwanzig Minuten startklar ist. Und ich erwarte einen Wagen, wenn ich lande. Oh, und sorge dafür, dass es ein schneller ist.« Er klappte das Handy zu und schloss die Tür seines Wagens auf. Schade nur, dass der nicht auf ihn warten würde, wenn das Flugzeug landete.

Er konnte unmöglich vor Ramos und seiner ominösen Begleitung nach Thistle Down Manor kommen. Jetzt konnte er nur hoffen, dass er rechtzeitig eintraf, um völlige Vernichtung zu verhindern.

Er konnte nur beten, dass es ihm gelingen würde, ohne Sarah zu opfern.

Viertel vor vier. Fünfzehn Minuten noch. Sarahs Hand zitterte, als sie ihren Lidschatten auftrug.

Leise Musik schwebte neben dem Aroma der im Ofen blubbernden Lasagne durch das Ferienhaus. Der Tisch war gedeckt, die Küche aufgeräumt, dennoch konnte sie das Gefühl bevorstehenden Unheils nicht ablegen, das sie am Ende des gestrigen Anrufs erfasst hatte.

»Blöd.«

Was war das absolut Schlimmste, was passieren konnte? Sie könnte das Essen anbrennen lassen. Nein, der größte anzunehmende Schaden wäre ein abtrünniger Asteroid, der auf der Erde einschlagen und alles Leben vernichten würde.

Sie lächelte ihr Spiegelbild an und griff nach ihrem Lippenstift. *Viel zu viel Science Channel im Fernsehen.* Die Alternative mit dem Asteroiden konnte sie schnell verwerfen.

Aber von der namenlosen Angst oder der damit verbundenen nervlichen Anspannung konnte sie sich nicht so leicht befreien, daher verzichtete sie auf den Lippenstift und entschied sich für ein wenig Lipgloss. Lieber gar keine Farbe, als so auszusehen, als hätte sie ihr Make-up von einer gestörten Vorschülerin auftragen lassen.

Ein letzter rascher Blick in den Spiegel, bevor sie das Licht ausmachte, die Tür schloss und sich in die Küche begab, um nach der Lasagne zu sehen. Schließlich hatte sie das Szenario einer angebrannten Mahlzeit nicht ausgeschlossen.

Alles sah gut aus. Sie stellte den Backofen ab, ließ die Kasserolle drinnen, damit die Lasagne nachgaren konnte und warm blieb. Sie rollte ihre Ärmel herunter und knöpfte die Manschetten an den Handgelenken zu. Jetzt blieb ihr nichts mehr zu tun.

Fehlte noch etwas? Ein weiterer Blick auf den Tisch, und ihr fielen die schönen geschliffenen Kristallstücke ein, die sie im Schrank über dem Kühlschrank entdeckt hatte. Sie zog einen Stuhl hinüber, stieg darauf und holte zwei zarte Weingläser heraus.

Ramos hatte gesagt, er bringe eine Flasche Wein mit.

Sie hatte die frisch gespülten Kelche gerade abgetrocknet, als es leise an ihrer Tür klopfte.

»Herein«, rief sie und ging hin, die beiden Weingläser noch in den Händen. »Schau mal, was ich gefunden habe …« Die Worte blieben ihr im Hals stecken, als sie aufblickte.

Ein ernster Ramos stand vor ihrer Tür, aber der Anblick der Menschen, die ihn begleiteten, ließ sie verstummen und löschte alles aus, was sie an Plauderei im Sinn gehabt hatte.

Reynard Servans und Nicole Tanner flankierten ihn.

Die zarten Gläser rutschten Sarah ungehindert aus den Händen und zersplitterten zu ihren Füßen.

Viertel vor vier. Ian schaute auf die Uhr im Armaturenbrett und fluchte leise vor sich hin. Er fuhr seit zwanzig Minuten und kämpfte gegen den Verkehr an, während er nach Hause raste. Bei diesem Tempo würde es noch mindestens eine Dreiviertelstunde dauern, und das unter optimalen Bedingungen. Er klappte sein Handy auf und wählte erneut Henrys Nummer, Vorahnung und Ungeduld hielten sich die Waage.

Vier Freizeichen. Fünf. Wo konnten sie sein? Sechs. Niemand hatte sich bei den letzten beiden Versuchen gemeldet.

»Hier bei McCullough.«

»Martha. Dem Schicksal sei Dank.« Erleichterung überflutete ihn und hinterließ ein leichtes Schwächegefühl. »Was hat Sie davon abgehalten, ans Telefon zu gehen?«

»Tut mir leid, Sir, aber ich kann jetzt niemanden für Sie holen. Seine Lordschaft ist eine Zeit lang in London, und Mr Henry ist nicht abkömmlich.«

»Ich bin's, Martha. Ian.« War die Frau verrückt geworden?

»Ja, ja, ich weiß. Aber Sie müssen es selbst herausfinden. Alle hier sind eingebunden. Einen schönen Tag noch.«

Das nachfolgende Klicken vibrierte mit einer ominösen Endgültigkeit.

Schweigen aus dem Telefon in seiner Hand legte sich erdrückend auf ihn, Angst krallte sich wie Klauen in seinen Magen. Da stimmte etwas nicht. Ganz und gar nicht.

Er drückte das Gaspedal bis zum Anschlag durch und fürchtete, dass er bereits zu spät dran war.

»*Mon petit cadeau de la fée.*« Reynard lächelte, als er neben sie trat. »Was für eine Schande. Jetzt sind Ihre schönen Kristallgläser hin.«

»Was machen Sie hier?« Sarahs Reaktion verstärkte den Zweifel, der in Ramos aufkam.

»Sie haben mich eingeladen. Freuen Sie sich denn nicht, mich wiederzusehen?« Reynard umfasste ihren Oberarm und zog sie an sich.

Ramos sah das wachsende Entsetzen, das sich auf Sarahs Gesicht abzeichnete, als sein Vater sie fester packte, und bedauerte, das Thema, was sie in dem Mann gespürt hatte, nicht weiter verfolgt zu haben, solange er die Gelegenheit dazu gehabt hatte. Plötzlich war ihm äußerst wichtig zu erfahren, warum sie so heftig auf die Berührung seines Vaters reagiert hatte.

»Vater.« Der Vorwurf hatte nicht so scharf ausfallen sollen, aber Ramos' Sorge wuchs. Die Sache lief nicht so, wie er es gehofft hatte.

Ruckartig hob Reynard den Kopf, Zorn füllte seine Augen, und er ließ die Hand sinken. »Na schön. Wie du willst. Vorerst.«

»Was läuft hier, Ramos? Warum sind diese Leute bei dir?« Sie trat von Reynard zurück und rieb über die Stelle, an der er sie festgehalten hatte.

Ramos kam zu ihr, legte ihr eine Hand auf die Schulter und schob sich dabei diskret zwischen sie und seinen Vater. »Lass es dir erklären.«

Reynard schaltete sich ein. »Wir haben noch etwas zu erledigen, Sie und ich, *ma petite*. Darum geht es.«

Sie beachtete Reynard nicht, und Ramos erlebte wohl zum ersten Mal, dass jemand seinen Vater einfach links liegen ließ.

»Fang doch damit an, mir zu erklären, was *sie* hier zu

suchen hat.« Sarah deutete mit einer Kopfbewegung auf Nicole, wobei ihre Stimme nur ein wenig schwankte. »Und sag mir, was mit ihr los ist.«

Reynard hatte darauf bestanden, die Sterblichen, die mit ihnen reisten, unter Zwang zu setzen. Ramos hatte auf ihrem Weg hierher vergeblich gegen diese Maßnahme protestiert.

»Ein einfacher Zwang, Ramos. Es schadet ihnen nicht im Geringsten, und dadurch läuft alles viel glatter«, hatte Reynard behauptet. Aber es beunruhigte Ramos, dass sein Vater keinen Gedanken an den freien Willen oder seine Bedeutung für Sterbliche verschwendete.

Ramos warf einen Blick auf Nicole. Ihr ausdrucksloser Blick verunsicherte ihn zwar, aber Sarah fand ihn offensichtlich noch verstörender.

»Ihr geht es gut, hab keine Angst«, hob er an.

Sein Vater schaltete sich erneut ein. »Du darfst es auf deine Weise tun. Setze sie jetzt hin und erkläre ihr, was wir brauchen, sonst sehe ich mich gezwungen, es selbst zu tun.« Die in Reynards Blick funkelnde Verheißung war beunruhigend.

»Ich kapiere überhaupt nichts, Ramos.« Sarah hielt den Blick auf ihn gerichtet.

»Ich weiß.« Er führte sie zu einem Stuhl und kniete vor ihr nieder, nachdem sie sich gesetzt hatte. »Wir brauchen deine Hilfe, Sarah.«

Verletzung schimmerte in ihren Augen. Das alles hatte er nicht gewollt. Er hatte gewusst, dass man es anders angehen sollte. Wenn sein Vater ihm nur mehr Zeit gelassen hätte. Seine Freundschaft mit Sarah hätte ihm irgendwann die Möglichkeit gegeben, es ihr zu erklären und sie um ihre Hilfe zu bitten. Doch sobald Reynard von der Abreise des Hüters erfahren hatte, war er erpicht darauf gewesen, sofort loszulegen.

»Warum hast du mich nicht gleich beim ersten Mal gefragt, als wir miteinander sprachen? Wozu dieses ganze Theater, mit mir zu flirten und mein Freund zu sein?«

Sein Vater stieß ein hässliches Schnauben aus. »Freunde. Mach dich nicht lächerlich. Man kann mit Weibern nicht befreundet sein. Schon gar nicht mit solchen ihrer Art. Die reagieren nur auf absolute Dominanz.«

Sarah kniff die Augen zusammen und schaute zu Reynard auf. »Meiner Art? Welche *Art* soll das denn sein?«

Sein Vater schenkte ihr einen herablassenden Blick. »Eine Sterbliche, natürlich.«

Jede Menge Emotionen huschten über Sarahs Gesicht, das am Ende zu einer nichtssagenden Maske erstarrte.

»Im Gegensatz zu dem, was *Sie* sind, vermute ich. Und was wäre das genau?«

Trotz allem, was Ramos befürchtet hatte, blieb sie ruhig, ihre Stimme wurde sogar noch kräftiger.

»Ein echter Fae natürlich.« Reynard zog eine Augenbraue hoch. »Ein vollblütiger.«

»Ach du heilige Scheiße.«

Sie sprang vom Stuhl, die Maske war verschwunden, ersetzt durch reine Wut. Ramos erhob sich mit ihr und hielt sie fest.

»Ich bin diesen Feenmüll gestrichen leid. Sind denn alle in diesem ganzen verdammten Land verrückt geworden?«

»Das ist kein Müll, Sarah. Es ist Realität. Das weißt du

doch inzwischen bestimmt.« Er musste sie besänftigen. Eine wütende Sarah würde Reynards Zorn hervorrufen. Und das musste um jeden Preis verhindert werden.

»Vater, gibst du mir jetzt bitte einen Moment allein mit ihr? Worum ich dich gebeten hatte?« Jedes einzelne Wort kam mit Nachdruck heraus.

Eine stumme Gefühlsregung ging in dem Augenblick zwischen den beiden Männern hin und her, zum Ausdruck gebracht in der Kraft ihrer ineinander verschränkten Blicke. Sarah konnte sie nicht benennen, aber sie spürte die Spannung in der Luft, die auf ihrer Haut prickelte.

»Na gut. Es sei dir gestattet, Ramos. Aber beeil dich. Ich bin der Warterei allmählich überdrüssig.« Reynard wedelte mit der Hand, woraufhin Nicole ihre Handtasche nahm und ihm gehorsam zur Tür hinaus folgte.

»Bitte, setz dich.« Ramos deutete auf den Stuhl hinter Sarah.

Er strahlte Ernsthaftigkeit aus, daher beschloss Sarah, ihm trotz ihrer Verwirrung und Wut die Chance zu geben, alles zu erklären. Sie setzte sich, und er kniete wie gehabt vor ihr nieder, die Hand auf der Stuhllehne.

»Vor vielen Jahrhunderten lebte mein Volk unter der Tyrannei despotischer Herrscher. Am Ende lehnte es sich auf, kämpfte um seine Freiheit, um sein Leben, aber es wurde infolge Verrats bezwungen. Die Sieger zeigten keine Gnade. Mein Volk wurde aus seiner Heimat verbannt, vertrieben in die Wildnis, und war auf sich gestellt. Die ganzen Jahre über hat es gelitten, musste mit Mühe und Not in einer rauen, fremden Umgebung überleben. Jetzt hat es endlich mit deiner Hilfe die Chance, in seine Heimat zurückzukehren. Willst du meinem Volk nicht helfen, Sarah? Uns helfen?«

»Uns?« Sarah wartete, bis er nickte, bevor sie fortfuhr. »Zuerst brauche ich Antworten, Ramos. Wirst du sie mir geben?«

»Wenn ich kann.«

»Du hast ›Vater‹ zu ihm gesagt. Du sagst mir, dein Volk besteht aus« – sie hielt inne, denn sie sprach das Wort nur ungern aus, womit sie ihm Glaubwürdigkeit verlieh – »Feen?«

Wie Ian behauptet hatte.

»Obwohl es nicht so aussehen mag, ist Reynard mein Vater.« Er zuckte mit den Schultern. »Die Nachfahren von Feen altern nicht so wie Sterbliche.«

Von den Feen. Der Ausdruck war überall. *De la Fée*. In den Büchern, die sie gelesen hatte. Die Pralinen, die er geschickt hatte. Reynards Bemerkung.

»Dein Vater hat etwas zu mir gesagt, als er hereinkam. Etwas über die Feen. Was war das noch?«

Ramos wirkte kurz verblüfft. »Ach so. *Mon petit cadeau de la fée*. Mein kleines Feengeschenk.«

»Weil er glaubt, dass ich auch von Feen abstamme. Und deshalb meint ihr, ich könnte euch helfen?«

»Wir *wissen*, dass du von unserem Volk abstammst, meine Süße. Und deshalb kannst du uns auch helfen. Du hast die Fähigkeit, den Eingang zum Feenreich zu sehen. Mit deiner Unterstützung können wir die Pforte durchschreiten und wieder an uns nehmen, was rechtmäßig uns gehört. Wir können unser Zuhause von den bösen Tyrannen zurückfordern, die versucht haben, mein Volk zu vernichten.«

Jedes Wort, das sie über die Feen gelesen hatte, ging ihr durch den Kopf. Alles, was man ihr erzählt hatte. Sie hatte Wills Geschichten als Phantasiegebilde und Märchen abgetan, aber im Grunde ihres Herzens wusste sie, dass das Kind sie nicht angelogen hatte. Eine Lüge hätte sie gespürt. Besonders von jemandem, dessen Emotionen so eng mit ihren verbunden waren. Als Ian versucht hatte, ihr mehr zu erklären, hatte sie auch ihm nicht glauben wollen, aber auch hier wieder gewusst, dass er nicht die Unwahrheit sagte. Und sie hatte die Informationen aus ihrer Lektüre.

Höchste Zeit, das Wissen auf die Probe zu stellen. Zeit, eine Entscheidung zu treffen. Konnte sie die Kenntnisse als Tatsachen annehmen? Und wenn ja, was dann?

»Der Kampf zwischen eurem Volk und den anderen, der wurde einmal hier in dieser Welt ausgetragen?«

Ramos legte seine Hand auf ihre. »Ja. Bis die Bösen eine Möglichkeit fanden, meinem Volk die Macht zu entziehen und es in dieser Welt der Sterblichen gestrandet und wehrlos zurückzulassen.«

Sie schaute auf seine Hand. Er glaubte, was er ihr erzählte.

»Warst du dabei? Hast du es gesehen, erfahren?«

Traurig lächelnd schüttelte er den Kopf. »Nein. So wie du, meine Süße, bin ich zur Hälfte ein Sterblicher und erst vor Kurzem auf diese Welt gekommen.«

»Vor Kurzem?«

»Weißt du, im Vergleich zur Lebensspanne eines echten Fae sind meine achtundzwanzig Jahre nichts.«

»Also hast du das alles von …?«

»Meinem Vater.«

Reynard. Die Inkarnation des Bösen.

»Das alles ist eine Lüge, Ramos.« Sie hatte ihre Entscheidung getroffen. »Was er dir gesagt hat, ist überhaupt nicht passiert.«

Er blinzelte, das einzige äußere Zeichen für seinen inneren Aufruhr. »Nein. Mein Vater würde mich nicht belügen.«

»Natürlich würde ich dich nicht belügen, mein Junge.«

Ramos sprang auf, als er die Stimme seines Vaters vernahm.

»Hat sie sich schon bereit erklärt, zu helfen?«

»Nein. Ich werde Ihnen nicht helfen.« Sie hatte sich entschieden. Sie wollte nicht, dass man über sie sprach, als wäre sie nicht anwesend. Und sie würde denjenigen nicht helfen, die Will so treffend als »die richtig bösen Jungs« bezeichnet hatte.

Blitzschnell durchquerte Reynard den Raum, packte ihre Hand und zog sie so nah an sich, dass sein Atem über ihr Gesicht strich. »Es reicht. Sie *werden* tun, was ich sage.«

Sarah verspürte ein Prickeln, als stünde jedes Haar an ihrem Körper zu Berge, aber diesmal hatte sie sich auf die Berührung vorbereitet. Sie wusste bereits, wie sich das Böse anfühlte. Sie hatte es schon einmal aus ihrem Wesen verbannt und wollte nicht zulassen, dass es wieder Fuß fasste.

»Wissen Sie, dafür, dass Sie ein überlegenes Wesen sind, hören Sie nicht so gut. Ich sagte, ich werde Ihnen *nicht* helfen.«

Ramos schnappte rasch nach Luft, was sie nur so kurz ablenkte, dass sie den Schock durchaus mitbekam, der sich in Reynards Gesicht spiegelte.

Schnell bekam er seine Miene wieder in den Griff und verbarg seine Empfindungen. Aber er hatte seine Hand nicht von Sarahs genommen. Ihn verwirrte etwas, was gerade passiert war. Verwirrte und überraschte ihn.

So wie sie das Lächeln verstörte, das sich auf seinem Gesicht ausbreitete, und die Zufriedenheit, die seine Überraschung ersetzte.

»Oh, aber ich glaube, das werden Sie, *ma petite*. Der alte Mann, der in dem großen Haus lebt? Sie mögen ihn, nicht wahr?«

Der Glanz in Reynards Augen gefiel ihr gar nicht, genauso wenig wie die aufkeimende Erregung, die sie in ihm spürte. »Henry? Was haben Sie mit ihm gemacht?«

»Ich habe dem Mann nichts getan. Aber sollten Sie sich weiterhin weigern, uns die Hilfe zu geben, die wir brauchen, kann ich nicht dafür garantieren, was ihm zustoßen wird. Oder seinen angestellten Hilfskräften.«

Also auch Martha und Peter. Sarah spürte es. »Sie würden diese armen Menschen nicht verletzen.« Sie entzog ihm ihre Hand, und ein neuer Gedanke kam ihr. »Sie *können* sie nicht verletzen. Sie haben keine Macht, in dieser Welt zu kämpfen.«

Reynard betrachtete seine Fingernägel, als er zur Tür ging und dort stehen blieb, um sie erneut anzulächeln, ein aalglatter, schmieriger Ausdruck, der ihr Übelkeit verursachte.

»Da haben Sie völlig recht. *Ich* kann Ihren Freunden nichts antun. Aber vielleicht jemand anders.« Er schaute seinen Sohn an. »Sag es ihr, Ramos.«

»Du nicht! Du würdest so etwas nicht tun.« Sarah traute es ihm nicht zu.

Ramos senkte den Kopf, doch sie erhaschte noch den Kummer in seinen Augen. »Bradley Tanner hält sie jetzt im Haus fest.«

»Brad ist weiß Gott ein totaler Trottel und nimmt auf niemanden Rücksicht. Aber er würde nichts tun, um diese Menschen zu verletzen.« Ihre Erleichterung war nur von kurzer Dauer.

»Vielleicht nicht, wenn Bradley er selbst wäre«, gestand Ramos ein.

»Wieso ist er nicht er selbst?« Zweifel nagte an ihr, und sie warf Nicole einen verstohlenen Blick zu. Die Frau stand ruhig, zu ruhig, an der Tür, ihre Miene vollkommen ausdruckslos.

»Endlich fangen Sie an zu begreifen.« Reynard lachte, als er mit den Fingern schnippte und Nicole an seine Seite trat. »Sehen Sie? Sterbliche sind so einfach zu beherrschen. Stimmt's, mein Häschen?« Er fuhr mit den Fingerrücken über Nicoles Wange. »Bring sie mit, Ramos.« Reynard verließ das Zimmer, Nicole hinter ihm her.

»Es ist ein Zwang, Sarah. Mein Vater hat auch Brad einem solchen unterworfen. Der wird alles tun, was man ihm sagt. Wenn es seiner Natur zuwiderläuft, mag er sich vielleicht dagegen wehren, aber am Ende wird er tun, was mein Vater von ihm verlangt. Er kann nichts dagegen tun.«

Ramos ergriff ihre Hand, und sie zog sich von ihm zurück. Zuvor jedoch spürte sie noch seine Verwirrung.

»Ich fasse es nicht, dass du dazugehörst, dass du mit etwas so Schrecklichem zu tun hast.«

»Wir müssen jetzt gehen.« Ramos legte ihr die Hand in den Rücken und schob sie vorwärts, ohne sie anzuschauen.

Bei der bedrohlichen Lage für Henry und die anderen blieb ihr nichts anderes übrig. Sie müsste tun, was sie wollten, was immer es sein mochte. Angst setzte sich tief in ihrem Innern fest.

Hätte sie doch nur auf Ian gehört. Hätte sie sich doch nur allem geöffnet, was man ihr gesagt hatte. Wäre er doch nur hier, um sie noch einmal zu retten.

Ian hupte ungeduldig die Kühe an, die um seinen Wagen herum liefen. Er ließ die Bremse wieder los, fuhr ein paar Zentimeter vor, bis seine Stoßstange das Bein einer braunäugigen Schönheit berührte, die kein Interesse zeigte, sich zu bewegen. Er kurbelte sein Fenster herunter und kippte einen halb leeren Pappbecher Kaffee gegen das Rindvieh. Der Deckel sprang ab, die lauwarme braune Flüssigkeit spritzte an die Flanke der Kuh und wurde rasch vom leichten Regen abgewaschen. Das Weiß in ihren Augen wurde groß, sie senkte den Kopf und schlenderte mit traurigem Muhen aus dem Weg.

»Wurde auch höchste Zeit«, schäumte er.

Seine Hände verkrampften sich, da er das Lenkrad so fest umklammerte. Er löste eine Hand und bog und streckte seine Finger. Als die Kuhherde hinter ihm war, trat er aufs Gas, und der Wagen schoss vorwärts. Wasser spritzte aus den Pfützen hoch, durch die er raste. Er war jetzt kurz vor seinem Ziel.

Ian wechselte den Griff am Lenkrad und entspannte die Finger der anderen Hand. Seine Nerven waren so angespannt, dass er sich nicht auf einen schlüssigen Angriffsplan konzentrieren konnte. Was war nur mit ihm los? Er ließ sich nie von einem bevorstehenden Kampf derart aus der Ruhe bringen. Niemals.

Natürlich hatte für ihn auch noch nie so viel Persönliches auf dem Spiel gestanden.

Vor sich erblickte er die Einfahrt von Thistle Down Manor. Noch bevor er dort einbog, war die Nervenanspannung, die ihn seit dem Anruf am frühen Nachmittag geplagt hatte, von Wut überlagert. Reiner Wut.

Dallyn stand direkt hinter dem Tor.

Ian hielt an, riss die Tür auf, noch bevor der Kies in der Einfahrt zur Ruhe gekommen war.

»Du sollst doch auf sie aufpassen. Du hast mir dein Wort gegeben, dass du sie nicht aus den Augen lässt.«

»Das habe ich auch bis gerade eben. Vorerst geht es ihr gut. Du hingegen solltest wissen, was hier vor sich geht, bevor du dich einmischst und mehr Probleme aufwirfst, als du lösen kannst.«

Die vorwurfsvolle Miene des Fae fachte Ians Zorn nur an. Vielleicht weil er wusste, dass Dallyn recht hatte. Er unterdrückte Furcht und Wut, die darum wetteiferten, ihn zu beherrschen, rang die Hände, bis er sich zutraute, zu sprechen. »Wie ist die Lage?« Er musste denken und sich wie der Krieger verhalten, der er war, sonst war alles verloren. Er konzentrierte sich auf den kalten Regen, der ihm ins Gesicht prasselte, auf die Ruhe, die er wiedererlangen musste.

»Schon besser.« Dallyn legte eine Hand auf Ians Schulter. »Ich vertraue auf deine Fähigkeit, zu tun, was getan werden muss.«

Genau dieses Vertrauen musste Ian für sich zurückgewinnen.

»Sie sind hier.« Das war keine Frage. Er wusste es bereits. Marthas abschließende Worte am Telefon hatten ihm das deutlich gemacht.

»Sie haben einen Mann im Herrenhaus. Vermutlich willst du dich mit dem zuerst beschäftigen. Er bedroht Henry mit einer Waffe, Peter und Martha ebenso.«

In seinem Haus. Sie waren in die Heiligkeit seines Zuhauses eingedrungen. Bedrohten seinen Neffen. Das Brummen, das tief in seiner Kehle eingesetzt hatte, ließ sich nicht kontrollieren.

»Der im Haus ist ein Sterblicher, Ian. Er steht unter Zwang. Du wirst aufpassen müssen, ihn nicht zu verletzen.«

»*Der* im Haus? Wo sind die anderen?« Die Übelkeit in seinem Magen traf ihn, bevor er die Wörter ausgesprochen hatte. »Sarah?«

Das Flackern in Dallyns Augen hätte Antwort genug sein sollen. »Sie haben sie mitgenommen. Sie ist auf dem Pfad zur Pforte, obwohl sie nur langsam vorankommen, weil sie keine Ahnung hat, wonach sie sucht.«

»Führt Sarah sie … freiwillig?«

»Nein.«

Ian stieß die Luft aus, die er angehalten hatte, ohne es zu merken. Eine Angst weniger. Sarah gehörte nicht dazu. Er schaute auf und stellte fest, dass der vorwurfsvolle Blick des Fae auf ihm ruhte.

»Du hast doch gewusst, dass sie nicht mit ihnen im Bunde ist.«

Dallyn schüttelte den Kopf und hob eine Hand. »Nein. Ich habe deine Gedanken nicht gelesen. Das war nicht nötig. Es stand dir deutlich ins Gesicht geschrieben. Du lässt dir diesen Zweifel vor ihr lieber nicht anmerken. Sie ist ganz schön sauer auf dich.«

Das war wohl mächtig untertrieben. Ian hoffte nur, dieser Tag würde so enden, dass sie ihrem Ärger Luft machen konnte. Er ließ den Wagen stehen und begab sich zum Herrenhaus. Er musste sich leise nähern.

»Ich warte auf dich, solange ich kann.«

Mehr musste Dallyn nicht erklären. Ian begriff. Der Fae würde warten, bis die anderen sich der Pforte näherten. Dann müsste er seiner Aufgabe nachkommen. Sie auf der anderen Seite anhalten.

»Wie weit noch?«

Reynards Stimme kratzte an ihren Nerven. Dass er dieselbe Frage an jeder Wegbiegung stellte, half auch nicht weiter. So wie der Regen. Der graue Nachmittag fühlte sich an, als würde er auf sie eindringen.

»Ich weiß nicht.« Sarah biss die Zähne zusammen und versuchte, ihn nicht anzuschreien.

»Sie müssen inzwischen etwas spüren. Wir sind schon seit einer geraumen Weile unterwegs. Sind Sie dumm?«

Sarah blieb abrupt stehen, wand sich aus Ramos' Griff und drehte sich zu dem Mann – o nein, dem Fae – um, der ein paar Schritte hinter ihr war. Beim Anblick von Nicole wurde ihr übel, die mit ausdruckslosem Gesicht bemüht war, mit den anderen mitzuhalten.

»Hören Sie. Ich habe keine Ahnung, wo diese Stelle ist, noch wonach ich suche, wie zum Teufel soll ich Ihnen dann sagen können, wann wir dorthin kommen?«

»Sie sollten den Sog spüren.« Auch Reynard blieb stehen und funkelte sie wütend an. »Und?«

»Nein. Kann sein.«

Sie befanden sich auf dem Pfad, den zu meiden Ian ihr geraten hatte. Nur hier fühlte sie überhaupt einen gewissen Sog. Je weiter sie ging, desto stärker wurde er. Sie hatte sie auf diesen Weg geführt und sich gefragt, was sie tun würde, falls sie tatsächlich diese Pforte fand, die sie suchten.

Sobald sie die Pforte fand. Nicht falls. Das nahm sie inzwischen als gegeben hin. Glaubte alles. Zu spät.

Hätte ich doch bloß auf Ian gehört. Der Gedanke pochte in ihrem Hinterkopf, immer wieder, bis sie beinahe glaubte, ihn zu spüren. Wie er auf sie zukam.

Tut mir leid. Verzeih, dass ich dir misstraut habe. Sie schloss die Augen und ließ die Schultern hängen, denn das Gefühl, allein in der Sache zu stecken, war wie eine Last. Zu wissen, dass sie niemanden hatte außer sich selbst, auf den sie sich verlassen konnte. Niemanden außer sich selbst, den sie verantwortlich machen konnte. Sie versuchte, die überwältigende Verzweiflung zu bekämpfen, weigerte sich, den drohenden Tränen freien Lauf zu lassen.

Ramos' Berührung brachte sie wieder zurück, kurz bevor Reynards herablassende Stimme sie erneut traf.

»Sie setzen sich lieber wieder in Bewegung, Mädchen. Je länger Sie verzögern, desto wahrscheinlicher wird einer Ihrer Freunde im Herrenhaus eine Art Unfall erleiden. So etwas wie einen *tödlichen* Unfall.«

Das leise Lachen, das seiner Drohung folgte, gab ihr den Rest. Dankbar für den Regen, der ihre Tränen verdeckte, wischte sie die Nässe aus ihrem Gesicht und ging auf ihn zu. Nur Ramos' erneuter Griff an ihren Ellbogen hielt sie zurück.

Aber er brachte sie nicht zum Schweigen. Nichts hätte das zuwege gebracht.

»Sie widern mich an. Sie sind ohne Zweifel das niederträchtigste, böseste Geschöpf, dem ich je begegnet bin.«

»Das ist mir nicht neu. Und jetzt setzen Sie sich in Bewegung.«

Sie wandte ihm den Rücken zu, da Ramos sie drängte, und stolperte weiter.

»Kämpf nicht gegen ihn an, Sarah.« Ramos sprach so leise, dass sie gezwungen war, sich zu ihm zu beugen, um seine Worte zu hören. »Er ist entschlossen.«

»Wenn er so sehr darauf aus ist, dass ich mache, was er will, warum wendet er dann nicht diesen komischen Zwang bei mir an? Verwandelt mich in einen Zombie, so wie sie.« Sarah deutete mit dem Kopf in Nicoles Richtung.

Er schaute sie eigenartig an, bevor er antwortete. »Ich glaube, er hat es versucht. Im Ferienhaus.«

Das Prickeln und Reynards Verblüffung.

Ramos zuckte mit den Schultern. »Ich habe noch nie erlebt, dass es nicht funktioniert hat. Offensichtlich bist du zu mächtig für ihn, und er kann dich nicht unter seine Kontrolle bringen.«

Mächtig? Wohl kaum.

»Dann kann er mir nichts anhaben.«

»Verärgere ihn nicht. Er kann ein sehr gefährlicher Mann sein, wenn man ihn zum Feind hat. Er versucht nur, unser Volk zu retten.«

»Du hast keine Ahnung, nicht wahr?« Sie schaute zu ihm

auf. »Du sagst, du weißt, was ich bin. Weißt du, dass ich die Wahrheit über Menschen spüre? Dass ich die Wahrheit über dich spüre? Über ihn?«

Seine Finger krallten sich in ihren Ellbogen. »Ja. Wir haben herausgefunden, dass du ein Sensor bist.«

»Als wir den Tag zusammen verbrachten, habe ich dir gesagt, dass ich Wahrheit in dir spüre. Du bist ein guter Mensch. Zu gut, um hier mitzumachen.« Sie musste es ihm begreiflich machen. »Hier auf dem Weg habe ich die Wahrheit über deinen Vater gesagt. Er ist ganz anders als du. Dein Vater ist das reine Böse. Alles, was er dir je über dein Volk erzählt hat, war eine Lüge. Ich habe die Dunkelheit in ihm gesehen. Ich werde ihm nicht helfen. Ich kann mich nicht durch das Böse vereinnahmen lassen. Bitte, versuch nicht, mich dazu zu bewegen. Bitte, lass ihn das nicht machen. Mit keinem von uns.«

Obwohl Zweifel in seinen Augen aufflackerten, waren die Jahre der Konditionierung zu stark. Er schlug die Augen nieder und zog an ihrem Arm, um sie weiter zu drängen.

Mit gesenktem Kopf starrte sie auf den Boden, während sie auf dem überwucherten Pfad weiter in den Wald vordrang. Die nassen Blätter rutschten unter ihren Füßen und gaben kleine, patschende Geräusche von sich.

Sie müsste allein herausfinden, was zu tun war. Wenn sie je die Anleitung der Schicksalsgöttinnen – oder der Feen, sozusagen – gebraucht hatte, dann jetzt. Sollte sie tatsächlich zu ihnen gehören, war jetzt für sie der Zeitpunkt, ihr zu Hilfe zu kommen. Sie konzentrierte sich, öffnete sich allem ringsum, betete um ihre Unterstützung.

Sie spürte nur Ian. Sein Wesen umgab sie, erfüllte sie mit einem Selbstvertrauen, das ihr bitter fehlte.

Als sie aufblickte, wurde ihr klar, dass dieses Selbstvertrauen im Moment unbedingt anwachsen musste. Und sie wünschte, sie hätte noch mehr. Dort, eingeklemmt zwischen Büschen und Felsen, umgeben von uralten, knorrigen Bäumen, stand ein gemeißelter Steinbogen.

Die anderen schienen es nicht zu bemerken. Ihr Magen verkrampfte sich, und sie dachte schon, ihr würde übel.

Offensichtlich hatte sie die Pforte gefunden.

Ian blieb schlitternd stehen und griff nach dem nächsten Baum, um sich abzustützen. Verzweiflung kam in Wogen über ihn. Sarahs Verzweiflung, die ihn zu tiefen Atemzügen zwang, nur um aufrecht stehen zu bleiben.

Sie brauchte ihn. Rief nach ihm.

Er legte den Kopf schief und lauschte. Kein Geräusch außer dem Platschen des Regens.

»Hab Vertrauen, Liebes«, flüsterte er auf das stille Flehen hin. »Du bist eine stärkere Frau, als du denkst. Du hast mehr Macht, als du dir in deinen kühnsten Träumen vorstellen kannst.« Er schloss die Augen und zwang sie kraft seines Willens, ihn zu spüren. »Fasse Mut. Ich komme zu dir. Ich *werde* dich retten, das schwöre ich.«

Er ging in die Hocke und fuhr mit der Hand über die durchweichte Erde. Ein Nachweis, dass sie vor Kurzem hier entlang gegangen waren, ließ sich leicht finden. Sie hatten sich keine Mühe gegeben, ihre Spur zu verwischen.

Er war sehr dicht dran.

Bradley Tanner war der Mann in seinem Haus gewesen,

der seine Familie und alle, die ihm nahestanden, bedrohte. Ian war es nicht schwergefallen, ihn zu überwältigen. Zwang hin oder her, Tanner war ihm nicht gewachsen. Er hatte Vorsicht walten lassen, wie Dallyn es ihm geraten hatte. Tanner würde sich erholen und nur noch sehr wenig von dem Ereignis in Erinnerung behalten, wie es für Sterbliche unter Zwang typisch war. Ian war beinahe verlegen, als er merkte, wie viel Freude es ihm bereitet hatte, den Mann niederzustrecken. Aber auch nur beinahe.

Doch die Freude war von kurzer Dauer gewesen, als er nach draußen gegangen war und feststellte, dass Dallyn fort war. Das bedeutete mit Sicherheit, dass die anderen sich der Pforte näherten.

Als er sich nun erhob, schaute er sich um, plötzlich von Vertrautheit wie von einem Stoß getroffen. Der graue Nebel drang auf ihn ein und nährte seine Angst.

Er eilte weiter, brauchte die Zeichen, die die anderen hinterlassen hatten, nicht mehr, um ihnen zu folgen. Trotz allem, was er getan hatte, trotz des Schmerzes und der Opfer, lief es doch hierauf hinaus.

Seine Furcht stieg an, als er sich der Stelle näherte, an der er sie sicher finden würde. Die Stelle, die er bereits gesehen hatte.

In seinem Traum.

Sarah schnappte nach Luft und hielt sich die Hände über die Ohren. Sie drehte sich ein Mal im Kreis, wobei sie in den Wald ringsum spähte. Ihr fiel kaum auf, als Ramos sich von ihr entfernte, den Pfad verließ und im Wald verschwand.

»Welches Spiel treiben Sie da mit uns, *ma petite*? Ich bin

Ihrer Verzögerungstaktik überdrüssig.« Reynards zorniger Blick war ihr geringstes Problem.

Ihre Hände glitten wie von selbst von ihren Ohren an ihren Mund, um das aufsteigende hysterische Gelächter zu unterdrücken.

Ich verliere den Verstand.

Sie hatte Ians Stimme gehört, so klar, als hätte er neben ihr gestanden, ihr Mut zugeflüstert und versprochen, sie zu retten.

Reynard stand dicht vor ihr. »Vorwärts.«

»Nein.« Vielleicht hatte sie ihr eigenes Bewusstsein gehört. Woher es auch gekommen war, es war genau das, was sie brauchte. »Es ist vorbei. Hier ist jetzt Schluss.«

Der Zeitpunkt war gekommen, dass sie Stellung bezog. Sie wollte nicht dem Bösen als Mittel dienen, Chaos und Verwüstung in der Welt anzurichten. Ganz gleich welcher.

Reynard packte sie an den Schultern und drückte fest zu, doch sie spürte keinen Schmerz.

»Sie setzen sich jetzt in Bewegung, oder ich …«

»Sie können mir nichts antun«, unterbrach sie ihn und entnahm ihrer Stimme, wie erstaunt sie war. »Sie haben keine Kontrolle über mich, keine Möglichkeit, mir Ihren Willen aufzuzwingen.«

Das alles stimmte. Er war ein Fae, und er hatte keine Gewalt über sie.

Sie war so nah. Er spürte ihre Verwirrung, ihre Not. Sein Bedürfnis, sie zu besänftigen, verzehrte ihn.

»Ich komme zu dir. Halte durch, Liebes. Ich werde dich retten.« Immer wieder schickte er ihr diese Botschaft und konzentrierte sich auf ihre Empfindungen, die mit seinen Verbindung aufnahmen.

Er war derart in sein Bemühen vertieft, sie aufzumuntern, dass ihm das erste Anzeichen entging, der leichte Strom von Anspannung in der Luft. Aber er war zu lange Krieger gewesen, um die zweite, beinahe unmerkliche blitzartige Bewegung zu verpassen.

Als Ramos aus dem Gebüsch auftauchte, war Ian instinktiv kampfbereit. Geistig schaltete er automatisch auf Kampf, vollauf mit dem taktischen Vor und Zurück beschäftigt, wobei er die Bewegungen seines Gegners eher vorausahnte, als auf sie reagierte.

Er fing den Aufprall des anderen Mannes ab, nutzte seine gegnerische Wucht, um ihn in Stellung zu treiben, rollte sich ab und kam auf die Füße, kurz bevor Ramos es auch machte. Sie umkreisten sich, taxierten einander, suchten jede Gelegenheit für den eigenen Vorteil. Ian hatte nicht vor, ihm eine zu bieten.

Er ergriff die Initiative, attackierte Ramos und zog ihn damit wie erwartet näher zu sich. Mit einer geschmeidigen Bewegung packte er den Mann an Arm und Hals, drehte sich rasch und drückte Ramos mit dem Gesicht zu Boden. Womit er jedoch nicht gerechnet hatte, war, wie rasch Ramos sich erholte, sich aufrichtete und neben Ian stellte, wobei er Ian mit einem Bein an Ort und Stelle festhielt.

Der jüngere Mann war gut, doch Erfahrung hatte ihre Vorteile. Ian schob sich hinter Ramos, verhinderte, dass er sich umdrehte, schlang einen Arm um Ramos' Hals und drückte ihm die Luft ab.

Was Ian betraf, war der Kampf damit beendet. Er schmeckte den Sieg. Ramos konnte sich unmöglich aus Ians Griff befreien. In dieser Position spürte er sie erneut, die kleine Woge der Anspannung, die einer Gewaltanwendung vorausgeht. Rasch überblickte er den Bereich auf der Suche nach einem weiteren Angreifer und entdeckte durch die Bäume die Lichtung zu ihrer Linken.

Bei dem Anblick, der sich ihm dort bot, wurde ihm kalt bis auf die Knochen.

Ein unfreiwilliger, kehliger Laut, eher animalisch als menschlich, entfuhr ihm. Der jüngere Mann erschrak und strengte sich an, um auch in die Richtung zu schauen.

»O Gott«, keuchte Ramos. »Was hat er denn jetzt vor?«

Das Entsetzen in seiner Stimme spiegelte das Entsetzen wider, das Ian überkam.

Das war genau die Szene aus seinem Traum.

Ganz gleich, was es ihn kosten würde, er musste eine Möglichkeit finden, um dem weiteren Verlauf Einhalt zu gebieten. Er musste näher heran. Und das konnte ihm nur auf eine Weise gelingen.

Ian lockerte seinen Griff. Sofort zückte der jüngere Mann ein Messer und hielt es Ian an die Kehle.

»Schauen Sie zur Lichtung, McCullough. Beenden Sie Ihren Kampf und kommen Sie mit, bevor die Sache dort völlig außer Kontrolle gerät.«

Ramos schob ihn vor sich her, doch Ian brauchte keine Ermutigung, denn genau auf der Lichtung wollte er sein.

Zorn verzerrte Reynards schöne Gesichtszüge und legte die monströse Natur bloß, die Sarah schon zuvor in ihm gespürt hatte.

»Sie wollen mir trotzen? Das werden wir ja sehen«, knurrte er, wobei seine Miene sich wieder glättete. »Ramos, bring ihn her.«

Sarah blieb die Luft weg, als wäre sie geschlagen worden. Hinter ihr auf dem Pfad trat Ramos aus dem Wald, den Arm um Ians Hals, ein Messer in der Hand.

»Lassen Sie ihn gehen.« Sie sprach leise, ihre Worte waren nur für Reynard bestimmt, obwohl ihr Blick auf Ian fixiert war. Seine absolute Ruhe verblüffte sie, doch sie war froh, dass er sich nicht zur Wehr setzte. Sie versuchte die Angst zu zügeln, die sie beim Anblick des Messers zu verschlingen drohte. Ramos würde es doch nicht benutzen, oder? Andererseits hätte sie ihm das alles hier auch nicht zugetraut.

»Bitte«, fügte sie hinzu.

Reynards Hand glitt von ihrer Schulter an ihr Kinn und drehte ihr Gesicht, damit sie ihn ansah.

Ein Blick, und die Angst überwältigte sie für einen Moment, überflutete ihre Sinne. Die Lage war hoffnungslos. Unter seiner Berührung konnte sie bis in die Tiefen seiner Seele blicken, doch sie fand nichts als eine leere schwarze Grube aus böswilliger Unmenschlichkeit.

»Es ist ganz einfach, *ma petite*. Bringen Sie mich auf der Stelle zur Pforte, sonst bringt Ramos ihn um. Sie können zusehen, wie der mächtige Hüter, eingeschworener Beschützer der armseligen Sterblichen, stirbt, wie sein Herzblut auf dem Boden verschüttet wird. Hier. Vor Ihren Augen. Wollen Sie das?«

»Eingeschworener Beschützer der Sterblichen?« Ramos' Stimme klang in ihren Ohren verwirrt, aber sie konnte sich nicht zu ihm umdrehen. Konnte den Blickkontakt mit Reynard nicht unterbrechen. »Stimmt das? Du hast es mir nie gesagt.«

»Es gibt vieles, was ich dir nicht erzählt habe. Vieles, was du nicht wissen musstest.«

»Ist das wahr?«, wollte Ramos wissen.

»Ja.« Ians Stimme. »Die letzten sechs Jahrhunderte habe ich damit verbracht, sie vor den durch Ihr Volk verursachten Verwüstungen zu beschützen. Vor denen, die Sterbliche wahllos töten, nur um an die Energie zu gelangen, die freigelassen wird, wenn ihre Seele vorzeitig von ihnen geht. Tausende und Abertausende haben ihr Leben an diese Monster verloren. Dieselben Monster, die den Urquell der Seelen für ihre Zwecke erobern und damit den Lebenszyklus erneut aus dem Gleichgewicht bringen würden, wobei sie den Rest von Menschlichkeit in beiden Welten aufs Spiel setzen.«

»Vater?«

»Du zweifelst mich an, Sohn? Du hörst auf die Worte eines Hüters? Eines Geschöpfs, das nichts weiter als ein Schoßhund der Feinde unseres Volkes ist?« Reynards Missfallen strömte infolge seines körperlichen Kontakts auf Sarah über, während sein Griff fester wurde.

»Ian lügt dich nicht an, Ramos. Er sagt dir die Wahrheit. Das kann ich bestätigen. Es ist so, wie ich es dir vorhin gesagt habe.« Sie musste ihn überzeugen, musste ihn dahin bringen, dass er das Messer an Ians Kehle fallen ließ.

»Vater? Stimmt das, was der Hüter sagt?«

Reynard verzog den Mund zu einem grausamen Lächeln. »Das könnte man so sagen.«

»*Wir* sind verantwortlich für all diese Tode?« Das Entsetzen in Ramos' Stimme überflutete Sarah, die Erkenntnis der Wahrheit verursachte ihm körperlichen Schmerz, den sie spürte.

Davon konnte sie sich nicht ablenken lassen. Hier ging es um viel mehr, als um den Schmerz eines Mannes.

»Tote, die belanglos waren. Sterbliche Tode. Sobald wir das Feenreich wieder übernommen haben, sobald du die Macht des Urquells schmeckst, wirst du begreifen, warum das alles nötig war. Sie werden mich zur Pforte bringen, Sarah. Und zwar jetzt.« Reynards Augen funkelten, und wieder einmal begann das Prickeln, diesmal auf ihrem Gesicht, als er sie dort berührte.

»Belanglos? Vater, hast du denn vergessen, dass ich zur Hälfte ein Sterblicher bin? Dass diese Sterblichen, deren Leben du so einfach abtust, auch mein Volk sind?«

Reynard kniff die Augen zusammen, und das Prickeln auf Sarahs Gesicht wurde intensiver, als bohrten sich Nadeln in ihre Haut. Er biss die Zähne zusammen, und die Hand an ihrem Gesicht zitterte.

»Sie können sich noch so anstrengen. Sie haben keine Gewalt über mich«, flüsterte sie.

Verblüffung, Enttäuschung, Ekel und schließlich Resignation strömten nacheinander durch die Verbindung, bis seine Hand von ihrem Gesicht abließ. Ihre Blicke lösten sich nicht voneinander, während er seinem Sohn antwortete.

»Nein, ich habe nicht vergessen, was du bist. Nicole.« Er schaute zu der Frau, die Sarah schon fast vergessen hatte. »Töte einen der Männer. Ganz gleich, welchen. Vielleicht wird das unserer kleinen Sarah helfen zu verstehen, wie ernst es uns ist.«

Sarah schaute die andere Frau an. Ihre Handtasche lag auf dem Boden, und eine große Waffe in ihrer Hand war direkt auf Sarah gerichtet. Kein Wunder, dass Ian sich nicht gewehrt hatte. Sie sah zu, wie die Waffe sich langsam zu Ian und Ramos drehte.

»Das kann nicht Ihr Ernst sein. Er ist Ihr Sohn.«

Reynard zuckte gleichgültig mit den Schultern. »Er ist auch ein Sterblicher.«

Die Waffe zeigte nun direkt auf die beiden Männer, obwohl Nicole so aussah, als kämpfte sie gegen ihren eigenen Körper, um ihren Handlungen Einhalt zu gebieten, ein Ausdruck der Verzweiflung ersetzte die Ausdruckslosigkeit, die noch kurz zuvor dort zu sehen war.

»Nein.« Sarah brachte nur ein protestierendes Flüstern zustande, als sie sich wieder umdrehte und das zufriedene Lächeln in Reynards Gesicht sah.

Sie legte eine Hand auf seine Brust. Er musste damit aufhören. Obwohl sie nicht seine bloße Haut berührte, baute sich sofort eine Verbindung auf und öffnete sie für seine Empfindungen. Zufriedenheit über seine absolute Beherrschung der Lage, gespannte Erwartung des bevorstehenden Todes eines der beiden Männer. Keine Reue, kein Mitleid, nicht einmal für seinen Sohn.

Ein kurzer Blick zu den beiden Männern, und ihr Entschluss stand fest. Ian riskierte sein Leben für sie. Er mochte sie zwar verlassen haben, aber jetzt, da sie ihn am dringendsten brauchte, war er zurückgekehrt. Um sie zu retten. So wie Dallyn es ihr zugesichert hatte.

»Nein«, schrie sie und drückte Reynard auch die andere Hand auf die Brust.

Sie spürte, wie ihr Gesicht warm wurde. Eine Flut der Verzweiflung überschwemmte Sarahs Verstand. Ein roter Dunstschleier der Wut, wie sie ihn noch nie erlebt hatte, legte sich über sie. Entschlossenheit, ihr Ziel um jeden Preis zu erreichen, verzehrte sie.

Nicht Reynards.

Einzig und allein ihre.

Sie würde nicht zulassen, dass der Mann starb, den sie liebte. Für Ian würde sie alles aufs Spiel setzen.

Ian beobachtete entsetzt, als sich sein Traum im echten Leben erneut vor ihm abspielte, jedes noch so kleine Detail in scharfen, deutlichen Konturen.

Jetzt wusste er, die unsichtbare Kraft, die ihn in seinem Traum festgehalten hatte, war in Wirklichkeit Angst. Nicht um sich, sondern um Sarah. Als er auf die Lichtung aufmerksam wurde, hatte die sich dort abspielende Szene ihn zur Unterwerfung gezwungen. Nur so konnte er daran denken, in die Nähe des Geschehens zu gelangen, in der Lage zu sein, einzugreifen, um zu ändern, was seines Wissens nach geschehen würde.

Nicht Reynard, dessen Gesicht vor Zorn verzerrt war, als er Sarah festhielt, flößte seiner Seele Angst ein, nicht einmal die Tatsache, dass sie nur wenige Meter von der Pforte entfernt standen. Die Waffe, mit der Nicole Tanner deutlich auf Sarah zielte, raubte Ian die Fähigkeit zu kämpfen, band ihm die Hände so sicher wie der feinste Stahl. Die und das Wissen, dass Sarah erschossen *würde*.

Nicole schwenkte die Waffe, und er starrte direkt in den Lauf, dankbar, dass er in seine Richtung zeigte. Es spielte keine Rolle, ob die Frau den Abzug drückte, solange sie nicht auf Sarah feuerte.

Sarah hatte zu ihm hinübergeschaut, ein eigenartiges Lächeln auf ihrem schönen Gesicht, bevor sie sich umdrehte und Reynard anschrie, die Hände auf seiner Brust, als wollte sie ihn wegschubsen. Aber sie stieß ihn nicht.

Und wenn er tausend Jahre lebte, wäre er noch immer in der Lage, jede entsetzliche Einzelheit zu beschreiben, die sich in Zeitlupe abspielte, eingebrannt in den Stoff seiner Psyche.

Reynards qualvolle Schreie lenkten seine Aufmerksamkeit von der Waffe ab, kurz bevor er den Knall hörte. Ramos' Schulter traf ihn massiv an der Brust und schlug ihn zu Boden, wobei Ramos mit lautem Grunzen auf ihm landete.

Ian schob den Mann von sich, verzweifelt darum bemüht, zu Sarah zu gelangen, denn er wusste, dass sie in Gefahr war.

Reynard schrie weiter. Bis Ian sich befreit hatte und auf die Knie gekommen war, umgab der rote Schein Sarah und Reynard, Flammen umschlossen ihre Hände auf seiner Brust. Der Fae versuchte sie von sich zu schieben, doch es gelang ihm nicht, ihre Hände von seiner Brust zu lösen und dem glühenden Bereich zu entkommen.

Nicole lud die Waffe und zielte erneut auf Sarah. Ian sprang auf und rannte zu der Frau.

Ein zweiter Schuss hallte über die Lichtung, als Ian auf Nicole prallte und sie zu Boden riss.

Der rote Dunstschleier löste sich auf, während Sarah zusammenbrach.

»Nein«, brüllte Ian, riss die Waffe aus der schwachen Hand der Frau, die er angegriffen hatte, und lief zu Sarah.

So ein winziges Loch in ihrer Brust, doch das Blut sammelte sich unter ihr, als er ihren Körper an sich drückte. So wie im Traum.

»Sarah, Liebes, kannst du mich hören?« Das durfte nicht passieren.

Dunkle Augenlider flatterten vor bleichen Wangen. So wie im Traum.

»Tut mir leid, dass ich dir nicht geglaubt habe, Ian«, flüsterte sie. »Aber es ist schon gut. Ich konnte nicht zulassen, dass er dir etwas antat. Das Risiko auf mich zu nehmen, war meine Entscheidung.« Ihre Worte hallten aus dem Traum wider.

»Nein, Sarah, dass kannst du mir nicht antun.« Er presste sie an sich und schaukelte vor und zurück. Minuten. Ihm blieben nur noch Minuten, um etwas zu tun, irgendetwas. Er wollte sie nicht verlieren. Nicht so. Er musste das alles irgendwie ändern.

»Was ist mit dem Urquell?«

Ian schaute erschrocken auf. Er hatte Ramos völlig vergessen.

Der Mann hielt sich die Schulter, Blut rann über seinen Arm. »Kommen Sie zu sich, McCullough. Wollen Sie Sarah sterben lassen?«

Der Urquell. Wenn er sie rechtzeitig dort hinbringen, ihre Wunde im Urquell der Seelen baden könnte, würde ihr Leben vielleicht gerettet. Aber das hätte seinen Preis.

Sobald er die Entscheidung traf, es zu tun, gäbe es für ihn keine Chance der Wiedergutmachung. Der Fae würde ihm niemals erlauben, ein Hüter zu bleiben, sobald er den Urquell für ausschließlich selbstsüchtige Zwecke benutzt hatte.

Er hatte keine andere Wahl. Er wusste, was er zu tun hatte.

Er erhob sich, hob ihren schlaffen Körper hoch und ging zur Pforte.

»Ich kümmere mich hier um alles.« Ramos zeigte auf Nicole, die noch immer bewusstlos am Boden lag.

Reynard war verschwunden.

»Danke.« An der Pforte zögerte Ian. Das erschien ihm nicht genug für den Mann, den er für seinen Feind gehalten hatte, den Mann, der eine Kugel für ihn eingefangen hatte.

»Gehen Sie.«

Ohne einen Blick zurück trug er Sarah durch den Eingang.

»Du hast klug entschieden, mein Sohn.«

Die Wörter schwebten zu Sarah, als sie sich bemühte, die Augen zu öffnen, was sie beinahe überforderte. Doch der trällernde Tenor und die kräftige Stimme lockten sie, weckten ihre Neugier, zwangen sie, den Mann anzusehen, der gesprochen hatte.

»Jetzt begreifst du, wie wichtig deine Seelenverwandte ist, dass du ihr Leben um jeden Preis erhalten musst. Du hast die richtige Entscheidung getroffen, Ian. Ich bin stolz auf dich. Deine Mutter und ich sind beide stolz auf dich.«

»Danke, Vater.« Ians Stimme.

Das Blinzeln kostete große Mühe, doch was sie sah, flößte ihr die Energie ein, die sie brauchte, um wach zu bleiben.

Sie lag auf dem Boden, festgehalten in Ians Armen, an seine Brust geschmiegt. Sie drehte leicht den Kopf und sah ihn, sah seinen Hals und sein Kinn, als er den Blick von ihr abwandte und aufschaute. Dunkle Bartstoppeln auf seiner Haut zogen ihre Aufmerksamkeit auf sich, und sie hob die Hand, fuhr mit einem Finger über das raue Kinn, das sie nie wieder zu berühren geglaubt hatte.

»Sarah.«

Nur ein Wort, doch Ians Tonfall vermittelte ihr unendlich viel Bedeutung. Seine Hand legte sich auf ihre, drückte sie an seine Brust, in der sein Herz unter ihrer Berührung pochte. Seine Aufmerksamkeit galt ihr allein. Sie schaute in seine Augen, die rätselhaften schwarzen Kreise, die sie so faszinierten, und glaubte einen Moment lang einen Mann dort zu sehen, der sie herbeiwinkte. Sie hob ihre freie Hand, strich mit den Fingern zuerst über die nassen Locken in seinem Nacken, dann hinab über die feuchte Spur auf seinem Gesicht.

»Ich dachte, ich hätte dich verloren.« Seine Stimme brach.

»Nein. Du hast mich gefunden. Du bist zurückgekommen und hast mich gerettet.«

Er umschloss sie mit beiden Armen. »Ich werde dich nie wieder allein lassen. Das schwöre ich.«

Sie schaute an seiner Schulter vorbei auf einen prächtigen Steinbrunnen, dessen Wasser sich in schillernden Farben ergoss, als wäre er voller Energie. Zwei Gestalten schwebten dort, schimmernd, während die Farbe um sie herum und durch sie hindurch wirbelte. Sarah musste sich konzentrieren, um sicher zu sein, sie wirklich zu sehen, aber sie waren dort, ein großer Mann mit langen blonden Haaren, der einen beschützenden Arm um eine dunkle Frau mit Ians Augen gelegt hatte. Sie wandten sich einander zu und umarmten sich. Licht glänzte auf der Rüstung des Mannes, woraufhin Sarah blinzeln musste, und dann waren sie verschwunden.

Ian stand auf und hob Sarah mühelos hoch. Er küsste sie auf die Lippen und lächelte. »Lass uns nach Hause gehen, Liebes. Stell es dir vor.«

Das machte sie und war nur gelinde überrascht, als das Bild, das sich vor ihrem inneren Auge auftat, nicht ihr Haus in Denver zeigte, sondern Heather Cottage.

25

Der Kuss verweilte auf ihren Lippen. Sie konnte ihn schmecken, spüren. Sarah fuhr leicht mit dem Finger über die Stelle und rechnete schon fast damit, ein körperliches Anzeichen des Kusses vorzufinden. So gewaltig war er gewesen.

Von den Hunderten, vielleicht Tausenden Küssen, mit denen Ian sie in den Wochen nach ihrer Rückkehr aus dem Feenreich bedacht hatte, bewahrte Sarah diesen als den besten auf.

Den Kuss, den Ian ihr gegeben hatte, kurz nachdem der Geistliche die Worte ausgesprochen hatte »Ich erkläre euch nunmehr zu Mann und Frau«.

Sie beobachtete ihn, als er auf der anderen Seite des Gartens den Kopf in den Nacken legte und laut über etwas lachte, was Daniel gesagt hatte. Er wirkte so sorglos, so jung. Als ihr einfiel, wie er versucht hatte, sein tatsächliches Alter zu erklären, musste sie beinahe laut lachen. Wenn man bedachte, dass sie sich Sorgen gemacht hatte, zu alt für ihn zu sein. Er hatte vollkommen recht gehabt. Alter war nur eine Zahl.

Ian erwischte sie beim Beobachten und zwinkerte ihr zu, seine funkelnden schwarzen Augen übermittelten so starke Gefühle der Liebe, dass ihre Zehen bei der Aussicht auf das, was sie verhießen, prickelten. Das Verlangen, das er obenauf legte, brachte auch den Rest ihres Körpers zum Prickeln, und das Gelächter, das sie zurückgehalten hatte, sprudelte heraus.

Nach dem Urquell konnten sie jetzt wortlos Gefühle austauschen. Sie musste ihn nicht berühren, ihn nicht einmal sehen, damit es funktionierte. Tatsächlich musste sie niemanden mehr berühren, um dessen Empfindungen zu entdecken. Sie musste sich nur öffnen, musste es nur wissen wollen. Die angenehmste Nebenwirkung war, dass sie nunmehr auch die Fähigkeit hatte, sich zu verschließen. Berührung rief keine Überfrachtung mit Gefühlen mehr hervor. Das war ausgesprochen befreiend.

»Ein König für deine Gedanken, meine Liebe.«

Sarah lächelte dem bezaubernden Feenpaar entgegen, das auf sie zukam.

»Königreich, Dallyn, nicht König«, korrigierte Darnee. »Wenn du ihre Sprache schon ausprobieren willst, musst du besser aufpassen.«

Er zuckte mit den Schultern und grinste die Frau an, warf seine Haare über die Schulter, bevor er ihr einen so heißen Blick schenkte, der Eisen zum Schmelzen gebracht hätte.

Darnee schien das völlig kalt zu lassen. Andererseits hatte Sarah in der kurzen Zeit, in der sie sich kannten, die Frau noch nie anders als unterkühlt erlebt.

»Nochmals vielen Dank, Dallyn.« Sarah reichte ihm die Hand. »Für alles.«

Ian hatte ihr erklärt, er habe damit gerechnet, auf Widerstand zu stoßen, als er sie zum Urquell mitgenommen hatte, und wie merkwürdig es gewesen sei, dass sie keinen Fae, nicht einmal die allgegenwärtigen Hüter des Urquells angetroffen hatten, während sie sich im Feenreich aufhielten. Für ihn gab es nur eine Erklärung für die Erleichterung ihres Aufenthalts. Dallyn.

»Keine Ursache. Es war mir eine große Ehre.« Der Fae hob ihre Hand und führte sie an seine Lippen.

Dallyn war ihr Brautführer gewesen. Er hatte gesagt, es sei nur richtig, dass er als der älteste anwesende Fae es machte, wenn man ihre Abstammung in Betracht ziehe. Sarah war einverstanden gewesen.

Darnee legte ihre zierliche Hand auf Sarahs Bauch und schaute auf. »Du irrst dich, Dallyn. Ich bin mir sicher, dass es ein Junge ist.«

Der Fae lachte und legte seine Hand auf ihre. »Musst du mir denn immer widersprechen, Frau, egal was du wirklich glaubst?«

»Will dich nur auf Trab halten, General.«

»Woher wusstet ihr?«, stammelte Sarah. Sie hatte es Ian erst am Abend zuvor gesagt, nachdem sie am Nachmittag die Bestätigung erhalten hatte. Offenbar ein weiterer Nebeneffekt ihres Bades im Urquell.

Wieder ein nachlässiges Schulterzucken, begleitet von einem wissenden Grinsen. »Es gibt vieles, was ich weiß, Kind. Apropos, hast du mir nicht gesagt, du hättest heute etwas von dieser wundervollen Feenschokolade hier?«

Sarah lachte über das Wackeln seiner Augenbrauen, als sie ihn an den Tisch mit den von ihm gesuchten Köstlichkeiten führte. Er nahm Darnee an die Hand, zog sie mit und versprach ihr einen Gaumenschmaus, der für die Erdmutter persönlich geeignet wäre.

Das Gelächter ebbte zu einem zufriedenen Lächeln ab, während Sarah sich unter all den Menschen umschaute, die diesen besonderen Tag mit ihnen zusammen begingen. Jetzt, da ihr Großes Abenteuer, als das sie es empfand, vorbei war, bedeuteten ihr diese Menschen, die Teil der Erfahrung gewesen waren, sehr viel.

Das Lächeln erstarb auf Sarahs Lippen, als ihr Blick auf Ramos fiel. Er hielt sich vom fröhlichen Trubel des Hochzeitsempfangs fern, am anderen Ende des Gartens an einen Baum gelehnt.

Ramos hatte dafür gesorgt, dass das »Problem« der Tanners verschwand, und sie von Thistle Down entfernt, bevor sie sich erholten. Er hatte ihnen eingeredet, sie seien Opfer eines schrecklichen Autounfalls geworden. An etwas anderes konnten sie sich nicht erinnern. Alles war so glatt gelaufen, dass Ramos ihr vermutlich aus eigener Erfahrung erklären könnte, wie ein Zwang funktionierte. Wie man ihn auferlegte, nicht, wie es war, unter einem zu stehen.

Er nickte ihr lächelnd zu. Sie musste nicht durch die dunkle Brille vor seinen Augen schauen, um zu wissen, dass das Lächeln nicht bis dahin reichte. Er sah noch immer gut aus, mit einem Hauch Gefahr, der ihn umgab, und schien beinahe unnahbar. Sein Kummer und seine Schuldgefühle waren so stark, dass sie seine Emotionen nur leicht am Rande berühren konnte. Man musste kein Sensor sein, um den Schmerz zu spüren, den dieser Mann ausstrahlte.

»Stirnrunzeln ist an Ihrem Hochzeitstag nicht erlaubt, Mrs McCullough.«

Ian stand hinter ihr, hatte die Arme um sie geschlungen und zog sie an sich, und sie schmiegte sich wie ein letztes Puzzlestück an ihn. Sie fühlte sich warm und geborgen. Erfüllt, vollkommen. Ganz.

Sein Blick folgte ihrem. »Da muss er allein durch, Liebes. Du kannst es ihm nicht richten.«

»Ich weiß.«

Sie wusste es zwar. Vom Verstand her. Doch das hieß nicht, dass sie den Versuch aufgeben würde, dem Mann zu helfen. Denn Gefühle standen auf einem ganz anderen Blatt. Er hatte ihr zu helfen versucht, als sie es brauchte.

Sie schmunzelte, als ihr plötzlich eine Idee kam. Morgen würde sie ihre neue Freundin, Cate MacKiernan, anrufen. Die Frau war eine Schatztruhe voller Informationen. Vielleicht könnten sie sich gemeinsam etwas ausdenken.

»Spüre ich da, wie hinter diesem reizenden Lächeln ein Komplott geschmiedet wird?« Ian beugte sich zu ihrem Ohr und drückte einen Kuss auf die Stelle, die sie wild machte.

Will kam auf sie zu, daher blieb ihr eine Antwort erspart. Ihr Ringträger, die Smokingjacke abgelegt, die kleine Krawatte verrutscht, lief in ihre Richtung und rief ihren Namen. Rutschend kam er zum Halt, warf die Arme um sie und legte den Kopf an ihren Bauch.

»Da bist du ja. Ich habe mich schon gefragt, wann ich dich finden würde.« Er tätschelte Sarahs Bauch und grinste sie an. »Hi, Sarah. Ian.«

»Wir waren die ganze Zeit hier.«

»Nicht ihr. Sie. Da drinnen.« Er tippte auf Sarahs Bauch.

»Woher weißt du … davon?« Ian stolperte über das letzte Wort, als könnte er sich nicht so recht damit abfinden, dass Will von dem Baby wusste.

»Mann.« Will verdrehte die Augen. »Ich *spüre* sie. Im Übrigen habe ich lange auf sie gewartet. Sie heißt …« Er verstummte und grinste. »Nö, ihr sollt warten und es selbst herausfinden, wenn sie hier sind. Bis später.« Die letzten Wörter rief er über die Schulter, als er durch den Garten zurücklief.

»Sie?«, quiekte Sarah.

»Sie. Hat wahrscheinlich nichts zu bedeuten. Er ist erst sechs. Ein Versprecher.« Er drückte Sarah an sich, sein Blick folgte dem kleinen Jungen. »Trotzdem. Wir lassen den Arzt lieber genau nachprüfen, wenn wir hingehen.« Er küsste sie noch einmal.

Sie.

Sarah drehte sich in Ians Armen, um seinen Kuss richtig zu erwidern.

Sie hatte sich geirrt. Ihr Großes Abenteuer war noch nicht vorbei.

Das war erst der Anfang.

Epilog

Dallyn rollte die kleine goldene Frucht zwischen seinen Fingern, bevor er sie in die Luft warf. Er fing sie mit den Zähnen auf und war sichtlich zufrieden mit sich und der Welt. Er lehnte sich auf dem großen Sessel zurück, legte die Füße auf den schweren Holztisch und griff nach der nächsten Frucht.

»Du verbringst zu viel Zeit damit, an deinem Essen herumzuspielen.«

Darnee lehnte sich äußerst lässig an die Wand und sah seiner Vorführung zu.

»Ich spiele nicht damit. Es gefällt mir. Ich genieße es.« Er warf die Frucht und fing sie auf wie zuvor, zerkaute sie zwischen den Zähnen und ließ den Saft durch den Mund rinnen. »Das habe ich von den Sterblichen gelernt.« Er grinste.

»Wie kannst du so gelassen sein, nach allem, was wir durchgemacht haben?« Darnee schritt auf der anderen Seite des Tisches auf und ab.

»Also bitte. Ich bin selten gelassen. Und nie ohne guten Grund. Es hat keinen Sinn, wenn du dich von der Ratssitzung beunruhigen lässt. Wir haben sie nicht unter Kontrolle. Vergiss nicht, *wir* erstatten *denen* Bericht.« Wie immer musste sie sich entspannen. Wenn er ihr das jedoch sagte, würde er sich eher eine Ohrfeige einhandeln.

»Ich bin mir sicher, dass es im Rat welche gibt, die uns helfen könnten, wenn sie nur nicht alle so damit beschäftigt wären, um ihre Position zu rangeln. Wir stehen vor einer Krise, doch keiner von ihnen bietet seine Hilfe an. Sie binden uns die Hände und sitzen dann da und erwarten, dass wir sie retten. Alles, wofür wir gearbeitet haben, geht zu Ende.« Sie ließ sich in den Sessel ihm gegenüber fallen, legte ihre in Stiefeln steckenden Beine auf den Tisch, ein Spiegelbild seiner Haltung.

Er nahm sich Zeit, die langen Beine zu bewundern, während er sich seine Antwort überlegte. Darnee war wirklich eine schöne Frau. Außerdem war sie viel zu ungeduldig. Viel zu sehr an Regeln gebunden. Und ziemlich tödlich. Keine gute Kombination.

Leider war sie für ihn auch viel zu sehr eine Schwester, um andere als platonische Gefühle hervorzurufen, was er manchmal bedauerte.

»Wir werden weiterhin die Nachfahren suchen. Der einzige Unterschied ist, dass wir jetzt unser Augenmerk eher auf den Schutz und die Verteidigung der Frauen richten müssen, statt neue Hüter zu suchen.«

Darnee nahm ihre Füße vom Tisch und beugte sich zu ihm vor. »Warum hast du dem Rat nicht gesagt, was auf der Lichtung passiert ist?«

»Das habe ich. Sie haben gekämpft, Ramos hat sein Leben riskiert, um Ian zu retten, und Reynard ist entkommen, nachdem die Sterbliche auf Sarah geschossen hat.«

Er griff nach der nächsten Frucht, doch sie legte eine Hand auf seine und drückte sie auf den Rand der Schale.

»Du hast ihnen nichts darüber gesagt, was mit Reynard passiert ist. Was Sarah mit ihm gemacht hat, wovon Ramos und Ian Zeugen wurden. Warum nicht?«

Er tätschelte ihre Hand und schob sie von seiner. Die Lust auf Obst war ihm ohnehin vergangen.

»Sie hätten es nicht geglaubt. Ein echter Fae sollte auf der Sterblichen Ebene nicht zu verwunden sein. Das kann nicht passieren.«

»Aber es war so. Ihre Hände haben sich in seine Brust eingebrannt. Sie haben es beide gesehen. Beide haben seine Schreie gehört.« Bedächtig schüttelte sie den Kopf. »Was glaubst du, wo er jetzt ist?«

»Er leckt vermutlich irgendwo seine Wunden.« Er hielt inne und fragte sich, wie viel er ihr sagen sollte. Wunderte sich, dass sie nicht selbst darauf gekommen war. »Vorausgesetzt, er hat überlebt.«

Sie riss die Augen auf, Erkenntnis färbte sie dunkelgrün. »Du glaubst nicht, dass er überlebt hat? Deshalb hast du es dem Rat nicht gesagt, oder? Es widerspricht allem, was wir seit Jahrhunderten wissen, dass so etwas passieren könnte.«

Dallyn zuckte mit den Schultern. Es war passiert. Er zweifelte nicht an den Aussagen der beiden Männer. Was für ihn nur den einen Schluss zuließ. Die Gaben kehrten in die Welt der Menschen zurück. Die Macht, die alle Feen einst besaßen, aber nicht mehr auf der Sterblichen Ebene erlangen konnten, tauchte nach all den Generationen wieder in den Händen halbblütiger Feen auf. Halb-sterblicher Nachfahren.

Die Möglichkeit einer Katastrophe war überaus beängstigend, besonders für solche wie ihn und Darnee, die Zeugen der ursprünglichen Vernichtung gewesen waren.

»Vorerst reicht es, dass wir Bescheid wissen. Dass wir vorbereitet sind. Dass unsere Hüter vorbereitet sind.«

»Aber sollten wir nicht versuchen, den Rat zu warnen? Was ist, wenn …«

»Nein«, unterbrach er sie. »Du hast sie erlebt, als wir ihnen sagten, die Nuadianer seien aktiv auf der Suche nach den Frauen. Du hast ihre Weigerung gesehen, Ramos zu akzeptieren, zu begreifen, dass sein Vater einen erheblich hinterhältigeren Plan für diesen jungen Mann hatte. Nur seine angeborene Güte hat ihn davor bewahrt, eine tödliche Waffe gegen uns zu werden. Wie lange hat es gedauert, sie von einer derart simplen Tatsache zu überzeugen? Von etwas, das klar auf der Hand liegt?« Er hielt inne, holte tief

Luft und bemühte sich, die Ruhe zu wahren. Er war zu alt, die Beherrschung zu verlieren. War es denn seine Schuld, dass der Rat sich entschied, keine Heilung zu betreiben, sondern beschloss, niemand sei qualifiziert, diese Arbeit fortzusetzen?

»Also warten wir.« Etwas Unheimliches, das beinahe an Angst grenzte, schimmerte in ihren Augen.

»Wir warten. Aber unterdessen sorgen wir dafür, dass unsere Hüter auf das Schlimmste vorbereitet sind. Und wir bleiben auf der Hut, suchen hartnäckig …«

Ein Klopfen brach die Unterhaltung ab. Bevor auch nur einer von ihnen aufstehen konnte, um zu öffnen, ging die Tür auf, und ihr Besucher trat ein. Beide sprangen auf und verneigten sich respektvoll.

Pol hob eine Hand und schüttelte den Kopf. »Nein, das ist nicht nötig. Kann ich mit euch reden?«

»Aber gewiss, Eure Hoheit.« Darnee streckte einladend den Arm aus. »Bitte, nehmt Platz.«

»Ich war von eurem leidenschaftlichen Vortrag im Rat

heute sehr berührt. Ich habe beschlossen, euch zu helfen. Falls …« Er hielt inne, legte die Fingerspitzen aneinander und richtete seinen harten, undurchdringlichen Blick nacheinander auf Darnee und Dallyn.

Misstrauen machte sich in Dallyn breit. Dieser Feenprinz hatte sich lange vor der Verantwortung gedrückt, die sein Sitz im Rat mit sich brachte, hatte sich zurückgelehnt und anderen die Führung überlassen. Warum jetzt?

»Falls was?«, ermutigte Dallyn ihn.

»Falls das hier unter uns bleibt. Die Kenntnis von meiner Beteiligung verlässt diesen Raum nicht. Ich ziehe den Ruf vor, den ich mir mühselig erworben habe. Ich finde, ich kann viel mehr ausrichten, wenn alle damit beschäftigt sind, in die andere Richtung zu schauen.«

»Und was wollt Ihr von uns?« Dallyn war bestürzt über diese Offenbarung, wollte aber noch mehr erfahren.

»Im Gegensatz zu den anderen habe ich eine Verbindung zu meinen Nachfahren aufrechterhalten.« Er senkte den Kopf, während sie diese Information verdauten. »Sie sind natürlich begabt. Und ihre Gaben nehmen zu, was vermutlich bei anderen Abkömmlingen auch der Fall sein kann. Eine winzige Information, die ihr beiden womöglich auch erahnt, wenn man die Dringlichkeit eurer Bitten heute in Betracht zieht.«

Dallyn konnte nur zustimmend nicken.

»Unser Volk wird seit Jahrhunderten von einem Königshaus beherrscht. Nur wenige Mitglieder des Königshauses sind noch da. Demzufolge haben die meisten es vergessen.«

»Was vergessen?« Darnee beugte sich zu dem großen, eleganten Prinzen vor.

»Unsere Geschlechterfolge war aus einem bestimmten Grund königlich, meine Liebe. Unsere Macht war stärker als die anderer Feen. Daher leuchtet es ein, dass die Macht, wenn sie in den Nachfahren der Feen wächst, auch in den Nachfahren des Königshauses zunimmt, oder?«

»Das hatte ich vergessen«, murmelte Dallyn. Es war so lange her, wie ein Bruchstück aus einer längst vergangenen Kindheitsgeschichte.

»Ja. Das haben die meisten. Und ich muss zugeben, dass ich keinen Grund sah, jemanden daran zu erinnern. Trotzdem, aufgrund eures Berichts« – er schaute Dallyn mit zusammengekniffenen Augen an – »oder genauer, aufgrund dessen, was *nicht* in eurem Bericht vorkam, glaube ich, es ist an der Zeit, dass ich handle und meinen Plan ins Rollen bringe.«

»Und der wäre?« Das Misstrauen flutete zurück. Wenn dieser Prinz glaubte, den Rat zu stürzen, dann hatte er die Hauptmänner der Wache ernsthaft falsch eingeschätzt.

»Ich habe vor, meine Nachfahren auf den Kurs der Heilung zu bringen. Ihnen die Aufgabe zu erteilen, die Seelenverwandten wieder zusammenzubringen, die bei der Eroberung des Urquells auseinandergerissen wurden.«

»Wie ist das möglich?«

»Ich habe Kinder, die endlich stark genug sind. Eins hat sogar die Fähigkeit gezeigt, die Zeit zu beherrschen.«

Dallyn lehnte sich zurück und mauerte, während er versuchte, die Bedeutung von Pols Forderung zu akzeptieren. Wenn es stimmte, war nicht einzusehen, warum der Prinz darauf bestand, dass niemand davon erfuhr. Man müsste über die Umgehung von Regeln sprechen.

»Und welche Rolle sollen wir in Eurem Plan einnehmen?«

Pol erhob sich und ging auf und ab, so wie Darnee zuvor. »Ich schlage vor, wir gehen gemeinsam vor. Ich stelle meine Heilungsarmee auf, ein besserer Name fällt mir nicht ein, und ihr beiden fahrt fort, aufzuspüren und zu beschützen. Ich glaube, ihr hattet recht mit eurer Einschätzung der Gefahr. Jetzt, da die Nuadianer so nah gekommen sind, um erfolgreich wieder in unsere Welt einzudringen, werden sie aggressiv andere weibliche Nachfahren verfolgen, um es erneut zu versuchen. Wenn wir zusammenarbeiten und unser Problem von beiden Enden angehen, dann glaube ich, dass wir die Möglichkeit haben, das wieder aufzubauen, was verloren gegangen ist. Und wir müssen es unbedingt wieder aufbauen. Ehe es zu spät ist.«

Dallyn stand auf und schaute zu Darnee hinüber, bevor er antwortete. »Ich glaube, ich spreche für uns beide, wenn ich sage, dass Ihr auf unsere Unterstützung zählen könnt, Hoheit.«

Darnee nickte zustimmend.

»Dann ist das erledigt. Wir sind durch Eid an das Überleben und die Sicherheit beider Welten gebunden.« Pol schritt zur Tür und drehte sich noch einmal um. »Ich wusste, dass ich euch gut eingeschätzt hatte. Ich werde in Kontakt bleiben.«

Nachdem er gegangen war, setzten sich Dallyn und Darnee still wieder hin.

»Ich weiß nicht, was ich sagen soll. Das kam völlig überraschend. Und doch ist es genau das, was wir brauchen. Der Prinz ist die Antwort auf unsere Gebete.« Sie stand auf und ging an das große Fenster am Ende des Raums. Sie schaute hinaus, offensichtlich in Gedanken verloren.

»Ja, das ist er auf jeden Fall.« Dallyn kniff die Augen zusammen, während er seinen eigenen Gedanken nachhing.

Die Grundregeln für ihren neuen Bund waren ziemlich klar, die Verantwortlichkeiten festgelegt. Trotzdem. Sie konnten auch gut zu denjenigen unter den Nachkommen des Prinzen gehören, die besser als Hüter geeignet waren, denn als Heiler.

Lächelnd griff Dallyn in die Schale vor ihm. Er warf das goldene Oval in die Luft, fing es mit den Zähnen auf und ließ die süße Frucht im Mund hin und her rollen.

Das letzte Mal, als er Regeln umgangen hatte, war es ganz gut gelaufen. Vielleicht hatte er ebenso großes Talent zum Heilen wie zum Beschützen. Vielleicht waren die Grenzen am Ende nicht so scharf gezogen.

Vielleicht musste er nur eine Möglichkeit finden, einen Nachfahren des Prinzen Pol zu treffen.

Er durchbohrte die Frucht in seinem Mund und lachte.

»Was ist?« Darnee drehte sich um und schaute ihn fragend an.

»Nichts Besonderes. Ich dachte nur gerade, wie alles besser wird.«

Er stand auf und streckte ihr die Hand entgegen. »Komm, wir haben viel zu tun.«

Sie kam zu ihm, und sie verließen den Raum. Sie mussten mit ihren jeweiligen Hütern Kontakt aufnehmen, um die Sache in die Wege zu leiten.

Dallyn blieb stehen und gab ihr einen flüchtigen Kuss, bevor sie ihrer Wege gingen. Er rieb sich die Hände, als er das Gebäude verließ, und genoss das Gefühl der Vorahnung.

Darnee hatte sich vorhin geirrt. Nichts ging zu Ende.

Es war nur der Anfang.

Dank

Immer wieder gibt es Menschen, die einen großen Einfluss auf meine Arbeit haben und mir helfen, dass ein bestimmtes Buch abgerundet wird. Mein Dank gilt ihnen allen.

Zunächst natürlich danke ich meiner wundervollen Familie, deren Liebe und Unterstützung meine Arbeit als Schriftstellerin überhaupt ermöglichen. Frank, Marty, Bee, Chris, Nick, Chandra und Megan – ich liebe euch alle!

Dank an meine wunderbaren, kritischen Partnerinnen, die Soapbox Divas, für ihre Hilfe. Irene, Kirsten und Viala – Ihr seid die Besten!

Dank an Marc Richard für technische Ratschläge und Informationen über Nahkampf.

Mein Dank geht an alle wunderbaren Mitglieder des Verbands Colorado Romance Writers für ihre Unterstützung, ihre Freundschaft und Aufmunterung. Sie alle sind zu einem ganz besonderen Bestandteil meines Lebens geworden.

Schließlich ein dickes Dankeschön an meine fantastische Herausgeberin, Megan McKeever, für ihre Geduld und die viele Arbeit. Ich kann von Glück sagen, mit ihr zusammenzuarbeiten!